SINA JUNKER

Das kleine Strandhaus am Meer

Das kleine Strandhaus am Meer

SINA JUNKER

1. Auflage, April 2022

Verwendete Fotos:
©annadruzhkova ©IvonneWierink ©dell ©pixabay ©andyscherp ©beaandbloom.com ©DKDesignz, Cover erstellt mit Canva

Impressum:

Sina Junker
c/o easy-shop
K. Mothes
Schloßstr. 20
06869 Coswig (Anhalt)

ISBN: 978 -3 9824497-1-5

KAPITEL 1

Es gab eine Vielzahl von Dingen, die man nicht gerne sah, weil deren Anblick einen Würgereiz hervorrufen konnten: Zum Beispiel das Erbrochene meiner besten Freundin aufzuwischen und dabei jede Nudel des zuvor verspeisten Gerichts beim Italiener einzeln auflesen zu können; oder wenn meine Hündin Fina wieder einmal in einem unbeobachteten Moment etwas von meinem Chili gemopst hatte, was bei ihr unweigerlich zu Durchfall führte; oder wenn ein US-Celebrity seine neuen, aufgeblasenen Brüste in die Kamera hielt.

All das hätte ich an diesem Nachmittag mit Kusshand hingenommen, wenn ich dafür dem Anblick, der sich mir bot, hätte entgehen können.

Ich stand, die geöffnete Bürotür noch in der Hand, im Büro meines Freundes Hagen. Ohne mich zu bemerken, war er damit beschäftigt, sich mit- oder besser gesagt, an seiner Kollegin Agnes zu vergnügen. Ihr Rock war bis zu ihrer Hüfte hochgeschoben, ihre Bluse lag zu meinen Füßen. Schnaufend gab ich dem weißen Stoff vor mir einen Kick.

»Ich glaube, die gehört dir«, durchbrach ich die Stille.

Erschrocken fuhren die beiden vor mir auseinander.

»Oh nein!«, kam es entsetzt über Agnes' Lippen. Sie richtete ihren Oberkörper aus der vormals auf dem Schreibtisch gebückten Haltung auf und verschränkte die Hände vor der Brust. Als ob das meinen Blick von den beiden ablenken würde.

Hagen war vollständig entkleidet und bot einen erbärmlichen Anblick.

Wäre es nicht so entsetzlich, seinen Freund dabei zu erwischen, wie er einen mit seiner Kollegin betrog, wäre das Bild, das die beiden abgaben, beinahe komisch.

In einer Sitcom hätte das Publikum aus dem Off vor Lachen gegrölt. Ich hörte allerdings weder Lacher noch eine klatschende Menge. Ich vernahm nur das Rauschen in meinen Ohren, das immer lauter wurde.

»Scheiße Anni, was machst du denn hier?« Hagens Augen waren weit aufgerissen und sein Blick schnellte zwischen Agnes und mir hin und her, als würden seine Augen einem hüpfenden Tennisball folgen.

Ich hob den Zeigefinger, um etwas zu sagen, hielt aber mitten in der Bewegung inne. Jede Info, warum ich im Büro aufgetaucht war, wäre überflüssig gewesen. Wie Hagen splitterfasernackt vor mir stand, Agnes hektisch versuchte, ihre Kleidung zu sortieren und zurechtzurücken, erkannte ich, dass die beiden es nicht verdienten, eine Erklärung von mir zu bekommen. Und ihre wollte ich schon gar nicht hören.

Wahrscheinlich würden sie versuchen, sich aus allem herauszureden, oder, das passte besser zu Hagen, würde er es für selbstverständlich ansehen, dass er es sich als Mann durchaus erlauben dürfte, mehrgleisig zu fahren.

Ohne ein Wort zu sagen, drehte ich mich also um und rannte zurück zum Fahrstuhl, um möglichst schnell von hier wegzukommen. Als ich außer Sichtweite war, mir aber sicher war, dass die beiden mich noch hören konnten, rief ich über meine Schulter hinweg: »Übrigens Hagen, es ist aus!«

Als ich in den Fahrstuhl stieg und nach unten fuhr, schwirrte mein Kopf. Mit vor Wut zitternden Händen verließ ich das Alstereventcenter.

Jetzt wusste ich auch, warum er immer so lange arbeitete. Wahrscheinlich hatten die beiden sich nach Feierabend das ein oder andere Mal sich selbst statt neuen Immobiliengeschäften gewidmet.

Vor lauter Wut und Entsetzen würgte ich Galle hoch und rannte zur S-Bahn-Station, um möglichst schnell nach Hause zu kommen.

In Windeseile packte ich alle Kleidungsstücke, die mir in die Hände fielen, in meinen Shopper. Ohne groß darüber nachzudenken, was ich brauchte, stopfte ich meine Tasche so voll, dass ich sie gerade noch tragen konnte.

Danach schnappte ich mir die Leine meiner französischen Bulldoggenhündin Fina und nahm eine Handvoll Leckerlis aus der Glasschüssel auf der Vitrine im Flur. Fina blickte mich aus großen Augen an und verstand meine Hektik nicht.

Normalerweise gingen wir eine entspannte Runde durch den Park spazieren, wenn ich Leine und Leckerlis in die Hand nahm. Ich leinte Fina an und schulterte meinen schweren Shopper. Bei dem Gewicht, das auf meiner Schulter lastete, würde ich am Abend bestimmt Kopfschmerzen oder zumindest tiefe Striemen haben, aber darauf konnte ich in dem Moment keine Rücksicht nehmen.

Immer noch vor Wut schnaubend, zog ich die Tür zu meinem ehemaligen Zuhause hinter mir zu und rannte das Treppenhaus nach unten, sodass die Absätze meiner High Heels nur so klackerten.

Weg. Einfach weg von hier, schoss es mir durch den Kopf und es fiel mir nur ein Ort ein, an den ich jetzt fahren wollte, obwohl ich mir geschworen hatte, nie wieder dort zu sein:

TIDEBORG!

»Einfahrender Intercity in Richtung Flensburg auf Gleis fünf. Die erste Klasse befindet sich am Anfang des Zuges!«

Da stand ich nun, betrogen, nassgeschwitzt, sodass mir meine langen Locken im Nacken klebten und die Riemen meiner High Heels in die Knöchel schnitten. In der rechten Hand hielt ich meine Habseligkeiten, die ich in wenigen Minuten achtlos in meine Tasche geschmissen hatte und in der linken die Leine meiner wild umherspringenden französischen Bulldogge Fina.

Den Weg zum Hamburger Hauptbahnhof hatte ich nur durch einen Schleier aus Tränen und unfassbarer Wut wahrgenommen.

Ich musste einfach weg aus Hamburg. Weg von Hagen. Weg aus unserer Penthousewohnung.

Vier Jahre hatte ich dort mit meinem Freund gelebt, wobei es die Bezeichnung Ex-Freund jetzt besser traf. Er war Immobilienmakler in Hamburg und hatte sich eine Penthousewohnung gekauft, in die ich sehr schnell nach dem Beginn unserer Beziehung mit eingezogen war. Dass ich nur drei Wochen nach unserem ersten Kuss meine wenigen Habseligkeiten aus meiner Einzimmerwohnung in Harburg gepackt hatte und zu ihm zog, wollte ich damals nicht hinterfragen. Auch die warnenden Worte meiner Arbeitskollegin und besten Freundin Constanze wollte ich überhören.

Ich war damals froh, nach der größten Enttäuschung meines Lebens endlich jemanden gefunden zu haben, und nicht mehr alleine sein zu müssen.

Dass Constanze mit ihrer Warnung recht behalten sollte, erkannte ich erst später.

Alles in Hagens Penthousewohnung war vom Feinsten. Die Marmorböden, der große, verspiegelte Eingangsbereich, die teuren Vasen, in die unsere Haushälterin jeden Montag neue

Sträuße aus frischen, farbenfrohen Blumen stellte. Blumen! Sie waren Hagens einziges Zugeständnis an mich in der sonst so steril und auf Hochglanz polierten Wohnung. Wenn ich ehrlich war, waren die frischen Blumen das Schönste an unserem Penthouse, denn so sehr Hagen den Luxus und unseren - wie er stets betonte - Lebensstandard genoss, fühlte ich mich immer etwas unwohl. Dass das Gefühl im Laufe der Zeit zunahm, hatte ich bravourös verdrängt.

Er hatte immer versucht, mir weiszumachen, dass unsere Wohnung ein Vorzeigeobjekt sei, wenn Geschäftspartner vorbeikämen. Er fand meine Idee, farbenfrohe Teppiche oder bunte Kissen auf die große Wohnlandschaft zu legen, irrsinnig lustig. Zu Beginn unserer Beziehung wollte ich es Hagen recht machen und hatte ihm zeitweise tatsächlich geglaubt, dass eine luxuriös eingerichtete Wohnung, die wenig Rückschlüsse auf Privates ließ, seinem Geschäft förderlich sei.

Dass ich mich dabei aber selbst verloren hatte, wurde mir erst später bewusst.

Die vielen Geschäftsessen mit seinen Kunden oder Kollegen waren für mich immer mehr ein Akt aufgesetzten Lächelns gewesen. Gespräche, in denen es lediglich um die Zurschaustellung des eigenen Luxus ging, waren für mich die reinste Qual geworden und ich hatte sie nur überstanden, weil ich mir mein Lächeln ins Gesicht getackert und an meine Bulldogge Fina gedacht hatte.

Das Klingeln meines Handys riss mich aus meinen Gedanken.

Ein Blick auf das Display verriet mir, dass es Hagen war, der mich erreichen wollte. Während ich das Handy mit der linken Hand, an der Fina immer noch aufgeregt an der Leine hin- und herzerrte, an mein Ohr nahm, mit der rechten die gefühlt sechzig Kilo schwere Tasche trug und versuchte, mich zur Feierabendzeit mit der Menschenmenge in den Zug zu schieben, nahm ich den Anruf entgegen, ohne zu wissen, warum ich das tat.

»Was willst du noch?«, bluffte ich Hagen mit wütender Stimme an.

»Anni, bitte komm zurück und lass uns in Ruhe über alles reden. Es hatte doch überhaupt nichts zu bedeuten. Komm nach Hause und wir lassen es uns mit Sushi oder Austern gutgehen.«

Wütend schnaufte ich. So war es in letzter Zeit immer gewesen. Gab es Unstimmigkeiten zwischen uns oder fühlte Hagen sich kritisiert, da ich immer öfter den Mut aufbrachte, ihm zu sagen, dass ich mich nicht nur in der Wohnung unwohler fühlte, sondern auch in unserer Beziehung, wollte er das ganze bei einem schicken Essen beilegen, als wollte er ein Kind mit einem Schokoladenriegel besänftigen.

Ohne Hagen eine Antwort zu geben, drückte ich auf die rote Taste meines Handys und beendete das Telefonat damit. Ich steckte das Handy in meine Tasche und schwor mir, keinen weiteren Anruf mehr von ihm entgegenzunehmen.

Mein Entschluss, in den Zug zu steigen, stand fest.

Die Wut auf Hagen wuchs ins Unermessliche. Kurz überlegte ich, ob ich ihn zurückrufen und ihm alles entgegen schleudern sollte, das mir auf der Zunge lag, aber dann entschied ich, dass Nichtbeachtung die bessere Strafe sei und er es nicht wert war, dass ich Kraft für einen Anruf verschwendete.

Fina zappelte an der Leine. Mit ihr an der einen Hand und meinem beschaulichen Handgepäck in der anderen stieg ich in den Zug und versuchte, mir auf der Suche nach einem freien Sitzplatz einen Weg durch die vielen geschäftigen Menschen zu bahnen.

Wie es schien, war das Glück nicht auf meiner Seite. Es blieb mir nichts anderes übrig, als mich auf die einzig freie

Stelle am Boden zu setzen. Direkt vor den Fahrkartenautomaten neben einen Zwillingsbuggy, aus dem mich zwei spitzbübisch dreinblickende Jungen anstarrten.

Da saß ich nun, auf dem Boden eines Zuges, einunddreißig Jahre, Neusingle aus Hamburg und auf dem Weg nach Dänemark.

Fina schien meine bedrückte Stimmung trotz der vielen Geräusche um sie herum zu bemerken, denn sie kletterte auf meinen Schoß und rollte sich zusammen, womit sie eher einer Katze glich, als einer muskulösen Bulldogge. In Gedanken versunken, kraulte ich sie an ihrer Lieblingsstelle am Hals und konnte mich tatsächlich etwas entspannen.

Ich hatte gehofft, dass das, was Hagen und mich verband, Liebe gewesen war, obwohl ich, blickte ich in das Innerste meines Herzens, wusste, dass wir uns nicht aufrichtig und ehrlich geliebt hatten, wie es der Fall sein sollte. Wahrscheinlich hatte ich es gehofft, weil ich das, was vor vielen Jahren passiert war, verdrängen wollte. Vielleicht hatte ich nur gehofft, jemanden zu treffen, den ich lieben konnte und dann zufällig Hagen getroffen. Aber die letzten Wochen waren angespannt gewesen zwischen ihm und mir. Das Hochgefühl unserer Beziehung verschwand, wenn ich ehrlich zu mir war, recht schnell und ich hatte zugelassen, dass Hagen seinen Wünschen und Träumen nachging, ich dabei aber immer nur zweitrangig war oder als hübsches Beiwerk neben ihm auftauchte. In der Regel ging es um ihn, seine Geschäftskunden, seine Karriere, sein Leben, sein verdammtes Ich.

Meine Arbeit bei *Old Luxuries* fand wenig Erwähnung. Ich hatte BWL studiert und war seit einigen Jahren im Antiquitätenhandel tätig. Ich liebte meine Arbeit, die darin bestand, alte und kostbare Antiquitäten für unsere Kunden aufzuspüren und ihnen nicht selten einen großen Traum mit der Beschaffung dieses einen Teils zu erfüllen.

Je mehr ich darüber nachdachte, desto mehr erkannte ich die Zeichen, dass ich scheinbar immer mehr Mittel zum Zweck für Hagen gewesen war. Zu seinen Geschäftsessen waren weibliche Begleitungen stets gern gesehen, um den harten Verhandlungen in Millionenhöhe mehr Leichtigkeit zu verleihen. Ich wollte aber kein Mittel zum Zweck sein, sondern die eine besondere Person für jemanden.

Etwas Hartes traf mich am Kopf und ließ mich aus meinen Gedanken hochschrecken.

»Oh nein! Entschuldigen Sie bitte. Tom und Toni können gar nicht mehr stillsitzen in ihrem Buggy. Hat Tom ihnen wehgetan?«

Ich schaute vor mich und entdeckte ein kleines, dickes Bilderbuch, das mich getroffen hatte. Tom, der mich anscheinend beworfen hatte, zappelte auf seinem Platz und streckte seine kleine Hand nach dem Buch aus. Ich hob es auf und gab es ihm lächelnd zurück.

Die Mutter, die ich etwas jünger als mich schätzte, versuchte, besagten Tom abzulenken, was bei der Lautstärke und der stickigen Luft, die im Zug vorherrschte, kein leichtes Unterfangen zu sein schien.

Schmunzelnd rieb ich mir den Kopf. »Nein, nein, schon gut. Die Temperaturen draußen laden förmlich dazu ein, um sich zu schmeißen.«

Offensichtlich glücklich darüber, dass ich den Bücherwurf mit Humor nahm, plauderte mein Gegenüber weiter.

»Ja, da haben Sie recht. Fast dreißig Grad und das schon seit zwei Wochen. Ich weiß schon gar nicht mehr, was ich den Kindern anziehen soll.«

Tom, der merkte, dass seine Mutter über ihn sprach, blickte mich aus großen, neugierigen, blauen Augen an.

»Heißt du?«

»Ich heiße Anni. Und du bist Tom, richtig?«
Kräftig nickte Tom, sodass seine blonden Locken auf- und ab wippten.

»Zug toll«. Scheinbar war die Zugfahrt bei Tom beliebter als bei mir.

»Das stimmt. Ich fahre manchmal auch gerne mit dem Zug.«

Das war wohl das Stichwort, auf das die Mutter der beiden Jungs gewartet hatte. Sie verwickelte mich in ein Gespräch und wollte wissen, ob ich auch nur bis Flensburg fuhr oder noch einmal umsteigen musste.

»Ich fahre bis nach Dänemark. In Flensburg werde ich nur umsteigen und dann weiterfahren.«

»Ach, wie wunderbar. Dann sind Sie auf dem Weg in den Urlaub? Ich bin übrigens Stella. Wir werden in Flensburg aussteigen. Wir haben meine Eltern in Hamburg besucht. Tom und Toni wollten endlich wieder mit ihren Großeltern spielen.«

Da Stella mir ihrerseits auch den Grund ihrer Zugfahrt mitgeteilt hatte, stellte ich meinerseits richtig, warum ich in diesem überfüllten Abteil saß, wo ich doch gerne woanders wäre.

»Schön wäre es, aber in den Urlaub fahre ich nicht. Ich bin quasi auf der Flucht!«

Mit geweiteten Augen und etwas erschrocken rutschte Stella auf ihrem grundsätzlich schon viel zu kleinen Notsitz noch ein Stück zur Seite, sodass ich Sorge hatte, sie könnte vom Sitz herunterrutschen.

»Nein, nicht *so* auf der Flucht. Ich habe mich von meinem Freund getrennt. Ich wollte ihn eben auf der Arbeit überraschen, dabei hat er aber mich überrascht, nämlich als er dabei war, mit seiner Kollegin zu schlafen - in seinem Büro. In Dänemark wohnt meine Schwester und ich hoffe, dass ich erst mal ein paar Tage bei ihr Unterschlupf finden werde.«

Stella schien sichtlich bestürzt über das, was sie gerade über mich erfahren hatte.

»Oh nein, Sie Arme. Das hört sich schrecklich an. Gut, dass Sie keine Kinder haben!«

Irritiert fragte ich mich, was ein Mutterdasein mit meiner Trennung von Hagen zu tun haben könnte und schaute Stella fragend an.

»Na ja, wenn Sie Kinder haben wie ich und dazu alleinerziehend sind - wissen Sie, wie schwierig es ist, ohne einen Mann zu leben? Da kann man nicht einfach seine Tasche packen und gehen. Und ein sicheres Zuhause wäre mir und meinen Kindern sehr lieb.«

Wollte Stella mir gerade wirklich weismachen, dass sie bei einem Mann bleiben würde, der sie betrogen hatte? Wahrscheinlich wochenlang? Ich hätte angenommen, wir Frauen müssten zusammenhalten und sie würde mich bestätigen, genau das Richtige getan zu haben.

Ich überhörte ihren Kommentar und redete weiter. »Na ja, wahrscheinlich ist es besser so, denn ich glaube, es war nicht die große Liebe.«

Hatte ich vermutet, dass Stella mir in diesem Punkt zustimmte und mir womöglich von ihrer gescheiterten Liebe berichtete, wurde ich erneut überrascht.

»Pfff, Liebe«, schnaufte sie. »Liebe füllt den Kühlschrank auch nicht.« Ich erschrak über die Verbitterung in ihrer Stimme.

Hatte ich sie eben noch als junge, dynamische Mutter angesehen, erkannte ich jetzt eine gebrochene Frau in ihr. Es tat mir leid für sie, denn sie musste ebenfalls eine große Enttäuschung erlebt haben.

Obwohl ich mich nicht unhöflich verhalten wollte, spürte ich, dass ich mich bei dem Gespräch zunehmend unwohler fühlte.

Auch Fina bemerkte meine innere Unruhe. Sie wollte nicht mehr auf meinem Schoß sitzen, sondern sprang stattdessen auf und zog an der Leine. Ich verabschiedete mich von Stella, wünschte ihr einen schönen Tag und atmete erst wieder durch, als ich das Abteil verlassen hatte. Den Rest der Fahrt verbrachte ich schwankend im Stehen, da immer noch kein Sitzplatz frei war, im Türbereich.

Als die monotone Stimme aus den Lautsprechern fünfzehn Minuten später verkündete, dass wir in Kürze den Bahnhof Flensburg erreichen würden, war ich zwar froh, endlich meine letzte Etappe der Fahrt anzutreten, aber gleichzeitig machte sich auch ein mulmiges Gefühl in meinem Magen breit.

Was würde mich in Dänemark erwarten? Vor fünf Jahren, als ich das Land zum zweiten Mal mit gebrochenem Herzen verlassen hatte, hatte ich mir geschworen, nie wieder einen Fuß über die dänische Grenze zu setzen oder in jedes andere Land, sollte dort ein gewisser Magnus von Linnenberg leben. Fünf Jahre hatte ich zu verdrängen versucht, dass ich in Dänemark gehofft hatte, mein Glück zu finden.

Ein drittes Mal gebrochen zu werden, würde mein Herz nicht überstehen.

Dennoch musste ich unweigerlich umso mehr an ihn denken, je geringer die Distanz zwischen mir und Dänemark wurde.

Magnus und ich kannten uns schon, seitdem wir beide wackelig auf unseren eigenen Füßen laufen konnten. Er lebte mit seinen Eltern Herlinde und Gustav, die wie auch meine Familie deutsche und dänische Wurzeln hatten, fest in Dänemark, nachdem Gustav von Linnenberg sein Firmenimperium in Deutschland verkauft hatte. Millionenschwer konnte es sich die Familie leisten, ein ruhiges Leben im Norden zu führen.

Gustav, der erfolgreicher Softwareentwickler war, arbeitete jedoch auch in Dänemark an seinen nächsten Ideen.

Meine Oma Inge hatte es ebenfalls nach Dänemark verschlagen und sie hatte dort als Haushälterin bei Familie von Linnenberg gearbeitet. Meine Schwester Stine und ich hatten unsere Oma jedes Jahr in den Sommerferien besucht. Weil wir fast im gleichen Alter waren, verbrachten Magnus und ich viel Zeit miteinander. Als Kinder spielten wir im Garten der Familie von Linnenberg, bauten Sandburgen oder sammelten an der Nordsee Muscheln und Krebse, setzten sie in eine Plastikschüssel, gefüllt mit Wasser und Sand, und beobachteten fasziniert, wie sich die kleinen Tiere im sandigen Boden eingruben.

Alles änderte sich, als Stine und ich unsere Sommerferien vor fünfzehn Jahren wie gewohnt bei unserer Oma Inge verbrachten. Meine kleine Schwester war gerade zehn Jahre alt geworden und wir hatten vor, ihren Geburtstag bei unserer Oma zu feiern. Wie jedes Jahr wollten wir auch mit Magnus und seinem Bruder Frederick viel Zeit in den Ferien verbringen und ich freute mich schon auf viele Stunden am Strand und im Meer.

Als Stine und ich kurz nach unserer Ankunft bei Familie von Linnenberg klingelten, um Stines selbstgemalte Einladungskarte zu ihrem Geburtstag abzugeben und die beiden Brüder einzuladen, traf mich beim Öffnen nicht nur der Schlag, sondern auch Amors Pfeil und ich fühlte etwas, was ich mit meinen damals sechzehn Jahren noch nie zuvor gespürt hatte.

Magnus öffnete die Tür und es schien mir, als sähe ich ihn in diesem Moment zum ersten Mal. Wir hatten uns ein Jahr nicht gesehen, seit den letzten Sommerferien. Nur gelegentlich hatten wir uns gegenseitig einen Brief oder eine Postkarte geschickt.

Ich konnte meinen Blick nicht von ihm wenden und starrte ihn an. War er bereits immer so groß gewesen und glänzten seine blonden Haare schon immer, als schiene die Sonne geradewegs auf sie? Wann waren seine Augen so strahlend blau geworden?

Ich vergaß, warum wir bei Familie von Linnenberg geklingelt hatten, bis Stine, die von meinem Gefühlswirrwarr nichts mitbekommen hatte, ihre Einladung überreichte.

Magnus, der scheinbar meinen schmachtenden Blick bemerkt hatte, lächelte schüchtern, bestätigte, dass er und Frederick gerne Stines zehnten Geburtstag mit uns feiern wollten und versprach, am Abend bei uns vorbeizuschauen.

Kurz bevor er die Tür schloss, drehte er sich noch einmal zu mir um und schenkte mir ein wunderschönes Lächeln.

Beflügelt sprang ich mit Stine an meiner Hand zurück zum Haus unserer Oma. Ich fühlte mich federleicht und in meinem Bauch krabbelten unzählige Schmetterlinge aus ihren Kokons und breiteten ihre Flügel aus. Ich freute mich auf die bevorstehenden Wochen und war aufgeregt, ihn nur wenige Stunden später wiederzusehen.

Anfangs verbrachten wir wundervolle Tage in diesen Sommerferien. Wir unternahmen viel zu viert, Magnus und ich machten aber auch immer einige Ausflüge allein.

Ich spürte, dass meine Gefühle, die ich für ihn entwickelt hatte, erwidert wurden.

Nach zwei Ferienwochen in Tideborg gingen Magnus und ich bei Sonnenuntergang am Strand spazieren. Wir sammelten Muscheln und beobachteten die Sonne dabei, wie sie hinter dem Meer unterging. Kurz bevor wir den Rückweg antreten wollten, nahm Magnus meine Hand, schaute mir tief in die Augen und küsste mich.

Das war der erste Kuss meines Lebens! Ich hatte zuvor schon von Freundinnen gehört, wie sich so ein Kuss anfühlte, dachte aber nun, dass all ihre Erzählungen falsch gewesen waren.

Nichts konnte das Gefühl beschreiben, das sich in diesem Moment in mir ausbreitete.

An den kommenden Tagen verbrachten Magnus und ich, wann immer es ging, Zeit zu zweit. Wir hielten uns an den Händen, küssten uns und als seine Eltern eines nachmittags eingeladen waren, Stine und Frederick mit Oma Inge einen

Bootsausflug machten, blieben wir allein im Anwesen der von Linnenbergs. Wir verbrachten einen romantischen Nachmittag.

Magnus hatte Kerzen angezündet und gedämpfte Hintergrundmusik erfüllte sein Zimmer. An diesem Nachmittag schlief ich zum ersten Mal mit einem Jungen.

Ich wusste, dass es auch für Magnus das erste Mal gewesen war und wir empfanden eine enge Verbindung zwischen uns. Ich hatte geglaubt, dass nichts uns jemals trennen könnte.

Obwohl wir noch so jung waren, spürte ich, dass mein Herz niemals jemandem außer Magnus gehören würde.

Doch in den Tagen danach sollte mein Hochgefühl einen Dämpfer bekommen, denn stetig, ja beinahe von Stunde zu Stunde, wurde Magnus mir gegenüber verschwiegener und er behandelte mich im Verlauf der Sommerferien immer herablassender und distanzierter. Einzig sein Bruder Frederick, der nur ein Jahr jünger als ich war, war stets gut gelaunt und verbrachte gerne Zeit mit mir.

Damals hatte ich nicht den Mut aufbringen können, Magnus zur Rede zu stellen. Ich hatte vermutet, er fand unsere gemeinsame Zeit nicht so schön, wie ich sie empfunden hatte und wollte mir auf diese Weise zu verstehen geben, dass es zwischen uns aus war.

In allen weiteren Sommerferien, die Stine und ich in Dänemark verbrachten, verliebte ich mich mehr in ihn.

Obwohl er mir immer deutlicher die kalte Schulter zeigte, glaubte ich, ab und zu etwas in seinen Augen aufblitzen zu sehen, was er vor mir verschließen wollte. Aber ich war zu feige, ihn darauf anzusprechen. Zu groß war meine Angst vor seiner Antwort.

Das letzte Mal sahen wir uns vor fünf Jahren. Ich hatte gerade mein BWL-Studium beendet und ein achtwöchiges Praktikum in einem Unternehmen in London angetreten, als mich der

Anruf meiner Mutter erreichte, und sie mir sagte, dass meine Oma plötzlich verstorben war. Die Beerdigung sollte wenige Tage später in Dänemark stattfinden.

Für mich brach eine Welt zusammen. Ich konnte mir nicht vorstellen, dass meine Oma nicht mehr lebte, dass sie nicht in Dänemark auf mich wartete und mir ihren *gulerodskage* buk.

Obwohl ich mich in den letzten Jahren zurückgezogen hatte, hatten meine Oma und ich ein inniges Verhältnis gehabt, was auch durch die Entfernung und mein verändertes Verhalten in Dänemark nicht nachließ. Wir telefonierten häufig und Oma entwickelte eine Vorliebe für Medien und schickte mir E-Mails und Fotos. Dass das alles vorbei sein sollte, war für mich unverständlich.

Ich nahm den nächsten Flieger aus London und flog direkt nach Kopenhagen, um von dort mit einem Mietwagen nach Tideborg zu fahren, den Ort, in dem ich so viele schöne Tage mit meiner Großmutter verbracht hatte.

Die Beerdigung nahm ich nur durch einen Nebelschleier wahr. Meine Oma und mich verband eine tiefe, innige Beziehung und ich konnte keinen klaren Gedanken fassen.

Als ehemalige Haushälterin der Familie von Linnenberg waren selbstverständlich auch Herlinde und Gustav sowie Magnus und Frederick auf der Beerdigung, um Oma Inge die letzte Ehre zu erweisen.

Frederick nahm mich nach dem offiziellen Teil liebevoll in seine Arme und murmelte mir tröstende Worte ins Ohr. Es tat gut, einen so ehrlichen Freund wie ihn zu haben. In all den vergangenen Jahren verstanden wir uns immer besser und konnte uns Geheimnisse anvertrauen, ohne Angst zu haben, vom anderen verraten zu werden. Ein Kribbeln wie bei seinem Bruder empfand ich bei Frederick nie, vielmehr die tiefe Verbundenheit zweier Freunde.

Als ich mich aus Fredericks Umarmung löste, schaute ich

direkt in die strahlend blauen Augen von Magnus, die, so dachte ich, zunächst funkelten, dann aber einen kalten Ausdruck annahmen. Mit einem vor Verachtung triefenden Blick schaute er mich von oben herab an, legte seinen Arm und die grazile Schulter einer Blondine, die ich noch nie zuvor gesehen hatte und die wie aus dem Nichts aufgetaucht war, drehte sich um und ging – nein - stolzierte beinahe davon.

Das war das letzte Mal, dass ich Magnus von Linnenberg gesehen hatte. Mein gebrochenes Herz nahm er an jenem verregneten Novembernachmittag mit sich.

Ein Schubsen holte mich aus meinen Gedanken zurück.

»Wären Sie so freundlich und würden den Türöffner betätigen?«, vernahm ich eine ungehaltene Stimme hinter mir.

In Gedanken an meine Vergangenheit hatte ich gar nicht mitbekommen, dass wir den Bahnhof bereits erreicht hatten. Ich drückte auf den grün blinkenden Türknopf, wurde mehr aus dem Zug geschoben, als dass ich selber ging und eilte mit Fina zum nächsten Bahnsteig, auf dem in wenigen Minuten mein Anschlusszug nach Esbjerg einfahren würde. Da wir nur wenige Minuten Zeit hatten, konnten wir das Bahnhofsgebäude nicht verlassen, sodass Fina sich noch einmal hätte erleichtern können.

Der Zug Richtung Esbjerg war deutlich leerer und ich hatte für die letzten zwei Stunden meiner Fahrt mehr Glück bei der Sitzplatzsuche und machte es mir mit meiner Hündin, die ich auf den Platz neben mir setzte, im klimatisierten Zug bequem.

Ich musste eingeschlafen sein, denn erst das Geräusch des bremsenden Zuges weckte mich. Verschlafen schaute ich aus dem Fenster und konnte den vertrauten Anblick des Esbjerger Bahnhofes erkennen.

Meine Tasche in der rechten, eine aufgeregte Fina an der

linken Hand ziehend, verließ ich den Zug und betrat den Bahnsteig.

Erst jetzt wurde mir klar, dass ich durch die Aufregung der letzten Stunden nicht daran gedacht hatte, jemandem von meiner Fahrt nach Tideborg zu erzählen.

Niemand wusste, wo ich war oder wohin ich wollte.

Nachdem ich mit Fina eine kleine Rasenfläche angesteuert hatte, damit sie sich erleichtern konnte, zückte ich mein Handy, um meine Schwester Stine anzurufen. Doch ich war mir augenblicklich nicht mehr so sicher, was sie von meinem unerwarteten Auftauchen halten würde. Klar, sie würde sich bestimmt freuen, ihre große Schwester wiederzusehen. Zuletzt hatte sie mich vor einem Jahr in Hamburg besucht. Sie war vollkommen begeistert und wie sie betonte *verzückt* von unserer Wohnung und sie sagte immer wieder, wie wunderbar sie mein Leben in Hamburg fand.

Würde Stine mein abruptes Auftauchen gutheißen? Oder würde sie mich überreden wollen, zu Hagen zurückzukehren?

Das Gedankenwirrwarr in meinem Kopf wurde immer größer.

Also beschloss ich, erst einmal Ordnung in mein Durcheinander zu bringen. Und es gab seit meiner Kindheit nur eine Möglichkeit, diese Klarheit zu bekommen: Ich musste das Meer sehen, durch den Sand laufen und betrachten, wie die Wellen meine Abdrücke wieder mit sich zogen. Ich musste die Nordseeluft einatmen.

Ich entschied, zu Fuß zum Haus unserer Großmutter zu gehen. Der mindestens einstündige Fußmarsch würde mir bestimmt guttun.

Am Hafen von Esbjerg vorbei hielt ich auf die *Mennesket ved Havet – die vier Männer am Strand* zu, einer aus weißem Beton bestehenden Skulpturengruppe, die ein Wahrzeichen von Esbjerg waren.

Einen Moment blieb ich stehen und schaute auf die Bucht hinaus. Mit einem Mal war ich glücklich, wieder hier zu sein.

An dem Ort, den ich eigentlich nie wieder aufsuchen wollte.

Doch dieser Blick auf die Nordsee, die Luft, die meine Haare um meinen Kopf tanzen ließen, gaben mir das Gefühl, willkommen zu sein. Es hatte etwas Tröstendes, die Wellen zu sehen, die immer wieder neu auf den Strand rollten, um sich dann wieder in die Weite des Meeres zurückzuziehen. Als würden sie auch einen Teil meiner Sorgen mit sich ziehen.

Ich löste die Leine von Finas Halsband, zog die High Heels aus und setzte meinen Weg am Strand fort. Weil ich so schnell aufgebrochen war, hatte ich gar keine Zeit mehr gehabt, meine Arbeitskleidung auszuziehen. Der Bleistiftrock saß eng an meinen Oberschenkeln und meine hellblaue Bluse wurde durch den Wind fest an meinen Oberkörper gedrückt.

Hoffentlich hatte ich in der Eile heute Nachmittag bequeme Sachen eingepackt und nicht aus der Gewohnheit heraus meine Businessoutfits, die ich täglich zur Arbeit trug.

Bei Old Luxuries wurde uns das Tragen von bestimmten Outfits nicht vorgeschrieben, aber ich fühlte mich wohl in meinen Etuikleidern oder Röcken und bei Verhandlungen, in denen es darum ging, für unsere Kunden den bestmöglichen Deal auszuhandeln, unterstrichen meine Outfits meine Souveränität. Ich fühlte mich auf der Arbeit wohl in meinem Dress, aber privat trug ich auch gerne Lässiges und Bequemes.

Gerade sehnte ich mich nach meiner Jogginghose und einem Pullover.

Da es nicht spät am Abend war, wehte der Wind nicht zu kalt. Ich hatte Dänemark noch nie windstill erlebt.

Meine kleine braune Bulldogge lief aufgeregt und freudig um mich herum. Es war das erste Mal, dass Fina am Strand war und das Meer erlebte. Mein Hund, dessen Selbstbewusstsein, typisch für eine Bulldogge, sehr ausgeprägt war, musste wohl denken, sie sei die Heldin der Wellen, so wie sie in das seichte Wasser preschte und versuchte, die Schaumkronen zu packen. Ihre Pfoten gruben sich beim Laufen tief in den Sand. Ich schmunzelte bei ihrem Anblick, wie sie den sandigen Boden aufwirbelte und das Wasser um sie herumspritzte. Später würde ich ihr bestimmt jedes einzelne Sandkorn aus dem weißen Fell, das sie am Hals hatte, herausbürsten müssen.

Mit jedem Schritt, den ich tat, war es, als würde ein kleines bisschen Last von mir abfallen. Vielleicht sollte ich mich die nächsten Tage einfach bei Stine verkriechen und von dort aus nach einer Wohnung in Hamburg suchen. Zu Hagen zurückzukehren, war für mich ausgeschlossen.

Nach etwa einer Stunde, Fina trottete mittlerweile neben mir her, sie war wohl so langsam erschöpft vom Wellenpacken, konnte ich das Haus meiner Oma sehen.

Es lag erhöht und die Holztreppe, von der aus man von der Terrasse direkt auf den Strand gehen konnte, war rechts und links mit Blumenkübeln dekoriert. Stine hatte immer schon ein Händchen für Pflanzen gehabt. Sie hatte früher viel Zeit in den Sommerferien mit Oma damit verbracht, Blumen umzutopfen, Setzlinge zu pflanzen und Blumensträuße zu binden.

Ich liebte Blumen ebenfalls und ihr Geruch ließ mich immer wieder vor Freude verzücken, meine Leidenschaft galt jedoch dem Backen. Wann immer ich Zeit hatte, band ich mir meine Kochschürze um und nahm ein Backbuch zur Hand. Dann buk ich Plätzchen, Torten, Macarons oder wonach mir gerade der Sinn stand.

Die Erinnerung an die Sommerferien mit unserer Großmutter ließ mich lächeln und nun war ich immer aufgeregter, nach fünf Jahren wieder Oma Inges Haus zu betreten.

Ob Stine es umgestaltet hatte? Ich hatte nie Fotos von ihr zu Gesicht bekommen. Sie hatte mir zwar erzählt, dass sie einige neue Möbel angeschafft hatte, aber in meiner Vorstellung sah das Haus immer noch aus, wie ich es vor fünf Jahren zuletzt gesehen hatte. Wie ich darauf reagieren würde, sollte Stine es komplett umgestaltet haben, wusste ich nicht und so verbannte ich den Gedanken wieder.

Je näher ich dem Haus kam, desto genauer konnte ich alles erkennen.

Jemand hockte auf der Terrasse und ich erkannte einen blonden langen Zopf, der eindeutig zu Stine gehörte.

Meine Schwester war tief in ihre Arbeit versunken und ihre Hände steckten in einem Umtopf.

Fina konnte es nicht erwarten und sie rannte, so schnell es ihre kurzen Beine zuließen, auf Stine zu.

Die hielt abrupt inne und schaute zuerst zu Fina und dann zu mir, wie ich gerade die letzten Stufen zur Terrasse hinaufstieg.

»Anni?« Als ich ihrem überraschten Blick begegnete, brachen alle Dämme. Ich ließ meine Tasche und die High Heels fallen und schlang weinend meine Arme um meine Schwester.

KAPITEL 2

Während Stine mir das zweite Glas Rotwein einschenkte, endete ich mit meiner Zusammenfassung der letzten Stunden, die sich beim Erzählen für mich angehört hatten, als würde ich aus einem Film berichten.

Dachte ich vorher einen kurzen Moment daran, dass Stine mich überreden wollte, zu Hagen zurückzukehren, musste ich mich selber für diesen Gedanken rügen. Selbstverständlich verstand meine Schwester mich und dachte nicht eine Sekunde daran, an mir zu zweifeln und meine Entscheidung, nach Tideborg zu kommen, infrage zu stellen. Sie ließ es sich sogar nicht nehmen, einen kleinen, nicht ganz ernst gemeinten Vorwurf hinterherzuschieben. »Da braucht es also erst einen Hagen, der dich hintergeht, damit du endlich den Mut findest, nach Tideborg zu kommen.« Leider musste ich Stine damit recht geben.

Wir redeten pausenlos und ich genoss das Zusammensein mit meiner Schwester. Fina hatte sich vor dem Kamin ausgestreckt, den Stine entzündet hatte, als die Sonne untergegangen war und es abkühlte.

Das knisternde Feuer, Oma Inges alte Decke, die ich mir über meine angewinkelten Beine gelegt hatte, das Glas Rotwein in der Hand und meine Schwester, die mir gegenüber im Sessel saß, ließen mich für eine Zeit all das vergessen, was ich an diesem Tag erlebt hatte, und ich fühlte mich so willkommen und geborgen wie schon lange nicht mehr.

Plötzlich überkam mich eine bleierne Müdigkeit.

Wahrscheinlich realisierte mein Körper jetzt erst, was in den letzten Stunden geschehen war, und sehnte sich nach Ruhe.

Stine bereitete mir das Gästezimmer vor und ich konnte endlich das Businessoutfit gegen meinen bequemen, karierten Flanellschlafanzug tauschen.

»Danke Stine, ich danke dir für alles.« Noch einmal überkam mich die Liebe zu meiner kleinen Schwester und ich zog sie in eine feste Umarmung.

Stine verabschiedete sich in ihr Schlafzimmer und ich schlief, kaum dass ich mich in das Gästebett gekuschelt hatte und Fina es sich neben meinen Füßen bequem gemacht hatte, ein. Oma Inges vertrauter Geruch, so bildete ich mir ein, umhüllte mich und schenkte mir Zuversicht.

Der beginnende Tag weckte mich. Die Sonne hatte es noch nicht geschafft, ihre Kraft vollkommen zu entfalten. Mich trieb es aber dennoch aus dem Bett. Ein Blick auf mein Handy verriet mir, dass es noch nicht einmal sechs Uhr war.

Fina schüttelte sich, als ich sie versehentlich vom Bett schubste. So schnell von der warmen Decke geschmissen zu werden, behagte ihr ganz und gar nicht.

Barfuß und auf Zehenspitzen schlich ich durch das Wohnzimmer, um Stine nicht zu wecken. Ein Blick durch die Fenster auf die Wellen, die durch die ersten zarten Strahlen der Sonne zu glitzern begannen, zog mich magisch an.

Ich schnappte mir Stines Poncho von der Garderobe und ging durch die Terrassentür ins Freie. Finas Lebensgeister erwachten anscheinend, denn sie konnte gar nicht schnell genug an mir vorbeirennen, um in Richtung des Wassers zu preschen.

Schmunzelnd blickte ich ihr hinterher. »Fina meine treue Begleiterin«, murmelte ich. Was hätte ich nur ohne sie gemacht? Fina war stets an meiner Seite und ich konnte mir nicht vorstellen, wie es ohne sie wäre.

Ich stieg in Stines Flipflops, die auf der Terrasse standen und ging, eingehüllt in den Poncho, die Stufen zum Strand hinunter.

Der leichte Wind, der mir entgegenblies, hatte eine unfassbar heilende Wirkung auf mich, als würden meine Sorgen durch den Wind und das Meer fortgetragen. An diesem Morgen schien mein altes Leben weit entfernt und ich fühlte mich so frei wie schon lange nicht mehr.

Am Strand angekommen, zog ich die Flipflops aus, krempelte meine Schlafanzughose hoch und genoss das kühle Wasser, das um meine Knöchel spülte.

Plötzliches Bellen riss mich aus meinen Gedanken. Fina und ich waren nicht die Einzigen am Strand. Einige hundert Meter entfernt konnte ich eine Gestalt ausmachen, die ebenfalls einen Hund mit sich führte. Fina sprintete los und schon sprangen sie und der andere Vierbeiner aneinander. Sie bildeten ein Bündel aus Fell und ich konnte nicht ausmachen, ob sie spielten oder sich weniger gut verstanden.

Da die Gestalt in der Ferne jedoch keine Anstalten machte, einzugreifen, schienen die Hunde sich nicht zu attackieren.

Trotzdem beschleunigte ich mein Tempo und eilte auf die beiden tollenden Hunde und die Person neben ihnen zu.

»Fina! Komm!«, versuchte ich meinen Hund zu mir zu rufen. Fina hatte jedoch anderes vor und hörte, typisch Bulldogge, überhaupt nicht auf mich.

Lachend schüttelte ich den Kopf, da ich diese Eigenheit meiner Hündin zu gut kannte. Ich hoffte, dass der andere Hundehalter das Ganze ebenso amüsant fand. Einige Male war es schon vorgekommen, dass mich mürrische Hundehalter angegiftet hatten, da meine Bulldoggendame nicht auf jedes meiner Kommandos blitzartig reagierte. Ich wusste, dass die Hundeerziehung wichtig war, aber ich mochte meine Hündin so wie sie war. Auch wenn sie ihre großen Ohren auf Durchzug stellte.

Noch mit einem Lächeln auf den Lippen erreichte ich den Fremden und erstarrte, als hätte mich der Schlag getroffen.

»Oh«, war alles, was ich zu sagen imstande war.

Der Fremde, der mich erst freundlich anschaute, schien zu erkennen, wer ihm gegenüber stand und blickte mich plötzlich auf äußerst merkwürdige und distanzierte Weise an.

»ABBA-Anni!« So hatte mich seit einer Ewigkeit niemand mehr genannt. ABBA-Anni war mein Spitzname, seitdem ich meine Ferien bei Oma Inge verbracht hatte. Kaum jemand kannte meinen eigentlichen Namen Annifried. Zwar war die Schreibweise anders als der meiner Namensvetterin, ich konnte allerdings nicht leugnen, dass meine Eltern mich nach der Sängerin von ABBA, Anni-Frid, benannt hatten. Oma Inge hatte ihre Musik immerzu gehört und somit waren meine Eltern ebenfalls auf den Geschmack der schwedischen Grand-Prix-Gewinner gekommen.

»Dass du das noch weißt«, antwortete ich verlegen.

Magnus schaute mir, so bildete ich mir zumindest ein, tief in die Augen. »Wie könnte ich es jemals vergessen?«

Ich schluckte und hatte das Gefühl, mein Herz zerspringe in tausend Teile, obwohl ich nicht gewusst hatte, dass das noch möglich war. Ich dachte, es wäre bereits vor Jahren unheilbar zerstört worden.

»Hm.« So sehr ich mich bemühte, meinen Kopf nach einer einfallsreicheren Aussage zu durchkramen, wollte es mir nicht gelingen.

Magnus in diesem Moment wiederzusehen, brachte mein Blut in Wallungen. Ein Gefühlschaos, das seinesgleichen suchte, herrschte in mir. Und so sehr ich mich bemühte, meine negativen Gefühle Magnus gegenüber, meine Wut und meine Kränkung der Vergangenheit an die Oberfläche zu schicken, übernahm doch ein anderes Gefühl die Macht.

Ein kleiner Keim, den ich tief in meinem Herzen verschlossen hielt, wollte ausbrechen. Ein Keim, der aus Liebe und Sehnsucht bestand.

Vehement schüttelte ich den Kopf, um meine Gedanken zu vertreiben, und erlaubte es mir, in seine Augen zu schauen, was sich jedoch als Fehler herausstellte. Wie konnte ich negative Gedanken heraufbeschwören, wenn ich in seinen blauen Augen versank? Auch nach all den Jahren hatten sie nichts von ihrer Wirkung auf mich eingebüßt.

Die Schmetterlinge, die ich versucht hatte, durch reine Willenskraft auf den Boden zu drücken, flogen wieder wild in meinem Bauch umher.

»Seit wann bist du hier?«, wollte Magnus ohne Umschweife wissen. Small Talk stand scheinbar nicht auf seinem Tagesprogramm.

Ich räusperte mich. »Seit gestern Abend erst. Es war eher ein spontaner Besuch ... na ja ... da bin ich.« Mit meinen Händen machte ich eine wedelnde Geste, um locker zu wirken. Während der Bewegung merkte ich aber, dass mir das vollkommen misslang und ich alles andere als entspannt war.

Magnus' Gesicht spiegelte ein Sammelsurium an Emotionen wieder. Auch er war scheinbar überrascht, mich zu sehen, und wusste nicht so recht, wie er mit mir umgehen sollte.

Ich kramte in den hintersten Ecken meines Gehirns nach etwas Schlagfertigem. Ich wollte stark und souverän auftreten, wie ich es bei der Arbeit mit Leichtigkeit tat. »Und was machst du um diese Zeit hier?«

An meiner Schlagfertigkeit musste ich wohl noch arbeiten, aber zumindest gelang es mir, einen vollständigen Satz zu formulieren.

Magnus schmunzelte und erst jetzt riss ich mich von seinen strahlend blauen Augen los und betrachtete seinen Mund. Die vollen Lippen und sein Dreitagebart brachten mich zum Schwitzen.

»Ich wohne gleich hier.« Magnus zeigte vage hinter sich auf ein Holzhaus, welches ebenfalls wie das von Oma Inge direkt am Strand lag, aber deutlich größer war. »Vor drei Jahren habe ich das Grundstück gekauft. Das Haus vom alten Hinrich drohte einzustürzen, also habe ich es abreißen lassen und mir ein neues Haus für Bella und mich gebaut.«

Bei der Erwähnung des weiblichen Namens durchzuckte es mich, obwohl es das eigentlich nicht sollte. Magnus war Geschichte und sollte es auch bleiben.

»Okay«, antwortete ich und merkte zu meinem Leidwesen, dass meine Stimme eine Oktave zu hoch klang. So langsam machte ich mich lächerlich mit meinen wortkargen Antworten. Ich war kein Teenager mehr und würde es doch wohl schaffen, ein vernünftiges Gespräch zu führen.

Small Talk war doch nie meine Schwäche, warum nur machte er mich so nervös, dass mir kein vernünftiger Satz mehr einfallen wollte?

Er schien seine anfängliche Überraschung schneller abgelegt zu haben als ich, denn er begann souverän weiterzusprechen.

»Unsere Hunde scheinen sich zu verstehen. Ist deiner auch eine Hündin?«

»Ja genau. Fina ist seit drei Jahren meine treue Begleiterin. Sie ist mein Ein und Alles und die treueste Seele, die es nur gibt.«

Gemeinsam schauten wir den Hunden dabei zu, wie sie umhertollten und sich gegenseitig spielerisch jagten. Sie schienen auf harmonische Weise miteinander zu toben. So als hätten sie schnell ihre Plätze in der Rangordnung bestimmt. Fina ließ sich immer wieder fallen und legte sich dabei auf den

Rücken. Damit zeigte sie, dass sie sich Magnus' Hündin untergeordnet hatte.

»Hunde sind tatsächlich die treuesten Seelen. Sie verstehen einen immer. Bella ist mittlerweile schon seit acht Jahren bei mir.«

Hatte er gerade Bella gesagt? Obwohl ich es nicht wollte, fiel mir ein Stein vom Herzen und ich atmete leise aus. Dann war Bella also gar nicht seine Frau, sondern seine Hündin. Warum erleichterte es mich so? Es sollte mich doch eigentlich nicht interessieren.

Ich war so vertieft in meine Grübeleien, dass ich nur bruchstückhaft etwas von »Tierschutz« und »gerettet« wahrnahm. Magnus hatte mir wohl gerade etwas über seine Vergangenheit mit Bella erzählt.

Ich nickte und hoffte, dass er nicht bemerkt hatte, dass ich ihm nicht richtig zugehört hatte.

»Und was treibt dich um diese Uhrzeit und im Schlafanzug an den Strand?«, fragte er mich. Schmunzelnd ließ er seinen Blick über mich gleiten und ich merkte, dass meine Wangen sich rot färbten. Oh je, ich stand immer noch im Schlafanzug am Strand.

Zum Glück bedeckte Stines Poncho mich etwas, sodass ich mir nicht ganz so entblößt vorkam.

»Ich konnte nicht mehr schlafen. Und der Strand um diese Uhrzeit ist eine Wohltat. Hier bekommt man den Kopf einfach wieder frei.«

»Ja, das stimmt«, antwortete er. »Und warum bist du hier in Tideborg?« Der Mann verstand es, Themen auf den Punkt zu bringen.

»Wie warum bin ich hier? Ich besuche Stine.« Meine Stimme kam mir etwas zu schrill vor. Magnus schien mir meine Antwort ebenfalls nicht abzunehmen.

»Ich dachte, du kommst nicht mehr her. Du warst ewig nicht mehr hier.«

Ich wollte nicht darüber reden oder nachdenken.

Plötzlich überkam mich ein mulmiges Gefühl und ich war froh, meinen Rettungsanker Fina bei mir zu haben.

»Ich muss dann auch mal ... Fina, komm!« Ich drehte mich um und konnte Magnus' gemurmelte Antwort nicht mehr verstehen.

Meine treue Hündin hatte scheinbar heute ein Bulldoggenherz für mich übrig, denn sie trottete brav neben mir her und blickte sich nur wenige Male nach ihrer neuen Spielgefährtin um.

Während ich die Holzstufen zu Oma Inges Haus emporstieg, drehten sich meine Gedanken wie ein Karussell und ich hatte keine Chance, sie zu sortieren. Oben auf der Terrasse angekommen, blickte ich mich noch einmal um und sah, dass Magnus immer noch an der Stelle stand, an der wir uns eben begegnet waren. Er schaute in meine Richtung und hob die Hand. Doch statt zurückzuwinken, drehte ich mich um und ging durch die Terrassentür ins Esszimmer.

»Guten Morgen, Schwesterherz«, vernahm ich Stines Stimme hinter mir. »Hast du einen kleinen Strandspaziergang gemacht in … diesem schönen Outfit?« Stine begann zu lachen. Mir war nach dem Aufeinandertreffen mit Magnus eigentlich eher zum Weinen zumute, aber Stines heitere Art riss mich einfach mit und so konnte ich nicht anders, als in ihr Lachen einzustimmen. Wir hörten erst auf, als uns die Tränen über die Wangen liefen, und Fina anfing, zu bellen.

»Und rate, wem ich direkt in diesem Outfit begegnet bin«, forderte ich meine Schwester auf.

»Da brauche ich nicht zu raten. Ich habe euch schon gesehen. Ich habe gehört, wie du die Terrassentür geöffnet hast, und bin dann auch aufgestanden. Als ich uns einen Kaffee gekocht habe, habe ich euch am Strand gesehen.«

Ich hatte ganz vergessen, dass man sowohl aus dem

Küchenfenster als auch durch die gläserne Terrassentür und das Wohnzimmerfenster einen hervorragenden Blick über den gesamten Strand hatte. Oma Inge hatte früher schon immer ein Auge auf uns, als wir alleine am Strand spielten.

Jetzt erst fiel mir wieder ein, was Magnus eben am Strand zu mir gesagt hatte und da es mir in Stines Gegenwart keineswegs schwerfiel, direkt auf den Punkt des Gespräches zu kommen, fragte ich sie geradeheraus.

»Hattest du die ganze Zeit Kontakt zu Magnus? Und warum hast du mir nicht gesagt, dass er mittlerweile dein Nachbar ist?«

Die Fragen sprudelten nur so aus mir heraus.

Stine holte zwei Kaffeetassen aus dem Schrank, stellte sie auf den ovalen Esstisch und goss uns Kaffee ein.

»Lass uns erst mal einen Kaffee trinken und ich erzähle dir nebenbei alles.« Damit machte sie mich neugierig. Ich legte ihren Poncho über den Essstuhl neben mir und setzte mich Stine gegenüber. Fina machte es sich an meinen Füßen bequem. Sie war vom Herumtollen am Strand ganz müde und streckte ihre kurzen Beine von sich.

Stine goss uns beiden Milch in den Kaffee. Wir hatten uns schon immer wortlos verstanden. Dann versuchte sie, das Gedankenwirrwarr in meinem Kopf zu entwirren.

»Also, Magnus ist ja nicht direkt mein Nachbar. Familie Poulsen wohnt noch zwischen uns und sein Haus liegt einige hundert Meter den Strand runter«, druckste sie herum.

Ich kannte die ausweichenden Antworten meiner Schwester bereits seit vielen Jahren. Immer, wenn sie nicht auf den Punkt der Tatsachen zu sprechen kommen wollte, begann sie mit Nebensächlichkeiten.

»Stine, trotzdem wohnt er in deiner Nachbarschaft. Du hast immer gesagt, dass du auch keinen Kontakt mehr zu ihm hättest und dich nur noch mit Frederick treffen würdest und Herlinde und Gustav ab und zu im Dorf sehen würdest.«

Stine wurde merklich kleiner auf ihrem Stuhl und ihre Wangen färbten sich rot, ein deutliches Zeichen dafür, dass sie etwas verschwieg. Das war der Nachteil an unserer hellen Haut. Man konnte uns immer anhand der Gesichtsfarbe ansehen, was in uns vorging.

»Na ja. Ich wusste, dass du nicht mehr nach Tideborg kommen wolltest, weil du *ihn* nicht mehr sehen willst.«

Ich setzte an, um zu protestieren, aber Stine hob eine Hand.

»Anni, ich bin zwar etwas jünger als du, aber nicht blöd. Ich wusste schon immer, dass du verrückt nach Magnus warst und verliebt in ihn bist.«

»War, Stine … war … und ich meine … nein, bestimmt nicht. Magnus interessiert mich nicht!« Ich merkte, dass ich mich selbst verraten hatte. So gut es ging, versuchte ich meine Gefühle vor Stine zu verbergen. Da sie aber ihre linke Augenbraue skeptisch hob, wie sie es immer machte, wenn sie meinte, mich durchschaut zu haben, ließ ich es bei einem Seufzer und wartete darauf, dass Stine weitersprach.

»Also gut, das ist jetzt erst mal nicht so wichtig«, kam sie mir glücklicherweise entgegen und fuhr fort. »Ich muss dir gestehen, dass ich dir nicht ganz die Wahrheit gesagt habe. Aber manches verstehe ich selber nicht!«

Ich verstand gerade gar nichts von dem, was Stine mir sagen wollte. Ich raufte meine langen Locken, die mittlerweile nicht mehr in dem Zopf hingen, den ich mir gebunden hatte, bevor ich rausgegangen war. Ich versuchte, mehr aus der zerknirschten Stine herauszubekommen.

»Also noch mal von vorne. Was ist mit Magnus? Hattet ihr auch in den letzten Jahren Kontakt zueinander?«

Stine seufzte und holte tief Luft, als müsse sie sich überwinden, zu antworten. Was sie nach einigem Zögern aber dennoch tat. »Ja. Ich weiß nicht, was zwischen euch damals vorgefallen ist, aber er war immer sehr nett zu mir und hat mir oft geholfen, wenn mal wieder eine Terrassendiele am Haus lose war oder ich einen Rat brauchte. Er hat mir gesagt, dass ihr seit Ewigkeiten gar keinen Kontakt mehr habt und das es wahrscheinlich besser so sei.«

In meinem Kopf überschlugen sich die Gedanken. *Dass es besser so sei.* So einfach war das für ihn also. Ich wurde einfach nicht schlau aus diesem Mann und sollte es am besten auch dabei belassen. Von einem Gefühlschaos ins nächste wollte ich nun wirklich nicht schlittern.

Als hätte Stine meine Gedanken erraten, fragte sie plötzlich:

»Was ist eigentlich mit Hagen? Seitdem du mir gestern gesagt hast, warum du hergekommen bist, hast du kein Sterbenswörtchen mehr über ihn verloren.«

Jetzt erst merkte ich, dass ich wirklich kein einziges Mal an Hagen gedacht hatte. Der einzige Mann, der sich immer wieder in meine Gedanken verirrte, war Magnus. Und er war der Letzte, der sich dort aufhalten sollte.

»Ehrlich gesagt habe ich gar nicht an Hagen gedacht«, gestand ich. »Ich bin auch gar nicht sauer auf ihn. Nur enttäuscht darüber, betrogen worden zu sein. Das sollte wirklich niemand erleben. Dieses Gefühl, hintergangen worden zu sein, ist das, was mich in Bezug auf Hagen kränkt.« Und komischerweise ärgerte ich mich auch etwas darüber, dass ich mich nicht schon eher von Hagen getrennt hatte. Es hatte oft Momente gegeben, in denen ich gemerkt hatte, dass wir nicht zueinander passten. Vielleicht hatte ich einfach Angst, alleine zu sein.

Stine seufzte und schaute mich an. »Was hat Oma Inge immer gesagt? *Alles hat seine Zeit*!«

Hatte ich den Spruch früher nicht verstanden, konnte ich ihn jetzt aber umso mehr nachvollziehen und verstand, was sie uns immer damit sagen wollte.

»Ja, das stimmt. Alles hat seine Zeit und Hagens und meine

Zeit ist vorbei. Ehrlich gesagt bin ich sehr froh darüber. Ich hätte mir ein anderes Ende gewünscht, aber jetzt ist es nun mal so, wie es gekommen ist.«

»Wann holst du denn deine Sachen aus Hagens Wohnung? Wo willst du eigentlich wohnen? Und was hat dein Chef gesagt, als du ihm Bescheid gegeben hast?«

Oh nein! Die letzten Stunden waren so ereignisreich gewesen, dass ich vollkommen vergessen hatte, bei der Arbeit Bescheid zu geben. Ich schaute auf die große Uhr, die in der Küche hing. 7:30 Uhr. Ich sollte mich umgehend bei Herrn Horstmann melden.

An meinem panischen Blick erkannte Stine, dass ich bisher noch niemandem von meiner überstürzten Abreise erzählt hatte.

»Ich gehe dann mal schnell ins Gästezimmer und rufe bei der Arbeit an. Constanze weiß auch gar nicht, wo ich bin und was passiert ist.« Dass ich Constanze nicht Bescheid gegeben hatte, tat mir leid. Sie war meine beste Freundin und wir erzählten uns sonst fast alles. Eigentlich war sie immer die Erste, der ich von meinen Neuigkeiten oder Änderungen im Leben berichtete.

Dieses eine Mal hatte ich mich nicht bei ihr gemeldet, sondern war stattdessen losgefahren, ohne jemanden über mein Vorhaben zu informieren.

»Alles klar«, sagte Stine. »Dann mache ich uns Frühstück, solange du mit deinem Chef sprichst. Willst du denn eigentlich länger bleiben?«

Darüber hatte ich noch gar nicht nachgedacht. Tideborg und all seine Erinnerungen hatte ich, so gut es ging, verdrängt und musste nun überlegen, ob ich es dabei belassen wollte. Ich könnte am Mittag einen Zug zurück nach Flensburg und dann nach Hamburg nehmen. Bei Constanze könnte ich bestimmt einige Zeit auf ihrer Schlafcouch Asyl finden.

»Ich weiß es noch nicht«, antwortete ich Stine wahrheitsgemäß. Ich hoffte, während der nächsten Minuten

Klarheit zu erlangen. Vielleicht würde Herr Horstmann mir keine freien Tage zugestehen. Dann müsste ich umgehend zurückfahren und bräuchte mir den Kopf nicht über meinen Aufenthalt in Dänemark zu zerbrechen.

Ich machte mich auf ins Gästezimmer. Fina trottete hinter mir her und legte sich lang gestreckt auf das Bett.

Als ich mein Handy in die Hand nahm, um die Nummer meines Chefs zu wählen, fiel mir auf, dass ich 17 Anrufe in Abwesenheit von Constanze und sogar 10 von Hagen hatte und mein Whatsapp-Symbol mir zeigte, dass viele neue Nachrichten darauf warteten, gelesen zu werden.

Ich entschied mich, zuerst meine Freundin anzurufen. Sie war diejenige, mit der ich nun unbedingt sprechen musste.

Ich klickte ihren Namen in meiner Favoritenliste an und setzte mich zu Fina aufs Bett. Nach dem zweiten Freizeichen nahm Constanze ab.

»Anni! Verdammt, wo steckst du? Ich habe mir Sorgen gemacht. Hagen hat mich die ganze Nacht über wach gehalten, da er dich gesucht hat.« Das war Constanze, wie ich sie kannte. Immer direkt und mit Vollgas voraus.

»Hey Constanze«, begann ich. So recht wusste ich nun nicht, wie ich ihr sagen sollte, was geschehen war und wo ich war. »Ich bin in Dänemark!«

»Was? Wieso?«, schrie sie mir beinahe entgegen. »Was machst du da? Hagen hat mir gestern gesagt, dass ihr einen kleinen Streit hattet und du abgehauen bist. Also Anni, man muss doch nach einem Streit nicht gleich so fuchsteufelswild werden und abhauen«, schoss Constanze mir entgegen.

Nun wurde ich doch wütend. Wie konnte Hagen es wagen, so einen Blödsinn zu erzählen?

Ich bemühte mich um einen ruhigen Tonfall, als ich antwortete. »Wenn du es als Streit bezeichnen würdest, dass Hagen sich gestern mit seiner Kollegin Agnes auf seinem

Schreibtisch vergnügt hat und ich die beiden dabei erwischt habe, dann hatten wir wohl einen Streit«.

Ich konnte hören, wie Constanze ins Telefon schnaufte. »Was hat er?«, schrie sie wutentbrannt und ich konnte mir bildlich vorstellen, welchen Gesichtsausdruck sie dabei annahm. »Dieser Arsch, dieser verdammte Arsch. Ich schneide ihm die Eier ab und laufe damit an den Landungsbrücken auf und ab!«

Bei dieser Vorstellung musste ich erst schmunzeln und konnte mein Lachen dann nicht mehr zurückhalten. Auf Constanze war einfach Verlass. Sie stimmte in mein Lachen ein und sofort fühlte sich der gestrige Tag etwas leichter an.

»Danke Süße. Was würde ich nur ohne dich machen?«

Ich konnte mich glücklich schätzen, eine Freundin wie Constanze zu haben.

»Ohne mich würdest du gar nichts machen«, gab sie selbstbewusst von sich. »Deine Rachefeldzüge wären absolut kläglich. Du bist nämlich einfach zu nett und friedfertig für diese Welt, meine liebe Anni.« Damit könnte sie recht haben. Ich konnte nie verstehen, warum manche Menschen so rücksichtslos oder gehässig sein konnten. Ich versuchte immer, allen mit Respekt und Freundlichkeit zu begegnen, so wie meine Oma es immer getan hatte. Mich an Hagen zu rächen, würde mir nicht in den Sinn kommen. Zwar wollte ich ihn nie wiedersehen, aber was brächte es mir, ihm ebenso wehzutun? Das war nicht meine Art.

»Was willst du denn jetzt machen?«, riss mich meine Freundin aus meinen Gedanken.

»Ich werde erst einmal ein paar Tage hierbleiben, wenn Herr Horstmann zustimmt. Ich habe noch viel Resturlaub, vielleicht kann ich den nehmen. In den letzten Monaten habe ich kaum einen Tag freigenommen. Ich hoffe, er lässt sich darauf ein.«

In dem Moment, in dem ich es aussprach, keimte etwas in mir auf: das Gefühl, nicht einfach wieder wegfahren zu können.

Alles hat seine Zeit, hatte Oma gesagt. Vielleicht war jetzt die Zeit gekommen, endlich meinen Frieden mit meiner Vergangenheit in Tideborg zu schließen. Zudem wollte ich nicht fahren, ohne am Grab meiner Oma gewesen zu sein. Ich sehnte mich danach, ihr meine Gedanken mitzuteilen.

»Das ist eine gute Idee. Soll ich mal ein ernstes Wörtchen mit Hagen reden und ihm alles Böse androhen, wenn er deine Sachen in der Wohnung anrühren sollte?«

Wieder musste ich über die Art meiner besten Freundin lachen. Und da ich wusste, dass Widerstand zwecklos war, gab ich ihr mein Einverständnis, Hagen die Leviten lesen zu dürfen.

Darüber schien sie sichtlich erfreut. »Super, damit tust du mir einen großen Gefallen! Dann werde ich mich jetzt auf den Weg zur Arbeit machen. Ich schicke dir gleich eine Whatsapp und sage dir, in welchem Gemütszustand Herr Horstmann heute ist!«

Herr Horstmann war grundsätzlich ein fairer Chef. Wenn er sehr im Stress war, konnte er allerdings laut werden und aus der Haut fahren. Dann ging man ihm besser aus dem Weg, bis die Luft wieder rein war.

Constanze und ich verabschiedeten uns voneinander.

Während ich darauf wartete, dass sie mir eine WhatsApp-Nachricht über den Gemütszustand unseres Chefs schickte, ging ich unter die Dusche und zog mir endlich etwas Vernünftiges an, um nicht den ganzen Tag im Schlafanzug zu verbringen.

Nach einer halben Stunde ertönte das WhatsApp-Signal und ich öffnete die Nachricht von Constanze:

Die Luft ist rein. Der Horstmann hat gute Laune. Ich drücke dir die Daumen! Kuss, Constanze

»Nur Mut«, murmelte ich, um mich selbst zu überzeugen. Es gab keinen Grund, warum ich mich vor dem Anruf fürchten musste. Ich war immer eine engagierte Mitarbeiterin und hatte in den letzten Monaten alles für das Unternehmen getan. Da ich vor sechs Wochen einen großen Auftrag mit unseren britischen Kollegen unter Dach und Fach gebracht hatte, hoffte ich darauf, dass Herr Horstmann mir meinen Resturlaub zusprechen würde.

Ich setzte mich wieder zu Fina aufs Bett und kraulte ihr Fell, um mich ein wenig zu beruhigen. Dann wählte ich die Nummer meines Chefs. Nach einigen Freizeichen nahm er ab.

»*Old Luxuries*, Horstmann am Apparat«, meldete er sich. Ich schluckte. »Guten Morgen, Herr Horstmann. Annifried Wagner hier.« Ich räusperte mich, um meiner Stimme einen festen Klang zu verleihen und den Kloß, der sich unweigerlich in meinem Hals gebildet hatte, loszuwerden. »Herr Horstmann, leider muss ich sie um einen großen Gefallen bitten. Es hat ein paar private Schwierigkeiten gegeben und ich möchte Sie bitten, mir die nächsten Tage freizugeben, da ich dringend zu meiner Schwester nach Dänemark fahren muss. Ich würde sie nicht bitten, wenn es nicht dringend wäre und mir sehr am Herzen liegen würde.«

Herr Horstmann murmelte etwas Unverständliches und schien zu überlegen, ob er mir Urlaub gestatten sollte. Dass ich mich bereits in Dänemark befand, verschwieg ich besser. Wer wollte schon vor vollendete Tatsachen gestellt werden?

»Na gut, Frau Wagner«, sagte er nach einem kurzen Moment. »Sie haben in den letzten Wochen und Monaten wirklich viel gearbeitet und waren unserem Unternehmen eine große Hilfe. Nehmen Sie sich die kommenden zwei Wochen frei. Ich gebe Ihren Urlaub an die Personalabteilung weiter.«

Bei seiner Antwort fiel eine große Last von mir und ich merkte, wie sehr ich gehofft hatte, er würde meinem Urlaub zustimmen und mir die Chance geben, einige Tage in Tideborg zu bleiben.

»Vielen Dank, Herr Horstmann!«, antwortete ich

überschwänglich und atmete erleichtert aus. »Ich werde Sie nicht enttäuschen und in zwei Wochen wieder vollen Einsatz geben.«

»Davon gehe ich aus, Frau Wagner«, schickte er hinterher und ich erkannte die typische Art meines Chefs. Auf andere mochte sein Auftreten zuweilen einschüchternd wirken. Nach all den Jahren, die ich schon für *Old Luxuries* arbeitete, hatte ich mich an die Art meines Chefs gewöhnt und kam gut mit ihm zurecht. Er war direkt, manchmal laut, aber immer fair.

»Auf Wiedersehen, Herr Horstmann«, sagte ich, um das Gespräch zu beenden.

»Bis in zwei Wochen.« Damit legte er auf.

Erleichterung durchflutete mich. Das war also geschafft!

Schnell schickte ich Constanze eine WhatsApp-Nachricht, um ihr mitzuteilen, dass Herr Horstmann mir grünes Licht für meinen Urlaub gegeben hatte. Prompt bekam ich eine Antwort von ihr:

Ich freue mich so für dich. Was hältst du davon, wenn ich versuche, ebenfalls ein paar Tage Urlaub zu bekommen? Ein bisschen Meerluft würde mir auch gefallen.

Constanzes Vorschlag freute mich sehr. Wie gerne würde ich ihr den Ort zeigen, an dem ich so viel Zeit in meiner Kindheit verbracht hatte. Wir könnten zusammen schwimmen, am Strand spazieren und jede Menge Eis und Gebäck essen. Constanze und ich teilten die Schwäche für Kaffee und Süßspeisen.

Nachdem ich ihr geantwortet hatte, sah ich, dass Hagen mir ebenfalls mehrfach geschrieben hatte. Ich überlegte, ob ich die Nachrichten ungelesen löschen und seine Nummer einfach aus meinem Handy entfernen sollte, entschied mich aber dagegen, da mein gesamtes Hab und Gut noch bei ihm in der Wohnung war.

Ich öffnete seine Nachrichten und erschrak über den Wortlaut, den er verwendete.

Anni, wo bist du? Melde dich bitte bei mir. Hagen

Verdammt Anni, stell dich nicht so an und ruf mich zurück!

Findest du es nicht kindisch, einfach abzuhauen? Armselig!

Das wird dir noch leidtun!

Nach den ersten gelesenen Nachrichten warf ich mein Handy auf das Bett und verfehlte Fina nur knapp.

»Entschuldige, meine Liebe.« Ich streichelte ihr über den Kopf und war schockiert über Hagens Nachrichten. Nach vier Jahren Beziehung mit ihm wusste ich bereits, dass Hagen es nicht ausstehen konnte, wenn er seinen Willen nicht bekam. Dass ich mich nicht bei ihm meldete, kratzte wahrscheinlich an seinem überaus großen Ego. Noch mehr würde ihn die Tatsache verärgern, dass ich Schluss gemacht hatte. Hagen hatte mir einmal erzählt, dass immer er sich von seinen vorherigen Partnerinnen getrennt hatte und nie verlassen wurde. Er hasste es, nicht das zu bekommen, was er wollte. Aber ich wollte mich jetzt nicht von seiner fiesen Laune runterziehen lassen. Um ihn würde ich mich später kümmern. Irgendwann musste ich mich ihm persönlich stellen und mit ihm reden. Meine ganzen Sachen konnte ich unmöglich in der Wohnung lassen.

Die nächsten Tage wollte ich mir aber nicht durch Hagen verderben lassen, also rief ich Fina vom Bett herunter und gemeinsam gingen wir zurück zu Stine, die in der Küche Rührei und Speck zubereitete. Der köstlich herbe Geruch verteilte sich bereits im gesamten Haus.

Kurz bevor ich in der Küche um die Ecke bog, hörte ich eine weitere Stimme. Stine war also nicht mehr allein. Die zweite Stimme kam mir äußerst vertraut vor und ich hätte sie unter Hunderten herausgehört. Als ich in die Küche trat, blickte ich geradewegs in die blauen Augen von Magnus.

Abrupt blieb ich stehen, aber Fina tat mir nicht den Gefallen, es mir gleich zu tun. Sie lief freudig auf Magnus zu und ließ sich von ihm am Hals kraulen. Verräterin!

»Hej, Anni«, sagte er und musterte mich. »Ich kann mich nicht entscheiden, welches deiner Outfits mir besser gefällt. Dieses hier oder dein Schlafanzug von heute Morgen.«

Grinsend blickte er mich an, wobei seine Augen funkelten. Lässig lehnte er sich an den Türrahmen der Terrassentür.

Aufgrund seiner großen und breiten Statur füllte er einen Flügel der Terrassentür beinahe komplett aus. Magnus trug eine kurze Shorts und ein Langarmshirt, das eng anlag und seine Muskeln darunter erahnen ließ. Er fuhr sich mit einer Hand durch sein blondes, zerzaustes Haar und stieß sich vom Türrahmen ab.

Ich blickte an mir herab, an meiner kurzen Cargoshorts, die meine zugegebenermaßen noch recht weißen Beine zeigte, sowie meinem blauen T-Shirt und der dicken Strickjacke, die ich darüber trug. Die Strickjacke hatte ich auf dem Stuhl im Gästezimmer gefunden und mir überzogen, da ich wusste, dass, obwohl wir bereits Ende Juni hatten, der Wind am Meer es immer kälter erscheinen ließ.

Ich merkte, dass ich unter Magnus' Blick leicht errötete.

Meine Reaktion auf ihn ärgerte mich. Nun waren wir uns in der kurzen Zeit, die ich hier war, zwei Mal begegnet, und beide Male hatte er mich verunsichert und meine sonst selbstsichere und souveräne Welt ins Wanken gebracht.

Ich feuerte Magnus ein Schnaufen entgegen und nahm mir vor, ihm so gut es ging aus dem Weg zu gehen.

Ich tat, als würde kein großer breitschultriger Mann in der Terrassentür stehen und wandte mich an Stine, wobei mir meine etwas aufgesetzte Fröhlichkeit selbst auffiel.

»Hej, wollen wir heute noch etwas zusammen unternehmen? Ich bleibe noch ein bisschen länger. Herr Horstmann hat mir einen zweiwöchigen Urlaub gewährt und ich habe geplant, die Zeit mit meiner Lieblingsschwester zu verbringen!«

»Du hast ja auch nur die eine«, antwortete Stine gespielt entrüstet, grinste dabei jedoch wie ein Honigkuchenpferd. Sie umarmte mich überschwänglich und hüpfte auf und ab.

»Endlich sehe ich mehr von meiner Schwester als das verzerrte Bild während eines Videoanrufs«, rief sie erfreut aus.

Als wir uns voneinander lösten, drehte ich mich zu Magnus um, denn ich wollte ihm ein paar feurige Worte entgegenschleudern, doch der war bereits verschwunden.

»Was ist mit dem denn los? Ich werde einfach nicht schlau aus ihm.« Ich war verwirrt über Magnus' Verhalten. Mal schaute er mich freundlich an und ich meinte, dieses Funkeln in seinen Augen zu sehen, das ich schon damals erkannt hatte. Im nächsten Moment zeigte er mir die kalte Schulter und schaute mich herablassend an.

»Manchmal sind die Dinge ganz anders als sie scheinen, Anni.« Meine kleine Schwester war ja eine richtige Philosophin.

Da ich nicht schon wieder über Magnus sprechen oder überhaupt nachdenken wollte, nahm ich demonstrativ zwei Teller aus dem Schrank und deckte den Tisch.

Stine verstand den Wink mit dem Zaunpfahl und sie ließ das Thema vorerst auf sich beruhen.

Während wir frühstückten und uns ein Glas Sekt gönnten, Stine meinte, man müsse den Tag feiern, an dem ich endlich wieder da sei, sprachen wir über ihr neuestes Projekt, an dem sie arbeitete (sie war Malerin) und über meinen kommenden zweiwöchigen Aufenthalt. Da ich bei meiner überstürzten Abreise nur das Nötigste eingepackt hatte, würde ich auf jeden Fall noch heute einkaufen müssen.

Stine musste sich aber einer Auftragsarbeit für eine Immobilienfirma auf Sylt widmen, also würde ich alleine einkaufen gehen müssen.

Jetzt, da ich entschieden hatte, einige Tage zu bleiben, freute ich mich und fand den Umstand, nach einigen Jahren alleine in die Stadt gehen zu müssen, keineswegs schlecht.

Ich würde alles mit offenem Blick neu entdecken und war gespannt, ob sich viel verändert hatte seit dem letzten Mal, als ich hier war. Der kleine Ort an der Nordsee mit seinen knapp neunhundert Einwohnern war malerisch und ich hatte mich, bis auf die Zeit, die ich in meinem Kopf auszuklammern pflegte, hier immer sehr wohl gefühlt. Es war, als würde man in Tideborg auf die Pausetaste drücken. Alles geschah hier mit mehr Ruhe, aber nicht weniger Freude und Lebenslust. Dieser Ort war das, was viele Touristen so sehr an Dänemark schätzten: *Hyggelig*. Die meisten Einwohner kannten sich, was bei der Größe nicht schwierig war. Man war gesellig und saß bei jedem Wetter zusammen, half sich, wann immer es Probleme gab und klärte so manches bei einer Flasche Aquavit.

Etwas Weiteres, dem ich entgegenfieberte, war ein Wiedersehen mit Frederick. Ich wusste nicht, ob er in der Stadt war, würde es aber herausfinden. Wir hatten uns von klein auf gut verstanden und er war immer wie ein Bruder für mich gewesen. In den letzten Jahren hatte er mich oft eingeladen, ihn in Tideborg zu besuchen. Mir waren aber immer halbwegs plausible Ausreden eingefallen, um mich vor einem Besuch zu drücken. Zweimal hatte Frederick mich in Hamburg besucht, was Hagen jedoch nicht gut gefallen hatte. Er hatte nie verstanden, dass Frederick und mich eine enge Freundschaft verband, die rein platonischer Natur war.

Ich schätzte Frederick sehr, könnte mich jedoch nie in ihn verlieben. Zwar war er ebenfalls sehr attraktiv, hatte wie Magnus auch strahlend blaue Augen und ein freundliches und offenes Lachen, aber wir waren nicht füreinander bestimmt. In Fredericks Nähe hatte ich nicht das geringste Bauchkribbeln empfunden, sondern nur die Entspanntheit zwischen Freunden.

Stine unterbrach meine Gedanken, als hätte sie diese von meinem Gesicht abgelesen. »Frag doch Frederick, ob er dich begleiten möchte. Hast du ihm schon gesagt, dass du hier bist?«

War es so offensichtlich, was ich dachte? Scheinbar war ich ein offenes Buch, in dem man lesen konnte.

»Ich werde ihm gleich eine Nachricht schicken und ihn fragen, ob er sich später mit mir treffen möchte. Wo kann ich denn gleich einkaufen? Ich brauche ein paar Pullover, wenn ich dem Wind standhalten möchte. Am besten gehe ich in die *nye butik,* oder?« Das Geschäft hatte ich schon immer gerne gemocht, vor allem, weil ich die Besitzerin Ruth sehr in mein Herz geschlossen hatte.

»Ruth hat ihr Geschäft vor drei Jahren verkauft. Sie ist zu ihrem Sohn nach Österreich gezogen und lebt nun in den Bergen. Aber Marlies hat den Laden übernommen und bei ihr wirst du bestimmt etwas Tolles finden.«

So schade es war, dass ich Ruth nicht antreffen würde, so sehr freute ich mich, dass sie nun bei ihrem Sohn leben konnte.

Als ich Ruth das letzte Mal gesehen hatte, klagte sie mir ihr Leid, traurig darüber zu sein, ihren Sohn nur selten sehen zu können, da die Entfernung nach Österreich zu groß sei, um ihn spontan zu besuchen.

Da Stines und meine Eltern am Bodensee lebten und ihren Ruhestand dort verbrachten, konnte ich Ruth gut verstehen und ihre Sehnsucht nachempfinden. Ich sah unsere Eltern auch nicht sehr häufig. Öfter als zwei oder drei Mal im Jahr schafften wir es meistens nicht, uns persönlich zu sehen.

Mein Vater sagte aber immer, man müsse mit der Zeit gehen und er war ein versierter WhatsAppbenutzer und E-Mail-Schreiber. Oft schickten wir uns auch wortlos Bilder zu, um die jeweils anderen daran teilhaben zu lassen, was man gerade erlebte.

Ruth besaß, wie ich wusste, kein Handy und selbst bei der Kasse im Laden handelte es sich um eine alte Registrierkasse, wie man sie schon vor vierzig Jahren benutzt hatte. Ich konnte mir vorstellen, dass sie nicht in so regem Austausch mit ihrem Sohn stand wie meine Eltern und ich.

»Dann werde ich Marlies gleich einen Besuch abstatten und mich für die kommenden Wochen ausstatten.« Das Erste, was ich besorgen musste, waren ein paar Schuhe, mit denen ich nicht im Sand versank. Bei meiner hastigen Abreise gestern hatte ich vergessen, Schuhe in mein Handgepäck zu stecken, und war in meinen High Heels zum Bahnhof gelaufen.

Daher musste ich mir noch einmal Stines Flipflops ausleihen, um den Weg bis zu Marlies' Geschäft ohne gebrochene Knöchel zu überstehen.

Stine versprach, das Abendessen für uns zu kochen, und ich freute mich, den Abend mit ihr auf der Terrasse zu sitzen und dem Leuchtturm auf der anderen Seite der Bucht dabei zuzuschauen, wie das Leuchtfeuer seine Runden drehte und den Schiffen den Weg zeigte.

Vergangene, fast vergessene Bilder drängten in mein Bewusstsein, während ich an vergangene Zeiten dachte. Mir fiel ein, wie oft wir im Sommer, obwohl es nicht die perfekte Zeit gewesen war, Bernsteine gesucht hatten.

Die Bernsteinsuche hatte uns als Kinder stundenlang beschäftigt. Wir bissen auf so viele rot-braune Steine, um die bekannte Bernsteinprobe zu machen, dass wir am Ende zwar viel Sand im Mund hatten, aber keinen Bernstein in der Hand hielten.

Magnus' Gesicht erschien vor meinem geistigen Auge. Ich hatte mir damals so sehr einen echten Nordseebernstein gewünscht, dass er unermüdlich in den frühen Morgenstunden nach einem der besonderen Steine für mich gesucht hatte.

Gerade als Oma Inge uns frischen Kakao zum Frühstück gemacht hatte und Stine und ich in unseren Schmetterlingsschlafanzügen am Esstisch saßen, klopfte ein strahlender zwölfjähriger Magnus an die Terrassentür. Voller Stolz hatte er mir einen Bernstein überreicht, den er am Strand gefunden hatte. Und mit nicht weniger Stolz präsentierte er seinen Backenzahn, dem eine Ecke fehlte, da er auf so viele Steine gebissen hatte, um den einen Bernstein zu enttarnen.

Ich stand auf, räumte das Geschirr in die Spülmaschine und verabschiedete mich von Stine.

Fina merkte, dass sich ihr die Möglichkeit bot, wieder am Strand tollen zu können, denn sie fiepte und lief vor der Terrassentür auf und ab. Ich nahm ihre Leine von der Kommode, im Dorf wollte ich sie lieber nicht unangeleint laufen lassen. Dann schnappte ich mir Stines kleine Häkeltasche, um mein Handy, Portemonnaie, Sonnenbrille und Finas Leckerlis zu verstauen, stieg in Stines Flipflops, die ich ihr nach meiner Shoppingtour hoffentlich zurückgeben konnte und trat mit Fina hinaus auf die Terrasse.

Es war bereits nach 11 Uhr und die Sonne entfaltete immer mehr Kraft. Zwar wollte der Wind heute nicht abflauen, aber ich konnte nicht genug von diesem Wetter und dem Meer bekommen.

Ich schloss die Augen, streckte mein Gesicht der Sonne entgegen und atmete die salzige Nordseeluft ein.

Was sagte Oma Inge so gerne? *Alles hat seine Zeit!*

Es war nun wohl an der Zeit, mich Tideborg zu widmen.

Gespannt, was die nächsten Wochen mit sich bringen würden, setzte ich meine Sonnenbrille auf und ging beschwingt die Stufen hinunter zum Strand.

KAPITEL 3

Tideborg war ein bezauberndes kleines Städtchen. Es lag nicht weit von der Hafenstadt Esbjerg entfernt, sodass besonders in den Sommermonaten viele Touristen in die kleine Stadt kamen, um die malerische Kulisse zu genießen. Als Kind hatte ich mich immer gewundert, warum man in Tideborg, obwohl es in Dänemark war, vorwiegend Deutsch sprach. Mittlerweile wusste ich, dass der Tourismus für viele der 900 Einwohner eine wichtige Erwerbsquelle war und sich die hiesigen Dänen gerne auf die Urlauber einstellten. Viele Dänen lernten schon in der Schule Deutsch und stellten sich somit gerne auf diese Sprache ein.

Die Innenstadt von Tideborg lag nur dreißig Gehminuten vom Strandhaus entfernt. Ich hatte den Fußmarsch mit Fina am Wasser sehr genossen und leinte sie nun an. Wir gingen die Steintreppe, die vom Strand direkt auf den Parkplatz führte, den viele Urlauber für ihren Ausflug nach Tideborg nutzen, hinauf und überquerten den Marktplatz, um dann mitten auf der Einkaufsstraße zu stehen.

Ich konnte mich nicht sattsehen an den mir so vertrauten Geschäften. Auf beiden Seiten der Straße, die für Autos gesperrt war, waren kleine Häuser aneinandergereiht, als würde jedes einzelne brav darauf warten, an der Reihe zu sein, besucht zu werden. Die alte Räucherei war das größte aller Gebäude und ragte am Anfang der Straße ein Stück höher empor als die nebenstehenden eingeschossigen Häuser mit ihren Satteldächern.

Ich schlenderte die Straße entlang und freute mich, einige bekannte Geschäfte zu sehen, die dem Wandel der Einkaufswelt getrotzt hatten. *Annes skobutik* war gleich neben *Jansens fiskebude* zu finden. Schien es in anderen Orten merkwürdig, dass ein Schuhgeschäft neben einer Fischbude stand, so war dieses Bild typisch für Tideborg. Hier konnte jeder sein, wer und wie er war und auch Gegensätzliches konnte miteinander harmonieren.

Nach einigen Metern entdeckte ich die *nye butik*, das Geschäft, das einst von Ruth geführt wurde. Die Fassade war in dem zarten Gelb gestrichen, in dem ich es in Erinnerung hatte und auch die blaue Markise, die bereits ausgefahren war, um ein wenig Schatten zu spenden, entsprach dem Bild, welches ich aus früheren Zeiten hatte.

Neben dem Eingang hing kein Verbotsschild für Hunde, also nahm ich Fina mit in das Geschäft. Beim Eintreten ertönte eine Glocke, welche über der Tür angebracht war und mich ankündigte. Ich schaute mich um und fühlte mich sofort wohl in dem entspannten Ambiente, welches die *nye butik* ausstrahlte. Die dunkelbraunen Holzregale, die Ruth für ihre Auslage verwendet hatte, waren durch weiße Holz- und einige Chromregale ersetzt worden.

Der Boden knarrte jedoch immer noch bei einigen Schritten, was mir ein Lächeln aufs Gesicht zauberte. Die *nye butik* war eine schöne Mischung aus altem Charme mit frischem Wind geworden und ich war mir sicher, mich hier für die kommenden beiden Wochen einkleiden zu können.

Aus einer Tür auf der anderen Seite der kleinen Boutique kam eine junge Frau, die ich in meinem Alter schätzte. Sie war groß und kurvig, trug eine weiße Leinenhose, kombiniert mit einer blauen Tunika und als sie lächelte, entblößte sie eine Zahnlücke zwischen ihren oberen Schneidezähnen. Sie war mir auf Anhieb sympathisch.

»Hej. Hjertelig velkommen. Jeg er Marlies. Hvordan kan jeg hjaelpe dig«, strahlte sie mir entgegen. Ich war froh, dass meine Dänischkenntnisse noch nicht ganz aus meinem Gedächtnis verschwunden waren, obwohl ich die Sprache in den letzten Jahren selten verwendet hatte. Da die sympathische Frau, die sich als Marlies vorstellte, mir so offen und herzlich entgegenkam, wollte ich ihr auf Dänisch antworten und versuchte, meine eingerosteten Sprachkenntnisse zu aktivieren.

»Hej. Jeg hidder Anni. Ja gerne. Jeg har brug for hjaelp.«

Stolz wie ein Schulkind, das gerade das Einmaleins aufgesagt hatte, strahlte ich Marlies an. Das hatte doch ganz wunderbar geklappt, oder nicht?

»Ah, du kommst aus Deutschland?«, fragte Marlies. Enttarnt. Sie hatte also sofort gehört, dass ich keine waschechte Dänin war. »Ja, genau. Das hast du sofort gehört?«

»Aber klar.« Sie grinste mich an. »Aber ich habe dich gut verstanden. Woher sprichst du denn Dänisch?«

»Ich habe die Sommerferien meiner Kindheit und Jugend hier verbracht. Ich wohne gerade bei meiner Schwester Stine unten am Strand.« Wissend nickte Marlies. »Du bist also Stines Schwester? Ich habe schon oft von dir gehört. Stine hat mir schon in den Ohren gelegen, wann du sie endlich einmal besuchen kommst. Es freut mich, dass ich dich endlich persönlich kennenlerne.« Ich grinste über den Umstand, dass Marlies bereits von mir gehört hatte. Es sah meiner Schwester ähnlich, munter mit anderen über mich zu plaudern. Und da Stines Art, über mich zu sprechen, bestimmt immer positiv und voller Liebe war, störte es mich nicht, dass sie Marlies bereits ihr Leid geklagt hatte, dass ich sie lange nicht besucht hatte.

Fina gab einen Laut von sich, der einer Mischung aus Fiepen und Bellen glich.

»Oh, entschuldige. Ich habe gar nicht gefragt, ob Hunde im Geschäft erlaubt sind.«

Marlies beugte sich zu Fina hinab. »Nur wenn ich sie streicheln darf.« Sie strahlte mich mit ihrem Zahnlückenlächeln an und ich stellte mir vor, dass Marlies und ich Freundinnen werden könnten.

Ich schüttelte den Kopf. Daran sollte ich gar nicht denken. In knapp zwei Wochen wäre ich wieder in Hamburg und weit entfernt von Tideborg. Das ungute Bauchgefühl, das sich nach dieser kurzen Zeit, die ich hier war, dabei bemerkbar machte, ignorierte ich.

Marlies beendete Finas Streicheleinheit, was diese mit einem weiteren Fiepen quittierte, richtete sich auf und fragte mich, ob sie mir einige Kleidungsstücke im Geschäft zeigen könnte.

»Ja, bitte. Ich muss mich für die nächsten Wochen fast komplett einkleiden. Ich bin nur mit meinem Handgepäck angereist und möchte mir nicht jeden Tag Stines Sachen ausleihen.«

Marlies krempelte tatkräftig ihre Ärmel hoch und die nächsten zwei Stunden verbrachte ich damit, unzählige Hosen, Kleider, Röcke und Pullover anzuprobieren.

Am Ende waren wir so erschöpft, ich vom vielen Anprobieren und Marlies vom stetigen Zusammenlegen der Kleidungsstücke, sodass sie in ihrem Lager verschwand und mit einer Flasche Sekt und zwei Gläsern zurückkam.

»Den haben wir uns jetzt verdient.« Sie entkorkte die Flasche und schenkte uns den Sekt ein. Für Fina stellte sie eine kleine Schüssel gefüllt mit Wasser hinter den Tresen.

Wir ließen uns auf zwei gepolsterte Sessel sinken, die sonst wahrscheinlich von den Herren benutzt wurden, die ihre Frauen zum Shoppen begleiteten.

Zufrieden schaute ich auf meine Ausbeute, die zusammengefaltet und gestapelt auf dem Tresen lag. Neben mehreren kurzen Shorts, dünnen Strickpullovern, die man auch im Juni abends oft noch am Meer brauchte, hatte ich mich für einen wunderschönen knöchellangen Plisseerock in einem dunklen Grün entschieden, das wie Marlies mir bestätigt hatte, sehr mit meinen brauen Locken harmonierte.

Aus der Umkleidekabine hatte ich Constanze ein Foto von mir in meinem neuen Lieblingsoutfit geschickt und umgehend drei nach oben gestreckte Daumen als Antwort dazu erhalten.

Außerdem kaufte ich einen Bikini. Obwohl es noch nicht sommerlich warm war, wollte ich mir die Chance, endlich wieder im Meer zu baden, nicht entgehen lassen.

Nachdem wir unsere Sektgläser gleich zwei Mal geleert hatten, verabschiedeten Marlies und ich uns voneinander und ich versprach, in den nächsten Tagen noch einmal bei ihr in der Boutique vorbeizuschauen.

In Annes skobutik ergatterte ich ein paar Sneakers sowie wunderschöne braune Lederballerinas. Anne, die mir ebenfalls auf Anhieb sehr sympathisch war, konnte mich noch zu einem Paar silberner Sandaletten überreden, die mit vielen kleinen Straßsteinchen besetzt waren. Wann ich dieses Paar je tragen sollte, wusste ich nicht, aber Anne betonte zu wissen, dass die überaus schönen Sandaletten noch ihren Einsatz finden würden.

Mit meinen vielen Tüten in der einen und Finas Leine in der anderen Hand fühlte ich mich an meine Abreise in Hamburg erinnert, bei der ich ebenfalls sprichwörtlich alle Hände voll zu tun hatte.

Dass meine Trennung von Hagen erst so kurz zurücklag, kam mir in diesem Moment unwirklich vor. Es war, als ob ich schon eine Ewigkeit wieder in Tideborg war. Eigentlich sollte es mich erschrecken, dass ich gar nicht mehr an Hagen dachte, aber ich glaubte, es war nur eine Frage der Zeit, bis unsere Beziehung ein Ende nahm. Ich vermisste ihn und mein Leben in Hamburg gerade kein bisschen.

Ein Blick auf die große Uhr am Rathaus von Tideborg verriet mir, dass es schon nach Mittag war.

Die Einkaufsstraße füllte sich deutlich und ich nahm viele deutsche Wortfetzen wahr. Die Urlaubszeit lief an und immer mehr Urlauber machten sich einen gemütlichen Tag in Tideborg.

Da ich noch nicht zurückwollte und ich mich fragte, ob der Eisladen, in dem Stine und ich früher immer unser Eis mit Streuseln bekommen hatten, nachdem wir Oma bei ihrer Arbeit geholfen hatten, noch da war, wo ich ihn von früher kannte, schrieb ich Frederick eine Nachricht, ob er sich mit mir treffen wollte.

Auf seine Antwort wartend, schlenderte ich mit Fina auf der Einkaufsstraße entlang und freute mich, als ich vor dem *Storst is i Danmark* zum Stehen kam. Die Eisdiele hatte schon früher ihrem Namen alle Ehren gemacht und ich war gespannt, ob ich auch heute noch das größte Eis in Dänemark bekommen würde.

Gerade als ich darüber sinnierte, ob sich Frederick wohl melden würde oder ich mir mein Eis alleine schmecken lassen sollte, ertönte das WhatsApp-Signal aus meiner Handtasche.

Ich fasse es nicht, du bist da? Sag mir, wo du bist, und ich bin ich fünf Minuten da!

So kannte ich Frederick. Selbst seine Nachricht klang fröhlich und ich wusste, dass die Zeit mit ihm entspannt, lustig und unbeschwert werden würde.

Ich antwortete ihm, dass ich mir das größte Eis Dänemarks alleine kaufen würde, wenn er nicht schnell genug hier wäre.

Damit würde er wissen, wo ich zu finden war.

Und tatsächlich stand er keine zehn Minuten später vor mir

und strahlte mich an.

Bevor ich zu einer Begrüßung ansetzen konnte, hatte Frederick mich schon in seine Arme gezogen und schien mich gar nicht mehr loslassen zu wollen.

»Freddy, ich bekomme gleich keine Luft mehr.« Lachend schob ich ihn ein Stück von mir weg.

»Oh, Verzeihung. Ich freue mich einfach so, dich zu sehen. Ein Jahr ist es her, seitdem ich dich in Hamburg besucht habe und eigentlich müsste ich sauer auf dich sein, dass du dich hier noch nicht hast blicken lassen.«

»Hmm.« Mehr kam mir als Antwort gerade nicht in den Sinn. Denn so sehr ich mich dagegen gewehrt hatte, nach Tideborg zu kommen, so wohl fühlte ich mich jetzt in diesem kleinen Örtchen. Wenn mein Herz nur endlich aufhören würde, verrückt zu spielen, wenn Magnus in der Nähe war, könnte ich mir sogar vorstellen, mehr Zeit hier zu verbringen.

»Was ist, sollen wir uns nun in die Eisschlacht begeben?«, versuchte ich das Thema zu wechseln. Da in dieser Hinsicht auf Frederick Verlass war, öffnete er mir als Antwort die Tür zur Eisdiele. Schnell band ich Fina an dem für Hunde vorgesehenen Platz neben dem Eingang an, denn neben der Tür war dieses Mal ein Schild angebracht, das aussagte, Hunde mussten draußen warten. Da wir unser Eis bestimmt bei einem Spaziergang essen würden, war es kein Problem, Fina kurz anzubinden.

Als Frederick sein Eis, ein großes Softeis mit Schokostreuseln, bestellte, nutze ich den Moment, um ihn verstohlen von der Seite zu betrachten. Keine Frage, Frederick war in den letzten Jahren ebenfalls deutlich muskulöser geworden. Der schlaksige Junge von früher war nicht mehr vorhanden. Sein blondes Haar trug er etwas länger als Magnus, sodass es fast auf den Kragen seines Poloshirts fiel. Seine Oberarme deuteten an, dass er in den letzten Jahren viel trainiert haben musste. Auch seine durchtrainierten Beine, die in einer kurzen Bermuda steckten, waren ansehnlich.

Einzig die lange Narbe an Fredericks rechtem Bein, die vom Knöchel bis zum Knie führte, deutete darauf hin, dass dieser Mann eine Geschichte hatte, die hinter der Narbe steckte. Ich wusste, dass Frederick durch jahrelange Physiotherapie mittlerweile vollkommen schmerzfrei und unbeeinträchtigt leben konnte.

Die Narbe erinnerte an einen Unfall, den Frederick hatte, als er fünfzehn Jahre alt war. Dem Jahr, in dem sich so vieles veränderte.

Einige Monate, bevor Stine und ich die Sommerferien in Dänemark verbringen wollten, erfuhren wir, dass Frederick einen schweren Unfall gehabt hatte. Er war mit dem Fahrrad auf dem Weg vom Anwesen der von Linnenbergs in Richtung Esbjerg unterwegs gewesen, als ihn ein angetrunkener Autofahrer von der Straße gerammt hatte. Frederick hatte großes Glück und nur geringe Abschürfungen am Kopf, nicht zuletzt, da er seinen Fahrradhelm trug. Sein rechtes Bein wurde bei dem Unfall jedoch sehr in Mitleidenschaft gezogen und Frederick hatte mehrere Brüche, die zwar gut verheilt waren, jedoch seine Bewegungsfähigkeit zunächst beeinträchtigt hatten. Durch Physiotherapie und viel Training hatte er es aber geschafft, sein Bein vollständig zu regenerieren. Nur die Narbe erinnerte noch an seinen Unfall.

Welch schicksalhaftes Jahr es doch war. So leicht Frederick mittlerweile mit seiner Narbe und der Vergangenheit des Unfalls lebte, so schwer war es für mich, dieses Jahr zu vergessen, in dem sich so vieles veränderte. Warum nur gab es keine Therapie, die Narben von gebrochenen Herzen wieder heilte?

Frederick bemerkte meinen Blick, der noch immer auf sein Bein gerichtet war und lächelte mich schräg an.

»Den Unfall habe ich doch schon fast vergessen. Siehst du, alles wieder in Ordnung.« Wie um sein Gesagtes zu unterstreichen, hob er sein Bein und winkelte es an.

Mir gefiel Fredericks unbeschwerte Art. Warum nur konnte ich nicht so entspannt mit Magnus umgehen und mein Herz heilen lassen?

Nachdem auch ich mir ein großes Softeis mit bunten Streuseln und Erdbeersoße bestellt hatte, schnappte ich mir draußen Finas Leine und wir gingen in Richtung Strand.

Die Sonne strahlte vom blauen Himmel herab. Auf dem Weg zum Strand verspeisten wir schweigend unser Eis. Die Stimmen der Menschen um uns herum waren zu hören und einige Möwen kreischten über dem Meer. Der Geschmack meines Softeises erinnerte mich an viele vergangene Sommer und eine plötzliche Sehnsucht nach meiner Oma erfasste mich.

Am Strand angekommen, zogen wir unsere Schuhe aus und setzten uns auf eine der vorderen kleinen Dünen, von der aus wir einen freien Blick über den noch fast leeren Strandabschnitt hatten. Nur wenige Familien hatten in der Mittagszeit ihre Strandutensilien ausgepackt. Die meisten würden erst am Nachmittag an den Strand kommen, um sich hier ein paar entspannte Stunden zu gönnen.

Fina, die glücklich zu sein schien, nun nicht mehr angeleint sein zu müssen, raste in den Dünen umher und ich genoss das Geräusch der Strandgräser, die in dem leichten Wind raschelten.

Ich spürte Fredericks Blick auf mir und drehte meinen Kopf in seine Richtung.

»Ich bin so froh, dass du wieder hier bist Anni. Ich habe dich vermisst in den letzten Jahren.« Er schaute mich ernst an. »Weißt du, ich habe immerzu an dich gedacht. Wärst du nicht herkommen, wäre ich in den nächsten Wochen bestimmt zu dir nach Hamburg gekommen. Stine hat mir erzählt, dass du dich von deinem Freund getrennt hast. Ich bin so froh.«

Moment, das Gespräch nahm gerade eine merkwürdige Richtung. Dass Stine Frederick von meiner Trennung berichtet hatte, konnte ich mir gut vorstellen, wenn mich auch der Umstand überraschte, dass sie es ihm scheinbar kurz nach meiner Ankunft mitgeteilt hatte und mir nichts davon erzählt hatte. Ich war erstaunt, warum mich nicht halb Tideborg darauf angesprochen hatte. Eigentlich kannte hier doch jeder jeden und obwohl ich seit fünf Jahren nicht hier gewesen war, kannten mich viele der hier Lebenden.

Dass Frederick mir jetzt aber sagte, er sei froh über meine Trennung, erstaunte mich. Hatte er Hagen schon immer so wenig gemocht? »Du warst wohl nicht gerade ein großer Fan von ihm, was?«, fragte ich Frederick gerade hinaus.

»Nein, nicht wirklich. Er war immer so ein feiner Pinkel und hat es heraushängen lassen, dass er viel Geld hat. Ich fand ihn immer irgendwie falsch.« Dabei zog er die Schultern hoch und kräuselte seine Stirn.

»Feiner Pinkel, ja?« Ich schmunzelte und musste, wenn ich tief in mich hineinhorchte, zugeben, dass Frederick damit recht haben könnte. »Ich weiß auch gar nicht, ob Hagen schon immer so geldbesessen war. Am Anfang unserer Beziehung hat er sich um mich bemüht, war freundlich zu anderen und ich habe es genossen, mit ihm zusammen zu sein. Alles war so unbeschwert.«

»Und dann?«, hakte Frederick ein.

»Dann wurde er immer erfolgreicher in der Immobilienfirma, in der er arbeitet und immer arroganter und herablassend. Einmal hat er unsere Haushälterin sogar als Putze betitelt.«

Frederick schaute missbilligend drein. »Pfff, so ein arroganter Arsch. Wenn du siehst, wie jemand mit seinem Personal umgeht, weißt du, was er für ein Mensch ist. Sei froh, dass du ihn los bist.« Da musste ich Frederick recht geben. Meine Oma hatte sich immer sehr wohl im Haus der Familie von

Linnenberg gefühlt, was ich auch Frederick sagte.

»Das war meinen Eltern immer sehr wichtig. Sie haben deine Oma mehr als Teil der Familie angesehen als als Angestellte.«

Bei dem Gedanken an Oma Inge quoll mein Herz über vor Liebe und Zuneigung ihr gegenüber. »Das hat sie mir auch gesagt. Sie war gerne bei euch und fühlte sich manchmal mehr wie eure Oma als eure Haushälterin.« Wehmütig schaute ich aufs Meer hinaus und empfand das glitzernde Wasser und die Weite des Meeres, das bis an den Horizont reichte, als sehr tröstend.

»Du vermisst deine Oma sehr, oder?«

»Hmm«, antwortete ich.

»Bist du deswegen so lange nicht hier gewesen?« Frederick schaute mich an. Ich wollte und konnte mit ihm nicht über meine wahren Beweggründe sprechen, warum ich eigentlich nie wieder einen Fuß nach Tideborg setzen wollte.

Plötzlich fühlte es sich am Strand kälter an als noch vor wenigen Minuten.

Ich räusperte mich, um den Kloß in meinem Hals loszuwerden. »Wahrscheinlich«, sagte ich deshalb nur und schaute ihn flüchtig an, aus Sorge, er würde erkennen, dass ich ihm gerade eine Lüge aufgetischt hatte.

Ich wollte nicht, dass wir irgendwann auf Magnus zu sprechen kamen und Frederick möglicherweise erfuhr, was ich selbst so inständig zu verdrängen versuchte. Also entschied ich mich für eine äußerst plumpe Variante und wechselte das Thema mehr als offensichtlich.

»Wie geht es dir denn sonst so, Freddy? Was macht die Arbeit?« Ich musste zugeben, das war ein kläglicher Versuch, unser Gespräch in eine andere Richtung zu lenken.

Frederick schien meinen Wink aber zu verstehen und ging auf meine Frage ein. »Mir geht es gut. Ich arbeite immer noch in der Reederei in Esbjerg. Aber das wusstest du ja.« Ja das wusste ich selbstverständlich. Frederick hatte in Kopenhagen Maschinenbau studiert und nach einem Auslandsaufenthalt in Südafrika in einer großen Reederei in Esbjerg zu arbeiten begonnen. Er hatte mir einmal genau erzählt, worin seine Aufgaben dort bestanden, aber ehrlich gesagt hatte ich nicht mehr verstanden, als dass er einige Bauweisen an Schiffen konzipierte.

Frederick hatte schon immer eine Vorliebe für Zahlen und wäre, hätte sein Vater seine Softwarefirma damals nicht verkauft, bestimmt Teil der Firma geworden.

Damit war er das absolute Gegenteil seines Bruders. Magnus hat es schon immer vorgezogen, in der Natur zu sein, statt an einem Schreibtisch zu sitzen. Zwar konnte er auch einige Kenntnisse am PC vorweisen, die sein Vater ihm beigebracht hatte, aber sein handwerkliches Geschick war einfach überragend.

Ich musste an Magnus' kräftige Hände denken, die aus Holz wunderschöne Möbel zu erstellen vermochten. Auch im Strandhaus stand ein Regal, das er für Oma hergestellt hatte. Sie hatte seine Arbeit immer sehr geschätzt und dem Regal einen Ehrenplatz in ihrem Wohnzimmer gegeben.

Nach meiner Ankunft hatte ich es dort gar nicht mehr gesehen. Ich würde Stine fragen, was aus dem Regal geworden war.

Ich hatte Magnus schon immer dafür bewundert, wie kreativ er war. Man traute ihm auf den ersten Blick gar nicht zu, dass er auch äußerst filigrane Arbeiten erledigen konnte. Wenn man ihn sah, dachte man wohl zuerst an einen NFL-Profifootballer, so sehr stach sein muskulöser Körperbau hervor.

Aber ich hatte selbst gesehen, was für wunderschöne kleine Holzfiguren er gefertigt hatte. Ob er seine Leidenschaft auch zum Beruf gemacht hatte? Ich hatte mich nie getraut, Stine danach zu fragen. Zu groß war die Angst, Dinge über Magnus zu erfahren, die ich nicht hören wollte oder die mich zu sehr berührten und es mir immer schwerer machten, ihn zu vergessen.

Aber seitdem ich wieder hier war und ihn gesehen hatte, bröckelte meine Selbstbeherrschung zu meiner Verärgerung und ich wünschte, ich wüsste, was Magnus in den letzten Jahren getrieben hatte.

Ich warf meine Zweifel und Ängste für einen kurzen Moment über Bord. Die Meeresluft schien mir eine Portion Selbstbewusstsein zuzupusten.

»Und Magnus arbeitet auch in derselben Reederei?« Einen Versuch war es schließlich wert.

»Nein, Quatsch«, lachte Frederick lautstark. »Die Büroarbeit wäre nichts für ihn. Er ist Reetdachdecker geworden und verschönert jetzt meistens den reichen Sylter Herrschaften ihre Häuser! Dabei verdient er wahrscheinlich mehr als wir beide zusammen. Es scheint ziemlich gut für ihn zu laufen. Seit sieben Jahren hat er seinen eigenen Betrieb mit einem Kollegen zusammen.«

Reetdachdecker also. Fredericks Antwort überraschte mich irgendwie nicht. Zu gut konnte mir vorstellen, wie Magnus den Häusern an der Nordsee durch das Reetdach seinen besonderen Charme verpasste.

»Das hört sich toll an. Dann ist er bestimmt viel auf Sylt, oder?« Ich konnte mir ihn zwischen den ganzen Anzugträgern gar nicht richtig vorstellen.

»Nicht mehr so oft wie zu Beginn. Er und sein Kollege haben ihren Hauptfirmensitz auf Sylt. Meistens fährt er ein bis zweimal in der Woche rüber, um alles vor Ort zu planen und die Häuser zu begehen. Die Planungen macht er dann von hier aus. Er sagt, zu viel Sylter Luft sei nichts für ihn. Er brauche den Duft von Tideborg.« Ich musste lachen. Das konnte ich nur zu gut nachvollziehen.

Ich schaute aufs Meer hinaus. Die Schaumkronen vollführten einen Tanz auf den Wellen. Einige Möwen schwammen auf dem Wasser oder stolzierten am Strand entlang und hinterließen kleine Abdrücke auf dem nassen Sand.

Plötzlich drehte sich Frederick zu mir, sodass sich unsere Knie berührten.

Er schien zu überlegen, ob er etwas sagen sollte. Der Ausdruck auf seinem Gesicht wechselte von nachdenklich zu schmunzelnd nickend, als wäre seine Entscheidung gefallen.

»Was ist?«, fragte ich ihn. »Du willst mir doch irgendwas sagen, das sehe ich dir an.«

»Dir kann ich auch wirklich nichts vormachen.«

»Nee, dafür kenne ich doch schon viel zu lange, Frederick von Linnenberg.« Ich zog die Augenbrauen hoch. »Also los, heraus damit.«

Frederick folgte meine Aufforderung. »Weißt du eigentlich, dass ich früher total in dich verliebt war?«

»Oh! Was? Wie?« Ich wusste nicht, wem von uns beiden die Röte mehr ins Gericht kroch. »Nein, das wusste ich nicht! Warum? Also warum hast du nichts gesagt?«

»Ich wusste, dass du mich nur als Freund gesehen hast. Du hast mich immer wie deinen Bruder behandelt und ich hatte Angst, unsere Freundschaft zu zerstören, wenn ich dir gestehe, in dich verliebt zu sein.«

»Wow, okay. Das sind ja Neuigkeiten.« Eine Frage lag mir allerdings auf der Zunge und ich fürchtete mich ein wenig davor, sie zu stellen, aber ich brauchte die Gewissheit.

»Und jetzt? Ich meine, hast du immer noch Gefühle für mich?« Es fühlte sich merkwürdig an, diese Frage Frederick zu stellen, und ich hoffte inständig, dass er nicht mehr in mir sah als eine Freundin.

Gespannt wartete ich auf Fredericks Antwort und ließ dabei den körnigen Sand durch meine Finger rieseln.

»Definitiv nicht.« Seine Antwort kam so überzeugend und vehement, dass ich beinahe beleidigt war und ihn mit großen Augen musterte.

Frederick lachte über meine Reaktion, strich mir freundschaftlich eine Strähne, die vor meinem Gesicht herumwirbelte, hinter mein Ohr und erzählte weiter.

»Es endete, als ich während eines Auslandsaufenthaltes in Südafrika Ines begegnet bin.«

Ich durchforstete mein Gehirn, konnte mich aber nicht erinnern, dass er je eine Frau namens Ines erwähnt hatte.

»Du hast nie von ihr erzählt.«

»Nein, das habe ich nicht. Unsere Liebe endete so plötzlich, wie sie begonnen hatte. Es war Liebe auf den ersten Blick für mich. Wir arbeiteten im gleichen Unternehmen. Auch Ines absolvierte ein Auslandsjahr in Südafrika. Ich war fasziniert von ihren langen Haaren, ihrem geschmeidigen Hüftschwung, von dem ich nicht den Blick wenden konnte und ihrer Art zu lachen. Solche Gefühle hatte ich zuvor nie gefühlt und da wusste ich, dass ich sie und nicht dich liebte und mein Verliebtsein zu dir erlosch wie eine Kerze, die man auspustete. Erst dachte ich, Ines schien ebenfalls Gefühle für mich zu haben. Wir trafen uns einige Male und wurden nach sechs Wochen ein Paar.«

Gespannt lauschte ich Fredericks Erzählungen, denn ich ahnte, dass sie kein gutes Ende nehmen würden.

»Und dann«, ermunterte ich ihn, als er nicht sofort weitersprach, sondern seinen Blick über das Meer gleiten ließ.

»Eines Abends wollte ich meinem Mentor einige Unterlagen vorbeibringen, die er mir zum Durcharbeiten mitgegeben hatte. Als ich in sein Büro ging, sah ich sie. Ines saß rücklings auf seinem Schoß und sie küssten sich innig. Sie waren so miteinander beschäftigt, dass sie mich gar nicht bemerkten. Ich bin rückwärts aus dem Büro getaumelt und habe an dem Abend meinen ganzen Kummer mit billigem Wodka weggespült.«

Es verschlug mir die Sprache. Zu wissen, dass Frederick so hintergangen worden war, machte mich traurig und wütend zugleich, obwohl ich die Frau, die ihm das angetan hatte, nicht kannte.

Dass ihm das gleiche Schicksal widerfahren war wie mir, erschütterte mich und ich konnte den Schmerz des Betrugs, den Frederick damals gespürt haben musste und den ich vor Kurzem ebenfalls empfunden hatte, auch jetzt deutlich hinter meiner Brust fühlen.

Ich legte Frederick eine Hand auf die Schulter. »Es tut mir so leid, was dir damals passiert ist. Hast du Ines denn danach zur Rede gestellt?«

»Das habe ich. Am nächsten Tag bin ich zu ihr ins Apartment gefahren und habe ihr gesagt, dass ich sie gesehen habe. Das Schlimmste aber war, dass sie gar nicht erst versucht hat, sich zu entschuldigen. Vielmehr hat sie mich als Spießer betitelt, da ich so außer mir vor Wut war. Sie meinte, ich dürfe mich ebenfalls anderweitig sexuell ausleben, so würde unsere Beziehung spannender sein. Da erst habe ich gemerkt, dass wir vollkommen unterschiedliche Ansichten von einer Beziehung hatten.«

Es schockierte mich, was Frederick mir erzählte.

»Was hat denn deine Familie dazu gesagt?«

»Ich habe es niemandem erzählt. Bis heute wusste es niemand. Ich habe mich geschämt, dass ich nicht erkannt habe, welches Spiel Ines mit mir gespielt hat. Ich habe mich nicht mal Magnus anvertraut, obwohl ich ihm sonst alles sagen kann.«

»Aber warum? Ihr hattet doch immer schon so ein enges Verhältnis.«

»Das ist es ja. Besonders nach meinem Unfall ist unsere Beziehung noch inniger geworden und ich hatte Angst, dass Magnus mich wieder hätte beschützen wollen und Ines die Meinung gegeigt hätte.«

»Wäre das denn so schlimm gewesen?«

»Heute denke ich nicht, nein. Aber mir war das Ganze damals so unangenehm und ich war zu verletzt und wollte wohl den Kummer mit mir alleine ausmachen. Und mittlerweile bin ich zum Glück über alles hinweg. Ich bin sogar froh, dass aus uns nichts Festes geworden ist. Im Nachhinein sind mir einige Eigenheiten von Ines bewusst geworden, die ich zuvor durch meine rosarote Brille gar nicht gesehen habe.«

Ich freute mich sehr für Frederick, dass sich für ihn alles zum Guten gewendet hatte und er seine Enttäuschung überwunden hatte.

»Ich danke dir für dein Vertrauen, Frederick.« Die Gefühle übermannten mich und stürmisch schloss ich ihn in die Arme.

Dieser Moment an der dänischen Nordseeküste ließ Fredericks und meine Freundschaft noch enger werden und ich wusste, dass wir, nachdem wir unsere Enttäuschungen miteinander geteilt hatten, durch nichts auseinandergebracht werden konnten.

Beinahe gleichzeitig atmeten wir beide hörbar aus.

Frederick wollte die Stimmung scheinbar etwas lockern, denn er feuerte ein *aber verlieb du dich bloß nicht in mich* hinterher.

Ich lachte. »Keine Sorge, das wird nicht passieren. Du bist und bleibst mein bester Freund.«

»Da bin ich froh! Und wenn es doch wieder einen Mann in deinem Leben geben sollte, sag mir Bescheid, damit ich ihn vorher unter die Lupe nehmen kann.«

Mein Lachen klang selbst in meinen Ohren eine Spur zu künstlich und Frederick schien etwas zu ahnen.

»Also gibt es da jemanden?«, hakte er nach.

Magnus' Gesicht tauchte vor meinem inneren Auge auf. Ich schüttelte den Kopf, um es von hier zur vertreiben. »Nein, nein«, sagte ich schnell.

Ich konnte und wollte Frederick nicht von Magnus erzählen, zumal ich große Zweifel hatte, dass aus uns beiden je etwas Ernstes werden würde. Zwar hatte ich immer wieder dieses Knistern verspürt, das zwischen uns herrschte, vielleicht hatte ich es mir aber auch nur eingebildet.

Ich spürte, dass ich etwas Zeit für mich brauchte, um zu verarbeiten, was Frederick mir eben anvertraut hatte.

Ihm schien es ähnlich zu gehen, denn er verabschiedete sich ebenso schnell von mir und wir versprachen einander, uns in den nächsten Tagen wiederzusehen.

KAPITEL 4

Das Gespräch mit Frederick hatte eine andere Richtung eingeschlagen, als ich vermutet hatte. Ich freute mich über seine Offenheit und war glücklich, einen solchen Freund wie ihn zu haben. Da mein Kopf aber von den vielen Informationen und Bildern zu pochen anfing, entschied ich, mich etwas abzukühlen. Mit Fina, die neben mir hertrottete, ging ich in Richtung des Strandhauses. Die Stelle, an der Frederick und ich eben gesessen hatten, lag zwar an einem wunderschönen Strandabschnitt, aber immer mehr Urlauber machten es sich hier gemütlich. Ich brauchte jetzt die Stille und Ruhe und wollte nur das Rauschen des Meeres hören.

Am Strandhaus angekommen, legte ich meine Einkäufe am Fuße der Holztreppe ab und zog mir meine Shorts sowie mein Oberteil aus.

Als hätte ich eine Vorahnung gehabt, die kalten Wellen der Nordsee spüren zu müssen, hatte ich am Vormittag in Marlies' Geschäft den Bikini direkt unter meine Kleidung gezogen.

Ich stapelte alles auf meinen Einkaufstaschen und ging hinunter ans Meer.

Fina lief neben mir her, doch als ich den ersten Fuß ins Wasser setzte, blieb sie abrupt stehen, als würde sie von meiner Idee, eine Runde zu schwimmen, nicht allzu viel halten.

Langsam ging ich tiefer ins Meer, bis mir das Wasser bis zur Hüfte reichte. Ich spritzte mir das kühle Nass auf Arme und Brust und schwamm los.

Dachte ich zuerst, das Wasser sei erfrischend, stellte ich erschreckend fest, dass es eiskalt war. Was war mit der Junisonne los? Ich hatte gehofft, sie hätte das Wasser schon etwas mehr erwärmt.

Der Kälte des Meeres trotzend, schwamm ich dennoch tapfer weiter. Nach einigen Minuten hatte ich mich an die Temperatur gewöhnt und merkte, dass das Wasser seine Wirkung tat und ich mich entspannte. Meine Kopfschmerzen ließen wieder nach und als ich zum Strand blickte, sah ich, dass auch Fina all ihren Mut zusammenzunehmen schien, denn sie paddelte langsam auf mich zu.

Gemeinsam mit meiner Hündin durch die kalte Nordsee zu schwimmen, hatte etwas sehr Entspannendes für mich. Ich legte mich auf den Rücken und ließ mich einen Moment im Wasser treiben. Während ich mich den Bewegungen des Meeres hingab, schaute ich hoch in den wolkenleeren Himmel. So musste sich absolutes Glück anfühlen.

In diesem Moment fühlte ich mich freier denn je und wollte an keinem Ort der Welt lieber sein als hier in Tideborg. Alle Sorgen und Gedanken, die mich in der letzten Zeit beschäftigt hatten, schienen im Augenblick unwichtig und ich fühlte mich federleicht im Wasser.

Fina schien unseren kleinen Schwimmausflug ebenfalls zu genießen. Sie paddelte, den Kopf aus dem Wasser gestreckt, immer in meiner Nähe.

Doch so ohne Bewegung machte sich die geringe Wassertemperatur schnell bemerkbar. Hatte mich das kalte Wasser eben noch herrlich erfrischt und abgekühlt, fühlten sich meine Hände und Füße zunehmend eiskalt an. Wäre ich eine ungeübte Schwimmerin, wäre ich jetzt wahrscheinlich in Panik ausgebrochen.

Dank der vielen Stunden, die ich in meinem Leben schon in dieser Bucht geschwommen war, fühlte ich mich aber sicher.

Ich war eine geübte Schwimmerin und schwamm mit einigen kräftigen Zügen in Richtung Ufer. Als ich nah genug am Strand angekommen war, um wieder stehen zu können, schritt ich langsam aus dem Wasser.

»Fina komm, wir sind fertig mit Schwimmen«, rief ich über meine Schulter hinweg. Eifrig paddelte sich zu mir. Als auch Fina wieder mit ihren Pfoten den Boden berührte und vollständig aus dem Wasser herausgelaufen war, schüttelte sie sich und Wassertropfen spritzen an meine Beine.

Ich war so auf meine Hündin fokussiert, dass ich gar nicht bemerkt hatte, dass wir nicht mehr alleine waren.

Als ich aus dem Wasser ging und meine Zehen sich dabei in den Sand gruben, blickte ich geradewegs in mir ziemlich vertraute blaue Augen, die mir in diesem Moment eine Nuance dunkler erschienen. Als wollten sie sich dem tiefen Blau des Meeres anpassen.

Magnus' blondes Haar war zerzaust, als hätte er es sich stundenlang gerauft. Er trug eine kurze Cargoshorts und ein Langarmshirt, durch das sich seine definierten Muskeln abzeichneten. In der Hand hielt er ein Handtuch.

Kurz vor ihm blieb ich stehen, unschlüssig, was ich nun sagen oder tun sollte.

Er hingegen war selbstsicher wie eh und je, griff hinter mich, breitete das große Handtuch aus und legte es mir behutsam über die Schultern.

»Damit du nicht frierst«, raunte er mir leise zu. Ich schluckte schwer, denn wie immer in Magnus' Nähe war ich kaum noch imstande, einen klaren Gedanken zu fassen.

»Danke«, flüsterte ich stattdessen zurück und war erschrocken darüber, wie leise und zittrig sich meine Stimme anhören musste. Was machte dieser Mann nur mit mir? Ich wollte ihn doch eigentlich vergessen und nicht mit zittrigen Knien vor ihm stehen.

In Magnus' Gesicht spiegelten sich unzählige Emotionen wider. Scheinbar wusste auch er nicht so recht, was wir hier taten.

Langsam hob er seine Hand und strich mir eine nasse Strähne, die mir an der Wange klebte, aus dem Gesicht. Dabei verweilte seine Hand einen winzigen Moment zu lang an meiner Wange, was ausreichte, um ganze Stromschläge durch meinen Körper zu peitschen.

Auf jedem Zentimeter meines Körpers breitete sich eine Gänsehaut aus und eine ganze Schar von Schmetterlingen flatterten wild in meinem Bauch umher.

Magnus wirkte unentschlossen, ließ seine Hand, die ich viel lieber noch länger an meiner Wange gespürt hätte, sinken und blickte zu Boden.

»Was machst du hier?«, fragte ich ihn mit kratziger Stimme.

»Ich habe dich von meiner Terrasse aus beim Schwimmen gesehen und dachte mir, du könntest danach ein warmes Handtuch gebrauchen.« Er lachte. »Niemand traut sich so weit raus, wenn das Wasser noch nicht aufgewärmt ist. Du bist wirklich verrückt.« Während er mich lachend ansah, konnte ich die kleinen Lachfalten an seinen Augen erkennen. Heute wie damals hätte ich eine Ewigkeit in Magnus' Augen blicken und darin versinken können.

Schon damals war ich fasziniert von seiner ernsthaften und tiefsinnigen Art. Anders als sein Bruder Frederick, der stets gute Laune hatte und mit dem es einem leicht fiel, Small Talk zu halten, konnte man mit Magnus lange, ernste Gespräche führen oder eine gefühlte Ewigkeit schweigen.

»Ich hatte plötzlich den Drang, mich ins Meer zu stürzen. Das Wasser war so erfrischend. Ich hatte gar nicht gewusst, wie sehr ich es vermisst habe, wieder in der Nordsee zu schwimmen.«

»Das kann ich gut verstehen. Ich kann mir gar nicht vorstellen, nicht mehr hier zu wohnen und immer die Möglichkeit zu haben, eins mit dem Wasser zu werden. Ich könnte nicht in Hamburg leben. Die Stadt wäre mir mittlerweile zu voll und zu laut.«

Ich wollte ansetzen, um zu protestieren, brachte jedoch kein Wort heraus. Denn in diesem Augenblick konnte ich Magnus gut verstehen. Hatte ich vor fünf Jahren die Größe und Anonymität der Stadt genossen und mich an jeder Ecke ablenken können, so sehr merkte ich, wie gut mir die Ruhe in Tideborg tat. Ich war froh, noch einige Tage hier verbringen zu können. Bei dem Gedanken, bald zurück in mein altes Leben zurückkehren zu müssen, überkam mich ein ungutes Gefühl, das die Schmetterlinge aus meinem Bauch für den Moment vertrieb.

»Du zitterst ja.« Magnus zog das Handtuch enger um meinen Oberkörper und legte seinen Arm um mich.

Da er deutlich größer war als ich, war mein Kopf auf der Höhe seiner Brust. Er schob mich langsam in Richtung der Holztreppe, die zur Terrasse vom Haus hochführte.

Beide sagten wir kein Wort. Mir wäre in diesem Moment auch nichts Geistreiches eingefallen. Viel zu sehr genoss seine Nähe. Ich wünschte mir, er möge mich nie wieder loslassen. Gleichzeitig hatte ich Angst vor seiner Nähe und was sie mit mir und meinem Herz anstellen würde. So nett und liebevoll sich Magnus mir gerade gegenüber gab, so abweisend könnte er im nächsten Moment wieder sein. Schon damals hatte er damit mein Herz gebrochen und ich hatte Angst davor, dass er es ein weiteres Mal tat.

Fina sauste an uns vorbei und die Treppe zur Terrasse hoch. Dort sprang sie auf den Liegestuhl, auf dem Stine eine Decke hatte liegenlassen. Fina hatte wohl genug von unserem

Strandausflug und wollte sich lieber in der Sonne trocknen und aufwärmen. Ich konnte sie gut verstehen, denn obwohl die Junisonne vom wolkenlosen Himmel auf uns herabschien, kühlte der Wind, der über das Meer wehte, die Temperatur erschreckend ab.

Am Fuß der Treppe blieben wir stehen. Magnus bückte sich, um meine Einkaufstaschen sowie meine Kleider aufzuheben.

Dabei nahm er die Hand von meiner Schulter und sofort wurde die Stelle, an der sein Arm zuvor gelegen hatte, eiskalt und ich sehnte mich nach seiner Berührung.

Er reichte mir meine Sachen. »Du solltest dich umziehen, damit du dich nicht erkältest.«

»Ja, das sollte ich.« Memo an mich selbst: An meiner Schlagfertigkeit ihm gegenüber musste ich in Zukunft dringend arbeiten. In seiner Gegenwart lief mein Gehirn scheinbar nur auf fünfzig Prozent, vielleicht auch noch weniger.

Magnus machte einen Schritt auf mich zu, sodass unsere Körper nur wenige Zentimeter voneinander entfernt waren. Ich konnte die dunklen Sprenkler in seinen Augen erkennen, in denen ich gerade zu versinken drohte. Mein Herz schlug mir bis zum Hals und die Schmetterlinge trommelten in meinem Bauch.

Magnus' Gesicht näherte sich dem meinen und ich musste den Kopf in den Nacken legen, um ihn weiter anschauen zu können.

Bitte küss mich, dachte ich und war froh, dass meine Gedanken nur für mich bestimmt waren. So sehr ich Magnus eigentlich nie wiedersehen wollte, wünschte ich mir in diesem Augenblick so viel mehr, als nur vor ihm zu stehen.

Ich öffnete meine Lippen ein wenig und erwartete sehnsüchtig, was als Nächstes geschehen würde. Ich wollte nicht diejenige sein, die den ersten Schritt machte, weil ich mir und meinen Gefühlen gerade selber nicht traute und zu verwirrt war.

Doch statt seine Lippen auf meine zu legen, gab er mir einen Kuss auf den Scheitel. So leicht, dass ich ihn kaum spürte. Als würden Schmetterlinge an mir vorbeifliegen und mich mit ihren Flügeln streifen.

»Bis dann, ABBA-Anni«, raunte er mir beim Gehen zu und ließ mich mit pochendem Herzen sowie kreisenden Gedanken stehen.

»Bis dann«, flüsterte ich, während ich ihm nachsah, bis er nicht mehr zu sehen war.

Ich ging die Stufen zur Terrasse hinauf. Oben drehte ich mich um und blickte auf das Meer hinaus, das durch die Sonne glitzerte wie tausende Diamanten. Ich schlang das Handtuch, das Magnus mir umgelegt hatte, enger um mich und vergrub meine Nase in dem weichen, flauschigen Stoff, wohl wissend, dass sich sein herber Geruch für immer in mein Gedächtnis einbrennen würde.

KAPITEL 5

In dieser Nacht schlief ich unruhig. Zusammenhanglose Träume, in denen immer wieder Magnus' Gesicht erschien, raubten mir den Schlaf. Erst in den frühen Morgenstunden war ich zur Ruhe gekommen und endlich richtig eingeschlafen. Ein Klopfen weckte mich auf und ich schreckte hoch.

»Anni? Bist du schon wach?«, ertönte Stines Stimme hinter der Tür.

Sofort sprang Fina vom Bett herunter und lief freudig zu Tür, wobei ihr kurzes Schwänzchen vor Freude wild umherwackelte.

Noch etwas schläfrig, setzte ich mich auf. »Ich bin wach, du kannst reinkommen«, forderte ich meine Schwester auf.

Stine öffnete die Tür des Gästezimmers zunächst einen Spalt, sodass nur ihr Kopf in mein Blickfeld rückte. Sie grinste mich an und kam mit einem fröhlichen »Guten Morgen, Schwesterherz« ins Zimmer. Sie trug eine bunte Haremshose und ein ebenso buntes Trägertop. Ihre Haare hatte sie zu zwei Zöpfen geflochten, die ihr über die Schultern nach vorne baumelten. In jeder Hand hielt sie einen großen Becher, aus denen mir der Geruch frisch gebrühten Kaffees entgegenströmte.

»Einen Kaffee für die Schlafmütze.« Stine gab mir eine Tasse, aus der ich sofort einen Schluck nahm. Ein Morgen ohne

Kaffee war für mich schon lange ein schlechter Morgen.

Dann öffnete sie die Vorhänge vor den Fenstern, sodass die Sonnenstrahlen ins Zimmer dringen konnten.

»Wie spät ist es denn?«

»Schon zehn Uhr. Ich dachte, du stehst niemals auf.« Stine setzte sich auf die Bettkante.

»Ich habe nicht so gut geschlafen«, sagte ich immer noch etwas müde. »Irgendwie habe ich nur wirres Zeug geträumt und bin erst heute Morgen eingeschlafen.«

»Vielleicht hilft es, wenn du mir von deinen Träumen erzählst«, bot Stine an.

Ich überlegte, ob ich ihr von meinem gestrigen Erlebnis mit Magnus erzählen sollte und dass er sich diese Nacht immer wieder in meine Träume geschlichen hatte.

Da Stines Blick so viel Liebe und Fürsorge ausstrahlte, entschied ich mich dafür.

Als ich mit meinen Erzählungen geendet hatte, atmete Stine hörbar aus. »Schöne Scheiße«, sagte sie und ich musste über ihre Wortwahl lachen. Stine war schon immer eine ehrliche Frohnatur gewesen.

»Das kannst du laut sagen.« Ich schaute auf die Bettdecke und zupfte nicht vorhandene Fussel von ihr herunter. Das nahm Fina zum Anlass, um wieder auf das Bett zu springen. Dankbar über ihre Nähe kraulte ich ihren Bauch und war einmal mehr froh über die Anwesenheit meiner Bulldoggendame.

»Was mache ich denn jetzt«, seufzte ich und nahm einen weiteren Schluck aus der Kaffeetasse.

»Ganz einfach«, sagte Stine voller Überzeugung. »Nicht zu viel nachdenken.«

»Haha!« Das war nun nicht gerade das, was ich hören wollte, aber Stine schien sich ihrer Antwort sicher.

»Ich meine das ernst, Anni. Du warst schon immer die

Denkerin von uns beiden. Denk einfach nicht so viel nach und interpretiere nicht in alles etwas hinein, was passiert oder eben nicht passiert. Du bist doch nur ein paar Tage hier. Genieße deine Auszeit aus Hamburg und schau, was sich entwickelt. Und wenn sich nichts entwickelt, konnten zumindest wir beide einige Tage miteinander verbringen.«

Aus Stines Mund hörte es sich so einfach an. Es stimmte. Ich war immer die Ruhigere von uns beiden und hatte leider die Angewohnheit, manche Dinge kaputt zu denken. So hatte unsere Oma es zumindest genannt.

Ich wusste gerne immer, was als Nächstes passiert und Unvorhergesehenes passte mir nicht. Daher war ich auch kein großer Freund von Überraschungen. Die konnten zwar manchmal sehr schön sein, aber genauso gut auch in einem totalen Desaster enden. Nicht nur einmal hatte ich das in meinem Leben bei mir oder anderen miterlebt.

Also versuchte ich, alles zu planen und mich konsequent daran zu halten, ohne ein böses Aufwachen zu riskieren.

»Meinst du? Ich weiß nicht, ob ich das kann.«

»Dann versuch es! Ich helfe dir dabei. In puncto nicht Nachdenken bin ich eine Meisterin.« Stine schenkte mir ein schiefes Lachen und ein kleines Fünkchen Zuversicht machte sich in mir breit. Vielleicht hatte meine Schwester recht und ich musste einfach versuchen, meinen Kopf auszuschalten.

»Okay. An was hast du gedacht?«

Stine schien sichtlich erfreut über meinen Enthusiasmus und krabbelte nun ganz zu mir auf das Bett.

»Ich habe mir die nächsten beiden Tage freigenommen, damit wir beide etwas unternehmen können. Nur den Termin mit einem Galeristen in Skagen, den ich übermorgen habe, kann ich leider nicht verschieben.«

»Das macht doch nichts. Ich bin schließlich hergekommen, ohne dir auch nur ein Sterbenswörtchen zu sagen. Da wäre es wohl zu viel verlangt, dass ich die Rund-um-die-Uhr-Bespaßung bekomme.«

»Trotzdem möchte ich so viel Zeit wie möglich mit dir verbringen. Ich bin froh, dass du endlich einmal wieder hier bist.« Stines Freude, mich nicht immer in Hamburg besuchen zu müssen, sondern Zeit mit mir in Tideborg zu verbringen, war ihr im Gesicht abzulesen.

Ich nahm ihre freie Hand und drückte sie. Stine verstand meine schwesterliche Liebesbekundung.

»Dann machen wir uns heute einen schönen Tag am Strand. Was hältst du von einem Sandburgenwettbewerb?« Stine schien selbst ganz begeistert von ihrer Idee.

»Okaaay«, sagte ich gedehnt. »Wann haben wir das zuletzt gemacht? Da waren wir wie alt? Zehn? Elf? Vielleicht auch fünfzehn.«

»Ist doch egal! Das wird bestimmt lustig. Und du hast mit Fina doch die größte Buddelhilfe, die es nur gibt.« Wie hätte ich meiner Schwester diesen Wunsch abschlagen können, wenn sie mich so lieb bettelnd anschaute?

»Abgemacht. Ich lasse dich aber nicht mehr gewinnen, nur weil du meine kleine Schwester bist«, neckte ich sie.

Stine stand vom Bett auf. »Tss, glaub ja nicht, dass du nur die geringste Chance gegen mich hast, große Schwester!«

Sie nahm mir meine leere Kaffeetasse ab und war schon fast durch die Tür verschwunden, als ich ihr hinterherrief: »Das werden wir ja sehen! Sag hinterher nicht, ich hätte dich nicht gewarnt!« Sie streckte mir die Zunge raus und ich grinste zufrieden in mich hinein.

Ich konnte mich glücklich schätzen, eine Schwester wie Stine zu haben. Wenn sie es mir übel genommen hatte, dass ich sie seit Jahren nicht in Tideborg besucht hatte, ließ sie es sich nicht anmerken.

Meine Schwester hatte recht. Ich sollte weniger nachdenken

und mehr genießen.

Mit dieser Einsicht stand ich auf, nahm mir nur die Zeit für eine kurze Dusche und stieg in meine kurze Jeansshorts. Über mein Trägertop zog ich einen Kapuzenpulli, weil ich mir sicher war, dass es draußen windig war und es unten am Wasser trotz des herrlichen Sonnenscheins kalt werden könnte.

In der Küche hantierte Stine bereits geschäftig herum. Wir frühstückten gemeinsam und ließen uns das *franskbrød* mit Sanddornmarmelade schmecken.

Ich schloss meine Augen und genoss den Geschmack, der sich auf meiner Zunge ausbreitete. So schmeckte Dänemark.

Nachdem wir aufgegessen und unser Geschirr im Geschirrspüler verstaut hatten, holte Stine für uns zwei große Badetücher und wir traten heraus auf die Terrasse.

Wie vermutet, blies der Wind vom Meer herüber und meine Locken, die ich zum Glück zu einem hohen Zopf gebunden hatte, wirbelten trotzdem wild umher.

Ich schloss meine Augen, legte den Kopf in den Nacken und genoss die Sonnenstrahlen, die mein Gesicht erwärmten.

Erst als Stine quietschend und lachend die Stufen zum Strand herunterrannte und dabei hüpfte wie ein kleines, aufgeregtes Mädchen, setzte auch ich mich in Bewegung.

Die unbefangene Vorfreude meiner Schwester war ansteckend, denn auch ich merkte, wie sich ein freudiges Kribbeln in meinem Bauch ausbreitete. Barfuß lief ich durch den Sand hinter Stine her, die sich am Ufer suchend umsah.

»Diese Stelle ist perfekt. Das Meer hat über Nacht viele Muscheln angespült«, betonte sie wissend.

»Alles klar, dann also hier. Bist du bereit zu verlieren?«, neckte ich meine Schwester.

»Pfff«, machte diese aber nur, wohl bereit, sich nicht so schnell geschlagen zu geben.

Ich setzte mir meine Sonnenbrille auf die Nase und begann,

mit den Händen einen hohen Sandhaufen aufzutürmen. Da wir weder Schaufel noch Eimer hatten, musste ich immer wieder zum Wasser laufen, mit den Händen eine Schale formen und das kühle Nass auf den Sandturm spritzen, damit der Sand fester wurde und Stabilität bekam. Dass ich dabei mehr Wasser auf dem Weg zu meiner Sandburg verlor, als am Ende auf sie tropfen lassen konnte, schien Stine zu erheitern. Ich gab wohl keine besonders professionelle Figur im Sandburgenbauen ab.

Stine steigerte sich so in ihr Lachen hinein, dass auch ich mich davon anstecken ließ und wir uns nebeneinander in den Sand fallen ließen.

Langsam wieder zu Atem kommend, verschränkte ich meine Hände hinter dem Kopf und schaute auf ein paar aufkommende zarte Wolken.

Ich seufzte wohlig. »Ich bin wirklich froh, dass ich hergekommen bin. Ich möchte es eigentlich nicht sagen, aber fast schon bin ich froh, wie alles gekommen ist. Sonst wäre es mit Hagen vielleicht noch ewig so weitergegangen.«

Stine setzte sich auf und verschränkte ihre Beine. »Warst du denn glücklich mit Hagen?«

»Am Anfang war ich schon glücklich. Unsere Beziehung war aufregend und Hagen ein toller Gesprächspartner. Nicht zu vergessen, dass er im Bett wirklich seine Qualitäten hatte ... die er gerne mit Anderen teilt.« Bei dem Gedanken, wie ich Agnes und Hagen in dessen Büro in flagranti erwischt hatte, wurde mir übel und ich verbannte die Bilder schnell aus meinem Kopf.

»Aber je erfolgreicher er wurde, desto egoistischer und arroganter wurde er auch. Und das war, glaube ich, das Schlimmste. Er wollte, dass ich so lebe, wie er es für richtig hielt. Meine Karriere war ihm ein Dorn im Auge. Ich sollte die hübsche Frau an seiner Seite sein, zu Hause auf ihren geschäftstüchtigen Ehemann warten und die Kinder großziehen.«

»Ernsthaft?« Stine zog schockiert die Augenbrauen hoch. »In welchem Jahrhundert lebt der denn?«

»Scheinbar in einem sehr vergangenen«, versuchte ich die Stimmung zu lockern. »Versteh' mich nicht falsch. Ich wünsche mir sehr, irgendwann eine Familie zu gründen und Mutter zu sein. Aber ich liebe es, zu arbeiten und möchte das auch gerne weiterhin. Ich möchte nicht von einem Mann abhängig sein und bis zum Abend warten, dass Mr. Erfolgreich nach Hause kommt und ich ihm die Pantoffeln bereitstellen kann.«

Unsere Eltern hatten Stine und mir von klein auf beigebracht, dass wir selbstbewusste, starke Mädchen sein sollten und alles erreichen konnten, was wir uns vornahmen.

»Du hast alles richtig gemacht. Ich bin stolz auf dich.« Stine drückte meine Hand. »Und irgendwo wartet mit Sicherheit dein Mr. Right, mit dem alles so wird, wie du es dir erträumst.«

Dass dabei Magnus' Gesicht vor meinem inneren Auge auftauchte, verschwieg ich.

»Was macht denn die Liebe bei dir?«, wollte ich stattdessen von Stine wissen. Sie stöhnte auf und warf die Hände theatralisch in die Höhe, was mir ein Schmunzeln entlockte.

»Frag nicht«, seufzte sie. »Im Winter habe ich mich ein paar Mal mit einem Galeristen aus Aalborg getroffen, bei dem ich ein paar meiner Bilder ausgestellt habe. Ich dachte, es könnte sich etwas Ernsteres daraus entwickeln. Es war himmlisch. Wir haben viel gemeinsam unternommen und ich habe mich wohl an seiner Seite gefühlt. Wir haben sogar ein Wochenende in Stockholm verbracht. Fünf Sterne Hotel, Juniorsuite, Champagner im Bett. Ich sage dir, das war der Wahnsinn!«

»Und wo ist das Problem?«, wollte ich wissen, denn der Haken an der Geschichte wollte sich mir bislang nicht erschließen.

Stine schnaufte. »Seine Frau, die anrief und fragte, ob er pünktlich von seiner Geschäftsreise zurückkäme, um die

Ballettaufführung seiner Tochter nicht zu verpassen!«

»Oh nein! Was für ein Arsch!« Ich war wütend auf den Mann, den ich gar nicht kannte. Darauf, dass er meiner Schwester so wehgetan hatte. Ich schwor mir, ihm meine Meinung zu geigen, sollte ich ihn jemals persönlich treffen. Das würde wahrscheinlich nie der Fall sein, es tat aber gut, sich vorzustellen, diesem Mistkerl die Leviten zu lesen.

»Das kannst du laut sagen. Seitdem steht für mich fest, dass ich erstmal nichts Ernstes mehr eingehen will. Dieser Stress hat mir gereicht.«

Ich war mir nicht sicher, ob Stine mich oder sich selbst mit ihrer Äußerung überzeugen wollte. So richtig wollte es ihr jedoch nicht gelingen.

Da ich den Stachel, der in ihrem Herzen steckte, jedoch nicht tiefer schieben wollte und weil der heutige Tag mit Stine bisher so schön verlaufen war, stimmte ich ihr zu.

»Richtig so! Du bist eine starke, unabhängige Frau und du bist auch ohne einen Mann glücklich!«

Überzeugt sprang Stine auf, sodass der Sand um uns herum aufwirbelte und durch den Wind davongetragen wurde.

»Wer braucht schon Männer«, schrie sie und sprang dabei, die Arme in die Luft reißend, in die Höhe.

»Na, na, du kränkst mich!« Überrascht über unseren Zuhörer, den wir gar nicht bemerkt hatten, drehten wir uns um und entdeckten Frederick, der nur wenige Meter von uns entfernt war und weiter auf uns zukam.

Gespielt theatralisch hielt er sich eine Hand an die Brust.

»Ladies, so etwas möchte ich nicht hören! Ihr brecht mir das Herz!«

»Ach Freddy, du wirst es überstehen«, konterte Stine.

»Aber nur mit viel Leid, meine liebe Stine.« Frederick war ein elender Schauspieler und sein Versuch, verletzt dreinzuschauen, scheiterte kläglich. Ich konnte mir mein

Giggeln, das sich in meinem Bauch sammelte und an die Oberfläche preschen wollte, nicht mehr zurückhalten und ließ meinen Gefühlen freien Lauf. Das Lachen, das ich aus meinem Mund herausstieß, war so frei und unbesorgt und ich konnte mich nicht erinnern, wann ich zuletzt so herzhaft gelacht und mich so lebendig gefühlt hatte.

Den beiden schien es ähnlich zu ergehen wie mir, denn auch sie stimmten in mein Lachen ein und wir endeten erst, als unsere Tränen sich ihren Weg bahnten und in den Sand unter unseren Füßen tropften.

»Welche Traumschlösser baut ihr hier eigentlich?«, fragte Frederick und deutete auf unsere Sandburgen.

»Wir haben einen Sandburgenbauwettbewerb veranstaltet. Leider sind wir uns nicht einig, wer als Gewinnerin hervorgeht«, klärte ich Frederick auf.

»Du könntest entscheiden, wer gewonnen hat.« Stine schaute ihn mit einem atemberaubenden Augenaufschlag an.

»Nicht die Jury bestechen, das ist nicht fair«, rügte ich meine Schwester und knuffte ihr liebevoll in die Seite.

»Also gut. Ich entscheide, wer gewonnen hat. Was ist der Preis für die Gewinnerin?«, wollte Frederick wissen. Darüber hatten Stine und ich uns vor dem Bau unserer Sandburgen gar nicht verständigt. Als wir damals in unseren Sommerferien unsere Bauwettbewerbe mit Frederick und Magnus veranstaltet hatten, war es Tradition gewesen, zu Beginn einen Gewinn zu vereinbaren.

Der Gedanke an das unbeschwerte Zusammensein, das ich damals mit Magnus genossen hatte, traf mich mit einer Macht, als würde ein Güterzug mit voller Wucht mein Herz treffen und ich schaute wehmütig zu seinem Haus. Was er wohl gerade machte? Ob er zu Hause war und uns sah?

Stine schien meine Gedanken zu lesen, denn sie folgte meinem Blick.

»Das haben wir natürlich vergessen«, gab sie Frederick zur Antwort.

»Dann überlege ich mir etwas. Wie wäre es, wenn die Gewinnerin den ersten Bernstein bekommt, den wir finden!«

»Frederick, jetzt im Juni werden wir nur schwerlich Bernsteine finden. Du weißt doch, dass die meisten erst im Herbst in Tideborg angespült werden«, erklärte ich ihm, überrascht, dass er daran nicht gedacht hatte, wo er fast sein ganzes Leben hier verbracht hatte.

Doch ich hatte nicht mit Fredericks ausgeklügelter Idee gerechnet, denn er wusste sehr wohl, wann die beste Zeit zum Finden von Bernsteinen war. »Dann musst du wohl im Herbst wieder herkommen, liebe Anni … oder einfach direkt hierbleiben?«

Darauf wollte und konnte ich ihm nicht antworten.

Viele Jahre hatte ich versucht, mein Herz davor zu schützen, erneut gebrochen zu werden. Auch wenn ich die Zeit mit meiner Schwester und Frederick sehr genoss, würde ich nicht in dem Ort wohnen können, in dem auch Magnus lebte. Ihm immer wieder zu begegnen und in Zukunft vielleicht sogar mit ansehen zu müssen, wie er eine andere Frau an seiner Seite hätte, würde ich nicht verkraften. Ich liebte Tideborg sehr und oft hatte ich mich in Hamburg danach gesehnt, meine nackten Füße hier in den Sand zu graben. Doch für mich war es besser, in der Großstadt zu bleiben und dort in der Anonymität der Masse unterzutauchen.

»Also, was ist?« Frederick schien immer noch auf eine Antwort zu warten.

»In Ordnung, die Gewinnerin bekommt den ersten Bernstein. Ich denke, Stines Bauwerk ist ein Meisterstück geworden oder nicht?«, versuchte ich den beiden locker entgegenzubringen.

»Nee, nee, so leicht kommst du mir nicht davon.« Lachend hob Frederick den Zeigefinger, als wollte er mir drohen. »Ich entscheide vollkommen unparteiisch.«

Mit konzentrierter Miene umrundete er unsere Sandburgen und tat, als würde er ihre Bauweise und die Beschaffenheit des Sandes begutachten. Fina schien das Ganze zu gefallen, denn sie wirbelte unaufhörlich um Fredericks Beine und die Sandburgen herum, als wäre sie dabei, einen imaginären Freund zu packen.

Die salzige Meeresluft machte mich durstig und ich entschied, uns aus dem Strandhaus etwas Kühles zum Trinken zu holen.

Ich ließ Stine, Frederick und eine wild spielende Fina am Strand zurück und stieg die Holzstufen zur Terrasse hoch.

In der Küche nahm ich mir einen Moment, um tief durchzuatmen. Es störte mich, dass meine Gedanken immer wieder zu Magnus abdrifteten, als würden sie magnetisch von ihm angezogen werden.

Stine hatte recht. Ich sollte versuchen, weniger zu grübeln und die paar Tage, die mir blieben, zu genießen. Wahrscheinlich würde es der letzte Besuch für viele Jahre werden. Ich vermutete, dass ich es nicht übers Herz bringen würde, noch einmal herzukommen. Und wie ich meine Schwester kannte, hätte auch sie nach einigen Versuchen aufgegeben, mich weiter anzubetteln, da sie wusste, dass ich in meinen Entscheidungen stur war und es wenig Chancen gab, mich umzustimmen, hatte ich mich einmal entschieden. Trotzdem nahm ich mir vor, mein Herz zu verschließen, sollte ich Magnus noch mal begegnen und die restliche Zeit so gut es ging zu genießen.

Aus dem Schrank nahm ich drei Gläser sowie einen Glaskrug und bereitete Wasser mit Limetten und Pfefferminzblättern zu. Ich stellte alles auf ein Tablett und machte mich auf den Weg nach draußen, wo Stine und Frederick noch immer vor den Sandburgen standen und sich unterhielten. Fina hatte scheinbar genug vom Toben, denn sie begrüßte mich auf der Terrasse und legte sich dann unter den Liegestuhl, um der Sonne zu entfliehen.

Von der Terrasse aus ließ ich meinen Blick über den vor mir liegenden Strandabschnitt schweifen und nahm ein paar tiefe Atemzüge der wohltuenden Seeluft.

Als mein Blick bei Magnus' Strandhaus stehen blieb, sah ich, dass er sich gerade, begleitet von seiner Labradorhündin Bella, auf den Weg von seiner Terrasse runter an den Strand machte und Frederick und Stine ansteuerte. Bella ging dabei immer neben Magnus her und preschte nicht, wie Fina es getan hätte, schon hundert Meter vor. Zu gerne hätte ich meine Bulldogge genommen und ihr gezeigt, wie vorbildlich sich Bella benahm. Aber ich wusste, dass es nichts genutzt hätte. Also ließ ich Fina mit einem schmunzelnden Blick unter der Liege und hakte das Thema Hundeerziehung innerlich ab.

Ich spürte Magnus' Blick auf meinem, doch aufgrund der noch recht beachtlichen zwischen uns liegenden Entfernung konnte ich seine Miene nicht genau erkennen.

Mit dem Tablett in den Händen setzte ich meinen Weg fort, abwartend, ob Magnus sich zu uns gesellen würde.

Stine und Frederick nahmen sich je ein Glas und ich stellte das Tablett auf dem Sand ab, den ich zuvor mit der freien Hand geglättet hatte. Als auch ich mir ein Glas gegriffen hatte, prosteten wir uns zu.

»Auf diesen wunderschönen Tag«, erhob Stine ihr Glas.

»Und auf Anni! Schön, dass du wieder hier bist.« Frederick legte freundschaftlich einen Arm um mich und zog mich fest an sich.

Ich genoss diese Geste und war in diesem Moment glücklich.

Mein langes Fernbleiben aus Tideborg hatte nicht dazu geführt, dass unsere Freundschaft abgekühlt war. Sie war genauso eng wie jeher.

Stine gluckste. »Schade eigentlich, dass ihr kein Paar seid. Ihr zwei seht ganz süß aus zusammen.«

»Das hättest du wohl gerne. Aber daraus wird nichts«, grinste Frederick.

»Das stimmt. Eigentlich doch schön zu wissen, dass wir uns nicht in einer Schlammschlacht trennen wie manche Paare. Da ist mir eine wundervolle Freundschaft viel mehr wert«, stimmte ich Frederick zu.

»Und wie wäre es mit einer Freundschaft mit gewissen Extras?«, feixte meine Schwester.

»Stine«, rügten wir sie wie aus einem Mund.

»Spielverderber«, konterte sie grinsend.

Dass sie danach den Kopf schräg legte und ihren liebsten Blick aufsetzte, brachte uns alle zum Lachen, wie schon so viele Male an diesem Tag.

Ich konnte mich nicht erinnern, wann ich zuletzt so viel Spaß gehabt hatte. Natürlich genoss ich die Zeit, die ich mit meiner besten Freundin Constanze verbrachte auch immer, aber jetzt und hier in Dänemark fühlte ich mich freier, lebendiger.

Ich drehte mich um, und schaute, wo Magnus blieb.

Aber als ich ihn am Strand ausmachte, war er schon wieder auf halber Strecke zu seinem Haus. Mein Blick folgte ihm, bis er die Stufen zu seiner Terrasse erklommen hatte. Als er sich oben noch einmal umdrehte und in unsere Richtung schaute, trafen sich unsere Blicke und ich glaubte, einen traurigen Gesichtsausdruck zu erkennen. Aber wahrscheinlich trog mich das Bild aufgrund der großen Distanz und ich bildete mir seine Stimmung nur ein.

Stine schien Magnus ebenfalls erblickt zu haben. »Warum ist er denn nicht zu uns gekommen?«, wollte sie wissen.

»Wer denn?«, fragte Frederick und drehte sich um. Da er mit dem Rücken zu Magnus gestanden hatte, hatte er ihn gar nicht kommen sehen.

»Dein Bruder, er war eben auf dem Weg zu uns, hat sich dann

aber wieder umgedreht und ist zurück zu seinem Haus gegangen«, klärte Stine Frederick auf.

Er seufzte ratlos. »Ich weiß auch nicht, was er hat. Die letzten Tage benimmt er sich so merkwürdig. Aber ihr kennt ihn. Wenn er nichts preisgeben möchte, ist aus ihm auch nichts herauszubekommen. Keine Ahnung, welche Laus ihm über die Leber gelaufen ist.«

Stine schien zu überlegen und kam mit ihrem Mund nah an mein Ohr, um mir etwas zuzuflüstern. »Welche Laus es war, weiß ich nicht. Aber ich kann mir vorstellen, welche Frau ihm über den Weg gelaufen ist.«

Mit diesem Gedanken, den Stine mir damit in meinen Kopf setzte, nahm sie uns die Gläser aus der Hand und forderte uns auf, ihr bei der Suche nach neuen Muscheln für ihr nächstes Bild behilflich zu sein.

KAPITEL 6

Nach diesem wirklich schönen Tag, den ich mit Stine und Frederick verbracht hatte und den wir am Abend bei einem Glas Wein auf der Terrasse hatten ausklingen lassen, hätte ich nicht gedacht, dass meine Nacht wieder so unruhig werden würde.

Die unterschiedlichsten Träume hatten sich in meinen Schlaf geschlichen. Scheinbar hatte ich mich so oft hin- und hergewälzt, dass Fina, die sonst ihren Platz auf dem Bett nicht ohne Weiteres aufgab, das Weite gesucht hatte. Als ich schlaftrunken und mit vor Müdigkeit brennenden Augen meine Lider öffnete, konnte ich sie auf dem Bett nirgends finden. Nur ihr Schnarchen ließ erraten, dass sie sich im Umfeld des Fensters einen Schlafplatz gesucht haben musste.

Immer noch durch einen Schleier aus Schlaf und Träumen blickend, tastete ich auf dem Nachttisch nach meinem Handy und sah auf dem Display, dass es erst kurz nach vier Uhr war.

Eine WhatsApp-Nachricht von Constanze mit Fragen nach meinem Befinden und meiner Laune war ebenfalls eingegangen. Ich verschob das Antworten auf später, denn sie würde sich sicherlich freuen, wenn ich ihr zu meiner Antwort ein Bild vom Strand schicken würde. Außerdem war ich noch zu schläfrig, um einen klaren Gedanken zu fassen.

Ich drehte mich auf die andere Seite und versuchte, noch

einmal einzuschlafen. Doch ich kam nicht zur Ruhe und nach erneutem Hin- und Herwälzen beschloss ich, aufzustehen.

Ich zog mir einen Oversizepullover über meinen kurzen Schlafanzug, band die noch wirren Locken zu einem hohen Dutt zusammen und tapste leise in die Küche.

Fina folgte mir, wie es schien, ebenfalls noch etwas müde.

Normalerweise standen wir nicht um diese Uhrzeit auf. Die salzige Meeresluft machte mich zwar jeden Tag müde, aber so lange Magnus sich jede Nacht in meine Träume schlich, würde ich nicht ruhiger schlafen und in ein paar Tagen tiefe Augenringe auf meinem Gesicht zur Schau stellen können.

In der Küche bereitete ich mir einen Kaffee zu und ließ in der Hoffnung, dass das meine Lebensgeister aufwecken würde, die Milch weg.

Vor der Terrassentür schlüpfte ich in meine Ballerinas, die ich mir gekauft hatte, und ging die Holztreppe hinunter zum Strand. Der frische Wind, der um mein Gesicht fegte, war eine Wohltat und obwohl ich immer noch müde war, merkte ich, wie gut es tat, um diese Uhrzeit draußen zu sein.

Langsam ging ich am Meer entlang und blieb immer wieder stehen, um von meinem Kaffee zu trinken und dabei aufs Wasser zu schauen.

Die Weite, die sich mir bot, überwältigte mich jedes Mal, wenn ich am Meer war. Alle Probleme erschienen einem am Meer immer ein wenig kleiner und bedeutungsloser. Vielleicht spann ich mir in meinem Kopf einfach zu viel über Magnus zusammen und ich sollte wirklich versuchen, nicht zu viel nachzudenken.

Die Sonne kämpfte sich am Horizont langsam hervor und die ersten, noch zarten Sonnenstrahlen erschienen in meinem Blickfeld.

Ich zog meine Ballerinas aus und spürte den kühlen Sand unter meinen Fußsohlen.

Fina setzte sich neben mich und zeigte um diese Uhrzeit wenig Elan zum Spielen.

Ich schaute aufs Meer hinaus und hätte noch stundenlang so stehen bleiben können.

Plötzlich hörte ich hinter mir Schritte im Sand knirschen und Fina sprang auf und schoss los.

Als ich mich umdrehte, sah ich, dass es Magnus und Bella waren, die auf uns zukamen. Die Hunde beschnüffelten sich und Magnus kam langsam, mir in die Augen blickend, auf mich zu. Er trug heute Morgen eine verwaschene Jeans und ein Langarmshirt, das wieder verboten eng anlag und sich an seinen muskulösen Oberkörper schmiegte. Seine Haare standen in alle Richtungen und seine Wangen waren von einem Bartschatten überzogen, der ihn verwegen und sexy wirken ließ.

Ich spürte, wie mir bei seinem Anblick abwechselnd heiß und kalt wurde und ich schlüpfte in meine Ballerinas, da mir der eben noch erfrischende Sand plötzlich zu kalt an meinen Füßen war.

Die Schmetterlinge in meinem Bauch erwachten und hüpften wild auf und ab.

»Kannst du auch nicht schlafen?«, fragte er mit leiser Stimme.

»Nein, ich habe nur wirres Zeug geträumt und brauchte die Meeresbrise, um mir den Kopf freipusten zu lassen.«

»Kann ich gut verstehen, geht mir genau so.«

»Auch schlecht geschlafen?«, fragte ich ihn.

»Eher gar nicht.« Er versuchte zu grinsen. Dabei fielen mir erst die Schatten unter seinen Augen auf. Ihn musste auch etwas beschäftigen, was ihn vom Schlafen abhielt.

»Willst du darüber reden?«, bot ich an.

»Nein, du?«, fragte er knapp zurück. Touché. Mir war ebenfalls nicht danach zumute, ihn daran teilhaben zu lassen, warum ich um diese Uhrzeit schon auf war. Zumal ich nicht wusste, was ich hätte sagen sollen. *Ich habe von dir geträumt und kam deswegen nicht zur Ruhe!* Wohl eher nicht.

»Möchtest du lieber alleine sein?«, fragte ich ihn, da ich in Magnus' Gegenwart immer ein wenig unsicher war. Ich wurde nicht schlau aus seinem Verhalten. Gerade wirkte er keineswegs abweisend, wie ich ihn in den letzten Tagen erlebt hatte.

»Nein.« Er schaute mir tief in die Augen, was meine bereits hüpfenden Schmetterlinge Saltos schlagen ließ. In stillem Einvernehmen schauten wir aufs Meer hinaus und beobachteten die Sonne dabei, wie sie ihren Siegeszug über die Dunkelheit fortsetzte.

Außer dem Rauschen des Meeres, dem spielenden Knurren der Hunde und unserem Atem war nichts zu hören und ich genoss das gemeinsame Schweigen. Jeder Versuch von Small Talk hätte die Atmosphäre zerstört. Ich wusste nicht, wie lange wir in dieser Position am Strand gestanden hatten. Es hätten Sekunden, Minuten oder auch Stunden gewesen sein können. Die Zeit schien still zu stehen.

»Anni, siehst du sie?«, fragte Magnus mich leise.

»Was meinst du? Ich sehe nichts«, antwortete ich ebenso geräuscharm, weil ich nicht wusste, wen oder was wir sonst verschrecken würden.

Da ich immer noch nicht erkannte, worauf er mich aufmerksam machen wollte, stellte sich Magnus hinter mich, legte seine Hände auf meine Schultern und dirigierte mich so, dass ich auf die richtige Stelle zu blicken schien.

Plötzlich tauchte in einiger Entfernung etwas an der Wasseroberfläche auf, das der Form einer Kugel glich, gleich darauf ein zweiter runder Schatten.

Magnus löste eine Hand von meiner Schulter, zeigte mit dem Finger auf die Stelle, an der sich das Wasser bewegte und flüsterte in mein Ohr. »Schau, da sind Robben.« Seine Lippen kitzelten an meinem Ohr und ein Schauer lief mir über den Rücken.

Ich hielt den Atem an. Ob es wegen des Anblicks der beiden Kegelrobben war, die ihre Köpfe aus dem Meer nach oben streckten oder dem Gefühl von Magnus' Berührungen, konnte ich nicht genau sagen.

Dieser Moment, den wir gemeinsam am Strand standen, die beiden Robben im Licht der aufgehenden Sonne vor uns und Magnus' Wärme hinter mir, ließen mir Tränen in die Augen treten. Es war, als würde eine unsichtbare Kraft über mich hinwegpreschen und meine Ängste mit sich nehmen. Als würden die Robben mit jedem Auftauchen ein kleines bisschen meiner Furcht einfangen und sie mit sich in die Tiefe des Meeres ziehen.

Es war, als würden die ersten Sonnenstrahlen an diesem frühen Morgen meinen inneren Kampf beenden. Als würde Tideborg seine Kraft entfalten. Als wäre ich erst in diesem Moment angekommen. Angekommen in Tideborg. Angekommen bei mir.

Meine Gefühle, die ich jahrelang versucht hatte, zu verbergen, zu leugnen und in den hintersten Winkel meines Körpers zu verbannen, brachen mit der Kraft einer Lawine, die sich ihren Weg suchte und nicht mehr zu stoppen war, unaufhaltsam hervor.

All die Jahre hatte ich versucht, ihn zu vergessen, den Mann, der mich bereits vor fünfzehn Jahren unwiderruflich in seinen Bann gezogen hatte.

An diesem Morgen ließ ich jeglichen Widerstand sinken und gestand mir ein, dass es immer nur Magnus war, den ich wollte und ich musste zugeben, dass meine Liebe zu ihm an keinem Tag abgenommen hatte, sondern ich sie nur verdrängt hatte. Sie war jedoch nie fortgegangen, sondern hatte in meinem tiefsten Inneren auf den Moment gewartet, mit aller Macht an die Oberfläche zu gelangen.

Auch Magnus schien diesen Moment, den wir miteinander

teilten, zu genießen. Ich spürte seinen ruhigen Atem in meinem Nacken und seine warme Hand, die stark auf meiner Schulter ruhte.

Wir schauten noch lange auf das Meer hinaus. Er löste seine Hand erst von meiner Schulter, als die Robben schon eine ganze Weile nicht mehr zu sehen waren.

Wir drehten uns zueinander um und schauten uns an. Und da entdeckte ich, was immer wieder kurz aufgeblitzt war. Das Funkeln in seinen Augen war deutlicher denn je zu sehen, ebenso die kleinen Blitze, durch die ich das Gefühl hatte, er sendete sie direkt in mein Herz und meine Seele, die mir zeigten, dass ich ihm nicht egal war, unabhängig davon, wie oft er mir die kalte Schulter auch zeigte.

Vielleicht waren sie schon immer dort gewesen und ich hatte sie durch meinen eigenen Kampf nicht sehen können. Ich wusste es nicht.

In einer Art wortlosem Einvernehmen lösten wir uns voneinander. Wir schauten uns noch einmal in die Augen und jeder schien die Regungen des anderen in sich aufzunehmen.

Jedes Wort oder der Versuch, etwas Passendes zu sagen, hätte den besonderen Moment zwischen uns zerstört.

Darum ging jeder seiner Wege. Als Magnus oben auf seiner Terrasse angekommen war, drehte er sich noch einmal um und in diesem Augenblick konnte ich das Lächeln, das er mir schenkte und welches zweifellos mir galt, deutlich erkennen.

Mit kribbelndem Bauch und hüpfendem Herzen schlenderte ich gemütlich zum Strandhaus zurück, in dem Stine mittlerweile ebenfalls aufgestanden sein dürfte.

»Hej, warst du schon wieder so früh wach?«, empfing Stine mich. Sie war gerade dabei, den Tisch zu decken. Ich entdeckte die selbstgekochte Sanddornmarmelade, die niemand so gut hinbekam wie Stine, die sie genau nach dem Rezept unserer

Oma anfertigte und von diesem niemals abwich.

»Ja, ich konnte wieder nicht schlafen und habe eine Runde mit Fina am Strand gedreht!«

»Und dort wieder meinen *fast-Nachbarn* getroffen?«

»Hast du uns gesehen?«

»Jap.« Der Vorteil eines erhöht liegenden Hauses am Strand war, dass man einfach alles sah. Was eigentlich ein Pluspunkt für jedes Domizil am Meer war, war für mich in diesem Moment ein Nachteil. Und da meine Schwester von sehr neugierigem Naturell war, konnte ich mir gut vorstellen, wie sie sich die Nase am Küchenfenster platt gedrückt hatte, um uns zu sehen.

»Hmm, er tauchte plötzlich wieder am Strand auf. Er konnte wohl auch nicht schlafen«, seufzte ich leise und ließ mich auf einen der Stühle am Esstisch plumpsen.

»Stine?«

»Ja?« Meine Schwester setzte sich mir gegenüber und schenkte mir frischen Kaffee ein, von dem ich einen Schluck nahm.

»Eigentlich brauche ich etwas Härteres.« Ich ließ den Kopf in meine Hände sinken.

»Warum? Was ist passiert?«

»Ich bin verloren.«

Stine antwortete nicht, sondern wartete, bis ich weitersprach. Sie ließ mir die Zeit, die ich brauchte, um die Worte, die ich immer versucht hatte, zurückzuhalten, auszusprechen.

»Ich liebe ihn. Noch immer«, kam nur ein Flüstern aus mir heraus. Der Stuhl kratzte über den Holzboden, als Stine aufstand und sich neben mich setzte.

Sie legte einen Arm um meine Schulter und schmiegte sich an mich. »Ich weiß«, flüsterte sie beinahe ebenso leise wie ich zuvor.

Den Kopf leicht hebend, schaute ich sie fragend an. »Schon

immer«, unterstrich sie ihre Worte.

Erstaunt schaute ich sie an, doch Stine grinste nur breit.

»Ich bin weder begriffsstutzig noch blind. Ich habe doch gesehen, wie du dich in seiner Gegenwart verhältst und ihn anschaust.«

»War es so offensichtlich?«

»Jap.«

Oh nein, wenn es so offensichtlich war, dann würde Magnus es bestimmt auch bemerkt haben. Vielleicht war das der Grund, warum er immer wieder so abweisend reagierte. Weil er keine Gefühle für mich hatte. Aber warum schaute er mich dann manchmal trotzdem so an, als würde er mich ebenfalls mögen?

»Hör auf zu grübeln.« Stine stieß mir in die Seite. »Ich sehe es an deinem Gesichtsausdruck. Was ist schon dabei, wenn er es weiß?«

»Weil er mich vielleicht nicht so mag wie ich ihn«, gab ich meine Zweifel preis.

»Dann ist er ein verdammter Hornochse.« Stine prustete los, als ich sie erschrocken anschaute. »Ist doch wahr. Wenn er nicht erkennt, wie wunderbar du bist, hat er dich nicht verdient! Du bist die beste, tollste und wundervollste Frau, die ich kenne, und verdienst nur das Beste.«

Was würde ich nur ohne meine Schwester machen? Ich schlang meine Arme um sie, sodass sie beinahe in meinem Oversizepulli verschwand, und gab ihr einen Kuss auf die Wange.

»Danke, Stine. Für alles! Eine bessere Schwester wie dich gibt es nicht.«

Da heute Stines vorerst letzter freier Tag in dieser Woche war, wollten wir die Zeit gemeinsam verbringen. Ich hatte große Lust, noch mal in die Stadt zu fahren und Marlies einen Besuch abzustatten. Bestimmt würde ich noch das ein oder andere Teil finden, das ich in den nächsten Tagen anziehen könnte.

Bevor wir uns auf den Weg machten, knipste ich von der Terrasse aus ein paar Bilder, welche die Sonnenstrahlen, die auf dem Meer glitzerten, zeigten und schickte sie an Constanze.

Sonnige Grüße! Wie läuft es auf der Arbeit? Bekommst du frei und kannst herkommen?

In Stines altem Transporter fuhren wir Richtung Innenstadt. Fina saß zwischen meinen Füßen und wedelte mit ihrem kurzen Schwanz. Autofahren gehörte zu ihren größten Freuden. Wir parkten auf dem Parkplatz am Strand, über den ich beim letzten Mal zu Fuß gekommen war.

Ich leinte Fina an und wir schlenderten durch die mit Kopfstein gepflasterte Einkaufsstraße.

Da der heutige Tag sonnig und für dänische Verhältnisse warm werden würde, verweilten bereits mehr Urlauber als beim letzten Mal in der Stadt. Lachen und Stimmengewirr war zu hören und der kleine Ort war gefüllt mit fröhlichen Menschen, die den Tag genossen.

Ich wollte es ihnen gleichtun und den Tag genießen, ohne zu viel über meine Gefühle nachzudenken.

Wir steuerten zuerst den Schuhladen an. Schuhe konnte man schließlich nie genug besitzen. Fina durfte den Laden ebenfalls betreten und so trottete sie hinter uns ins Ladeninnere.

Kichernd probierten wir die verschiedensten Modelle an. Von Plateauschuhen über bunte, mit kleinen Marienkäfern bedruckte Gummistiefel bis hin zu Flipflops, die aus recyceltem, an den Strand gespültem Müll gefertigt wurden. Ich kaufte Flipflops in knalligem Pink, Stine entschied sich für ein Modell in Blau.

Mit den neuen Flipflops an den Füßen und jeweils noch einer Tüte in den Händen, in der wir unsere alten Schuhe verstaut hatten, traten wir hinaus auf die Einkaufsstraße. Mittlerweile waren die Markisen vor allen Geschäften heruntergefahren und spendeten den Kauffreudigen Schatten.

Beinahe vor jedem Geschäft stand ein großer Eimer, befüllt mit Sand, um dem Wind standzuhalten, in dem eine dänische Flagge an einem Holzstiel befestigt war. Die *danebrog* war in Dänemark überall zu finden. An Fahnenmasten vor den Häusern, als Girlande in Hecken oder als kleine Wimpel auf den Tischen. Ich konnte mich immer wieder an dem Anblick der im Wind wehenden Fähnchen erfreuen.

Als wir die *nye butik* betraten, ertönte die mir bereits bekannte Türglocke. Marlies, die gerade noch in ein Gespräch mit einer Kundin verwickelt war, gab uns ein Zeichen, dass sie gleich bei uns sein würde.

Ich ging an den Kleiderstangen entlang, schaute mir verschiedene Hosen und T-Shirts an, entdeckte aber nichts, was mein Interesse so sehr weckte, um es der Kleiderstange zu entnehmen und anzuprobieren.

Gerade als ich beschloss, heute nichts bei Marlies zu kaufen, sondern nur Stine bei ihrer Kleiderwahl zu unterstützen, wurde mein Blick von einem Teil magisch angezogen.

Ich griff nach dem blauen Stoff. Es war kein leuchtendes, helles Blau, sondern jenes tiefe Blau, in das sich Magnus' Augen manchmal verwandelten, wenn er mich anschaute, als könne er tief in meine Seele blicken. Ich nahm das Kleidungsstück, das sich als langes Abendkleid entpuppte, von der Kleiderstange. Der Stoff fühlte sich kühl und trotzdem weich an. Das Kleid war aus zarter Seide gefertigt und ich musste es unbedingt anprobieren.

»Wahnsinn! Zieh es an«, ertönte Stines Stimme hinter mir. Über ihrem Arm hing ein ganzer Berg an Kleidern. Sie war heute wohl in großer Shoppinglaune.

Wir steuerten die Umkleidekabinen an und ich ließ Fina vor meiner Kabine Platz machen. Der Aufforderung wohl nur zu gerne Folge leistend, legte sie sich auf die Seite und schloss entspannt die Augen.

In der Umkleidekabine schlüpfte ich in den blauen Seidentraum.

Ohne in den Spiegel zu schauen, wusste ich, dass dies mein Kleid war. Spielend leicht schmiegte es sich an meinen Körper. Die Spaghettiträger überkreuzten sich auf dem Rücken, wo der Ausschnitt fast bis an meinen Po reichte. Der vordere Teil war etwas verstärkt und bot einen tiefen Einblick in mein Dekolleté. Durch die geschickte Drapierung und den perfekten Schnitt würde ich das Kleid ohne einen BH tragen können.

Die silbernen Sandaletten, die ich bei meinem letzten Besuch in der *skobutik* erworben hatte, würden perfekt zu dem Kleid passen.

Meine Locken, die ich heute zu einem hohen Zopf gebunden hatte, stießen mit ihren Spitzen auf meinem Rücken auf.

Ich fühlte mich wie eine Prinzessin, nein wie eine Königin. Bevor ich es den anderen überhaupt gezeigt hatte, stand für mich fest, dass ich dieses Kleid – mein Kleid – kaufen würde. Dennoch war ich gespannt auf die Reaktionen von Stine und Marlies.

Ich trat aus der Kabine und sah zu Marlies, die immer noch mit der Kundin sprach.

Mitten im Gespräch stockte sie jedoch und ihre Augen weiteten sich. Auch die Kundin drehte sich um und wollte scheinbar wissen, wer oder was Marlies' Aufmerksamkeit auf sich zog.

»Wahnsinn! Anni, du siehst bezaubernd aus!«

»Wunderschön. Sie müssen das Kleid kaufen«, stimmte auch die Frau neben Marlies zu.

Stine trat aus der Umkleidekabine neben mir, ebenfalls in einem neuen Outfit aus lockerer Leinenhose und einem Tanktop.

»Und was meinst du?«, fragte ich sie auffordernd und strich

dabei über den Seidenstoff, der sich glatt an meinen Fingern anfühlte.

»Der Hammer«, quietschte Stine in ihrer überschwänglichen Art und ihre Begeisterung war wieder einmal ansteckend.

Ich drehte mich um meine eigene Achse, um mich den Anderen noch einmal zu präsentieren.

Bei meiner Rückenansicht zogen sie geräuschvoll die Luft ein und ich hörte viele *Aaaahs* und *Ooohs* und *so schön*.

Strahlend drehte ich mich zurück und genoss die lieben Worte, die mir zuteilwurden. »Gekauft«, rief ich feierlich aus und verschwand wieder in meiner Umkleidekabine.

Am liebsten hätte ich den Traum in Blau gar nicht mehr ausgezogen, aber ich spürte, dass es einen besonderen Moment geben würde, an dem ich es tragen würde. Und auf diesen Moment, den ich noch nicht kannte, freute ich mich schon jetzt.

Nachdem ich wieder in meine alten Klamotten geschlüpft war, half ich Stine dabei, etwas Passendes für sich zu finden.

»Ach Anni, irgendwie gefalle ich mir heute in gar nichts«, stöhnte Stine auf und ihre sonst stets fröhliches Gesicht wurde von einigen Falten gesäumt.

»Quatsch, du siehst toll aus. Probier doch noch mal die Leinenhose mit diesem T-Shirt an.« Ich reichte ihr die beigefarbene Leinenhose, die sie eben bereits anprobiert hatte und dazu ein eng anliegendes, tief ausgeschnittenes grünes Shirt, das perfekt zu ihren blonden Haaren passte und ihre schlanke Figur in Szene setzen würde.

»Nein, das geht nicht«, ertönte es aus dem Inneren der Umkleidekabine. Eine gequält dreinblickende Stine kam zum Vorschein. »Das T-Shirt ist viel zu eng. So etwas kann ich nicht anziehen. So wird doch jeder nur auf meinen Ausschnitt starren.«

»Der beachtlich ist«, sagte Marlies, die ihr Kundengespräch beendet hatte und sich zu uns gesellte.

»Marlies hat recht. Du siehst fantastisch aus. Das T-Shirt zeigt auch gerade nur so viel, wie angemessen ist. Und deine Figur ist großartig. Du musst es nehmen.«

»Ich weiß nicht.« Stine zupfte unsicher an dem Saum des T-Shirts herum. »Schön finde ich es ja und es fühlt sich toll an.«

»Und du siehst großartig aus, falls ich das noch nicht erwähnt habe«, versuchte ich, meiner Schwester Mut zu machen. Ich sah ihr an, wie sehr ihr das Oberteil gefiel. Wie vorsichtig sie über den Stoff strich und sie sich verstohlen im Spiegel betrachtete.

Stine hatte schon immer einen sehr legeren Kleidungsstil und trug meistens weite Hosen und Tuniken. Damit war sie das komplette Gegenteil von mir. Ich konnte einem sexy Kleid nur selten widerstehen. Ich liebte es zwar auch, gerade an einem Ort wie Tideborg, wo man viel Zeit am Strand verbrachte, lockere Pullis anzuziehen, in die man sich kuscheln konnte, wenn der Wind wieder einmal über das Meer fegte, aber genauso genoss ich es, meinen Körper in einen eng anliegenden Rock oder ein tolles Kleid zu hüllen.

»Ich glaube, wir brauchen erst mal einen Sekt. Was meint ihr?«, fragte Marlies und brauste, ohne unsere Antworten überhaupt abzuwarten, ins Lager davon.

Ich musste über ihre lockere und resolute Art schmunzeln. Sie war wirklich ein toller Mensch und schon nach dieser kurzen Zeit begann ich, sie in mein Herz zu schließen.

»So ist Marlies eben«, lachte auch Stine. »Sie hat fast immer ansteckend gute Laune und sie ist eine tolle Freundin. Sie ist immer für mich da, wenn ich Hilfe oder mal jemanden zum Reden brauche.«

Es freute mich sehr für Stine, dass sie in Marlies eine enge Freundin gefunden hatte. Dennoch schmerzten ihre Worte auch, da mir bewusst wurde, dass ich als ihre Schwester ihr hätte beistehen sollen, wenn sie Hilfe brauchte.

»Ich war dir wohl nicht immer eine gute Schwester, hm?«, flüsterte ich kaum hörbar. Wehmut überfiel mich, weil ich Stine so lange nicht besucht hatte und meine Angst davor, Magnus zu begegnen und mich meinen Gefühlen stellen zu müssen, wichtiger genommen hatte, als Zeit mit meiner Schwester in Tideborg zu verbringen, wo sie nun einmal wohnte.

»Ach Quatsch. Sag so etwas nicht. Du bist die beste Schwester, die man sich nur wünschen kann.« Da war sie wieder. Meine stets optimistische Schwester, die so viel Gutes in mir sah, was ich selbst manchmal nicht erkennen konnte.

»Aber ich habe dich lange nicht besucht und hier oben alleine gelassen. Das kann ich nicht wieder gut machen.« Langsam bahnten sich die Tränen ihren Weg in meine Augen.

»Papperlapapp.« Stine schlang ihre Arme um mich und die ersten Tränen tropften auf meine Wangen.

»Hätte ich auch noch Taschentücher mitbringen sollen?« Marlies kam mit drei klimpernden Gläsern und einer Flasche Sekt zurück in den Verkaufsraum.

Halb lachend, halb weinend, lösten wir uns voneinander. Mit dem Handrücken wischte ich meine Wangen wieder trocken. Auch Stine schniefte noch einmal, dann nahmen wir die gefüllten Sektgläser entgegen, die Marlies uns reichte.

»Jetzt wird kein Trübsal geblasen, sondern angestoßen. Auf uns Mädels«, erhob Marlies ihr Glas.

»Auf die Liebe«, stimmte Stine ein.

»Auf die Freundschaft und auf Marlies' fantastische Klamotten«, kam es von mir. Klirrend stießen wir unsere Gläser aneinander und ich genoss den Geschmack der prickelnden Brause.

»Also gut, ich nehme es«, sagte Stine plötzlich.

»Was nimmst du?«, wollte Marlies wissen, die anscheinend noch auf dem Schlauch stand.

»Na, das T-Shirt mit diesem wahnsinnigen Ausschnitt und

die Hose dazu.«

»Perfekt, eine gute Wahl«, freute sich Marlies.

Wir leerten unsere Gläser und unterhielten uns über den neuesten Klatsch und Tratsch aus Tideborg. Marlies berichtete uns von ihrer aufregenden Onlinebekanntschaft, mit der sie sich in der nächsten Woche treffen wollte. Die heitere und gelöste Stimmung tat gut und ich fühlte mich, als wäre ich schon immer Teil dieses Dreiergespanns gewesen.

Wir beendeten unseren Plausch erst, als die Türglocke ertönte und eine weitere Kundin sich ankündigte, um die sich Marlies kümmern musste.

Mit unseren Tüten beladen und einer neben mir hertrottenden Fina, schlenderten wir noch eine ganze Weile durch die schmalen Gassen der Einkaufsstraße.

Vor einem Laden, der die Stücke der Glasbläserei aus Tideborg verkaufte, blieb ich stehen, denn in der Schaufensterauslage zog eine kleine Robbe meine Aufmerksamkeit auf sich. Sie war nur so groß, dass sie wahrscheinlich auf meine ausgestreckte Hand passte. Das Glas war von grünen und blauen Farbmustern durchzogen.

Schnell band ich Fina vor dem Geschäft an. Auch wenn kein Verbotsschild für Hunde angebracht war, war ich doch nicht so risikofreudig, meine Bulldogge mit in ein Geschäft zu nehmen, das zum größten Teil aus Glas bestand. Ohne große Umschweife kaufte ich die Robbe und ließ sie mir in Papier einwickeln, damit sie beim Transportieren in der Tasche nicht kaputtging.

Draußen musste ich die kleine Robbe jedoch noch einmal auspacken. Ich legte sie auf meine Handfläche und hielt sie so, dass die Sonne sich in dem Glas brach und die grünen und blauen Farbeinsätze leuchteten.

»Ein schönes Stück. Und so filigran gearbeitet«, sagte Stine mit fachmännischer Miene, die das Kunsthandwerk mit ihrer

Expertise betrachtete.

»Hmmm«, machte ich, denn für mich war diese kleine Robbe aus Glas viel mehr als nur eine wunderschön gefertigte Glasarbeit.

Sie erinnerte mich an den Moment am Morgen, als Magnus und ich die beiden Kegelrobben im Wasser gesehen hatten und sie meine Ängste und Zweifel mit sich hinaus in die Weite des Meeres genommen hatten.

Erst am späten Nachmittag parkten wir wieder vor dem Strandhaus, den Kofferraum mit einigen Taschen und Tüten beladen.

Stine hatte sich neue Vasen und Töpfe für ihre Blumen gekauft und ich konnte nicht an den mit blauen Möwen bestickten Sofakissen vorbeigehen. Wie ich am Ende meines Aufenthalts alles mit dem Zug zurück nach Hamburg transportieren sollte, wusste ich bislang noch nicht. Diesem Problem würde ich mich aber erst später stellen.

Am Himmel zogen die ersten dunklen Wolken auf. Am Meer konnte das Wetter schnell umschlagen und auch jetzt sah es aus, als würde der heutige Tag, der uns bislang mit so viel Sonnenschein verwöhnt hatte, noch Regen mit sich bringen.

Als wir am Abend gemeinsam am Esstisch saßen, Fina auf dem Teppich vor dem Fenster lag und leise vor sich hin schnarchte, begann der Himmel seine Schleusen zu öffnen und binnen kürzester Zeit konnten wir kaum noch nach draußen sehen, da der Regen so sehr gegen die Scheiben peitschte.

KAPITEL 7

Ich wachte erst auf, als die Helligkeit des angebrochenen Tages durch die mit beigefarbenen Vorhängen bedeckten Fenster des Gästezimmers drang.

Ich wusste nicht, wann ich zuletzt so tief und fest geschlafen hatte. Ob es am Regen lag, der die Nacht unentwegt auf das Dach des Hauses getrommelt hatte oder an der Tatsache, dass ich den inneren Kampf gegen meine Gefühle für Magnus aufgegeben hatte, konnte ich nicht genau sagen. Zumindest fühlte ich mich heute aber voller Energie. Und die würde ich auch für den Tag brauchen.

Ich streckte mich lang im Bett und rekelte mich zufrieden. Da ich die herrliche Entspannung, die ich in meinen Gliedern spürte, noch etwas genießen wollte, stieg ich nur kurz aus dem Bett, um die Vorhänge beiseitezuschieben, sodass ich einen Blick auf die Dünen werfen konnte, und tapste ebenso schnell wieder unter die weiche, federleichte Bettdecke. Fina lag wieder wie gewohnt am Fußende meines Bettes und streckte alle vier Pfoten von sich.

Als würde das Wetter draußen spüren, dass ein wichtiger und kein unbeschwerter Tag auf mich wartete und das perfekte Strandwetter nicht zu meiner Stimmung gepasst hätte, zeigte sich der Himmel in Grau und mit schweren Regenwolken behangen. Ich war mir sicher, dass es keinen trockenen Moment geben würde.

Heute wollte ich das tun, was ich so lange vor mir hergeschoben hatte. Ich würde Oma Inges Grab auf dem Tideborger Friedhof besuchen. Schwermut und auch ein wenig Angst erfassten mich bei dem Gedanken daran, was der Besuch auf dem Friedhof mit mir und meinen Gefühlen anstellen würde. Ich vermisste meine Oma auch jetzt nach so vielen Jahren immer noch schmerzlich. Sie war neben meinen Eltern und Stine die wichtigste Person für mich, die mich begleitet und in vielerlei Hinsicht geprägt hatte.

Es war manchmal so viel leichter, alle Gefühle zu verdrängen und ins Hinterstübchen der Gedanken zu verbannen, aber je länger man ihnen verbot, ans Tageslicht zu kommen, umso stärker traten sie irgendwann hervor und man musste sich ihnen doch stellen. Das hatte ich in den letzten Tagen schon im Hinblick auf Magnus feststellen müssen. Das Verdrängen hatte in keiner Weise dazu geführt, dass es mir leichter gefallen war, ihm wieder zu begegnen. Wahrscheinlich hätte ich viel eher nach Tideborg kommen sollen, um mit ihm zu reden und auch, um endlich Omas Grab aufzusuchen.

Bevor ich selbst zu hart mit mir ins Gericht gehen konnte, fiel mein Blick auf eine Porzellanfigur auf der kleinen Kommode an der gegenüberliegenden Wand. Ich hatte das Porzellankunstwerk, dass zwei geöffnete Hände darstellte, die aussahen, als würden sie etwas halten, gemeinsam mit meiner Oma auf dem örtlichen Flohmarkt gekauft. Und während ich die Figur anstarrte, bis sich kleine tanzende Punkte vor meinen Augen bildeten, erinnerte ich mich daran, was meine Oma mir oft gesagt hatte: *Alles hat seine Zeit.*

Das hätte sie in diesem Moment bestimmt zu mir gesagt, wenn ich mich über mich ärgerte, dass ich nicht schon viel eher hergekommen war. Und wahrscheinlich hätte sie damit recht gehabt. Möglicherweise war ich in den letzten Jahren nicht offen genug dafür gewesen, mich Tideborg und meiner Vergangenheit zu stellen. Ich war noch nicht bereit gewesen.

Nun war aber der Zeitpunkt, alte Zweifel hinter sich zu lassen und nach vorne zu blicken.

Als ich frisch geduscht und mit Skinny Jeans, T-Shirt und einer Strickjacke bekleidet in die Küche ging, war von Stine nichts zu sehen. In der Kaffeemaschine war jedoch schon Kaffee gekocht, also musste sie bereits aufgestanden sein.

»Stine?«, rief ich.

»Im Atelier«, kam es aus dem Obergeschoss. Ich goss mir eine Tasse des dampfenden Kaffees ein und ging über die schmale Holztreppe, die das Wohnzimmer mit dem Atelier verband, nach oben. Dass Stine das Obergeschoss, was zuvor Oma Inges großer Schlafbereich mit offenem Ankleideraum war, in ein Atelier verwandelt hatte, war die einzige Änderung im gesamten Haus, wie ich nach meiner Ankunft festgestellt hatte. Sogar viele der Dekostücke, die unsere Oma aufgestellt hatte, standen noch heute an ihrem Platz.

Stine schien sich, ebenso wie ich, immer noch in dem Strandhaus wohlzufühlen, wie wir es mit unserer Oma erlebt hatten.

Ich befüllte zwei bauchige Kaffeetassen und ging über die schmale Holztreppe nach oben. Fina saß ungeduldig am Fuße der Treppe und fiepte. Ihr waren die schmalen Stufen anscheinend nicht vertrauenswürdig genug, um ebenfalls hochzulaufen.

»Ist ja gut. Ich komme gleich wieder«, sagte ich zu ihr.

»Mit wem sprichst du?«, Stine stand, mit einem langen Malkittel bekleidet, vor einer Staffelei und schwenkte einen breiten Pinsel über die Leinwand.

»Mit Fina. Sie traut sich die schmale Treppe nicht hoch und

jault.«

Stine lachte. »Ja, die Treppe ist ganz schön steil. Betrunken sollte man die lieber nicht besteigen.«

»Dann ist ja gut, dass ich nur meinen Kaffee dabeihabe«, grinste ich sie an und reichte ihr eine der Tassen. Mit meinem Kaffee in der Hand begutachtete ich neugierig Stines neuestes Bild, an dem sie gerade arbeitete.

»Was wirst du malen? Den Strand?« Da sie noch ganz am Anfang war und die sonst weiße Leinwand nur im unteren Drittel in verschiedenen Beigetönen bepinselt war, vermutete ich, dass Stine wieder die Bucht von Tideborg verewigen wollte.

»Ja genau, aber mit ein paar Kleinigkeiten, die noch nicht verraten werden. Ich habe vor Kurzem eine Inspiration bekommen. Aber alles streng geheim«, sagte sie geheimnisvoll.

»Dich hat also die Muse geküsst?«

»So ähnlich«, lachte sie.

»Einen sagenhaften Ausblick hast du von hier oben.« Ich trat an die Fenster, durch die man nicht nur einen guten Blick über den Strand hatte, sondern das Meer bei klarem Wetter so weit würde sehen können, bis es eine Linie mit dem Himmel bildete.

An diesem Tag, an dem der Regen weiter unaufhörlich niederprasselte, endete die Sicht jedoch viel früher und es hatte den Anschein, als ob Wasser und Luft vielmehr fließend ineinander übergingen. Dennoch gefiel mir das Meer heute mindestens ebenso gut wie an einem klaren Sonnentag. Die Regentropfen, die auf das Meer fielen und unzählige Muster hinterließen, waren wunderschön anzusehen und hatten eine erstaunlich entspannte und meditative Wirkung auf mich. Es war, als würde das Meer einem Trost spenden, wenn man ihn brauchte.

»Ich genieße ihn auch jeden Tag aufs Neue. Ich könnte mir keinen Ort vorstellen, der mich mehr inspiriert.«

»Das kann ich mir gut vorstellen. Ich freue mich sehr für dich, dass du hier lebst und Oma dir das Haus vermacht hat. Es hätte niemanden gegeben, der sich besser als Bewohner gemacht hätte als du.«

»Ich danke dir«, strahlte Stine mich an, über meine Worte sichtlich erfreut. »Wie ist es bei dir? Was hast du mit dem Geld gemacht, das Oma dir hinterlassen hat?«

»Was denkst du denn? Dass ich alles ausgegeben habe?« Bei der Vorstellung, ich würde das Geld, das Oma Inge mir hinterlassen hatte, bereits ausgegeben haben, musste Stine lachen.

»Nein, das wärst nicht du. Du wählst die Sicherheitsvariante.«

»So schlimm?«

»Nein«, schüttelte Stine den Kopf, »nicht schlimm. Oma wusste, warum sie dir ihr Barvermögen vererbt und mir ihr Haus anvertraut hat. Ich hätte das Geld bestimmt schon ausgegeben und wäre pleite.« Lachend stimmte ich Stine zu, denn mit ihrer Vermutung würde sie wahrscheinlich nicht ganz daneben liegen. In Bezug auf Geld waren wir schon immer sehr unterschiedlich. Stine gab, kaum dass sie eine Münze oder einen Schein besaß, alles umgehend aus, wohingegen ich schon immer sparsam war und eine Sicherheitssumme an Geld beiseitelegte. Das Gefühl, eine Reserve zu haben, vermittelte mir Sicherheit.

»Also raus damit, was ist mit dem Geld passiert?«

»Leider nichts Spannendes. Das meiste habe ich angelegt. Ich habe eine Eigentumswohnung in Hamburg erworben und ...« Weiter kam ich nicht, da Stine mich unterbrach.

»Eigentumswohnung? Du hast doch bei Hagen gewohnt oder nicht?« Verwirrung machte sich auf ihrem Gesicht breit.

»Ja, schon«, sagte ich, merkte aber, wie ich begann, herumzudrucksen, weil mir bei dem Gedanken selbst nicht sehr wohl zumute war. Dazu kam, dass ich Stine nichts von meiner Wohnung gesagt hatte. Ich hatte immer das Gefühl gehabt, ihr davon persönlich berichten zu wollen. Ihr alles am Telefon zu sagen, fühlte sich falsch an. Jetzt spürte ich aber Unbehagen in mir heranwachsen, da ich mir dumm vorkam, ihr doch nicht von der Wohnung berichtet zu haben.

»Also es ist so: Ich habe die Eigentumswohnung erst erworben, als ich schon mit Hagen zusammengewohnt habe. Ich hatte das Inserat zufällig entdeckt. Eigentlich war ich nicht auf der Suche nach einer Wohnung. Das Geld von Oma hatte ich noch auf verschiedenen Sparbüchern und Konten bei der Bank. Aber als ich die Anzeige im Internet gelesen habe und die Fotos der Wohnung gesehen habe, konnte ich nicht anders, als einen Termin mit der Maklerin zu machen ...«

»Wie Maklerin? Also hat dir gar nicht Hagen die Wohnung vermittelt?«

»Nein, das war der große Knackpunkt. Die Wohnung wurde durch eine andere Agentur angeboten. Ausgerechnet Hagens größte Konkurrenten. Aber ich hatte mich zu sehr in die geräumige Vierzimmerwohnung verliebt. Man hat direkten Blick auf den Michel. Sie ist ein Traum.«

»Und lass mich raten: Hagen war nicht begeistert.«

»Nein, absolut nicht. Als ich ihm beim Abendessen von dem Inserat berichtet habe und ihm die Anzeige auf meinem Laptop gezeigt habe, ist er wutentbrannt aus der Wohnung gestürmt. Ich hatte kurz Angst, dass Rauchwolken aus seiner Nase kommen, weil er so wütend war.« Damals hatte es mich sehr getroffen, dass Hagen sich nicht über die Wohnung und mein Vorhaben, mein Geld zu investieren, gefreut hatte. Mittlerweile konnte ich zum Glück nur darüber den Kopf schütteln, wie dämlich er sich verhalten hatte.

»Dieser Hornochse. Und dann? Du hast dir die Wohnung trotzdem angeguckt, oder?«

Stine schien die Geschichte zu faszinieren, denn sie legte den Pinsel beiseite und machte es sich auf einem Holzhocker neben ihrer Leinwand bequem. Ich setzte mich auf die kleine Chaiselongue ihr gegenüber und streichelte, während ich weiter erzählte, über den mit Blumen bestickten Stoff.

»Na klar. Ich konnte nicht anders.« Bei dem Gedanken daran, wie ich den großen lichtdurchfluteten Eingangsbereich mit dem braunen Parkettboden das erste Mal betreten hatte, wurde mir warm ums Herz.

»Ohne das Geld von Oma hätte ich mir ein so teures Objekt niemals leisten können, aber ich habe es als Zeichen verstanden, dass mir die Wohnung zufällig in einer Anzeige über den Weg geflattert ist, obwohl ich nicht danach gesucht habe. Nach einem weiteren Termin habe ich mich mit dem damaligen Eigentümer und der Maklerin zusammengesetzt und alles unter Dach und Fach gebracht. Nun bin ich Eigentümerin einer unfassbaren Wohnung in Hamburg. Ist das der Wahnsinn?«

Stine teilte meine Begeisterung, wofür ich sie noch ein bisschen mehr liebte, denn sie quietschte vergnügt auf.

»Wolltest du die Wohnung denn immer nur als Geldanlage? Oder willst du bald einziehen? Ist sie eigentlich vermietet?«

Ich lachte über die Flut an Fragen, doch ich merkte, wie es in meinem Körper kribbelte, je mehr ich ihr davon berichtete.

Auch jetzt, nachdem die Wohnung bereits mehrere Jahre in meinem Besitz war, spürte ich die Aufregung, wenn ich an sie dachte.

»Eigentlich wollte ich die Wohnung nur als Anlage. Nachdem ich das Geld von Oma geerbt hatte, habe ich einen Termin bei der Bank gemacht, um mich beraten zu lassen, wie ich es am besten anlege. Aber als ich die Wohnung dann das erste Mal betreten habe war ich so begeistert, dass ich sie in Gedanken schon eingerichtet habe.«

»Mit Hagen zusammen?«

Ich ließ mir Zeit mit der Antwort, um genau darüber nachzudenken. »Ehrlich gesagt nicht, nein. Hagen hat meine Begeisterung nicht nur nicht geteilt, er hat die Wohnung auch immer, wenn es ihm möglich war, schlecht geredet. Ich glaube, er war sauer auf mich, dass ich einen Deal mit einem anderen Makler als ihm eingegangen bin und neidisch, dass er dieses Objekt nicht in seiner Liste hatte.«

»Ha!«, Stine erhob ihren Zeigefinger, als sei ihr gerade ein Licht aufgegangen. »Also hast du da schon gefühlt, dass du eigentlich ohne Hagen sein wolltest.«

»Rückblickend könnte man das vielleicht sagen. Aber damals war ich wirklich nur in diese unfassbar schöne Wohnung verliebt. Ich habe bis zum Schluss versucht, unserer Beziehung eine Chance zu geben. Vielleicht habe ich aber damals etwas gespürt, was mir selbst nicht klar war. Zu dem Zeitpunkt waren wir ja auch noch gar nicht so lange zusammen.«

»Und was ist jetzt mit der Wohnung? Ziehst du ein, wenn du aus Tideborg zurückkommst?«

»Nein, sie ist vermietet. Kurz nach dem Kauf, als klar war, dass wir weiterhin in Hagens Wohnung bleiben werden, habe ich sie vermietet.«

»Kannst du keinen Eigenbedarf geltend machen?«, wollte Stine wissen.

»Könnte ich schon, möchte ich aber nicht. Ich könnte es nicht übers Herz bringen, das Paar, dem ich die Wohnung vermietet habe, zu kündigen.«

»Und wieder einmal bist du zu nett für diese Welt, Schwesterherz.«

Ich hob entschuldigend die Schultern. »Möglich«, grinste ich schief. »Damit muss ich wohl leben. Dafür bin ich doch jetzt eine unfassbar gute Partie, so mit eigener Immobilie, oder nicht?«, klimperte ich übertrieben mit den Wimpern, was uns zum Lachen brachte.

Mein Handy klingelte und unterbrach unser Gespräch. Ich stellte meine Kaffeetasse ab und eilte, so schnell es die schmale Holztreppe zuließ, nach unten und griff nach dem Handy, das auf dem Esstisch lag und ungeduldig vor sich hinklingelte.

»Hej, Frederick«, sagte ich, nachdem ich seinen Namen bereits auf dem Display erkannt hatte.

»Hej, Anni. Wie geht's dir?«

»Gut, danke. Ich war gerade oben bei Stine im Atelier und habe mir ihr neuestes Bild angeschaut, an dem sie gerade arbeitet.«

»Ihr Atelier ist toll, oder?« Durch das Telefon konnte ich hören, wie Frederick leise lachte, während er sprach.

»Ja es ist fantastisch. Der Ausblick ist unübertrefflich«, sagte ich voller Freude.

»Wie geht's dir denn, Freddy?«

»Auch gut. Aber ich wollte dir nur Bescheid geben, dass ich ein paar Tage nicht in Tideborg bin. Ich muss auf Geschäftsreise und werde erst in ein paar Tagen wieder da sein.«

»Oh, das klingt spannend. Wo geht es denn für dich hin?«

»Nach Malmø«, sagte er und ich konnte ihn schon vor mir sehen, wie er das Handy von seinem Ohr weghielt, weil ich nämlich rief: »Waaas? Malmø?« Frederick wusste, dass Malmø auf meiner Liste der Orte, die ich bereisen wollte, weit oben stand.

Frederick lachte. »Ja, genau. Leider ist mein Terminplan komplett voll, sonst hätte ich dich einfach mitgenommen, mir zwischen den Termin ein paar schöne Tage mit dir gemacht und die Stadt angeschaut.«

»Das ist lieb von dir, Freddy. Ein anderes Mal klappt es bestimmt. Dann zwinge ich dich im Notfall auch, mich mitzunehmen«, erklärte ich ihm mit aufgesetzt drohender Stimme, was mir aber nicht richtig gelingen wollte.

Frederick lachte herzlich. »Auf jeden Fall nehme ich dich

das nächste Mal mit. Versprochen. Ich wollte dich fragen, ob du noch hier bist, wenn ich wiederkomme, damit wir noch etwas zusammen unternehmen können.«

Es freute mich, dass er mich extra anrief, um mir von seiner Geschäftsreise zu berichten. »Ein paar Tage bleibe ich auf jeden Fall noch. Wenn du nächste Woche wiederkommst, bin ich bestimmt noch da. Dann unternehmen wir etwas, ja?«

»Sehr gut. Ich freue mich.«

Wir redeten noch einen Moment über das Wetter, das an diesem Tag gar nichts von einem frühsommerlichen Junitag hatte, und versicherten uns noch einmal, uns zu treffen, sobald Frederick aus Malmø zurück war.

Als ich das Gespräch beendete, sah ich, dass eine WhatsApp-Nachricht von Constanze auf meinem Handy darauf wartete, gelesen zu werden.

Hi Anni, die Bilder vom Strand lassen mich tatsächlich neidisch werden! Ich weiß leider noch nicht, ob ich frei bekomme. Herr Horstmann war noch nicht in der Stimmung, dass ich ihn überzeugen konnte. Ich gebe aber mein Bestes. Kuss Constanze

Nachdem ich Constanze geantwortet hatte, dass ich ihr die Daumen drückte, und Fina ihre Streicheleinheit erhalten hatte, stieg ich wieder die Treppe ins Atelier hoch, wo Stine mit ihrem Bild beschäftigt war.

»Frederick hat angerufen. Er wollte Bescheid sagen, dass er auf Geschäftsreise muss und hat gefragt, ob ich noch hier bin, wenn er wiederkommt«, setzte ich Stines in Kenntnis.

»Ja stimmt, das hat er letztes Mal erwähnt.«

»Ihr trefft euch regelmäßig, oder?«, hakte ich nach, denn mir war gar nicht klar, wie das Verhältnis zwischen Stine und Frederick war.

»Ja tun wir, wieso?«

»Ach nur so. Es interessiert mich eben. Aber ihr trefft euch nur freundschaftlich?«, fragte ich vorsichtig nach und hoffte, damit nicht zu direkt zu sein.

Stine zuckte kaum merklich zusammen, ich konnte aber an ihrer Haltung erkennen, dass ich einen wunden Punkt getroffen hatte.

»Nein, nein, nur freundschaftlich.« Sie hob eine Hand, als würde sie einen Schwur leisten. Ich antwortete erst einmal nicht und wartete ab. Wie ich meine Schwester kannte, gab es noch etwas, was sie mir erzählen wollte, aber nicht wusste, wie sie damit beginnen sollte. »Okay... also letztes Jahr haben wir uns öfter getroffen und ich hatte das Gefühl, es könnte sich mehr zwischen uns entwickeln aber nachdem wir … naja … also wir.« Sie druckste herum und ich wurde hellhörig.

»Nachdem ihr was?«, wollte ich von ihr wissen.

»Nachdem wir … also wir … eine Nacht miteinander verbracht haben.« Sie schaute zu Boden und ein leichter Rotton überzog ihre Wangen.

»Ah, das ist ja toll.« Ich hielt kurz inne. »Oder nicht?«

»Doch es war toll. Sogar atemberaubend. Wir haben uns danach noch ein paar Mal verabredet, ein richtiges Date gehabt und versucht, herauszufinden, was das zwischen uns ist. Aber so heiß die Nacht war, so sehr kühlte es danach ab.«

Leichte Ernüchterung machte sich in mir breit. In den letzten Tagen hatte ich Stine und Frederick in einem harmonischen Miteinander erlebt und fand, sie würden gut zusammenpassen. Ich wünschte meiner Schwester einen ehrlichen und liebevollen Partner an ihre Seite, beides Eigenschaften, die auf Frederick zutrafen.

»Und wie geht es dir damit?«, wollte ich von ihr wissen. Stine hatte mir nicht erzählt, dass zwischen ihr und Frederick mehr passiert war und sie hatte nie anklingen lassen, wie ihre Gefühle ihm gegenüber waren.

»Jetzt wieder sehr gut. Ich bin froh, dass wir das Ganze hinter uns gelassen haben und zu unserer Freundschaft zurückgefunden haben. Schade fand ich es am Anfang aber schon. Ich hatte gedacht, wir könnten zueinander passen. Was ist denn falsch an mir, dass es mit den Männern nicht klappt?«

Jetzt klang Stine beinahe verzweifelt. Ich schloss meine Schwester in die Arme und murmelte: »Gar nichts ist falsch an dir. Du bist perfekt so, wie du bist. Der Richtige war noch nicht dabei. Warte ab, wenn du es am wenigsten erwartest, taucht er auf, dein Mr. Right.«

»Meinst du?«

»Ja, auf jeden Fall. Und bis dahin bist du einfach ohne Mann glücklich.«

»Genau wie du ohne Magnus?«

»Touché!«, gab ich mich geschlagen und das Lachen, das daraufhin aus Stines Mund kam, ließ meinen ganzen Oberkörper vibrieren. Wir lösten uns voneinander. Es tat gut, mit meiner Schwester zu lachen, aber auch, sie an meinen Gedanken und Ängsten teilhaben zu lassen. Genauso wollte ich für Stine da sein und ihr beistehen.

»Ich muss dich jetzt leider alleine lassen und ein Bild nach Ribe bringen.« Sie sortierte Pinsel und Farbe auf dem hölzernen Beistelltisch neben der Staffelei und hängte ihren Malkittel auf den dafür vorgesehenen Haken neben der Tür zurück.

»Das klingt toll, hast du wieder eines deiner Bilder verkauft?«, wollte ich von ihr wissen.

»Ja, den *Blick über die Dünen*. Eine große Automobilfirma, die sich auf Luxusautos spezialisiert hat, möchte es im Empfangsbereich aufhängen.«

»Das ist großartig! Herzlichen Glückwunsch.« Ich freute mich über den Erfolg, den meine Schwester mit ihren Bildern hatte.

»Was hast du denn heute vor?«, wollte Stine wissen, als wir

das Atelier verließen und hinunter ins Wohnzimmer gingen. An der Wand neben dem Esstisch stand bereits ein in braunes Papier eingewickeltes Paket, in dem ich das Bild für die Automobilfirma vermutete.

»Ich werde auf den Friedhof gehen. Ich habe es so lange vor mir hergeschoben, Oma Inge zu besuchen. Heute aber kann mich nichts mehr aufhalten.«

»Willst du warten, bis ich zurück aus Ribe bin und dich begleiten kann?«, bot mir Stine an und ich war gerührt von ihrer rücksichtsvollen Art.

»Nein, ich muss das alleine schaffen. Nach den vielen Jahren, in denen ich nicht hier war, würde es sich falsch anfühlen, wenn ich es nicht schaffe, den Weg zum Friedhof alleine zu bewältigen.«

»Das verstehe ich«, sagte Stine, ging in den Flur, um sich ihre Schuhe anzuziehen und schnappte sich anschließend das große Paket, bei dem es sich, wie ich bereits vermutet hatte, um das Bild handelte, welches sie nun ausliefern wollte.

»Vorher backe ich aber noch einen Kuchen. Ich muss mich wohl mental noch ein wenig darauf vorbereiten, das Grab von Oma wiederzusehen.«

»Das klingt nach einer guten Idee. Ich denke an dich.«

»Danke, Stine. Viel Erfolg bei deinem Termin.«

Wir verabschiedeten uns voneinander. Nachdem Stine das Bild auf der Rücksitzbank ihres Kastenwagens verstaut hatte, warf ich ihr einen Luftkuss zu. Sie tat, als würde sie ihn auffangen. Lachend stieg sie ins Auto und ich schaute ihr so lange nach, bis sie aus meinem Sichtfeld verschwunden war. In diesem Moment fühlte ich mich glücklich und zufrieden.

Auch wenn mein Aufenthalt in Tideborg mich in Liebesdingen vielleicht nicht weiterbringen würde und ich womöglich nie aus Magnus und seinen Gefühlen schlau werden würde, so konnte ich mir dennoch gewiss sein, dass meine

Schwester und mich nichts trennen konnte.

KAPITEL 8

Erfreulicherweise fand ich alles in den Vorratsschränken, was ich zum Backen brauchte. Da Stine zwar gerne Kuchen aß, ihn aber nicht selbst buk, hatte sie keine große Auswahl an unterschiedlichen Mehlsorten oder Backzubehör, aber ich würde aus dem, was ich zur Verfügung hatte, schon etwas zaubern können. Ich nahm mir vor, in den nächsten Tagen einzukaufen, um uns auch etwas Ausgefalleneres backen zu können.

Ich hing meine Strickjacke über einen der Essstühle, entzündete im Kamin ein Feuer, das ich auf kleine Flamme herunterregelte und schob die Decke, die Stine für Fina herausgesucht hatte, zu mir in die Küche.

Das leise Knistern des Feuers und die Regentropfen, die an die Scheiben klopften, verströmten etwas Gemütliches und zugleich Herbstliches an. Wüsste man nicht, dass wir bereits im Monat Juni waren, hätte man bei dem Blick nach draußen glauben können, dass die Blätter bald von den Ästen herabsegeln würden und wir uns dem Herbst näherten. Da sich ein Herbstgefühl in mir ausbreitete und mir vor dem bevorstehenden Gang zum Friedhof nicht nach einer sommerlichen Torte zumute war, entschied ich, einen Schoko-Nuss-Kuchen zu backen. Eine Kastenform hatte ich während des Stöberns in den Schränken entdeckt und auch einige Mandeln und Nüsse, die ich mahlen konnte.

Ich band mir die Schürze um, die neben dem Kühlschrank hing und bereitete meine Arbeitsfläche vor. Alle Zutaten, die ich für den Kuchen benötigte, maß ich in einem Messbecher ab, bis ich die richtigen Mengen hatte und füllte alles in kleine Schüsseln, sodass ich damit nach und nach alles problemlos unterrühren konnte.

Beim Rühren des Teiges konnte ich mich entspannen. Schon als Kind konnte ich mich daran erfreuen, dass aus manchmal nur wenigen Zutaten etwas so Leckeres und Schönes werden konnte, das alle Sinne ansprach. Der Duft der gemahlenen Nüsse und Mandeln stieg mir in die Nase und ich schloss die Augen, um mich voll auf das Aroma, das meine Sinne kitzelte, konzentrieren zu können. Glücklicherweise hatte ich in einem der Schränke eine Tafel Zartbitterschokolade gefunden, die ich mit einer Reibe zerkleinerte. Bei dem Gedanken an die warmen Schokoladenstückchen, die einem auf der Zunge zergehen würden, sobald man in den Kuchen biss, überkam mich ein Glücksgefühl, das ich regelmäßig beim Backen empfand.

In den Sommerferien, die wir bei meiner Oma verbracht hatten, hatte sie mir ihre liebsten Rezepte verraten und wir hatten die unterschiedlichsten Kuchen, Muffins, Kekse und Plunderteile gebacken. In einem Jahr hatte meine Oma mir ein Notizbuch geschenkt, in das ich mit meiner schönsten Schreibschrift die Rezepte, die sie mir diktierte, hereingeschrieben hatte. Leider hatte ich das rote, gebundene Büchlein verloren. Zu gerne hätte ich jetzt darin geblättert, um mir noch einmal in Erinnerung zu rufen, welche Kuchen wir damals gebacken hatten.

Nachdem ich den Teig lange genug verquirlt hatte, füllte ich ihn in eine Kastenform, die ich zuvor mit einem Pinsel gefettet hatte, und schob die Form in den Ofen.

In der Zeit, in der ich auf den Kuchen wartete, setzte ich mich mit Fina auf das große Sofa im Wohnzimmer.

Fina, die zunächst neben der Treppe, die nach oben in das Atelier führte, stehen blieb und hochschaute, als hätte sie Bedenken, dass ich wieder verschwinden würde, sprang dann doch zu mir.

Ich genoss die Stille, die sich mir bot. Durch die offene Bauweise des Wohnbereiches konnte ich auch vom Sofa aus auf den Essbereich und in die Küche schauen. Während ich auf das Bimmeln der Küchenuhr wartete, sah ich den hüpfenden Flammen im Kamin zu, wie sie wild umhertanzten.

So entspannt, wie ich mich in diesem Moment fühlte, war ich in der letzten Zeit mit Hagen nicht mehr gewesen. Ich hatte entweder gearbeitet, mich um den Handel und Vertrieb von Antiquitäten gekümmert oder nach Feierabend an den häufigen Arbeitsessen von Hagen teilgenommen. Die ersten Veranstaltungen waren noch aufregend gewesen und ich fand die glitzernde Welt zwischen teuren Autos, schillernden Abendkleidern und dekadenten Locations spannend. Aber je öfter ich Hagen begleitet hatte, umso mehr musste ich feststellen, dass diese Welt eine Scheinwelt war. Die Probleme, die diese Menschen mit sich trugen, waren die gleichen, die jeder andere auch hatte, nur taten Hagens Kollegen, Kunden und deren Begleitungen, als wäre ihre Welt perfekt und erstrebenswert. Schwierigkeiten wurden mit Champagner weggespült und Unstimmigkeiten mit – wie sie es nannten – kleinen Nettigkeiten wie Uhren, Abendessen oder teuren Weinen aus der Welt geschafft.

Ich wollte kein Teil dieser Scheinwelt sein und hatte für immer mehr Veranstaltungen versucht, eine Entschuldigung zu finden. Ich hatte extra Überstunden bei *Old Luxuries* gemacht und war für jeden Kollegen, der auch spontan einen freien Tag brauchte, eingesprungen.

Ich war in diesem Moment, auf dem Sofa liegend, mit einer schnarchenden Fina vor meinem Bauch, unendlich froh, dass ich nicht mehr zurück in diese alte Welt, in mein altes Leben musste.

Dass sich mein Leben ab jetzt grundsätzlich ändern würde, dessen war ich mir hundertprozentig sicher.

Die Küchenuhr piepte und signalisierte mir, dass es Zeit war, einen Blick in den Ofen zu werfen.

Der Kuchen sah perfekt aus. Er hatte genau die richtige Bräunung und als ich ihn aus der Form auf einen Teller stülpte, konnte ich die fluffigweiche Konsistenz erfühlen. Der Geruch war noch himmlischer als die Optik und ich freute mich, mir später ein Stück abzuschneiden und den Nusskuchen mit einer Tasse Kaffee oder Tee zu genießen.

Ich stellte den Kuchenteller auf den Esstisch und machte mich daran, die Küche aufzuräumen, sodass Stine sie in ihrem Normalzustand vorfinden würde, wenn sie von ihrem Termin zurückkam.

Nachdem der Raum wieder glänzte und ich sogar den Besteckkasten ausgewaschen und die Gläser poliert hatte, fiel mir nichts mehr ein, was ich mir vornehmen könnte, um den Gang zum Friedhof hinauszuzögern.

Ich drehte den Regler am Kamin herunter, um die Sauerstoffzufuhr zu kappen, sodass die Flamme erlosch, schnappte mir meine Strickjacke von der Stuhllehne und nahm Finas Leine von der Kommode. Die kleine Häkeltasche, die ich mir in den letzten Tagen schon von Stine geborgt hatte, hängte ich mir über die Schulter.

Obwohl es regnete, schlüpfte ich in meine Ballerinas. Kurz zog ich in Erwägung, einen Regenschirm mitzunehmen, verwarf den Gedanken aber im gleichen Augenblick wieder. Bei dem Wind hätte ein Schirm mir seine Dienste bestimmt verweigert.

Da ich bei dem Regen nur wenige Leute vermutete, die mir auf meinem Weg begegnen würden, ließ ich Fina frei laufen und ging die Zufahrtsstraße entlang in die entgegengesetzte Richtung, die ich sonst in die Innenstadt gegangen war.

Schon nach kürzester Zeit war ich vollkommen durchnässt. Hätte ich mich in Hamburg noch darüber geärgert, von einem Regenschauer nass geworden zu sein, störte es mich in Tideborg nicht im Geringsten. Ich fand den Regen und den Wind gerade sehr tröstlich.

Mit jedem Meter, den ich mich dem Friedhof näherte, wurde mir mulmiger zumute und ich hatte das Gefühl, als würden meine Schuhe immer schwerer, so als hätte mir jemand Steine an die Füße gebunden.

Immer wieder hielt ich an, um am Wegesrand einige Wildblumen zu pflücken, bis sich ein kleiner Strauß in meiner Hand formte. Meine Oma mochte die wildwachsenden Blumen schon immer und hatte auf ihrer Terrasse stets große Blumenkübel, in denen sie die kleinen Samen einsetzte, sodass einmal prachtvolle Blüten entstanden. Dass Stine Omas Vorliebe für Pflanzen teilte, wo ich gar keinen grünen Daumen hatte, freute mich umso mehr.

Die Umgebung nahm ich nur noch am Rande wahr, da ich mich so sehr auf die Spitze der kleinen Kapelle, welche das Zentrum des Friedhofs von Tideborg bildete, konzentrierte. Hoch ragte sie über den Platz, als würde sie über alle Menschen, die dort ihre letzte Ruhe gefunden hatte, wachen.

Vor dem Eingang blieb ich noch einmal stehen und atmete tief durch. Ich leinte Fina wieder an, damit meine Bulldoggendame nicht auf die Idee kam, die lockere Erde auf den Grabstätten zum Buddeln zu benutzen.

Dann drückte ich die Klinke des schmiedeeisernen Tors hinunter und trat auf den Friedhofsplatz, der von einer grob behauenen Bruchsteinmauer umschlossen war. Fast alle Gräber waren mit frischen Blumen, die in kleinen Vasen steckten und im Boden eingelassen waren, um nicht vom Wind umgestoßen zu werden, liebevoll hergerichtet.

Als würde Fina ahnen, dass es ihr an diesem Ort nicht erlaubt war, zu buddeln oder zu toben, lief sich brav neben mir und startete kein einziges Mal den Versuch, an der Leine zu ziehen.

Ich steuerte Oma Inges Grab an, das hinter der Kapelle lag. Eingefasst durch eine niedrige Buchsbaumhecke und bepflanzt mit Dünengras, wilder Heide und einem kleinen Weidenbäumchen lag es vor mir. Ein Strauß, der einmal aus frischen Blumen bestand, die mittlerweile aber ihre Köpfe hängen ließen, stand auf der Mitte des Grabes. Ich nahm die verwelkten Blumen heraus und schmiss sie auf den großen Komposthaufen, der in einer versteckten Ecke des Friedhofs lag.

Ich stellte meinen selbst gepflückten Strauß in die im Boden eingelassene Vase. Beim Blick auf die bunten Blumen, die in der Mitte des Grabes leuchteten, konnte ich meine Tränen nicht mehr zurückhalten und ließ ihnen freien Lauf.

Ich weinte um meine Oma. Weinte um die schönen Momente, die wir gemeinsam erlebt hatten, weinte um alles, was sie nicht mehr erlebt hatte, und weinte um die Zeit, die ich nicht nach Tideborg gekommen war.

Ich weiß nicht, wie lange ich hier stand. Es können zwei oder auch zwanzig Minuten, aber auch zwei Stunden gewesen sein, als sich ein Arm um meine Schulter legte.

Als ich mich umblickte, um zu schauen, wer sich neben mich gesellt hatte, blickte ich in die Augen, von denen Magnus das strahlende Blau geerbt hatte.

»Herlinde?«, flüsterte ich kaum hörbar. Magnus' und Fredericks Mutter Herlinde von Linnenberg trug ein langes buntes Kleid, das sie auch jetzt, obwohl es bereits nass geworden war, elegant wirken ließ. Herlinde hatte den Versuch gewagt, einen Regenschirm über sich zu halten, jedoch tanzte er wie ein Spielball im Wind und bot ihr wenig Schutz vor der Nässe.

»Hallo, Anni. Schön dich hier zu sehen«, sagte Herlinde mit ihrer mir bekannten ruhigen Stimme. Sie gehörte zu den Menschen, die ich noch nie hatte laut werden hören. Das brauchte sie auch nicht. Hatten wir als Kinder Blödsinn gemacht, hatte es ausgereicht, dass Herlinde uns deutlich gesagt hatte, was sie davon hielt. In ihrer Stimme schwang neben Wärme und Liebe eben auch immer etwas Autorität mit. Ich hatte sie immer für ihr sicheres Auftreten bewundert und ihre liebevolle Art, die sich jedoch nichts vormachen ließ, geschätzt.

»Ich habe schon von meinen Söhnen gehört, dass du wieder hier bist.« Herlinde forderte mich nicht auf, zu antworten. Sie ließ mir Zeit. Hätte ich ihr gar nicht geantwortet, dessen war ich mir sicher, hätte sie auch das akzeptiert. So war sie einfach.

Ich nickte. »Seit ein paar Tagen bin ich hier«, begann ich zu erzählen, »ich habe mich von meinem Freund getrennt und bin, ohne darüber nachzudenken, in den Zug gestiegen und nach Tideborg gefahren.« Heute wie damals strahlte Herlinde eine Art aus, die einen sofort dazu brachte, ihr ohne Umschweife zu erzählen, was los war. Man führte mit ihr nicht einfach Small Talk, sondern vertraute ihr, ohne dass man es beabsichtigte, seine tiefsten Geheimnisse an. Daher überraschte es mich nicht, dass ich Herlinde ohne Umschweife von meiner Trennung von Hagen berichtete.

Sie nickte wissend. »Weil du wusstest, dass du hier zur Ruhe kommen kannst.« Das war keine Frage. Herlinde formulierte es als Feststellung.

»Ich weiß nicht, ich wusste nicht, wo ich sonst hätte hinfahren sollen«, versuchte ich mich zu erklären. Herlinde aber schien meine Erklärung nicht zu akzeptieren.

»Oder aber du wolltest herkommen«, sagte sie ruhig, aber überzeugt.

Ich räusperte mich. »Eigentlich wollte ich nie wieder herkommen«, begann ich leise meine Rechtfertigung, aber ich wusste, dass Herlinde mich durchschauen würde. Das hatte sie schon immer.

»Du nicht mein Kind, aber dein Herz.« Sie schaute mich ruhig an. Obwohl wir uns so lange nicht gesehen hatten, war es, als wäre der Kontakt nie abgebrochen. Herlinde hatte noch nie viel für Small Talk übrig gehabt. Sie hatte immer gesagt, dass die Zeit viel zu schade dafür sei, um den heißen Brei herumzureden.

»Meinst du?«, fragte ich sie.

»Du kennst die Antwort besser als ich. Man kann nicht ewig davonrennen.« Ich wusste nicht, wieviel Herlinde von dem wusste, was vor einigen Jahren zwischen ihrem Sohn und mir geschehen war.

»Aber eine Weile scheint Davonlaufen eine Lösung zu sein«, sagte ich. Es erschien mir damals die einfachste Option gewesen zu sein. Ich schaute auf die kleine Weide auf Omas Grab, die im Wind hin- und herschaukelte.

»Es tut mir so leid, dass ich Omas Grab nach der Beerdigung nicht mehr besucht habe«, sagte ich traurig und voller Schuldgefühle.

Herlinde drückte meine Schulter. »Das muss dir nicht leidtun. Du bist heute da. Das ist alles, was zählt.«

»Aber ich hätte eher kommen müssen. Wenn meine Oma mich sehen könnte, wäre sie bestimmt enttäuscht von mir.«

»Sag so etwas nicht. Du weißt, dass das nicht stimmt. Deine Oma hätte dich ganz sicher verstanden und Verständnis dafür gehabt, dass du einige Zeit gebraucht hast. Weißt du noch, was sie immer gesagt hat?«, fragte Herlinde mich. Ich schwieg, kannte ich bereits die Antwort.

»Alles hat seine Zeit. Und so ist es mein Kind. Du bist zur richtigen Zeit hier. Deine Oma wird dich jetzt in diesem Moment bestimmt sehen und stolz auf dich sein«, sagte Herlinde voller Überzeugung.

»Meinst du?«

»Da bin ich mir sicher.«

»Ich danke dir. Ich hatte große Angst, nach Tideborg zu kommen. Angst davor, Omas Grab zu besuchen und von der Trauer und dem Schmerz erdrückt zu werden. Aber auch Angst, dass manches aus der Vergangenheit mich einholt.«

Als würde Herlinde wissen, dass ich damit auf Magnus anspielte, nickte sie wissend. Sie hakte jedoch nicht nach, da sie wahrscheinlich wusste, dass es mir schwerfallen würde, darüber zu sprechen und ich war ihr dankbar dafür, dass sie es nicht tat.

»Weißt du, wo Sonne ist, da ist auch Schatten. Schmerzliche Momente, Trauer, Zweifel und Ängste gehören zum Leben dazu. Du musst nur irgendwann aus dem Schatten heraustreten, damit die Sonne dich wieder treffen kann.«

»Und wenn man das Gefühl hat, dass der Schatten einem immer folgt?«, wollte ich von ihr wissen.

»Verändere deinen Stand und deinen Blickwinkel. So kannst du aus dem Schatten heraustreten«, antwortete Herlinde mir weise. Aus ihr sprach die Erfahrung und sie wusste, wovon sie redete. Da Herlinde aber immer ausgeglichen und zufrieden auf mich gewirkt hatte, hatte sie, dessen sah ich in ihrem Blick, diese Schattenseiten ebenfalls erlebt, es aber geschafft, sie hinter sich zu lassen.

»Habe Vertrauen in dich«, sagte sie zu mir. »Lass nicht zu, dass deine Vergangenheit sich negativ auf deine Gegenwart auswirkt, denn dadurch verbaust du dir womöglich manches in deiner Zukunft.«

Die Tränen, die eben versiegt waren, traten nun wieder aus meinen Augen und liefen mir heiß über die Wangen. Ich wollte mich zur Seite drehen und sie unbemerkt wegwischen, aber Herlinde hatte sie schon gesehen.

»Tränen sind keine Zeichen von Schwäche. Weine ruhig Anni. Lass deinen Gefühlen freien Lauf«, sagte sie. Herlinde war eine sehr weise Frau. Ihre ehemals blonden Haare, die ihr früher bis auf den Rücken reichten, waren mittlerweile ergraut und zu einem Dutt aufgesteckt.

»Danke, Herlinde. Aus deinem Mund hört sich alles so einfach an.«

Sie schmunzelte. »Das Leben lehrt einen so einiges.« Damit hatte sie wahrscheinlich recht.

Als wüsste sie, dass sie mir genug Denkanstöße gegeben hatte und ich alles, was sie zu mir gesagt hatte, erst einmal verarbeiten musste, wechselte sie das Thema.

»Einen hübschen Hund hast du da.« Sie beugte sich zu Fina herunter und ließ sie an ihrer ausgestreckten Hand schnuppern.

Fina wackelte freudig mit ihrem gesamten Hinterteil und ließ sich von Herlinde am Hals kraulen.

»Das ist Fina«, stellte ich meine Hündin vor, »meine französische Bulldogge und seit drei Jahren immer an meiner Seite.«

Herlinde lächelte zufrieden. »Tiere sind wundervoll und so treue Seelen.«

»Habt ihr auch einen Hund?«

»Nein, aber wir passen ab und zu auf Bella auf, wenn Magnus längere Zeit auf einer Baustelle verbringen muss und er sie nicht mitnehmen kann.« Da Herlinde Bella unerklärt erwähnte, musste sie wissen, dass wir uns schon begegnet waren und ich von seiner Labradorhündin wusste.

»Wie lange wirst du hierbleiben?«, fragte sie.

»Noch ein paar Tage. Ich habe mir Urlaub genommen, um nicht sofort wieder nach Hamburg zurückfahren zu müssen.«

Ein leises Seufzen überkam mich bei meiner Antwort.

Gerade konnte ich mir noch nicht vorstellen, zurück zu fahren. Ich freute mich zwar, wieder zur Arbeit zu gehen und meine Kollegen wiederzutreffen aber nach Hamburg zog mich gerade nichts zurück, zumal meine Wohnsituation noch gar nicht geklärt war und bestimmt jede Menge Stress und Auseinandersetzungen mit Hagen auf mich warteten.

»Was hältst du davon, wenn du Gustav und mich besuchst, wenn du Zeit findest? Er wird sich bestimmt freuen, dich zu sehen.«

Ich freute mich über Herlindes Einladung. »Das mache ich sehr gerne. Wie passt es euch denn?«

»Komm, wann immer du magst. Wir sind bestimmt da. Ich habe Gustav dazu verdonnert, eine neue Hecke zu pflanzen.«

Dabei grinste Herlinde und wirkte plötzlich wie eine junge Frau, welcher der Schalk im Nacken saß.

»Habt ihr keinen Gärtner mehr?« Familie von Linnenberg hatte neben einer Haushälterin immer auch einen Gärtner, einen Hausmeister und einen Koch beschäftigt.

»Doch, doch, den haben wir noch. Aber Gustav hilft ihm beim Pflanzen der Hecke. Die alten Knochen sollen nicht müde werden.« Als Herlinde von ihrem Mann sprach, konnte ich die Liebe und Zuneigung, die sie ihm gegenüber empfand, in ihrem Gesicht ablesen und wünschte mir, dass auch mir eine Partnerschaft, wie die beiden sie pflegten, irgendwann bevorstand.

»Das kann ich mir natürlich nicht entgehen lassen«, antworte ich grinsend.

»So, ihr beiden«, machte Herlinde Anstalten, aufzubrechen, »ich bin jetzt nass genug geregnet. Eigentlich hatte ich auch nur kurz vor, das kleine Gesteck für Inge abzulegen.« Erst jetzt bemerkte ich das bunte Blumengebinde, das Herlinde neben sich abgelegt haben musste. Da ich so in Gedanken versunken gewesen war, hatte ich es zu Beginn gar nicht gesehen.

Sie legte das Gesteck unter die Weide. Oma Inges Grab glich nun einer Pracht aus den für Dänemark typischen Gräsern und bunten Blumen, die ein Zeichen dafür waren, dass Menschen, die sie liebten, ihr ihre Liebe und Zuneigung zeigten.

»Kommst du oft her?«, wollte ich von Herlinde wissen.

Sie nickte. »Ja, jede Woche. Inge war nicht nur unsere Haushälterin. Sie ist in den Jahren eine enge Freundin für uns geworden. Wenn du zu uns kommst, zeige ich dir ein paar Fotos und wir reden gerne über sie.«

Scheinbar schaute ich etwas erschrocken bei dem Gedanken, aber Herlinde nahm meine Hand. »Wenn wir uns an die geliebten Menschen, die gestorben sind, erinnern und über sie reden, bleiben sie lebendig.« Bevor ich wieder in Tränen ausbrechen konnte, schluckte ich sie hinunter und nickte.

Wir umarmten uns zum Abschied und ich blieb noch eine Weile am Grab stehen, bis auch der letzte Millimeter meines Körpers durch den Regen durchnässt war.

Herlinde zu treffen, war als hätte ich meiner Vergangenheit gegenübergestanden. Sie kannte mich, seitdem ich das erste Mal meine Oma besucht hatte und ein kleines Mädchen mit kurzen, wirr vom Kopf abstehenden Locken war. Ich fühlte mich nach dem Gespräch mit ihr befreit und gleichzeitig gestärkt.

Noch einmal betrachtete ich das Grab. Herlinde hatte recht. Meine Oma wäre nicht enttäuscht oder traurig, dass ich erst jetzt hergekommen war. Sie wäre glücklich und dankbar gewesen, dass ich hergekommen war.

Ich beugte mich zu Fina herunter und kraulte ihre Seite. Dann gingen wir zurück zum Eingang und traten durch das gusseiserne Tor.

KAPITEL 9

Ich schlug den Weg Richtung Dünen ein. Ein befreiendes Gefühl erfüllte mein Innerstes, endlich das Grab meiner Oma besucht zu haben und mir alles von der Seele geredet zu haben.

Das Wiedersehen mit Herlinde von Linnenberg hatte mich gefreut und ich war glücklich darüber, dass wir immer noch den gleichen guten Draht zueinander hatten wie früher.

Eine Leichtigkeit trug mich auf meinem Weg und ich genoss den Regen, der unaufhörlich auf mich niederprasselte. Fina schien, als würde sie den Spaziergang nicht so sehr genießen wie ich es tat. Sie zog ihren Kopf ein und sah aus, als suchte sie nach einem Versteck, in das sie sich verkriechen könnte. Wenn wir zurück im Strandhaus waren, würde ich sie abfrottieren und ihr eine Decke vor den Kamin legen, damit sie trocknen konnte.

Für Regen hatte meine Bulldoggendame noch nie viel übrig und hätte sie gekonnt, hätte sie mir jetzt mit Sicherheit einen bösen Bulldoggenblick zugeworfen.

Da ich keinen Regenschirm mitgenommen hatte, war meine Strickjacke vollkommen durchnässt und mein nasser Zopf hing traurig an meinem Hinterkopf. Einzelne Strähnen klebten in meinem Gesicht und ich wischte sie vergebens immer wieder zur Seite.

Der Weg durch die Dünen war bei dem Wind und dem

nassen klebrigen Sand anstrengend, aber ich genoss das leichte Brennen, das sich in meinen Beinen bemerkbar machte.

Dieses Gefühl der natürlichen Anstrengung fühlte sich großartig an, ganz anders als das monotone Joggen im Fitnessstudio. Dem hatte ich nie etwas abgewinnen können, trotzdem quälte ich mich mindestens zwei Mal wöchentlich auf dem Laufband oder an Kraftgeräten, um meine Figur, mit der ich sehr zufrieden war, zu behalten. Von Spaß konnte dabei aber nicht die Rede sein.

Nach einigen weiteren hundert Metern gegen den Wind erreichte ich eine der höheren Dünen, von der aus ich einen fantastischen Blick über den unter mir liegenden Strand hatte.

Wie hatte ich all die Jahre nicht mehr an diesen magischen Ort kommen können? Inmitten dieser Schönheit der Natur kam es mir plötzlich so leicht vor, einfach hier zu sein.

Ich zog mein Handy aus meiner kleinen Umhängetasche und schirmte es mit einer Hand gegen den Regen ab. Ich knipste ein paar Bilder, die zwar nicht die wahre Schönheit des Augenblicks einfangen konnten, mich aber immer an diesen Moment erinnern würden. Eines der geschossenen Panoramabilder schickte ich per Whatsapp an meine Eltern sowie an Constanze.

An meine Freundin schrieb ich noch ein »Na neidisch? Dann pack schnell deine Koffer und komm her. Kuss Anni!«, hinterher.

Ich verstaute mein Handy und setzte meinen Weg, dem Wind entgegen, fort. Von hier oben konnte ich sowohl Oma Inges Haus als auch das Nachbarhaus der Poulsens und Magnus' Bleibe sehen.

Einem Impuls folgend setzte ich meinen Weg nicht in Richtung Stine fort, die bestimmt schon von meinem Nusskuchen genascht hatte, den ich am Morgen gebacken hatte, sondern steuerte auf Magnus' Haus zu.

Jetzt, wo ich mir selbst zugestanden hatte, mich nicht mehr vor meinen Gefühlen zu verstecken, fühlte ich mich selbstbewusster und mutiger.

Von der Düne kommend schlug ich den Weg auf den *klitvejen* ein und erreichte sein Haus von der Straße aus.

Da ich sonst immer über den Strand gegangen war, sah ich das Haus von dieser Seite zum ersten Mal. Mir gefiel diese Ansicht. Das alte, dem Wetter immer mehr zum Opfer gefallene Heim des alten Herrn Hinrichs war einer modernen, aber nicht zu futuristischen Art eines Strandhauses gewichen.

Der große, aus Kies bestehende Hof führte zur einer gläsernen Haustür. Generell war Glas scheinbar ein Element, das Magnus neben Holz gerne zu verwenden schien. Beides fügte sich harmonisch zusammen. Das Holz des Hauses war in einem dunklen Grauton gestrichen und fügte sich perfekt in seine Umgebung ein. Die Hagebuttenbüsche, die das Haus an den Seiten säumten, verliehen ihm etwas Natürliches.

Neben dem Haus stand ein großer, schwarzer Pickup. Wenn das Magnus' Auto war, hatte ich gute Chancen, ihn anzutreffen, wenn er nicht gerade mit Bella unterwegs war.

Der Kies knirschte unter meinen Ballerinas, als ich auf die Haustür zuging. Aus dem Inneren des Hauses ertönte Hundegebell. Bellas Ohren hatten uns schon ausgemacht. Fina stimmte in Bellas Gebell ein und bevor ich die Klingel drücken konnte, öffnete Magnus uns die Tür.

»Anni. Hej. Was gibt's?« Gestresst schaute er mich an.

Hatte ich ihn bei etwas Wichtigem gestört? Seine Haare standen ihm wild vom Kopf ab, als wäre er sich immer wieder mit den Händen hindurch gefahren.

»Ich komme wohl ungelegen. Tut mir leid.«

Noch bevor ich mich ganz umdrehen konnte, ergriff Magnus mein Handgelenk.

»Nein, entschuldige bitte. Komm doch rein.« Er trat einen

Schritt zur Seite und ließ mich an sich vorbei in den Flur gehen.

»Ich hatte gerade ein etwas unerfreuliches Telefonat mit einem Kunden«, erklärte er. »Einer unserer Mitarbeiter hat sich wohl auf der Baustelle absolut daneben benommen. Ich habe gerade versucht, die Wogen zu glätten. Die Tage werde ich aber selber noch mal nach Sylt fahren, um mir vor Ort ein Bild zu machen.«

»Das tut mir leid«, sagte ich ehrlich. »Es ist wahrscheinlich nicht immer leicht, Chef zu sein, oder?«

»Nein, das ist es nicht. Aber für nichts in der Welt würde ich es ändern wollen. Ich liebe meine Arbeit und bin froh, unabhängig zu sein. Natürlich gibt es auch mal Schwierigkeiten, für die ich dann geradestehen muss, aber das kommt zum Glück selten vor.« Mir gefiel es, mit welcher Liebe und Inbrunst Magnus über seinen Beruf sprach. Hagen hatte nach Feierabend nicht selten die Zeit beim Abendessen genutzt, um über einige seiner Kunden herzuziehen. Ihm war es an erster Stelle darum gegangen, einen Deal auszumachen, damit er die Provision einheimsen konnte. Magnus schien sehr bemüht um seine Kunden, was für ihn sprach.

Fasziniert blickte ich nach oben. Statt einer Zwischendecke waren nur dicke Holzbalken eingezogen. Sie boten eine freie Sicht nach oben. Über uns hingen kugelrunde Lampen, die an dicken Tauen befestigt waren. Der dunkle, edel wirkende Fliesenboden bildete einen Kontrast zu den hellen Wänden.

Fina, die sich sehr zu freuen schien, ihre neu gewonnene Hundefreundin Bella wiederzusehen, rannte an mir vorbei ins Innere. »Oh nein! Fina, du bist pitschnass!« Zerknirscht schaute ich mich um. Es war mir unangenehm, dass nun überall nasse und dreckige Pfotenspuren auf dem Boden zu sehen waren. Ich wusste nicht, wie penibel Magnus war und ob sich über Fina und mich ärgern würde. Aber er winkte nur lachend ab. »Ach, Quatsch. Das kenne ich doch von Bella nur zu gut. Was dreckig ist, wird geputzt und falls etwas kaputt gehen sollte, wird es ersetzt. Da bin ich wirklich entspannt. Bella war letzte Woche so wild und hat im Wohnzimmer getobt, dass sie dabei an einen kleinen Beistelltisch gestoßen ist und eine Vase zu Bruch gegangen ist. Ich hatte nur Angst, dass sie sich an den Scherben schneiden könnte.«

Magnus schob mich hinter Fina in sein Wohnzimmer. Seine entspannte Antwort hinterließ ein wohliges Gefühl in meinem Bauch.

»Du bist aber auch komplett durchnässt«, stellte er fest. »Möchtest du dir was Trockenes anziehen? Wir finden bestimmt etwas Passendes in meinem Kleiderschrank. Ein Repertoire an Frauenkleidern habe ich zwar nicht, aber bestimmt ein Shirt, das du nehmen kannst.« Er grinste und sein Blick ruhte abwartend auf mir.

Gestern hätte ich in dieser Situation bestimmt Reißaus genommen und wäre bei Magnus' freundlicher Art misstrauisch geworden. Da ich mir aber vorgenommen hatte, alle Zweifel über Bord zu werfen, stimmte ich seinem Vorschlag zu. »Dann lass mal sehen, was dein Kleiderschrank hergibt.«

Ich zog meine nassen Ballerinas aus und schmunzelte beim Anblick von Bella und Fina, die es sich in Bellas großem Hundekörbchen bequem gemacht hatten.

Barfuß folgte ich Magnus in sein Schlafzimmer, an das ein Ankleidezimmer grenzte. Beide Räume strahlten eine besondere Gemütlichkeit aus. Das hervorstechende Element war Holz. Ein übergroßes Holzbett bildete den Mittelpunkt des Schlafzimmers. Auch der Boden hier war ein anderer als im Eingangsbereich. Holzdielen verliehen dem Raum Behaglichkeit.

Ich ließ meinen Blick durch das Zimmer gleiten, konnte ihn aber nicht vom Bett abwenden. Bilder schossen in meinen Kopf, welche Dinge man dort miteinander anstellen könnten.

Hör auf Anni, schalt ich mich.

Magnus folgte meinen Blick und zwinkerte mir keck zu. Ich fühlte mich ertappt und merkte, wie mir die Schamesröte ins Gesicht stieg. *Was tat ich hier? Ich konnte doch nicht ernsthaft mit Magnus in seinem Schlafzimmer stehen und an Sex mit ihm denken.*

Er stellte jedoch seine Qualitäten als Gentleman unter Beweis und ging nicht weiter auf meinen allzu offensichtlichen Blick auf sein Bett und meinen hochroten Kopf ein. Er machte mich stattdessen mit einer Handbewegung auf seinen Kleiderschrank aufmerksam. Genau, nur deswegen waren wir hier.

Ich war erstaunt, wie groß sein Ankleidezimmer und der Schrank waren. Ich hätte ihm weniger Kleidungsstücke zugetraut. Scheinbar hatte Magnus zwar kein Repertoire an Frauenkleidung – zum Glück, wie ich erleichtert feststellte – jedoch mehr als nur Cargoshorts und Pullover. Beim Öffnen des Schranks bot sich mir der Blick auf Anzüge, die schon vom Material her sehr teuer wirkten.

Magnus griff nach einem Kapuzenpulli und einer Jogginghose. »Hier, das wird dir bestimmt einige Nummern zu groß sein, aber zumindest hast du es dann trocken.« Als er mir die beiden Kleidungsstücke gab, berührten sich unsere Hände und ich hatte das Gefühl, als würden sie in Flammen aufgehen. Hitze breitete sich von meinen Fingerspitzen im gesamten Körper aus. Wenn eine kleine Berührung schon diese Reaktionen in mir hervorrief, was sollte dann passieren, wenn er mich weiter berührte? *Wahrscheinlich würde es nie dazu kommen,* redete ich mir in Gedanken ein.

»Danke«, brachte ich kratzig hervor.

»Gerne«, gab auch er mit rauer Stimme von sich. Er räusperte sich. »Du kannst dich hier gerne in Ruhe umziehen. Das Gästebad ist genau gegenüber. Ich mache inzwischen den

Kamin an, damit du dich etwas aufwärmen kannst.«

ging an mir vorbei aus dem Schlafzimmer und ich konnte ihn im Wohnzimmer hantieren hören.

Ich zog mich um und fand im Gästebad einen Föhn, mit dem ich versuchte, mich notdürftig wieder herzurichten. Der Anblick, den mein Spiegelbild mir bot, ließ mich nicht gerade vor Entzücken juchzen. Meine Schminke war durch den Regen völlig verschmiert, meine Wangen gerötet und meine Locken durch das Föhnen vollkommen durcheinander. Lieber wäre ich geschminkt ins Wohnzimmer gegangen, weil ich mich dann selbstsicherer fühlte, aber das Make-up war zu sehr verschmiert, als dass ich es hätte retten können. Also blieb mir nichts anderes übrig, als alles abzuwaschen. Zum Glück hatte ich mir am Morgen einen Zopf gebunden, sodass ich wenigstens meine Locken etwas bändigen konnte und sie zu einem Dutt hochband.

Die Jogginghose war viel zu groß und hing tief auf meiner Hüfte. Ich hatte das Bündchen so fest zusammengezogen, wie es nur ging, trotzdem sah ich aus wie einer dieser amerikanischen Rapper. Auch der Kapuzenpulli war einige Nummern zu groß, aber der weiche Stoff fühlte sich angenehm an.

Ich straffte die Schultern und ging zurück ins Wohnzimmer.

Magnus stand mit dem Rücken zu mir und schaute aus dem großen Panoramafenster, das den Blick auf den Strand freigab. Als ich den Raum betrat, drehte er sich zu mir um und seine Augen wurden wieder eine Nuance dunkler – vielleicht bildete ich mir das aber auch nur ein.

Ich blieb kurz stehen, unschlüssig, was ich machen sollte, bis mir einfiel, dass ich mutig sein wollte und nicht mehr zu verkopft an alles herangehen wollte. Also ging ich ebenfalls ans Fenster und trat neben ihn.

Sein Blick ruhte dabei auf mir und er schaute mich

undurchdringlich an.

Die beiden Hunde lagen zu unseren Füßen. Kein Wunder, dass Fina sich sofort zu Bella gesellt hatte. Welcher Hund würde eine Schlafstelle mit Blick auf das Meer verwehren?

Gemeinsam blickten wir auf die Nordsee, die heute besonders rau war. Der Regen ließ nicht nach und die Wellen tanzten wild umher. Das Dünengras bog sich kräftig unter dem Wind. Ich konnte die Kraft der Natur förmlich spüren und war dankbar für den Blick, der sich mir bot.

»Ich hoffe, dir ist warm genug«, durchbrach Magnus die Stille.

»Ja, danke. Es sitzt doch wie angegossen, findest du nicht?« Dabei streckte ich die Arme seitlich von mir und musste lachen.

»Du siehst toll aus.« Meinte er das gerade ernst? Ich fand, ich sah furchtbar aus. Vollkommen zerzaust und überhaupt nicht hergerichtet. Ich hatte mein Spiegelbild eben recht kläglich gefunden. Aber Magnus schien ernst zu meinen, was er sagte, da nicht der geringste Anflug eines spöttischen Grinsens auf seinen Lippen zu erkennen war. Vielleicht war er aber auch ein guter Schauspieler oder sagte diesen Satz ständig zu Frauen und war einfach nur geübt darin.

Statt einer Antwort lächelte ich ihn nur an und war mir sicher, dass mein Lachen zu übertrieben fröhlich wirkte.

»Möchtest du einen Kaffee trinken? Dann kann ich dich mit meinem Highendkaffeeautomaten beeindrucken.« Dabei lachte er tief.

»Auf jeden Fall! Was hat der Barista denn im Angebot?«

Magnus ging hinüber in die offene Küche. Auf der großen Kücheninsel standen noch Töpfe auf dem Herd. Entweder hatte Magnus viele Dosen geöffnet oder er kochte tatsächlich selbst.

»Ich kann dir Folgendes anbieten«, dabei räusperte er sich und zeigte mit einer Handbewegung auf seinen Kaffeevollautomaten und eine Espressomaschine. »Chai latte,

Latte macchiato, Cappuccino, Milchkaffee. Alles natürlich mit verschiedenen Zusätzen. Zimt, Orange, Karamell, Schoko oder Toffee. Einen Schuss Rum, wenn du magst, gibt es auch.« Stolz über seine gekonnte Aufzählung strahlte Magnus mich an.

Dabei wirkte er wie ein kleiner Junge, der soeben den Pokal vom Fußballturnier in den Händen hielt. Beinahe tat es mir leid, meine Kaffeebestellung aufzugeben, aber ich fuhr dennoch mit einem zuckersüßen Lächeln fort. »Vielen Dank. Dann hätte ich gerne einen Kaffee mit etwas Milch.«

Seine Augen weiteten sich gespielt empört. »Wie jetzt? Du hast mich alles aufzählen lassen und möchtest nur einen stinknormalen Kaffee?« Bei seinem Anblick schaffte ich es nicht mehr länger, ernst zu bleiben und prustete los. »Ja, nur Kaffee bitte. Diesen ganzen Schnickschnack mag ich ehrlich gesagt gar nicht so gerne. Aber es war toll, dir zuzuhören. Das könntest du beruflich machen.« Dabei streckte ich ihm die Zunge raus und war selber erstaunt über meine Unbefangenheit ihm gegenüber. Irgendetwas hatte die Stimmung an sich, dass ich mich einfach wohlfühlte und sein konnte, wie und wer ich war.

»Na warte«, knurrte Magnus. Dabei griff er neben sich und schnappte sich das nasse Spültuch. Bevor ich registriert hatte, was er damit vorhatte, klatschte das nasse Tuch schon in mein Gesicht. Magnus brach in schallendes Gelächter aus und ich zog gespielt einen Flunsch.

»Das wirst du mir büßen«, drohte ich ihm gespielt. Ich blickte mich suchend nach etwas Brauchbarem um, was ich ebenfalls als Wurfgeschoss benutzen konnte und griff nach dem nächstbesten, was ich fand: Das Sitzkissen des Barhockers neben mir. Ich schleuderte es in Magnus' Richtung, verfehlte ihn aber, da er den Kopf gekonnt zur Seite neigte. Mist, werfen war noch nie meine Stärke.

Wir prusteten und ich konnte mich vor Lachen kaum mehr

auf den Beinen halten. Als Magnus sich seinerseits das Sitzkissen schnappte, das neben ihm gelandet war, tat ich das Einzige, in dem ich schon immer gut war: *Laufen.*

Lachend drehte ich mich um und rannte, so schnell man es zwischen Kücheninsel und Wohnzimmertisch eben konnte.

Er verfolgte mich und wir tigerten lachend und schnaufend um den Wohnzimmertisch herum. In seinen Augen spiegelte sich der Schalk wieder und auch er hatte offensichtlich genauso viel Spaß an unserem kleinen Spiel wie ich.

Er war nur wenige Meter von mir entfernt und hätte er wirklich gewollt, hätte er mich wahrscheinlich schon längst gefangen. Ich hielt ihm zugute, dass er wenigstens so tat, als hätte ich eine Chance.

»Na, was ist? Gibst du auf?«, lachte Magnus und kam in gebückter Haltung näher.

»Niemals«, rief ich angriffslustig und schob dabei die Ärmel meines Pullovers höher. Da Magnus viel schneller war als ich, musste ich zu anderen Mitteln greifen.

Also schaute ich übertrieben entsetzt drein und blickte zu den Hunden. »Oh nein, was ist mit Bella?«, tat ich schockiert.

Er schaute ebenfalls zum Fenster, vor dem die beiden Hunde lagen und friedlich schliefen. Ich nutze den kurzen Moment und rannte los.

Einem Impuls folgend, öffnete ich die Haustür und lief auf den Hof. Dass es immer noch wie aus Eimer goss, hatte ich vollkommen vergessen.

Hinter mir lachte Magnus und ich konnte das Timbre in seiner Stimme förmlich spüren.

Langsam drehte ich mich zu ihm um. »Uuups.« Mehr konnte ich nicht sagen, da sein Lachen so ansteckend war, dass auch ich nicht an mir halten konnte und aus vollem Herzen lachte. Die Tränen liefen mir die Wangen hinunter und zum zweiten Mal an diesem Tag war ich binnen kürzester Zeit vollkommen durchnässt.

Magnus ging die wenigen Treppenstufen von der Haustür hinunter und kam auf mich zu.

»Gewonnen«, raunte er mir zu. Mein Lachen verebbte schlagartig und ich konnte meinen Blick nicht von seinem Gesicht wenden.

»Das nächste Mal gewinne ich«, flüsterte ich kaum hörbar. Mein Herz pumpte heftig hinter meiner Brust.

Auch Magnus war pitschnass und das Wasser rann an unseren Gesichtern hinab.

Er legte seine Hände vorsichtig an meine Wangen und ich traute mich kaum zu atmen. Seine Wärme auf meiner Haut zu spüren, glich einem Inferno und ich hatte das Gefühl, mein Herz müsste mir jeden Moment aus der Brust springen.

Sein Atem ging ebenfalls schneller. Sein Brustkorb hob und senkte sich deutlich sichtbar unter seinem durchnässten Shirt.

Langsam, als ob er auf Erlaubnis warten würde, näherte er sich meinem Gesicht. Ich nickte kaum merklich und öffnete meinen Lippen einen Hauch.

Als Magnus seine Lippen auf meine senkte, hatte ich das Gefühl, die Zeit stehe still.

Er küsste mich erst ganz vorsichtig und zart. Unsere Lippen neckten sich und ein leises Stöhnen entwich meinem Mund. Das schien Magnus als Erlaubnis zu werten und verstärkte den Kuss. Immer inniger und intensiver verbanden sich unsere Lippen.

Meine Hände vergruben sich in seinem nassem Haar und die Leidenschaft übermannte mich.

Auch Magnus schien nicht genug zu bekommen. Er löste eine Hand von meiner Wange und ließ sie an meinem Rücken hinabgleiten. Wie zwei Hungrige, die nach langer Abstinenz endlich ihre Lieblingsspeise serviert bekamen, küssten wir uns.

Eng umschlungen standen wir da. Dem Regen und Wind der

dänischen Westküste trotzend.

Hatte ich mir immer wieder ausgemalt, wie es sein würde, ihn noch einmal zu küssen, musste ich mir eingestehen, dass kein Gedanke mit der Realität mithalten konnte.

Die Schmetterlinge in meinem Inneren vollführten eine Kür und mein Körper stand in Flammen.

Eine Träne des Glücks bahnte sich einen Weg aus meinem Augenwinkel und wurde eins mit dem Regen Tideborgs.

KAPITEL 10

Bereits zum zweiten Mal innerhalb kürzester Zeit trug ich eine Jogginghose, die mir viel zu groß war sowie einen seiner Kapuzenpullover.

Als wir uns nach unserem Kuss voneinander gelöst hatten, hatte ich es wieder gesehen, dieses Funkeln in Magnus' Augen.

Es war, als würden kleine Diamanten in seinen blauen Augen glitzern wie die Strahlen der Sonne auf dem Meer.

Unzählige Male hatte ich mir ausgemalt, wie es sein würde, Magnus nach so vielen Jahren wieder zu küssen und ihm nah zu sein. Aber selbst meine fantasiereichsten Vorstellungen konnten nicht mit der Realität mithalten. Dieser Kuss war leicht und zart, aber auch drängend und fordernd.

Wären wir beide nicht so erschrocken vom Regen und den bellenden Hunden auseinandergefahren, würden wir womöglich immer noch küssend auf seinem Hof stehen. Aber aufgeschreckt von Bella und Fina hatte Magnus nur meine Hand genommen und ich war ihm wie ein verliebtes Mädchen kichernd ins Haus gefolgt.

In seinen trockenen Klamotten und mit noch feuchten Haaren, die mir über die Schultern fielen, saß ich mit angezogenen Beinen auf seinem großen Sofa.

Magnus hatte sich ebenfalls trockene Sachen angezogen und

kam mit Jogginghose und einem engen T-Shirt ins Wohnzimmer. Seine Haare standen ihm in alle Richtungen vom Kopf und ein Wassertropfen löste sich und rann an seiner Stirn hinunter, bis er auf sein T-Shirt tropfte, wo er einen dunklen Punkt hinterließ.

Ich war unsicher, wie ich mit ihm umgehen sollte. Der Kuss hatte zumindest für mich einiges geändert. Ich hatte ihn genossen und wünschte mir, wir könnten daran anschließen. Ob es ihm aber genauso ging, konnte ich nicht an seinem Gesicht ablesen. Er schien ebenfalls unsicher. Mit nackten Füßen trat er in die Küche und sah aus, als würde er nach den passenden Worten suchen. Gab es die überhaupt?

Ich wollte mich ihm nicht an den Hals werfen, sondern abwarten, wie Magnus reagieren würde. Zwar hatte ich mir selbst eingestanden, mich nicht mehr vor meinen Gefühlen zu verstecken, aber trotzdem besaß ich meinen Stolz und würde nicht flehentlich angekrochen kommen und um seine Liebe betteln.

»Möchtest du jetzt deinen Kaffee?«, fragte er mich und ich nahm die belanglose Frage auf der einen Seite dankbar an, auf der anderen Seite hatte ich gehofft, dass er noch etwas zu unserem Kuss sagen würde. Aber vielleicht brauchte er einfach ein bisschen Zeit.

»Ja, gerne«, antworte ich ihm.

Still hantierte Magnus am Kaffeeautomaten herum und ich genoss den Blick in den regenverhangenen Himmel. Bella und Fina hatten ihre Plätze auf der Hundedecke vor dem Fenster wieder eingenommen und lagen aneinandergekuschelt da. So unkompliziert konnte es also sein.

Mit zwei Tassen auf einem kleinen Tablett, auf die er auch eine Schüssel gefüllt mit Keksen gestellt hatte, kam er zu mir zum Sofa. Er reichte mir meine Tasse, die ich dankend entgegennahm.

Der heiße Kaffee tat gut und ich entspannte mich. Ich hatte gar nicht gemerkt, wie verkrampft ich auf dem Sofa gesessen hatte. Auch Magnus nahm einen Schluck aus seiner Tasse und musterte mich dabei. Zwischen uns hätten noch locker drei weitere Personen Platz nehmen können. Aber vielleicht war diese Distanz gerade genau richtig, um erst einmal auszuloten, was vor wenigen Minuten zwischen uns geschehen war.

»Na, was hast du dir gemacht? Chai Latte mit Vanille flavour?«, neckte ich ihn.

»Fast«, grinste er mich an, »einen Kaffee mit Milch.«

»Ich dachte, du stehst auf diesen Schnickschnack.«

»Nö«, sagte er keck, »ich habe nur all diese Dinge da, um zu beeindrucken.« Dabei hob er seine Augenbrauen und schaute mich verschmitzt an.

Ich mochte diese lockere Art. Es fühlte sich plötzlich so leicht an, in seiner Nähe zu sein, fast, als würde ich barfuß über Watte laufen. Zwar befürchtete ich, dass er sich jeden Moment wieder zu dem unnahbaren Mann verwandeln könnte, dem ich in den letzten Tagen immer wieder begegnet war, aber ich wollte mich davon nicht verängstigen lassen.

»Ich habe vorhin deine Mutter getroffen«, begann ich ihm zu erzählen. Ich hielt es für besser, das eben Geschehene nicht zu thematisieren, wenn er es auch nicht tat. Mein Stolz siegte also.

»Ja? Hast du sie besucht?«, wollte er von mir wissen.

»Nein, ich war auf dem Friedhof und habe Omas Grab besucht und ihr ein paar Wildblumen gebracht.«

Scheinbar war mir das Grinsen, das eben noch auf meinem Gesicht lag, vergangen, denn Magnus rückte etwas näher an mich heran. Er atmete ruhig und sein Blick ruhte auf mir. »Wie war es für dich, auf dem Friedhof zu sein?«

»Schrecklich und schön zugleich.« Er stellte keine weitere Frage, sondern wartete ab, bis ich so weit war, um weiterzureden. Ich dankte ihm im Stillen für sein Verständnis, dass er mich nicht drängte, zu sprechen. Ich kannte viele Menschen, die eine Stille im Gespräch nicht aushalten konnten, und mit sinnlosem Gerede versuchten, Gesprächspausen zu überbrücken. Für ihn war es ein Leichtes, abzuwarten und die Ruhe souverän auszuhalten. Ihn schien es nicht zu stören, dass ich meine Gedanken und Worte erst sortieren musste.

»Ich hatte große Angst davor, Omas Grab aufzusuchen. Ich wollte nicht, dass mich die Trauer überrollt und ich wie ein Häufchen Elend dort stehe und mich der Schmerz auffrisst. Aber so war es gar nicht. Natürlich war es schmerzhaft, noch einmal zu sehen, wo meine Oma begraben liegt. Es hat alles noch einmal so real gemacht. Aber es war auch schön, als hätten wir uns zum Plausch getroffen. Ich hatte das Gefühl, nach dem Besuch leichter geworden zu sein, als sei eine Last von meinen Schultern gefallen. Und dann habe ich deine Mutter dort getroffen und wir haben uns eine Weile unterhalten«, endete ich meine Erzählung über das Erlebte.

»Ich freue mich sehr für dich, dass du es geschafft hast, zum Grab zu gehen. Das war sehr stark von dir.«

»Danke«, wisperte ich kaum hörbar und schluckte. Magnus schaffte es, genau das Richtige zu sagen, um direkt in mein Herz vorzustoßen.

»Deine Mutter hat mich eingeladen, sie und Gustav zu besuchen«, informierte ich ihn.

»Und willst du die Einladung annehmen?«, fragte er mich.

»Aber ja. Ich freue mich, auch Gustav wiederzusehen. In den nächsten Tagen werde ich die beiden auf jeden Fall besuchen. Es war schön, Herlinde wiederzusehen. Ich mochte deine Mutter schon immer sehr. Sie ist eine tolle Frau.«

»Das ist sie. Ich bin froh, dass ich meine Familie um mich habe. Ist es für dich nicht schwierig, dass du in Hamburg lebst, Stine in Dänemark und deine Eltern am Bodensee?«

»Nein, eigentlich nicht. Wir haben häufig Kontakt. Es gibt

Telefon, Handy und das Internet. Mein Vater hat Whatsapp und E-Mails für sich entdeckt und wir schicken uns oft Bilder.«

Ich wollte meine Antwort überzeugend klingen lassen, da ich immer gedacht hatte, es störe mich nicht, dass in Hamburg niemand von meiner Familie lebte. Nach den bisherigen Tagen hier in Dänemark hatte ich aber gemerkt, wie es war, sich persönlich zu sehen, Zeit miteinander zu verbringen und sich in den Arm nehmen zu können.

Ich hatte nicht gewusst, wie sehr ich es vermisst hatte, zumindest einen Teil meiner Familie um mich zu haben.

Vielleicht hatte ich das aber auch verdrängt. Wie so vieles andere.

Wir unterhielten uns noch lange. Zwischendurch legte Magnus einen neuen Holzscheit in den Kamin, damit das Feuer nicht erlosch. Er berichtete mir von seiner Arbeit und den vielen netten, aber auch manchmal äußerst anstrengenden Kunden auf Sylt. Da gab es zum Beispiel eine Familie, die so viel Geld zu besitzen schien, dass sie gar nicht wusste, wie sie es ausgeben sollte. Der Vater der Familie hatte Magnus anscheinend auserkoren, die Rolle als Schwiegersohn erfüllen zu können und ihn mit allem Möglichen versucht, von seiner Tochter zu überzeugen. Von dem Angebot, ein Luxusauto spendiert zu bekommen, einen Job in einer der zahlreichen Firmen der Familie zu erhalten und einer Mitgliedschaft im exklusiven Golfclub im Falle einer Hochzeit hielt Magnus nichts. Er hatte alles so entschieden abgelehnt, dass er auf der Baustelle nicht mehr gern gesehen war und den Auftrag von seinem Kollegen Ernst hat übernehmen lassen.

Ich lachte über die Erzählungen und genoss es, ihm zuzuhören. Und ich merkte, wie ich mich mit jeder Minute mehr in ihn verliebte.

Auch ich berichtete von meiner Arbeit, auf der ich meine

mittlerweile beste Freundin Constanze kennengelernt hatte.

Davon, wie sehr ich es mochte, seltene Antiquitäten aufzuspüren und die besondersten Teile für unsere Kunden zu finden. Wie ihre Augen strahlten, wenn sie dieses eine Teil erhielten, worauf sie sehnsüchtig gewartet hatten. Von seltenen Gemälden, witzigen Kuckucksuhren – man glaubte gar nicht, zu welch astronomischen Preisen bestimmte Modelle gehandelt wurden – und anderen antiquarischen Dingen, die ihren Weg zu den Sammlern fanden.

Als ich von meiner Freundin Constanze sprach, wollte das Lächeln nicht mehr aus meinem Gesicht verschwinden.

Magnus lauschte gespannt meinen Erzählungen: Wie ich mit Constanze gerne die gemeinsame Zeit an der Alster verbrachte, wir Schiffsrundfahrten machten oder bei ihr zu Hause gemütlich eine Pizza vom Lieferservice verspeisten, während wir die neueste Folge *Monk* anschauten.

Bei der Erwähnung der Serie fing Magnus an zu lachen, stand auf und holte etwas aus dem großen Holzregal hinter sich. Grinsend hielt er mir eine DVD-Hülle entgegen. Als ich erkannte, dass es sich dabei um eine gesamte Staffel der bekannten Serie handelte, wurden meine Augen groß und ich fiel in sein Lachen ein.

»Falls du mal Langeweile haben solltest, hätte ich die hier im Angebot«, sagte er und wackelte mit der DVD-Hülle in seiner Hand.

War das eine Einladung oder wollte er nur nett sein? *Nicht so viel nachdenken*, konnte ich Stine beinahe hören und antwortete spontan »klingt super.«

Er setzt sich wieder zu mir aufs Sofa und legte die DVD auf den Wohnzimmertisch.

»Hast du Hunger?«, wollte Magnus nach einer Weile von mir wissen. »Du hast doch bestimmt seit dem Frühstück nichts mehr gegessen, oder?«

Als hätte mein Magen seine Frage gehört, begann er, knurrende Laute von sich zu geben. Magnus schien das als Antwort zu genügen, denn er stand grinsend auf und ging mit den Worten »also gut« in die Küche.

»Hast du einen besonderen Wunsch oder ist Pasta in Ordnung?«

»Nein, Pasta klingt super.«

»Perfekt, dann gibt es Spaghetti aglio e olio mit Garnelen. Ich habe gerade erst heute Morgen am Hafen frische gekauft.«

Mit gekonnten Handgriffen machte er sich ans Werk und es sah aus, als würde er das Gericht nicht zum ersten Mal zubereiten. Der Geruch von frischem Knoblauch erfüllte den Raum und ich ging in die Küche, wo ich mich auf einen Hocker am Tresen setzte.

Magnus nahm zwei Gläser aus dem Schrank und eine Rotweinflasche aus dem Weinregal, das eine beachtliche Auswahl darbot.

Wir stießen an und ich genoss die Stimmung, die sich zwischen uns ausbreitete. Obwohl wir nicht über den Kuss gesprochen hatten, fühlte sich die Atmosphäre anders an als in den letzten Tagen - gelöster. Als hätten wir beide etwas getan, was wir immer gewollt, aber nicht zugelassen hatten.

Die Spaghetti schmeckten himmlisch. Magnus' Kochkünste waren beachtlich. Während wir unsere Pasta verspeisten, erfüllte leise Radiomusik den Raum. Wir sprachen nicht viel miteinander, sondern lauschten den Klängen der Musik. Ich genoss die angenehme Stille, die sich über den Raum gelegt hatte. Ich konnte mich nicht erinnern, wann ich zuletzt mit einem Mann eine Mahlzeit eingenommen hatte und diese als entspannt betrachtet hatte. Die Abendessen, die Hagen und ich allein verbracht hatten, ohne dass seine Geschäftspartner anwesend waren, hatten wenig Entspanntes. Hagen wollte die

Zeit am Abend immer nutzen, um mich über seine geschäftlichen Aktivitäten des Tages zu informieren und mir seine neuesten Objekte vorzustellen.

Das Abendessen tat unendlich gut, es war, als hätten wir bereits unzählige Male in dieser Zweisamkeit verbracht.

Die Dämmerung setzt bereits ein, was bedeutete, dass es schon Abend sein musste. Die letzten Stunden waren so schnell an mir vorbeigezogen, dass ich gar nicht mitbekommen hatte, wie die Zeit vergangen war.

Stine musste schon längst von ihrem Termin zurück sein. Ich wollte sie nicht zu lange warten lassen, ich hatte ihr keine Nachricht geschickt, wo ich war und zudem hatte ich das Gefühl, den schönen Abend mit Magnus beenden zu müssen. Ich wollte mein Glück nicht überstrapazieren.

»Ich werde mich jetzt auf den Weg machen.« Ich stand von meinem Barhocker auf und als ich ihn zurückschob, erwachten auch Finas Lebensgeister wieder und sie trottete langsam und noch etwas verschlafen auf mich zu.

»Ich begleite dich noch, wenn das für dich in Ordnung ist. Dann kann ich mit Bella auch noch einmal rausgehen.«

Dass Magnus mich um Erlaubnis bat, ließ mein Herz erfreut schlagen.

»Gerne. Dann können die Hunde draußen auch nochmal toben«, entgegnete ich.

Als wir aus der Terrassentür heraustreten wollten, stellte ich fest, dass es aufgehört hatte zu regnen. Irgendwann während unseres Abendessens hatte das Wetter sich beruhigt, aber ich hatte es gar nicht mitbekommen, da ich so vertieft in unsere gemeinsame Mahlzeit und Magnus' Anblick gewesen war.

Wir traten in die Dunkelheit hinaus und fantastisch frische Luft kam uns entgegen. Die Luft roch klar, als hätte der Regen sie gereinigt. Zwar hatte es sich etwas abgekühlt, aber der Kapuzenpullover hielt mich warm.

Bella und Fina schossen die Steintreppe, die vom Haus an den Strand hinunter führte hinab, als hätten sie nur darauf gewartet, dass der Regen aufhörte und sie nach draußen konnten.

Beim Hinuntergehen der Treppe spürte ich Magnus' Hand, die er auf meinen Rücken gelegt hatte. Sofort machte sich ein Kribbeln in meinem Körper breit und ich war dankbar, dass er bei den Lichtverhältnissen nicht sehen konnte, wie mein Gesicht sich rot färbte. Bei jeder Berührung geriet meine sonst so souveräne Art ins Wanken und ich fühlte mich wie ein junges Mädchen, das zum ersten Mal verliebt war und nun die Aufmerksamkeit ihres Schwarms erhielt.

Da meine Ballerinas noch nass waren, ging ich barfuß über den kühlen Sand.

Das Rauschen des Meeres schwappte zu uns herüber und die Situation fühlte sich schön und berauschend zugleich an.

Beinahe hatte ich Angst, gleich aus einem Traum aufzuwachen und feststellen zu müssen, dass es nur eine Fantasie gewesen war, in der ich mich befunden hatte.

»Vielen Dank für das leckere Essen und die Kleidung«, sagte ich in die Stille hinein, während wir langsam auf das Strandhaus von Oma Inge zugingen.

»Jederzeit wieder«, raunte Magnus mir zu. »Es war ein toller Tag.« Er blieb auf halber Strecke zwischen den Strandhäusern stehen und sah mich an. Ich musste den Kopf in den Nacken legen, um ihm in die Augen schauen zu können. Mein Herz schlug mir bis zum Hals und ich befürchtete, es könnte jeden Moment ganz herausspringen, da es so stark schlug. »Hast du Lust, Morgen etwas mit mir zu unternehmen?«, fragte er mich.

Am liebsten wäre ich in die Luft gesprungen und hätte geschrien vor Freude, aber ich tat, als müsste ich überlegen. Ein Hoch auf meine Souveränität. »Ja, sehr gerne«, antwortete ich und meine Stimme verriet nicht, dass ich meine Aufregung hinunter schluckte. Na also, es ging doch.

»In Ordnung, dann hole ich dich um zehn Uhr ab. Okay?«

»Zehn Uhr klingt gut.«

Er grinste mich an und auch ich konnte nicht anders, als ihn anzustrahlen.

Glaubte ich gerade noch, der Abend hätte nicht schöner enden können, spürte ich Magnus' große und warme Hand, die sich um meine schloss. Die Berührung löste Funkensprünge in mir aus und ich hatte das Gefühl, als würden meine Füße den nassen Sand gar nicht mehr berühren, ein Gefühl von Leichtigkeit und Freiheit, als würde ich schweben. Die Schmetterlinge in meinem Inneren klatschten sich ab und betrachteten stolz ihre ausgebreiteten Flügel.

Auf dem Weg zum Strandhaus unterhielten wir uns über einige unverfängliche Themen, was ich dankbar annahm. Mein Herz hatte ob der vielen Berührungen schon schwer genug zu kämpfen.

Das Strandhaus lag beinahe dunkel vor uns, nur das Atelier war in gedecktes Licht getaucht. Stine arbeitete also noch.

Am Fuß der Treppe, unsere Hände immer noch ineinander verschränkt, blieben wir stehen.

Magnus strich mir mit seiner freien Hand eine Strähne aus meinem Gesicht, ließ seine Hand jedoch nicht sinken, sondern legte sie sanft an meine Wange.

»Der Nachmittag mit dir war wunderschön«, flüsterte er und beugte sich langsam zu mir hinab. Als würde er um Erlaubnis fragen, wartete Magnus ab, sich meinem Gesicht vollends zu nähern.

Als ich kaum merklich nickte, meine Augen schloss und auch ihm entgegenkam, war dies Einverständnis genug für ihn.

Voller Leidenschaft legte Magnus seine weichen Lippen auf meine. Er löste seine Hand aus meiner und fuhr mir mit dieser über den Rücken, bis seine Hand auf meinem Po lag.

Ich schlang meine Arme ebenfalls um ihn und vergrub meine Finger in seinen Haaren. Ein leises Stöhnen drang aus meinem Mund, was Magnus dazu bewegte, den Kuss zu intensivieren.

Unsere Zungen fanden einander und neckten sich gegenseitig. Ich konnte seinen harten Schritt an meinem Bauch spüren und merkte ebenfalls das Kribbeln, das sich im ganzen Körper ausbreitete und meinen Schoß zum Pochen brachte.

Dieser Kuss war viel intensiver als der erste. Voller Leidenschaft und unausgesprochener Gefühle.

Ich hätte diesen Kuss ewig fortführen oder Magnus direkt mit ins Gästezimmer nehmen können, zum Glück gewann jedoch mein Verstand und ich löste mich mit meiner gesamten Willenskraft von ihm.

Schwer atmend standen wir voreinander und sahen uns an.

Meine Hände ruhten auf seiner Brust, er machte ebenfalls keine Anstalten, seine Hände von meinem Rücken und Po zu nehmen.

»Das war der Wahnsinn«, murmelte er mit tiefer Stimme, dessen Vibration ich in meinem Körper spürte.

»Ja«, hauchte ich nur zurück, da ich nicht dazu imstande war, diesen unfassbaren Kuss in Worte zu fassen.

Ich räusperte mich »Ich werde jetzt reingehen. Schlaf gut, Magnus.«

»Schlaf gut«, murmelte auch er. »Ich hole dich um zehn Uhr ab«, fügte er noch einmal hinzu, als wollte er sichergehen, dass ich es nicht vergessen würde.

»Ich freue mich«, lächelte ich ihn an.

Dann löste ich meine Hände von seiner Brust und stieg die Stufen zur Terrasse hinauf. Fina, die anscheinend verstanden hatte, dass es Zeit war, ins Haus zu gehen, schoss an mir vorbei und setzte sich vor die Terrassentür.

Oben angekommen drehte ich mich nochmal um. »Und träum von mir«, feuerte ich ihm keck entgegen und war in diesem Moment stolz auf mich und mein selbstbewusstes Auftreten.

»Das werde ich tun ... ABBA-Anni.« Mit schiefem Grinsen drehte er sich um und ging zurück zu seinem Haus.

Grinsend öffnete ich die Terrassentür und trat ins Esszimmer.

Meine Lippen kribbelten immer noch von unserem Kuss und ich war mir sicher, dass auch ich diese Nacht von Magnus träumen würde.

KAPITEL 11

Am nächsten Morgen wachte ich wieder mit der aufgehenden Sonne auf. Ich hatte gut geschlafen, die Erwartung des vor mir liegenden Tages sorgte jedoch für genug Aufregung, dass es mich aus dem Bett trieb.

In wenigen Stunden würde Magnus mich abholen und wir würden den Tag miteinander verbringen. Etwas, das ich mir in den letzten Jahren immer wieder gewünscht hatte, es aber nicht mehr für möglich gehalten hatte.

Beschwingt stieg ich aus dem Bett und schubste dabei die arme Fina von der Bettdecke, die mich mit großen Augen ansah. »Tut mir leid, meine Süße. Ich bin etwas aufgeregt«, sagte ich zu meiner Bulldoggenhündin. Ich nahm sie hoch und setzte sie wieder neben mich auf das Bett, um ihr als Entschuldigung den Hals zu streicheln. Als sie sich hinlegte und mir ihren Bauch entgegenstreckte, den sie ebenso gerne gekrault wissen wollte, wusste ich, dass Fina mir den Abwurf verziehen hatte.

Die Ruhe, die meine Hündin ausstrahlte, verhalf mir, meine Atmung etwas zu beruhigen. Ich wusste jedoch, dass mein Herzschlag sich in dem Moment beschleunigen würde, wenn ich meine Hand aus Finas Fell nehmen würde. Und da unentwegtes Streicheln an diesem Tag schwierig war, musste ich mich wohl oder übel mit meiner Nervosität arrangieren.

In Gedanken ließ ich den gestrigen Tag zum gefühlt hundertsten Mal Revue passieren. Immer wenn ich an die Küsse dachte, wurde mir schwindelig vor Glück. Magnus hatte sich gestern so liebevoll und rücksichtsvoll verhalten. Er war witzig, spontan und leidenschaftlich.

Seine abweisende Seite, die er mir in den letzten Tagen genau wie damals einige Male gezeigt hatte, war gestern wie weggeblasen. Etwas musste sich auch für ihn geändert haben. Ich wusste nicht, was es war, hoffte aber, dass es so bleiben würde. Denn obwohl ich gerade nicht glücklicher sein konnte, war der Funken Angst und Unsicherheit nicht aus dem hintersten Winkel meiner Gefühle wegzubekommen. Zu tief saßen der Schmerz der Vergangenheit und die Angst, Magnus könnte sich wieder von mir distanzieren.

Ich verbot mir aber, an diesem Tag an etwas Schlechtes zu denken, zu groß war die Freude auf die kommenden Stunden.

Als ich aufgestanden war und die Vorhänge zurückgezogen hatte, schienen mir bereits die ersten Sonnenstrahlen entgegen.

So wolkenverhangen der Himmel gestern noch war, so wolkenfrei und blau zeigte er sich an diesem Tag. Das Wetter am Meer wechselte bekanntermaßen sehr schnell und ich freute mich darüber, dass der heutige Tag sonnig und warm werden würde.

Nachdem ich mich geduscht hatte und ein leichtes Make-up aufgelegt hatte, brauchte ich eine halbe Ewigkeit, um mich für ein Outfit zu entscheiden.

Obwohl ich keine riesige Auswahl vor mir hatte, wollte ich nicht nach einem beliebigen Teil greifen. Nach mehrfachem Umziehen und dem Ausprobieren verschiedener Kombinationen entschied ich mich für den dunkelgrünen Plisseerock, den ich bei Marlies erstanden hatte. Damit es nicht zu fein wirkte, kombinierte ich den Rock mit einem weißen T-Shirt, dass ich locker in den Rock steckte. Die pinkfarbenen Flipflops machten mein Outfit komplett.

Ich fühlte mich wohl in dem, was ich trug. Es war nicht langweilig, aber auch nicht zu overdressed. Es war perfekt für den Tag mit Magnus.

Als ich in die Küche kam, war Stine gerade dabei, ihre Tasche zu packen. »Guten Morgen, Schwesterherz«, begrüßte ich sie.

»Guten Morgen, Anni«, zwinkerte sie mir zu. »Hattest du einen schönen Abend?« Ihr Lächeln, das sie mir entgegenbrachte, breitete sich über ihr gesamtes Gesicht aus.

Wenn Stine sich so freute, vermutete ich, dass sie uns gestern Abend wieder beobachtet hatte.

»Du hast uns gesehen, oder?«, fragte ich darum.

»Jap«, kam es knapp von ihr zurück. »Und wenn ich heute Abend nach Hause komme, möchte ich jede Kleinigkeit erfahren«, drohte sie mir spielerisch.

Ich lachte. »Dann will ich mal schauen, was sich da machen lässt. Was ist denn dein Einsatz?«

Stine überlegte. »Lachs mit frischem Ofengemüse?«, schlug sie vor.

»Einverstanden. Und als Nachtisch?«

»Wie Nachtisch? Es reicht doch, wenn ich das Hauptgericht koche oder nicht?«

»Wenn ich dir aber erzähle, dass Magnus mich gleich abholt und du wissen willst, was wir heute unternommen haben, brauche ich auch einen Nachtisch«, grinste ich sie an und verschränkte die Hände vor der Brust.

Stine seufzte theatralisch. »Okay, gewonnen. Dann gibt es Zitronensorbet als Nachtisch.«

»Das klingt nach einem Abendessen.« Ich lachte und freute mich auf den Abend, den ich mit meiner Schwester verbringen würde.

»Alles klar. Ich muss jetzt los. Eine Familie in Esbjerg hat sich ein Familienporträt gewünscht. Damit fange ich heute an«, erklärte Stine, nahm ihre Tasche und war schon auf halbem Weg zur Tür, als sie sich noch einmal umdrehte.

»Und Anni?«

»Ja?«

»Du siehst wunderschön aus.« Auf meine Schwester war einfach Verlass. Hatte ich mich eben schon wohl in meinem Outfit gefühlt, fühlte ich mich nach ihren Worten unbesiegbar und wie eine Göttin.

»Danke, Stine.« Ich folgte ihr zur Haustür, warf ihr einen Luftkuss zu und winkte ihr nach, bis ihr alter Transporter nicht mehr zu sehen war.

Während Fina um das Haus herum lief, trank ich meinen Kaffee auf der Terrasse, schaute auf das ruhig vor mir liegende Meer hinaus und fragte mich, ob Magnus wohl genauso aufgeregt war, den Tag mit mir zu verbringen.

Ich hatte noch eine Stunde Zeit, bis er mich abholen würde. Ich konnte noch nie mit innerer Unruhe umgehen, also tat ich das einzig Naheliegende: Ich wischte die Böden des gesamten Hauses und spülte das Geschirr, das Stine am Abend nicht weggeräumt hatte. War es nicht so, dass man Ordnung schaffte, um sein Inneres zu ordnen? Das traf wohl auf mich zu.

Als ich meine Arbeiten erledigt hatte, stellte ich mit einem erleichterten Blick fest, dass es bereits wenige Minuten vor zehn Uhr war, Magnus also jeden Moment kommen würde.

Ich kontrollierte den Inhalt meiner Handtasche und packte Finas Leine ein.

Ein Klopfen an der Haustür ließ mich hochschrecken. Ich vergaß immer wieder, dass viele Strandhäuser in Dänemark keine Klingel besaßen, sondern man an die Tür klopfte oder direkt in den Garten marschierte und sich bemerkbar machte.

Mit pochendem Herzen öffnete ich die Tür und war froh, dass ich flache Schuhe trug, denn Magnus' Anblick ließ meine Beine weich wie Kaugummi werden.

Er trug eine kurze Cargohose, die den Blick auf seine athletischen Beine freigab, dazu dunkle Sneaker und ein schwarzes Poloshirt. Erleichtert stellte ich fest, dass der Kragen seinen Poloshirts angelegt war. Hagen pflegte die Kragen seiner Poloshirts stets aufzustellen, was ich immer äußerst merkwürdig fand. Ich hatte ihn mehrfach gefragt, ob er den Kragen nicht herunterklappen könnte, da es komisch aussehen würde, aber er hatte betont, dass man das so trage.

Ein Blick in Magnus' Augen ließ die Schmetterlinge in meinem Bauch Achterbahn fahren.

Er war frisch rasiert und ich roch sein männliches, herbes Parfüm.

»Hej«, brachte ich nur hervor, weil mir der Rest in der Kehle steckenblieb.

»Hej, Anni«, begrüßte er mich mit ebenso rauer Stimme, was mir zeigte, dass nicht nur ich aufgeregt war.

»Du siehst bezaubernd aus«, sagte Magnus und ich spürte seinen Blick auf meinem Körper. Das Kribbeln, das sich bis in meine Zehen ausbreitete, nahm die Ausmaße eines Erdbebens an.

»Danke«, antwortete ich ihm lächelnd.

Er beugte sich vor und küsste mich auf die Wange. Wie ein Schmetterling, der mich mit seinen Flügeln streifte, berührten Magnus' Lippen meine Wange und ich spürte, wie ich rot wurde.

»Wollen wir los?«

»Ich bin bereit«, sagte ich nicht nur zu Magnus, sondern auch zu mir selbst, um meine Nervosität in den Griff zu bekommen.

Er trat einen Schritt zur Seite und bot damit freien Blick auf das Gefährt, das vor dem Haus stand. Hatte ich vermutet, dass Magnus mich mit seinem Pick-up abholen würde, lag ich damit falsch, denn vor mich stand ein dunkelgrünes Cabrio, das sehr alt und wertvoll war.

»Wow«, entfuhr es mir. »Ich hatte mit einem anderen Auto gerechnet.«

Magnus ging zu seinem Auto und hielt mir galant die Tür auf, damit ich einsteigen konnte. Fina sprang in den Fußraum und setzte sich zwischen meine Beine.

Er umrundete das Auto, ließ sich neben mir nieder und grinste wie ein aufgeregter Junge. »Das ist mein Schätzchen.« Dabei klopfte er vorsichtig auf das Armaturenbrett des Autos.

»Ein Triumph TR6?«, fragte ich breit grinsend und nicht minder stolz.

Seine Augen weiteten sich, seine Gesichtszüge entglitten ihm und er starrte mich verdattert an, sodass ich mir ein Lachen nicht mehr verkneifen konnte.

»Na, überrascht?«, setzte ich hinterher und behielt die Information, dass ich im vergangenen Monat aus Langeweile eine Reportage über Antiquitäten und Oldtimer gesehen hatte und das Auto nur aus diesem Grund erkannt hatte, für mich.

Magnus schien zu beeindruckt und erfreut über mein angebliches Fachwissen, als dass ich ihm die Wahrheit hätte sagen können.

»Wo steckt Bella denn?«

»Ich habe sie heute Morgen zu meinen Eltern gebracht. Dort hat sie viel Platz und mein Vater freut sich immer, wenn sie an seinen Füßen liegt, während er seine Zeitung liest. Aber sprich ihn nicht darauf an. Er betont immer, dass er Hunde gar nicht mag.« Ich lachte bei dem Gedanken an Gustav von Linnenberg, wie er versuchte, seine Vorliebe für Hunde zu überspielen.

»Bereit für einen Ausflug?«, fragte er mich.

»Verrätst du mir, wo wir hinfahren?«

»Leider nicht«, grinste er.

»Also gut, dann lasse ich mich überraschen.« Entspannt lehnte ich mich zurück, setzte meine Sonnenbrille auf und genoss das warme Leder des Sitzes, das durch die Sonne aufgeheizt worden war.

Wir schlugen den Weg Richtung Norden ein und fuhren den *kystvejen* entlang. Das Meer glitzerte zu unserer Linken und es schien, als hätte sich die Sonne vorgenommen, heute mit aller Kraft Dänemark einen wunderbaren Junitag zu bescheren.

Magnus hatte das Faltdach des Cabrios zurückgeklappt, der Fahrtwind griff in meine Locken und ließ sie um meinen Kopf tanzen. Ich band mir meine Haare zu einem Zopf und genoss es, die Gegend vom Beifahrersitz aus zu betrachten.

Viele mir bekannte, aber auch einige neu erbaute Häuser, welche diese Bezeichnung kaum verdienten, da es sich um Villen handelte, zogen an mir vorbei. Immer mehr Gutsituierte bevorzugten das Leben in unmittelbarer Strandnähe. Mir gefielen die kleinen Holzhäuser aber immer noch deutlich besser, da sie für mich den dänischen Charme verkörperten.

Da ich keine Ahnung hatte, wohin unser Ausflug gehen würde, wurde ich von Minute zu Minute nervöser und gespannter.

Von der Seite betrachtete ich Magnus. Sein markantes Gesicht, auf dem sich am Abend wieder ein Bartschatten abzeichnen würde und ihm einen verwegenen Zug verleihen würde, zog mich in seinen Bann. Ich erinnerte mich lebhaft an den gestrigen Tag und unsere Küsse am Meer.

Sein strubbeliges, dunkelblondes Haar wehte im Fahrtwind, einen Arm hatte er entspannt auf die Fahrertür gelegt, mit der anderen Hand lenkte er souverän das Auto und ich konnte den Blick nur schwer von seinen starken Händen wenden.

Magnus bemerkte meinen Blick. Lächelnd sah er mich an,

zwinkerte mir keck zu, richtete dann aber seine Aufmerksamkeit wieder auf die Straße.

»Wir sind gleich da«, rief er mir durch den Fahrtwind hindurch zu.

Lächelnd und mit klopfendem Herzen nickte ich.

Nach wenigen Minuten steuerte er den Triumph vom *kystvejen* in Richtung Strand und wir hielten auf einen Schotterparkplatz zu, auf dem nur wenige Autos standen.

Bereits vom Parkplatz aus konnte ich das Ziel unserer Reise erkennen und musste einen Moment innehalten, um die Schönheit dessen, was sich vor mir ausbreitete, in mir aufzunehmen.

Vor uns lag der Hafen von surkeborg. Ich erkannte ihn auf Anhieb, da in der Küche des Strandhauses ein gerahmtes Foto des Hafens hing. Unzählige Male hatte ich vor der Aufnahme gestanden und die Details aufgesogen wie ein Schwamm.

Oma hatte von surkeborg als besonderem Ort gesprochen, den sie sehr ins Herz geschlossen hatte. Bisher hatte ich es jedoch nicht geschafft, selbst einmal herzukommen.

Noch bevor ich meine Autotür greifen konnte, war Magnus an meiner Seite und öffnete meine Beifahrertür.

»Vielen Dank«, freute ich mich über die aufmerksame Geste.

»Sehr gerne.« Das Lächeln, das er mir entgegenwarf, ließ meine Knie erneut weich werden und ich war froh, dass ich mich an der geöffneten Autotür festhalten konnte.

Als er eine Hand auf meinen Rücken legte, breitete sich die Wärme von dort in meinem Körper aus.

Leise seufzend lächelte ich ihn an.

Wir gingen vom Parkplatz aus auf den Hafen zu und vor uns erstreckten sich einige kleine Segelboote, welche im Wasser leicht hin- und herschwankten. Ein Fischkutter, der in der vergangenen Nacht anscheinend zum Einsatz gekommen war, wurde gereinigt und Netze wurden eingerollt, um für das nächste Auslaufen vorbereitet zu sein. Zwei Fischer, sie waren an ihren Watthosen leicht zu erkennen, spritzen das Deck mit einem Wasserschlauch sauber und schrubbten den Schiffsboden.

Ich nahm jede Einzelheit dieses kleinen Hafens in mir auf.

Das deutsche Segelboot, das hier seinen Ankerplatz gefunden hatte, war an seiner Fahne zu erkennen. Darauf wuselte eine Familie mit zwei keinen Mädchen herum. Alle waren barfuß und mit Schwimmwesten ausgerüstet und die Mädchen eiferten ihrem Vater nach und inspizierten geschäftsmäßig das Boot. Die wenigen Besucher des Hafens, die mit glücklichen Gesichtern die Holzplanken zwischen den Booten entlanggingen, schienen ihre Zeit zu genießen.

Dieser Hafen war anders als die meisten Häfen in Dänemark.

Er lag da wie ein versteckter Ort, der sich vor neugierigen Blicken schützen wollte. Obwohl ein paar Menschen am Hafen waren, drangen kaum Stimmen zu uns.

Einzig das Kreischen der Möwen und das Schaukeln der Boote im Wasser waren zu hören. Waren die Dänen sonst immer auf Touristen eingestellt und hielten einen *pølsevogn* oder Verkaufshütten bereit, in denen man sich selbst bedienen konnte, fand man in surkeborg nichts davon. Einfach nichts und das machte den Reiz dieses kleinen Idylls aus. Es war, als warte der Hafen nicht darauf, besucht zu werden.

Es fühlte sich an, als hätten wir das Tor einer Märchenwelt durchschritten.

Magnus stand die gesamte Zeit schweigend neben mir, ich spürte jedoch seinen Blick auf mir ruhen.

»Wunderschön«, schaute ich ihn lächelnd an. »Warst du schon öfter hier?«, wollte ich von ihm wissen.

»Nur einmal. Deine Oma hat mir von diesem kleinen Hafen vorgeschwärmt und meinte, es sei einer der idyllischsten Orte, den sie kenne. Da musste ich mich natürlich selbst davon überzeugen«, lächelte er.

»Oma hat dir von dem Hafen erzählt? Ich habe das Foto in ihrer Küche gesehen.«

»Sie war anscheinend regelmäßig hier.« Ich konnte gut verstehen, dass Oma sich an diesem Ort wohlgefühlt hatte.

Der Hafen strahlte Ruhe und Frieden aus. Für größere Schiffe gab es keine Anlegemöglichkeit, sodass nur kleinere Segelboote und der Fischkutter ihren Platz im Hafenbecken finden konnten. Urlauber würden den Hafen wahrscheinlich nur zufällig ansteuern, da es vom *kystvejen* keine Beschilderung gab, die auf dieses Idyll hinwies. Geschäfte suchte man ebenfalls vergebens. Beim Gang an der Kaimauer entlang konnte ich aber ein Holzhaus erblicken, dass ein Bistro beinhalten könnte, zumindest standen vor dem Gebäude zwei Tische, die mit jeweils vier Stühlen versehen waren,

»Möchtest du etwas essen? Der Fisch soll exzellent sein … hat zumindest deine Oma damals gesagt«, grinste Magnus mich schief an.

»Wenn Oma der Meinung war, der Fisch sei exzellent, dann muss er das auch sein«, grinste ich ebenfalls zurück.

Fina hatte gerochen, wohin wir gingen und zog einem Schlittenhund gleich an der Leine, als könne sie es nicht erwarten, sich dem Holzhaus zu nähern.

Wir setzten uns an den hinteren der beiden Holztische, die vor dem Haus standen. Wie ich erstaunt feststellte, lag vor uns kein Bistro, sondern ein kleines, uriges Restaurant, dass den Schriftzug *Karen's* trug. Das Innere, in welches ich durch die großen Fenster blicken konnte, unterstrich den maritimen Charme. Die Fischernetze, die an die Wände genagelt waren, hatten bestimmt so manchen Einsatz im Meer gehabt. Auch die kleinen runden Bojen, die den Eingang säumten, sahen alt und benutzt aus und kannten mit Sicherheit die Nordsee aus allernächster Nähe. Die Gegenstände waren nicht bloße Dekoobjekte, sie waren Geschichte. Alles an diesem Restaurant wirkte lebendig und authentisch.

Ein großer, breitschultriger Mann kam aus dem Inneren des Restaurants an unseren Tisch. Ich hätte ihn eher auf hoher See vermutet als in einem Restaurant, da sein Aussehen mich an einen Seebären erinnerte, wie ich ihn mir als Kind vorgestellt hatte.

»Hej, du. Ich bin Kurt. Schön, dass ihr hier seid. Möchtet ihr etwas essen?«, fragte uns Kurt.

»Ja, gerne«, antwortete Magnus, »hast du eine Karte für uns?« In Dänemark war es typisch, sein Gegenüber mit einem freundlichen *du* anzureden.

»Nej, eine Karte haben wir nicht. Es gibt, was meine Söhne gefangen haben.« Mit den Worten zeigte er auf die beiden Fischer, die ich eben bei ihrer Arbeit auf dem Fischkutter beobachtet hatte. Es waren also Kurts Söhne, die hier für den frischen Fisch sorgten.

»Heute kann ich euch eine Meerforelle anbieten. Dazu Salzkartoffeln und eine Dillsauce. Wie klingt das?«

»Perfekt«, antworteten wir wie aus einem Munde.

»Na gut, dann mache ich mich mal an die Arbeit.«

»Du kochst?«, wollte ich von Kurt wissen.

»Jawohl. Ich bin Koch, Chef, Bedienung, Vater und Großvater in einem«, antwortete er und lachte so herzlich, dass sein gesamter Bauch wackelte und sich kleine Lachfältchen um seine Augen bildeten. Kurt war mir auf Anhieb sympathisch. »Dann bringe ich euch noch Wasser und Holunderblütensirup raus, einverstanden? Den hat meine Schwester angesetzt. Ein altes Familienrezept«

Er wartete unsere Antwort gar nicht ab, sondern machte kehrt und verschwand im Inneren des Restaurants.

Fina, die beim Öffnen der Tür einen Vorgeschmack darauf bekommen hatte, was sie dahinter erwartete, zog ruckartig an der Leine und wollte Kurt folgen. Bevor sie mich mit sich ziehen konnte, platzierte ich sie zwischen meinen Füßen und nahm mir vor, ihr ein kleines Stück von meinem Fisch abzugeben.

»Kurt ist wirklich ein Unikat«, lachte Magnus.

»Oh ja«, stimmte ich ihm zu, »ein richtiger Seebär.«

Seufzend lehnte ich mich in meinem Stuhl zurück und genoss den Anblick der vor uns liegenden Schiffe.

»Vielen Dank für diesen tollen Ausflug. Der Hafen ist wirklich atemberaubend«, lächelte ich mein Gegenüber an.

»Ich finde es auch wunderschön hier. Ich hatte erst Bedenken, dass es dir zu klein sein könnte, da du aus Hamburg so viel Größeres gewohnt bist.«

»Nein, auf keinen Fall«, unterbrach ich ihn abrupt und war selbst erstaunt über meinen Widerspruch. »Ehrlich gesagt gefällt mir diese Beschaulichkeit deutlich besser. Ich wohne gerne in Hamburg, nicht zuletzt, weil ich dort einen Job habe, den ich wirklich liebe und meine beste Freundin Constanze dort wohnt, aber Hamburg ist nicht zu vergleichen mit Tideborg oder diesem bezaubernden Ort. Hamburg ist ganz anders.«

»Kannst du dir denn vorstellen, in so einem kleinen Ort zu leben?«

Hätte mir jemand diese Frage vor einigen Wochen gestellt, hätte ich sie bestimmt verneint. Nicht, weil ich großen Städten mehr abverlangen konnte, sondern weil sie es mir in den letzten Jahren leichter gemacht hatten, mich vor meinen inneren Dämonen zu verstecken. Je lauter es um mich herum war, umso weniger musste ich mir Gedanken über das machen, was sich in meinem Inneren abspielte. Je länger ich in Tideborg war, desto mehr merkte ich, wie sehr ich mich nach der Ruhe gesehnt hatte und dass das Davonlaufen nichts gebracht hatte. Einen Kampf aufgeben hieß nicht, einen Verlust einzufahren, sondern konnte bedeuten, siegreich und frei zu sein. Und diese Freiheit spürte ich jeden Tag ein bisschen mehr, wenn ich in Tideborg aufwachte.

»Ja, das kann ich mir vorstellen. Die Anonymität der Großstadt ist auf Dauer wahrscheinlich nicht das Richtige für mich.« Ob Magnus die Frage im Allgemeinen gestellt hatte oder speziell auf Tideborg bezogen, wusste ich nicht, aber er schien mit meiner Antwort zufrieden, denn er lehnte sich auf seinem Stuhl zurück und verschränkte die Arme hinter dem Kopf.

Die Tür des Restaurants öffnete sich erneut und Kurt, der sich mittlerweile eine Schürze umgebunden hatte, kam mit einem Tablett an unseren Tisch. Er stellte verschiedene Gläser, einen Glaskrug gefüllt mit Wasser sowie eine kleinere Karaffe, in der ich den Holunderblütensirup vermutete, auf den Tisch.

»Euer Fisch ist gleich fertig«, sagte er, »darf euer Hund auch ein bisschen Fisch? Dann bringe ich einen Napf mit.«

»Gegen den Fisch wird Fina bestimmt nichts einzuwenden haben«, antwortete ich ihm glücklich und erfreut zugleich, dass Kurt so ein aufmerksamer Restaurantbesitzer war.

»Also gut, dann will ich mal zurück. Nicht, dass euer Fisch mir davonschwimmt.« Kurt verschwand erneut im Inneren des Hauses und ich schaute ihm schmunzelnd hinterher.

»Wenn das Essen genauso gut ist wie Kurts Unterhaltung, dann bin ich nicht das letzte Mal hier gewesen«, verkündete Magnus.

»Dann kannst du davon ausgehen, dass du öfter herkommen wirst.«

»Ich glaube, du hast recht. Ich habe auch eine Vorahnung, dass Kurt weiß, was er in der Küche anstellt«, antwortete er.

Wie aufs Stichwort stellte der Küchenchef und Restaurantbesitzer in Persona uns zwei große Teller auf den Tisch. Ohne einen Bissen genommen zu haben, war ich mir sicher, dass der Fisch himmlisch schmecken würde. Schon allein der Duft der Aromen, die mir in der Nase kitzelten, ließ mich vor Freude zappeln.

»Lasst es euch schmecken, ihr beiden.« Kurt stellte einen ebenfalls mit Fisch gefüllten Napf für Fina neben den Tisch.

Diese schaute mich aus großen Augen an und wartete auf meine Erlaubnis, sich über Essen herzumachen.

»Mahlzeit«, sagte ich zu ihr und schlagartig machte sie sich über den Fisch her, als hätte sie tagelang nichts zu Futtern bekommen.

Nachdem Kurt sich noch einmal vergewissert hatte, dass alles zu unserer Zufriedenheit war, legte er seine Schürze auf den Nebentisch und ging zum Fischerboot, auf dem seine Söhne immer noch mit ihrer Arbeit beschäftigt waren.

Nur wenige Worte wechselnd, verspeisten wir unsere Speisen, die wie erwartet über die Maßen köstlich schmeckten. Der Fisch war so zart und zerging in Kombination mit den frischen Kräutern und einem Hauch Zitrone auf der Zunge.

Obwohl es bereits Mittag war, hatte sich der Hafen nur unmerklich gefüllt. Einige Spaziergänger gingen an uns vorbei oder hielten an einem der Boote an, um einen kurzen Plausch zu halten. Wahrscheinlich waren es allesamt Ortsansässige, die sich gegenseitig besuchten.

Auch ich fühlte mich in diesem Moment nicht wie eine Urlauberin, die ich war, obwohl ich so oft in Tideborg gewesen war, dass ich mich als Kind gerne als Tideborgerin bezeichnet hatte. An diesem Mittag, an dem ich bei strahlendem Sonnenschein und milden Temperaturen neben Magnus am Hafen von surkeborg saß, fühlte ich mich, als wäre ich eine von ihnen. Eine Bewohnerin dieses wundervollen Ortes an der Nordsee Dänemarks und ich wünschte mir, in wenigen Tagen nicht zurück in meine alte Heimat fahren zu müssen.

»Woran denkst du gerade?«, wollte Magnus wissen und schaute mich an. Obwohl er meine Augen durch meine Sonnenbrille nicht sehen konnte, hatte er gemerkt, dass mein Blick in die Ferne gerichtet war.

»Ich genieße den Moment gerade sehr«, antwortete ich ihm wahrheitsgemäß. »Es ist wunderschön hier … mit dir.« Zaghaft lächelte ich, gespannt auf seine Reaktion auf mein offensichtliches Zuneigungsgeständnis. Das Bedürfnis, ihm mitzuteilen, wie sehr ich die Zeit mit ihm genoss, überkam mich so schnell, dass ich gesprochen hatte, ohne über meine Worte nachzudenken.

Statt einer Antwort legte Magnus seine Hand auf meine und die Wärme seiner Finger durchströmte mich und ließ meine Haut kribbeln.

Er neigte den Kopf und kam meinem Gesicht immer näher.

»*Du* bist wunderschön«, raunte er mir kaum hörbar ins Ohr und verteilte kleine, zarte Küsse an meinem Hals, bis sein Mund meinen fand.

Wohlig seufzend ließ ich mich auf den Kuss ein und versank in Magnus' Armen.

Der Kuss endete erst, als Kurt sich neben uns räusperte.

»Einen Absacker für euch?« Ich löste mich abrupt von Magnus und schaute in Kurts Gesicht, auf dem sich ein breites Lächeln abzeichnete. Hätten die meisten anderen sich entweder abgewendet oder peinlich berührt dreingeschaut, wenn sie jemanden beim Küssen beobachteten, schien dies auf Kurt definitiv nicht zuzutreffen.

Das silberne Tablett, das er in seinen großen Händen hielt, wirkte nahezu winzig vor seiner bärigen Statur.

»Was bringst du uns denn?«, wollte Magnus wissen, der seine Sprache ebenfalls nichts verloren hatte.

Ich schien die Einzige sein, die peinlich berührt war und deren Gesicht rot angelaufen war. Vom Selbstbewusstsein der Männer konnte ich mir wohl noch etwas abschauen.

»Einen leckeren Aquavit habe ich für euch.« Er hielt uns das Tablett nahezu vor die Nase und ich wusste, dass ich ihn kränken würde, sollte ich ablehnen. Selbstverständlich nahm Kurt sich ebenfalls eines der kleinen Aquavitgläser, die eine besonders schöne Form hatten.

»Skål«, stießen wir an und ich schluckte die klare Flüssigkeit mit einem Mal herunter. Der hochprozentige Schnaps brannte in meiner Kehle und ich konnte seinen Weg bis hinunter in den Magen spüren.

Wäre mir durch den Kuss nicht bereits warm gewesen, hätte ich spätestens jetzt die ausbreitende Hitze gespürt.

Kurt zuckte nicht einmal mit der Wimper und ich vermutete, dass er nicht selten ein Glas des typisch dänischen Getränks zu sich nahm.

Magnus grinste mich an, bevor er sein Glas auf das silberne Tablett zurückstellte.

»Kurt, dein Essen war wirklich köstlich. Die Forelle war ein Gedicht«, lobte ich den Restaurantbesitzer ehrlich.

»Danke, Liebes. Für euch habe ich mir auch besonders viel Mühe gegeben.« Dabei lachte er wieder, sodass sein raumgreifender Bauch dabei munter wippte.

»Dem kann ich nur zustimmen Kurt. Es war köstlich«, stimmte auch Magnus mir zu, »aber von der Straße aus habe ich kein Schild gesehen, dass auf dein Restaurant hinweist. Ist es nicht ziemlich schwer zu finden?«

»Das soll auch so sein. Wisst ihr, vor vielen Jahren, als ich noch selbst mit dem Fischerboot aufs Meer gefahren bin, hat meine Frau Karen das Restaurant geführt und unsere Jungs haben viel Zeit bei meiner Frau in der Küche verbracht«, begann Kurt und ich merkte, dass er seine Geschichte erzählen wollte. »Karen und ich waren ein Paar, seitdem wir siebzehn Jahre alt waren. Das Restaurant haben wir von meinen Eltern übernommen. Eigentlich hatten wir andere Pläne, aber es hat sich eben so ergeben. Das Restaurant lief sehr gut, wir hatten viele Gäste und haben fast den ganzen Tag gearbeitet. Karen und ich hatten so viele Träume. Wir hatten uns vorgenommen, eine Reise nach Norwegen zu machen, um dort die Polarlichter zu sehen. Das war schon immer Karens größter Traum. Aber neben der ganzen Arbeit wurde unsere gemeinsame Zeit immer weniger und wir haben uns vorgenommen, zu verreisen, wenn es etwas ruhiger im *Karen's* wird. Das haben wir uns immer wieder gesagt, Jahr für Jahr. Bis vor zehn Jahren, als Karen plötzlich starb.«

Erst jetzt merkte ich, dass ich bei Kurts Erzählungen die Luft angehalten hatte und sie jetzt lautstark ausatmete. Seine Schilderungen trafen mich tief, obwohl ich Kurt ja gar nicht kannte.

Er tätschelte meine Hand, bevor er weitersprach. »Viel zu spät habe ich gemerkt, dass es Wichtigeres gibt, als immer nur zu arbeiten und schwarze Zahlen zu schreiben. Was nützt mir das ganze Geld, wenn ich es nicht teilen kann und keine Zeit habe, es auszugeben? Ich habe nach Karens Tod beschlossen, mein Leben nicht mehr nur auf dem Fischkutter oder hinter Bratpfannen zu verbringen. Wenn meine Söhne etwas gefangen haben, bereite ich denjenigen, die zufällig herkommen, eine Mahlzeit zu. Sollten sie nicht rausfahren oder mit ihren Familien Zeit verbringen, dann bleibt das *Karen's* geschlossen. Ich möchte nicht, dass meine Jungs eine Schulaufführung ihrer Kinder verpassen, nur weil sie gezwungen sind, aufs Meer rauszufahren.«

Kurts Erzählungen rührten mich und ich schluckte eine Träne, die sich auf den Weg gemacht hatte, hinunter.

Ein Blick in Magnus' Gesicht verriet mir, dass auch er über das nachdachte, was wir gerade gehört hatten.

»Also, ihr beiden … genießt eurer Leben und schiebt nichts auf, was schon jetzt getan werden kann. Sonst könnte es am Ende zu spät sein.« Mit diesen Worten stand Kurt auf, als hätte er beschlossen, dass er genug preisgegeben hatte. »Ich freue mich, wenn ihr mich mal wieder besuchen kommt. Vielleicht habe ich dann auch frischen Fisch für euch«, zwinkerte er uns zu.

»Das werden wir bestimmt«, versicherte Magnus. Obwohl ich nicht wusste, ob ich jemals wieder nach surkeborg kommen würde, widersprach ich ihm nicht, denn den Wunsch, noch einmal im *Karen's* zu speisen, konnte ich nicht beiseiteschieben.

Wir standen auf und wollten uns gerade auf den Rückweg machen, Fina marschierte bereits los, als ich mich noch einmal umdrehte. »Wie war es, die Polarlichter zu sehen?«

Ein Gefühl sagte mir, dass Kurt sich den Traum, den er gemeinsam mit seiner Frau Karen geträumt hatte, selbst erfüllt hatte.

Ein verträumtes Lächeln legte sich auf Kurts Gesicht und seine Züge wurden weich. »Schöner, als man es sich je erträumen kann.«

Eine Träne stahl sich aus meinem Auge. Glücklich nickte ich ihm zu, dann spürte ich erneut die warme Hand, die meine umschloss.

KAPITEL 12

Anscheinend hatte Magnus auch noch nicht das Bedürfnis, den Heimweg anzutreten, denn er steuerte den Weg zum Strand an, der neben dem Schotterparkplatz entlangführte.

Ich war froh, dass wir noch etwas Zeit hatten, bevor wir diesen Ort verließen. Es fühlte sich gerade so märchenhaft und leicht an, dass ich jede Sekunde genoss und in mir aufsog. Da am Strand von surkeborg, wie auch am Hafen, nur wenige Menschen unterwegs waren, löste ich Finas Leine. Sofort schoss sie über den Sand, sodass es aussah, als würde ein überdimensionaler brauner Flummi umherspringen.

Ich schlüpfte aus meinen Flipflops und genoss den leichten Wind, der vom Meer wehte und meinen Plisseerock zum Schwingen brachte.

»Vielen Dank, dass du mich hergebracht hast«, durchbrach ich die Stille.

Er schenkte mir ein umwerfendes Lächeln, was die Schmetterlinge, die sich eben zu einer Pause niedergelassen hatten, um Kraft zu tanken, schlagartig aufweckte.

»Es war, als wären wir in einer anderen Zeitzone gelandet, als hätte jemand die Pausetaste gedrückt«, sprach ich aus, was ich die ganze Zeit empfunden hatte.

»Und Kurt und sein Restaurant sind allein schon einen

Besuch wert.«

»Kurt ist ein toller Kerl«, stimmte ich Magnus zu. »Seine Art, auf das Leben zu blicken, sollte für viele Menschen ein Vorbild sein.« Ich seufzte bei dem Gedanken an Kurt und den Verlust seiner Frau, verlorene Träume und doch erlebtes Glück.

Der warme Sand kitzelte an meinen nackten Füßen und wir schlenderten am Wasser entlang.

»Haben wir das nicht alle schon einmal erlebt?«, fragte er und ich war mir nicht sicher, ob seine Frage rhetorisch gemeint war oder er eine Antwort von mir erwartete.

»Was meinst du?«

»Vertane Chancen und falsche Entscheidungen, die dein gesamtes Leben beeinflussen?«

Ich schaute zu ihm auf, doch Magnus wandte seinen Blick nicht vom Meer ab. Es sah aus, als suchte er eine Antwort in den Weiten der Nordsee.

»Hmm«, murmelte ich. »Wahrscheinlich hast du recht. Aber es muss nicht heißen, dass eine falsche Entscheidung nicht mehr rückgängig gemacht werden kann. Man hat immer eine Chance, es anders zu machen.«

»Ich weiß nicht. Haben wir uns nicht mit unserer Entscheidung für einen Weg entschieden und müssen ihn zu Ende gehen?«, fragte Magnus.

»Ich glaube nicht«, widersprach ich ihm voller Überzeugung, denn in den letzten Tagen hatte ich immer mehr verstanden, was meine Oma mir vor vielen Jahren mit auf den Weg geben wollte. »Alles hat seine Zeit. Und wenn die Zeit gekommen ist, eröffnen sich neue Wege. Dann taucht auf deinem Weg vielleicht eine Abzweigung auf, die vorher noch verdeckt war. Oder du hast sie einfach nicht gesehen, weil du immer in die entgegengesetzte Richtung geschaut hast. Wenn die Zeit reif ist, kommt eine Chance. Ob man sie nutzt, liegt dann an jedem selbst.« Während ich das aussprach, was meine Oma mir immer versucht hatte, zu erklären, verstand ich es mehr denn je.

Ich sah meine Abzweigung auf meinem Weg deutlich vor mir und war bereit, sie anzusteuern und zu gehen. Ob Magnus mich am Ende des Weges empfangen würde, wusste ich noch nicht.

»Weise Worte, Anni. Es klingt, als hättest du deinen Weg gefunden und würdest ihn gehen.« Nun wandte er den Blick vom Meer ab und musterte mich. Statt einer Antwort schenkte ich ihm ein Lächeln.

Wir gingen hinunter ans Meer und setzten unseren Spaziergang im seichten Wasser fort, sodass die auslaufenden Wellen um unsere Knöchel schwappten.

»Darf ich dich etwas fragen?«, wollte Magnus wissen.

»Sicher«

»Wie ist es dazu gekommen, dass du nach so vielen Jahren doch wieder nach Tideborg gekommen bist? Stine hat gar nicht erzählt, dass du sie besuchen willst.«

»Sie hat in dem Moment erfahren, dass ich herkomme, als ich vor ihr stand.« Ein schiefes Grinsen schlich sich auf mein Gesicht. Nach einigen Tagen Abstand konnte ich über das Bild, das ich bei meiner Ankunft abgegeben haben musste, lachen. »Ehrlich gesagt hatte ich auch nicht geplant, hierher zu fahren, aber nachdem ich meinen Ex in flagranti mit seiner Arbeitskollegin erwischt habe, bin ich in den nächsten Zug Richtung Dänemark gestiegen.«

Abrupt blieb Magnus stehen und schaute mich mit aufgerissenen Augen an. »Oh nein, das wusste ich gar nicht. Krass … dieser Arsch … oh man, das tut mir leid.« Anscheinend fiel es ihm schwer, die richtigen Worte zu finden.

»Der erste Moment war wirklich verstörend. Ich habe gedacht, mir reißt jemand den Boden unter den Füßen weg, aber ehrlich gesagt ist es gut so, wie es gekommen ist.«

»Dass er dich betrogen hat?«, fragte er schockiert.

»Nein«, lachte ich. »Dass ich mich von ihm getrennt habe.

Das war längst überfällig, aber ich habe es viel zu lange nicht gesehen und mir auch nicht eingestehen wollen.«

Und dann erzählte ich alles über meine verkorkste Beziehung mit Hagen. Es stellte sich heraus, dass Magnus ein überaus guter Zuhörer war. Er unterbrach mich nicht, streute aber in genau den richtigen Stellen Entsetzen oder Mitgefühl ein und pflichtete mir bei, wenn ich es brauchte.

Als ich meine Erzählung beendet hatte, fühlte ich mich erleichtert, noch einmal alles Revue passiert gelassen zu haben.

Ich wartete gespannt auf Magnus' Kommentar. Es interessierte mich nicht nur, wie ein Mann auf Hagens Verhalten blickte, sondern besonders, was er dazu zu sagen hatte.

»Okay, das ist wirklich hart.« Er raufte sich die Haare. »Dieser Typ hört sich wirklich nach einem Arsch an. Wie konnte er dich so behandeln und kleinmachen? Was für ein Egomane.« Er redete sich immer mehr in Rage und ich merkte, wie wütend Magnus auf Hagen war, obwohl er ihm noch nie begegnet war. Es schmeichelte mir, dass er mich und meine Gefühle so ernst nahm und vor Hagens Verhalten verteidigte. »Sollte ich ihm je begegnen, werde ich ihm in seinen Hintern treten und ihm sagen, was ich von ihm halte«, verkündete er.

Ich kicherte. »In Ordnung, die Erlaubnis hast du.« Einem Impuls folgend schlug ich Magnus freundschaftlich auf den Oberarm. Ich hatte allerdings nicht mit seinen Reflexen gerechnet. Schlagartig hielt er meine Hand fest, was mir das Lachen im Gesicht einfrieren ließ. Bei jeder Berührung von Magnus durchflutete mich eine Hitze, die einem Inferno gleichkam.

Er blickte mir tief in die Augen und verteilte kleine zarte Küsse auf der Innenseite meiner Handfläche.

Die kleinen Härchen auf meinen Armen stellten sich auf und eine Gänsehaut überzog meinen Körper. Diese zarte Geste war in diesem Moment so viel mehr als Worte es hätten ausdrücken können.

Hand in Hand gingen wir durch das seichte Wasser zurück zum Schotterparkplatz. Zwischendurch hielten wir immer wieder an, um einige Muscheln aufzusammeln, die von besonders schöner Form waren.

Fina, die sich ausgetobt hatte, drosselte ihr Tempo und lief nun neben uns her. Ab und zu machte sie Anstalten, die am Strand sitzenden Möwen zu jagen, bis ihr wahrscheinlich aufging, dass sie keine Chance gegen die gefiederten Tiere hatte.

Die Stimmung hätte an diesem Tag nicht besser sein können.

Ich hatte das Gefühl, dass surkeborg uns einander noch näher gebracht hatte.

Der kleine Hoffnungsfunke, der in mir keimte, erlaubte es sich, ein kleines Stück anzuwachsen. Vielleicht gab es doch noch eine Chance auf einen gemeinsamen Weg mit Magnus an meiner Seite.

Ich genoss die Rückfahrt von surkeborg. Zwar war es, als verließen wir eine andere Welt und kämen nun immer mehr in der Realität an, aber ich schwor mir, in Gedanken nach surkeborg zurückzukehren, wenn ich einmal einen Ruheort brauchte. Ich hoffte aber noch vielmehr, nicht nur in meinen Gedanken noch einmal herzukommen.

Über den Fahrtwind und die leise Musik, die im Hintergrund lief, unterhielten wir uns und Magnus erzählte mir von seinem Alltag in Tideborg. Immer wieder ertappte ich mich dabei, mir auszumalen, wie auch für mich das Leben hier aussehen könnte.

Jedoch verwarf ich diesen Gedanken schnell wieder, da mein Leben in Hamburg stattfand, zumal ich dort einen festen Job hatte, den ich liebte.

Als wir vor Oma Inges Haus anhielten, unterdrückte ich einen Seufzer. Zu gerne wäre ich noch länger mit ihm durch die

Landschaft Dänemarks gefahren.

Er stellte den Motor aus und drehte sich zu mir.

Seine starken Hände hielten das Lenkrad fest umgriffen, als würde er sich daran festhalten. Ich wandte mich ihm ebenfalls zu und schob mir meine Sonnenbrille in die Haare.

»Vielen Dank für diesen wunderschönen Tag.« Gerade als ich ihm einen freundschaftlichen Kuss auf die Wange geben wollte, drehte er seinen Kopf so, dass sich unsere Lippen trafen.

Ich spürte seine Hand an meinem Hinterkopf, wie sie sich in meinen Haaren verflocht.

Das Gefühl, erneut seine Lippen auf meinen zu spüren, brachte mich innerlich zum Brennen. Die Schmetterlinge vollführten eine Kür und gewöhnten sich langsam daran, stetig zum Einsatz zu kommen.

Der Kuss wurde zunehmend intensiver und unsere Zungen tanzten umeinander. Neckend biss ich ihm in die Unterlippe, was ihm ein Stöhnen entlockte. Ich widerstand dem Drang, Magnus direkt vor Omas Haus in seinem Oldtimer das T-Shirt vom Körper zu reißen.

Bevor ich etwas tat, was ich im Nachhinein bereuen würde, löste ich mich von ihm und wir schauten uns schwer atmend an.

Magnus schloss seine Augen und lehnte seine Stirn gegen meine.

»Was machst du nur mit mir, ABBA-Anni?«, murmelte er rau.

Ich hoffte, dass er diese Frage rhetorisch meinte, denn eine Antwort hätte ich ihm in dem Moment gewiss nicht geben können, da ich zu sehr damit beschäftigt war, meine eigenen Gedanken zu sortieren.

Meine Antwort beschränkte sich auf ein Grinsen, das wie ich hoffte, nicht zu jugendlich verliebt wirkte, sondern souverän und selbstbewusst.

Ich löste mich von ihm und öffnete die Beifahrertür.

»Hast du Morgen schon was vor?«, wollte er wissen.

»Noch nichts, was ich nicht verschieben könnte«, antwortete ich. »Ich habe deiner Mutter doch versprochen, sie und Gustav zu besuchen, solange ich hier bin, und das möchte ich auf jeden Fall noch machen, bevor ich fahre.«

»Wäre es in Ordnung, wenn ich dich begleite?«, fragte er vorsichtig. Ich war mir sicher, dass er es ebenso akzeptieren würde, wenn ich seine Eltern lieber alleine besuchen wollte, aber die Aussicht, das Wiedersehen mit Magnus zu teilen, gefiel mir.

»Das wäre mehr als in Ordnung. Ich würde mich freuen, wenn wir zusammen hinfahren.«

Magnus schien ebenfalls sichtlich erfreut, denn er atmete erleichtert aus.

»Soll ich dich dann abholen? Gegen Mittag?«

»Gerne. Aber ich möchte vorher noch einen Kuchen backen und nicht mit leeren Händen bei deinen Eltern auftauchen. Wenn du magst, kannst du mir dabei helfen.«

Ich hatte vermutet, dass Magnus eine Ausrede finden würde, um mir nicht beim Backen helfen zu müssen. Die Einladung zum Helfen hatte ich auch mehr aus einer Laune heraus ausgesprochen, als das ich dachte, er würde sich darüber freuen.

Umso erstaunter war ich, als er mir zusagte.

»Ich helfe dir gerne. Was soll ich mitbringen?«

»Nur deine Backschürze«, grinste ich ihn frech an.

»Wird gemacht.« Ich bezweifelte, dass er so etwas wie eine Backschürze besaß, fand die Vorstellung von ihm, nur bekleidet mit einer Schürze, aber sehr verlockend und grinste ihn an.

»Dann bis Morgen.« Ich öffnete die Beifahrertür, wartete, bis Fina aus dem Auto herausgesprungen war und stieg ebenfalls aus.

»Bis Morgen, Anni«, antwortete Magnus mir tief in die Augen blickend.

Bevor ich an Ort und Stelle dahinschmolz, drehte ich mich um und versuchte, anmutig zur Haustür zu gehen. Seine Blicke brannten in meinem Rücken, was mich dazu veranlasste, die Hüften noch ein wenig mehr zu schwingen als üblich.

Die Hand schon an der Türklinke, blickte ich noch einmal über meine Schulter zurück und schenkte ihm ein laszives Lächeln. Der Ausflug nach surkeborg hatte meinem Selbstvertrauen anscheinend Auftrieb verliehen.

Wenn ich mich nicht täuschte, war es nun sein Gesicht, das von einer leichten Röte überzogen wurde.

Nur wenige Sekunden, nachdem ich die Haustür hinter mir geschlossen hatte, hörte ich Stines Kreischen und ihr Poltern auf der Treppe, die vom Atelier herunterführte.

»Anniiii.« Dabei zog sie das I meines Namens, bis ihr die Luft ausblieb.

Lachend schlüpfte ich aus meinen Schuhen und legte die kleine Handtasche auf der Kommode im Flur ab.

Stine stürmte mir aus dem Wohnzimmer entgegen und hätte mich um ein Haar umgerannt. Ihre Wangen waren vor Freude gerötet und sie sah aus, als hätte sie gerade ein besonders schönes Geschenk unter dem Weihnachtsbaum entdeckt, das sie sich so lange gewünscht hatte. Ihre Miene verriet sie wieder einmal.

»Hast du uns also wieder beobachtet«, stellte ich wissend fest, konnte meiner Schwester jedoch nicht böse sein. Sie war schon immer von Natur aus neugierig gewesen.

»Ich konnte nicht anders«, grinste sie mich entschuldigend an und ihre Wagen färbten sich dabei noch ein bisschen dunkler. »Ich habe gehört, dass ein Auto vor dem Haus hält und wollte eigentlich nur schauen, wer es ist. Dann habe ich gesehen, dass ihr es seid, und ich wollte mich auch eigentlich wieder umdrehen … versprochen … aber dann habe ich doch kurz geluschert.«

Beschämt ließ Stine den Kopf hängen und ich brach in lautes Gelächter aus.

»Du bist mir nicht böse?«, fragte sie vorsichtig.

»Natürlich nicht, du neugieriges Weib«, lachte ich. »Beim nächsten Mal zügelst du aber deine Neugierde.« Drohend hob ich den Zeigefinger, grinste dabei jedoch über das ganze Gesicht, sodass Stine erleichtert die Luft ausstieß und die Gewissheit hatte, dass ich nicht sauer auf sie war.

Ich ging an ihr vorbei ins Wohnzimmer und ließ mich auf das große Sofa fallen, von dem aus ich den Kamin sehen konnte, der bei diesen sommerlichen Temperaturen jedoch nicht entzündet war.

Fina brauchte anscheinend keine Einladung, denn sie sprang neben mich und machte es sich auf einem der großen, weichen Kissen gemütlich.

»Wird es denn ein nächstes Mal geben?«, fragte Stine und setzte sich mir gegenüber auf den hellen Rattansessel.

Ich schaute sie an und sah die aufrichtige Liebe meiner Schwester darin. »Ich hoffe es sehr. In den letzten Tagen hat sich einiges zwischen uns verändert. Wir haben uns verändert. Vielleicht liegt es daran, dass ich mir eingestanden habe, dass ich ihn noch immer liebe und ihm deutlichere Signale sende«, überlegte ich laut. Mir war noch nicht klar, warum sich Magnus nach meiner Ankunft in Tideborg so ambivalent verhalten hatte, ebenso sehr blieb mir sein Verhalten ein Rätsel, das er einige Jahre zuvor an den Tag gelegt hatte.

»Vielleicht hat sich aber nicht nur für dich etwas geändert, sondern für ihn auch. Vielleicht hat er auch Altes hinter sich gelassen.«

»Richtig schlau bin ich noch nicht aus alldem geworden. Aber ich habe mir vorgenommen, den Moment zu genießen. Ich hoffe nur, dass er mir mein Herz nicht noch einmal bricht«, sagte ich und merkte, wie die Ungewissheit meine eben noch so positive Stimmung drückte. »Aber daran möchte ich jetzt nicht denken. Dafür war der Tag zu perfekt«, strahlte ich Stine an.

Das war anscheinend ihr Stichwort, auf das sie gewartet hatte, denn sofort rutschte sie an den Rand ihres Sessels und schaute mich erwartungsvoll an.

»Erzähl schon. Wie war euer Tag? Was habt ihr gemacht? Habt ihr euch noch öfter geküsst? Trefft ihr euch wieder?«

Lachend ließ ich mich in die weichen Kissen fallen, amüsiert über Stines Flut an Fragen.

»Okay, okay, du bekommst deine Antworten. Eine nach der anderen«, grinste ich. »Also der Tag war ...«, ich schloss bei dem Gedanken an die vergangenen Stunden meine Augen. »Traumhaft schön. Wir haben einen Ausflug nach surkeborg gemacht. Es war, als wären wir in Tideborg losgefahren und in einer anderen Welt angekommen.«

»Oh ja, surkeborg ist ein Traum. Der kleine versteckte Hafen, der kaum von einem Touristen je gesehen worden ist.«

»Du kennst ihn?«

»Aber ja. Ich habe Oma einige Male dorthin begleitet. Wir haben Kurt besucht und im *Karen's* gegessen, wenn seine Söhne zum Fischen rausgefahren waren und etwas gefangen hatten.«

Es erstaunte mich, dass Stine sich scheinbar sehr gut in surkeborg auskannte. Ich musste sie verblüfft angeschaut haben, denn sie half meinen Gedanken auf die Sprünge.

»Ich habe Oma doch sehr häufig besucht. Als du studiert hast und ich mein Abi in der Tasche hatte, war ich oft hier.«

Ich hatte verdrängt, dass Stine sich nicht ebenso wie ich von Tideborg abgewandt hatte, sondern noch viele weitere Sommer bei Oma verbracht hatte.

Ein Stich traf mich mitten ins Herz und es fühlte sich an, als würden sich eisige Hände um meinen Brustkorb legen.

Ich schämte mich, dass ich damals so feige war und seltener hergekommen war. Es brach mir aber auch das Herz, meine

Oma danach nicht mehr so oft gesehen zu haben.

Der Platz neben mir auf dem Sofa gab nach, als Stine sich neben mich setzte. »Sei nicht traurig. Du musst dir keine Vorwürfe machen. Oma hat dich immer verstanden. Sie war dir nie böse. Nicht an einem einzigen Tag.«

»Sie wusste alles, oder?«, schniefte ich, als ich die ersten Tränen nicht mehr zurückhalten konnte.

Stine nickte. »Ja, ich denke schon.« Ein Blick in ihr Gesicht verriet mir, dass auch ihre Wangen von den ersten feuchten Spuren überzogen wurden.

Weinend lagen wir uns in den Armen und gaben uns gegenseitig Halt.

Dann durchbrach sie die Stille und nuschelte mit tränenbelegter Stimme: »Jetzt möchte ich aber wissen, ob du dich noch mal mit Magnus triffst.«

Lachend gab ich ihr einen Klaps auf den Oberarm und war erleichtert über Stines heiteres Gemüt. Sie schaffte es immer wieder, mich in schwierigen Momenten zum Lachen zu bringen.

Ich versuchte, meine Aufregung in Zaum zu halten, was mir nur bedingt gelang. »Er kommt Morgen vorbei«, teilte ich ihr mit schriller Stimme mit.

»Aaaah«, quiekte auch Stine. »Das ist doch fantastisch. Dann nehme ich Fina und gehe mit ihr spazieren … lange spazieren, sodass ihr das Haus für euch habt.« Dabei wackelte sie anzüglich mit ihren Augenbrauen.

»Wir wollen einen Kuchen backen und danach Herlinde und Gustav besuchen. Also kannst du deine schmutzigen Fantasien wieder einpacken«, verkündete ich und versuchte dabei betont gelassen zu wirken. Dass ich mir aber ebenso wünschte, Magnus und ich würden uns am nächsten Tag näherkommen, behielt ich lieber für mich.

Mein Bauch knurrte und lenkte unsere Aufmerksamkeit auf

sich.

»Hattest du mir nicht ein leckeres Abendessen versprochen?«, fragte ich.

Stine sprang auf und klatschte in die Hände. »Kommt sofort. Ich mache mich schon an die Arbeit.«

»Brauchst du Hilfe? Ich könnte Gemüse schneiden oder schon mal den Tisch decken«, bot ich an.

»Nein, nein. Ich möchte dich einladen. Außerdem möchte ich das Lob am Ende ganz für mich alleine.« Grinsend macht sich Stine in der Küche daran, verschiedene Töpfe und Pfannen herauszustellen.

Während sie das Essen zubereitete, ging ich auf die Terrasse und genoss den frühen Abend. Von der Sonnenliege aus hatte ich einen freien Blick auf das Meer. Der wolkenfreie Himmel war so klar, dass Meer und Himmel am Horizont zu einer Einheit verschmolzen. Nur das Rauschen des Meeres, das gelegentliche Kreischen der Möwen und das raschelnde Dünengras neben der Terrasse wehten zu mir herüber.

Ich klemmte meinen flatternden Plisseerock unter meine Beine, damit er nicht mehr umherwirbeln konnte, schloss meine Augen und döste beinahe im selben Augenblick ein.

Während ich in einen Halbschlaf abdriftete, erschienen immer wieder ein Paar besonders blauer Augen in meinen Gedanken.

»Das Essen ist fertig.« Ich schreckte aus meinem Traum hoch und brauchte einen Moment, um mich zu orientieren. Die Sonne wanderte langsam am Horizont entlang und würde bald ganz verschwunden sein.

Noch etwas benommen, streckte ich mich und folgte Stine an den gedeckten Esstisch.

»Wow, das sieht großartig aus.« Nicht nur das Essen war auf ausgefallenem blauen Porzellan angerichtet, sondern auch der

Tisch mit vielen kleinen Blüten geschmückt. Den Mittelpunkt bildete ein gebundenes Gesteck, bei dem sich Stine selbst übertroffen hatte.

»Gefällt es dir?«, fragte sie.

»Das wäre noch untertrieben«, antwortete ich ihr ehrlich. »Du hast dich selbst übertroffen.«

Wir setzten uns an den einladend wirkenden Tisch und verbrachten die nächsten zwei Stunden damit, die köstliche Mahlzeit zu verspeisen. Der Fisch war butterweich und zerging im Mund, ohne gekaut werden zu müssen. Das Ofengemüse war auf den Punkt perfekt gegart. Mit Olivenöl übergossen und mit frischen Kräutern bestreut, schmeckte es nach Sonne, Strand, Entspannung und Freiheit. So wie ein Sommer in Dänemark eben war. *Hyggelig*.

Als Stine zum krönenden Abschluss zwei kleine Schälchen aus demselben blauen Porzellan brachte, die ideal zum restlichen Arrangement passten, sank ich etwas tiefer auf meinem Stuhl.

»Ich bin mir nicht sicher, ob ich noch Platz für den Nachtisch habe.«

»Keine Widerrede. Du hast Sorbet bestellt, also bekommst du auch Sorbet«, antwortete sie fröhlich und stellte die beiden Schälchen auf den Tisch.

Statt sich zu setzen, ging sie jedoch an den kleinen Schrank in der Küche, in dem sie die alkoholischen Getränke aufbewahrte und kam mit einer Flasche Aquavit sowie zwei Gläsern an den Tisch.

Nachdem ich es geschafft hatte, auch meinen Nachtisch zu verdrücken, befüllte Stine die Gläser und reichte mir eines.

»Skål«, erhob ich mein Glas. »Skål« stieß Stine mit mir an.

Den Abend mit meiner Schwester ausklingen zu lassen, war der krönende Abschluss eines wundervollen Tages. Mein Bauch kribbelte bei dem Gedanken an den vergangenen Tag und das morgige Wiedersehen.

Das zweite Glas Aquavit, das sich in meinem Magen ausbreitete, tat sein Übriges und eine wohlige Wärme bereitete sich in mir aus.

Wir plauderten noch bis tief in die Nacht. Stine besaß die Gabe, jede Antwort aus mir herauszubekommen, wenn sie nur intensiv genug nachhakte.

Als ich kurz nach Mitternacht erschöpft, aber glücklich ins Bett fiel, hatte Stine jedes Detail meines Treffens mit Magnus aus mir herausgewrungen und schien sichtlich zufrieden mit dessen Verlauf zu sein.

KAPITEL 13

Ob ich am nächsten Morgen vor Aufregung wach wurde oder weil Fina winselnd vor der Zimmertür saß, wusste ich nicht genau. Was ich aber wusste, war, dass die Schmetterlinge in meinem Inneren bereits munter waren und mit kräftigen Flügelschlägen gegen meine Magenwand stießen.

Noch etwas verschlafen, schwang ich meine Beine aus dem Bett, zog mir meine knielange dünne Strickjacke über den kurzen Seidenschlafanzug und ging barfuß in den Wohnbereich.

»Einen wunderschönen guten Morgen«, ertönte es aus dem Atelier. Stine schien bereits bester Laune zu sein und ihre künstlerische Ader fließen zu lassen.

Meine Lebensgeister waren jedoch noch nicht erwacht, sodass ich ihr statt einer Antwort nur ein *hmmm* entgegenbrachte.

Ich öffnete die Terrassentür, sodass Fina raus konnte. Blitzschnell raste sie an mir vorbei, dankbar, endlich raus zu dürfen. Ich öffnete beide Flügel der Terrassentür, um möglichst viel der frischen Morgenluft hereinzulassen.

Die Sonne war bereits auf ihrem Weg und der klare, wolkenleere Himmel verkündete einen sommerlichen Junitag.

»Kaffee?«, rief ich ins obere Stockwerk.

»Ja, bitte. Ich bin gleich unten bei dir.«

Ich schlurfte in die Küche, füllte das Kaffeepulver in die Maschine und genoss den frischen Duft der koffeinhaltigen Flüssigkeit, die langsam in die Kanne tröpfelte.

Stine, bekleidet mit einer kurzen Jeanslatzhose, die von bunten Farbspritzern übersät war, kam ebenfalls barfuß zu mir in die offene Küche. Munter und offensichtlich bester Laune drückte sie mir einen Kuss auf die Wange.

»Na, du Morgenmuffel«, neckte sie mich. »Alles in Ordnung? Hast du nicht gut geschlafen?«

Eigentlich war ich bereits morgens bester Laune und nur selten schlecht gelaunt, wenn ich aufwachte. Bekam ich dann noch einen Kaffee, war meine morgendliche Stimmung kaum niederzuschmettern.

»Alles gut … glaube ich«, nuschelte ich eher zu mir.

Stine hatte mich aber dennoch verstanden. »Bist du aufgeregt?«, erriet sie.

»Und wie. Mir ist richtig schlecht. So nervös war ich schon ewig nicht mehr. Ich weiß nicht, wann mein Magen zuletzt so geflattert hat.« Ich musste meine Nervosität dringend in den Griff bekommen.

»Das ist doch prima, dass du nervös bist«, sagte Stine. Ich wusste nicht, was daran gut sein sollte, dass meine Hände zitterten und die Innenflächen feucht waren. So konnte ich unmöglich einen Kuchen backen.

»Ich bin nie nervös. Ich war immer stolz auf meine souveräne Haltung. Das muss sich schnellstens ändern.«

»Quatsch. Das zeigt doch nur, wie wichtig dir der heutige Tag ist. Magnus ist bestimmt mindestens genauso aufgeregt«, prophezeite sie.

»Meinst du?«

»Ganz bestimmt.« Stine war sich ihrer anscheinend sehr sicher. Sie setzte sich auf den Barhocker am Tresen, der mir direkt gegenüberstand. »Deine Schwester würde jetzt gerne einen Kaffee trinken und dich auf andere Gedanken bringen.«

Ich verstand nicht, was sie mir damit sagen wollte, nahm aber zwei Tassen aus dem Oberschrank und goss uns den frisch gebrühten Kaffee ein.

Den ersten Schluck genoss ich mit geschlossenen Augen und spürte die warme Flüssigkeit, die meinen Hals hinunterrann und in meinem Magen landete.

»Womit willst du mich auf andere Gedanken bringen?«, wollte ich von Stine wissen.

Sie setzte sich kerzengerade auf ihrem Hocker auf und ahmte mit ihren Fingern einen Trommelwirbel auf der Arbeitsfläche nach. »Ich darf ein paar meiner Bilder in Esbjerg ausstellen!«, rief sie aus und sprang von ihrem Barhocker.

»Wahnsinn. Stine, das ist großartig!« Ich schlang meine Arme um sie und gemeinsam führten wir einen Freudentanz in der Küche auf. »Wann und wo? Erzähl!« Nun war ich diejenige, die sie mit Fragen überhäufte.

Wir setzten uns an den Esstisch, damit ich Fina im Blick hatte, die immer noch damit beschäftigt war, am Strand entlangzulaufen und Möwen aufzuschrecken.

Während ich meinen Kaffee genoss und wir Schwarzbrot mit frischem Kräuterquark aßen, den Stine mit Kräutern aus dem Garten selbst zubereitet hatte, berichtete sie mir von der Ausstellung, die schon in drei Tagen stattfinden sollte. Eine Galerie in Esbjerg, die als Zusammenschluss mehrerer Künstler gegründet worden war, stellte am Sonntag einige neue Kunstwerke verschiedener Maler aus. Mit einem der Künstler hatte man sich, erklärte Stine, überworfen und die Zusammenarbeit mit sofortiger Wirkung beenden müssen.

Da man nun die vorgesehene Fläche nicht mit eigenen Bildern bestücken wollte, sondern einem regionalen Künstler die Möglichkeit geben wollte, sein Können zu zeigen, sei man auf Stine zugekommen und nun würde sie einige ihrer Bilder ausstellen.

Als Stine mit ihrer Erzählung geendet hatte, glitzerten ihre Augen und ich konnte die Tränen sehen, die herauskullern wollten.

Über den Tisch hinweg nahm ich ihre Hand und drückte sie.

»Das ist großartig, Stine. Ich bin so stolz auf dich. Du bist eine tolle und talentierte Künstlerin und kannst es jetzt noch mehr Menschen zeigen.«

»Ja, ist das nicht der Wahnsinn?«, schniefte sie. »Das Problem ist, dass ich eines der Bilder, das ich unbedingt ausstellen möchte, noch nicht beendet habe.«

»Du meinst das Strandbild, das ich oben auf deiner Staffelei gesehen habe?«

»Ja genau, das muss bis dahin fertig werden. Drei Tage sind nicht viel Zeit, aber notfalls arbeite ich Tag und Nacht daran.«

»Dann versorge ich dich pausenlos mit Kaffee.« Dankbar lachte sie.

»Wirst du denn auch da sein?«, fragte sie vorsichtig.

»Na hör mal. Diesen Moment werde ich mir auf keinen Fall entgehen lassen.« Ich war froh, dass ich genau jetzt in Tideborg war und die Möglichkeit hatte, Stine an einem so wichtigen Tag beizustehen. Dass ich wahrscheinlich eine Ausrede gefunden hätte, wenn ich noch in Hamburg gewesen wäre, wussten wir beide und brauchten es nicht auszusprechen.

Bevor ich nach Tideborg gekommen war, hatte ich so große Angst, Magnus begegnen zu müssen, dass ich lieber auf solche Momente verzichtet hätte. Jetzt, da sich hoffentlich alles zum Guten wendete, konnte ich mir mein früheres Verhalten selbst kaum noch erklären.

»Wann fährst du denn zurück nach Hamburg?«

»Am Sonntag nach deiner Ausstellung«, sagte ich und merkte, dass meine Stimme dabei belegt klang. Es erschien mir im Moment unwirklich, zurückzufahren. Gerne hätte ich es auch noch etwas aufgeschoben, aber mehr als einige Tage Urlaub wurden mir nicht genehmigt.

»Und wie wird es danach weitergehen?«, wollte Stine wissen.

»Ich werde dich so schnell wie möglich wieder besuchen, das verspreche ich dir. Es dauert nicht wieder so viele Jahre, bis ich nach Tideborg zurückkomme.« Dessen war ich mir selbst mittlerweile sicher.

»Und was ist mit Magnus?«

Ich seufzte. »Keine Ahnung. Ich hoffe, es wird sich in den nächsten Tagen zeigen, was das mit uns wird. Ich wünsche mir, dass er mich auch danach wiedersehen möchte.«

»Ich kann mir nichts anderes vorstellen. Er wäre wirklich ein Hornochse, wenn er dich gehen lassen würde.« Ich schmunzelte über Stines Wortwahl. Sie traf einfach immer den richtigen Ton.

»Danke«, lächelte ich sie an.

Stine stand auf und trug unsere leeren Tassen und Teller in die Küche. »So ich mache mich jetzt an die Arbeit, sonst schaffe ich es bis zur Ausstellung nicht mehr. Marlies hat mir angeboten, in ihrer Wohnung zu arbeiten. So lange sie im Laden ist, habe ich dort viel Ruhe und einen tollen Blick auf die Dünen.«

»Wieso malst du nicht in deinem Atelier?« , wollte ich wissen.

»Weil ich keinesfalls Zeuge eures Liebesspiels werden will«, sagte sie und streckte mir im Vorbeigehen die Zunge raus.

Ich lachte über ihren Kommentar, die Nervosität stieg jedoch bei der Erinnerung an mein bevorstehendes Treffen an.

Stine packte ihre Sachen zusammen und fuhr zu Marlies.

Ich rief Fina zu mir und schaute beiläufig auf die große Wanduhr in der Küche, während ich die Terrassentür schloss. »Oh, Mist«, entwich es aus meinem Mund. Erschrocken stellte ich fest, dass wir bereits kurz nach neun Uhr hatten und Magnus in weniger als einer Stunde hier sein würde. Wenn ich ihm nicht wieder im Schlafanzug begegnen wollte, musste ich mich beeilen.

Ich hastete ins Gästezimmer und schaffte es tatsächlich, zwei Minuten vor Zehn geduscht und angezogen zu sein. Sogar ein leichtes Make-up hatte ich aufgelegt. Nicht zu übertrieben, sodass Magnus womöglich noch dachte, ich hätte mich extra für ihn so aufgestylt.

Da die Kleiderauswahl begrenzt war, hatte ich mich für ein bodenlanges Maxikleid mit Spaghettiträgern entschieden. Der lange Rock schwang leicht um meine Beine und das eng geschnittene Oberteil betonte meine Brüste.

Wenn ich schon nervös und zitterig war, wollte ich mich wenigstens in meinem Outfit souverän und stark fühlen.

Meine langen Locken band ich zu einem hohen Pferdeschwanz am Hinterkopf. Einzelne Strähnen fielen vorne heraus und tanzten um mein Gesicht. Ich war zufrieden mit meinem Spiegelbild.

Bevor ich mich noch länger betrachten und meine Nervosität weiter steigen konnte, riss mich ein Klopfen an der Haustür aus meinen Gedanken.

Ich ging in den Flur, legte die Hand auf die Türklinke und atmete noch einmal tief durch.

Freude durchflutete meinen Körper, gespannt auf Magnus Anblick.

»Hagen?«, rief ich verdutzt und das Lächeln in meinem Gesicht erstarb abrupt.

Bevor ich irgendetwas sagen oder die Tür wieder vor seiner Nase zuknallen konnte, hatte er sich schon an mir vorbeigedrängt.

Ich nahm den Geruch von Alkohol wahr, der ihn wie eine

giftige Wolke umgab. Sein sonst so gepflegtes Äußeres war einem vollkommenen anderen Anschein gewichen. Seine Jeans war verdreckt, er trug einen Kapuzenpullover, die Kapuze tief in die Stirn gezogen. Seine Alkoholfahne vermischte sich mit einem penetranten Schweißgeruch.

Meine Nackenhaare stellten sich auf. Dass Hagen hier aufgetaucht war, verhieß nichts Gutes.

So kannte ich Hagen nicht. Er war immer darauf bedacht gewesen, akkurat gekleidet zu sein und nach Außen ein äußerst gepflegtes Bild von sich zu präsentieren. Abstriche machte er dabei nie.

»Was machst du hier?« Ich ballte meine Hände zu Fäusten und schluckte das mulmige Bauchgefühl, das mich umgab, herunter.

»Dir ma kla sagen, wassu zu tun has«, lallte er und schwankte dabei leicht.

»Du bist vollkommen betrunken. Ich rufe dir jetzt ein Taxi und dann schläfst du deinen Rausch aus.« Bevor ich mein Handy, das auf dem Esstisch lag, greifen konnte, um ein Taxiunternehmen anzurufen, spürte ich einen Schmerz am Hinterkopf.

»Auu«, schrie ich, während Hagen immer fester an meinem Zopf riss, sodass ich seitwärts taumelte.

Mit der Schulter krachte ich an die gegenüberliegende Wand.

»Lass mich los!«, schrie ich ihn an.

»'N Scheißdreck werde ich tun. Du hörs mir jetzt ma zu, du Schlampe«, spuckte er die Wörter heraus.

Fina kam wütend angerannt, knurrte und bellte Hagen an.

Mit dem Kopf an der Wand konnte ich sehen, wie meine kleine Bulldogge immer wieder versuchte, an Hagen hochzuspringen, um ihn von mir abzubringen.

Doch Hagen war viel zu betrunken, um sich von ihr abhalten zu lassen. In diesem Moment wünschte ich mir, meine sonst so liebe Hündin würde den nicht vorhandenen Beißer in sich finden und ihre Zähne in seine Waden vergraben. Doch darauf wartete ich vergebens.

Hagen holte aus und trat Fina mit voller Wucht von sich weg. Jaulend landete sie neben dem Esstisch, berappelte sich aber schnell wieder.

Angesteckt von Finas Kampfesmut nahm auch ich meine Kraftreserven zusammen und rammte Hagen mit aller Kraft meine Faust in den Schritt. Hagen stöhnte auf und schrie.

»Du ...«, weiter kam er nicht. Ich hatte nachgesetzt und hielt nun seine Männlichkeit in der Hand. Ich drückte fest zu. Er ließ mich los und stolperte zwei Schritte rückwärts.

»Verdammt, du Miststück.« Krümmend hielt er sich die Stelle, die ich scheinbar nicht allzu leicht gepackt hatte.

Ich nutzte den kurzen Moment, um zur Terrassentür zu laufen. Doch mit zitternden Fingern gelang es mir nicht sofort, sie zu öffnen.

Hagen hatte sich anscheinend wieder erholt und war nach zwei großen Schritten bei mir angekommen.

Er stürzte sich auf mich, sodass ich mit dem Rücken auf den Boden schlug und mir den Kopf dabei am Stuhlbein anstieß.

Schmerzend hielt ich mir meinen Hinterkopf.

Hagen setzte sich auf mich und sein Gewicht machte es mir unmöglich, mich zu befreien oder gar zu bewegen.

»Geh runter von mir!«, rief ich und hörte meine kräftige Stimme. Es hieß doch, dass man in Gefahrensituationen instinktiv handelte und ungeahnte Kräfte freisetzte.

»Ga nix werd ich. Hagen läss sich nich blami..blammian«, stotterte er. »Musse alleine sum Vorstandsessn..«, spuckte er beinahe aus.

»Du hättest Agnes mitnehmen können«, schrie ich, da ich genau wusste, was er mir sagen wollte.

Das große Vorstandsessen fand jedes Jahr in der zweiten

Juniwoche statt und war ein großes Ereignis. Die führende Etage der Immobilienfirma traf sich zunächst bei einem Polospiel, um sich in lockerer Atmosphäre und mit Champagner angeheitert die Millionen zuzuschieben.

Hagen hatte immer großen Wert darauf gelegt, ebenfalls anwesend zu sein und mich dabei zu präsentieren. Ich hatte mich jedes Jahr aufs Neue gelangweilt und hatte mich einzig an den wunderschönen Pferden erfreut, die über das Polospielfeld galoppierten. Dieses Mal war der Tag für ihn wohl anders als erwartet gelaufen.

Fina lief bellend und knurrend auf und ab, traute sich aber nicht, Hagen noch einmal zu nahezukommen.

»Du verdammes Missschück«, nuschelte er. Dabei funkelte er mich hasserfüllt an. Das Letzte, was ich sah, bevor ich meine Augen zusammenkniff, war seine erhobene Faust, die jeden Moment auf meinem Gesicht aufprallen würde.

Mit angehaltenem Atem erwartete ich den Schmerz. Doch ich hörte, dass die Haustür aufgestoßen wurde und dabei gegen die Flurwand knallte.

Schnelle Schritte näherten sich uns und bevor Hagens Faust mein Gesicht erreichen konnte, spürte ich, wie er von mir heruntergerissen wurde.

Ich öffnete die Augen und sah Magnus, der Hagen gepackt hatte und gegen die Wand schmiss, gegen die Hagen mich kurz zuvor gepresst hatte.

Hagen stand anscheinend durch den Alkoholeinfluss neben sich. Er holte aus, um Magnus mit seiner Faust zu treffen. Magnus wich aus und Hagen taumelte vorwärts. Er hatte körperlich keine Chance gegen Magnus, der ihn um mindestens einen Kopf überragte und deutlich muskulöser war.

Das schien Hagen aber nicht davon abzuhalten, weiter auf Magnus loszugehen. Er griff den Esszimmerstuhl, der neben ihm stand und schleuderte ihn Magnus entgegen, der den Stuhl abwehrte.

»Hassu Wichser meine Freundin angepackt? Isch schöa dir, wennu sie gevöglt has, bringe ich dich um«, spie er aus und rannte taumelnd auf Magnus zu.

Gebückt, als wollte er einen Football in die Endzone bringen, versuchte er, Magnus zu rammen.

Der sprang gekonnt zur Seite, griff Hagen am Kapuzenpulli und schleuderte ihn zu Boden. Diesmal wich Magnus nicht aus. Er stand fest verwurzelt auf seinen Füßen und ging leicht in die Knie. Als Hagen wie ein Ziegenbock auf ihn zustürmte, holte Magnus mit seiner riesigen Faust aus und versetzte Hagen genau im richtigen Moment einen Schlag gegen den Kopf. Ich hatte den Eindruck, als passierte das in Zeitlupe wie bei Rocky oder einem anderen Boxfilm, bei dem der Böse im finalen Kampf vom Helden besiegt wurde.

Keuchend schlug Hagen auf und schrie unverständliche Sätze.

Magnus nahm Hagens Hände und drückte sie auf dessen Rücken. Er kniete halb auf Hagens Beinen, um ihn am Aufstehen zu hindern.

Das alles hatte nur wenige Augenblicke gedauert, aber ich hatte das Gefühl, mich in einem schrecklichen Albtraum zu befinden, der nicht enden wollte.

Ich kauerte immer noch vor der Terrassentür, unfähig, aufzustehen oder etwas zu sagen.

Eine Sirene riss mich aus meiner Trance und wenige Augenblicke später stürzten vier Polizisten ins Haus.

In schnellem Dänisch, das ich nur bruchstückhaft verstand, erklärte Magnus, was geschehen war.

Er hatte mich besuchen wollen und auf dem Fußweg hierher gesehen, dass ein Audi vor dem Haus hielt und ein Mann torkelnd ausgestiegen war. Dann war er hergelaufen und habe schon von draußen Schreie und wütende Stimmen gehört.

Da ich alles Weitere miterlebt hatte, hörte ich bei den folgenden Schilderungen nicht mehr genau hin.

Hagen wurde abtransportiert und mit auf das Polizeipräsidium in Esbjerg genommen, wo er verhört und zumindest für die Nacht eingesperrt werden sollte.

Eine junge Polizistin trat zu mir, half mir auf, sodass ich mich auf einen Stuhl setzen konnte, und befragte mich nach dem Vorfall und in welchem Verhältnis ich zu Hagen stand.

Mit kratziger Stimme schilderte ich ihr meine Sicht und beantwortete ihr alle Fragen. Immer wieder lächelte sie mich aufmunternd an.

Zufrieden mit ihren Aufzeichnungen erhob sie sich, um mit ihren Kollegen zurück zur Wache zu fahren.

Magnus war ebenfalls verhört worden und unsere Aussagen wurde schriftlich festgehalten.

Ich ging zur Haustür, um die Polizisten zu verabschieden. Magnus, mit dem ich noch kein einziges Wort gewechselt hatte, trat neben mich und legte seinen Arm um meine Schulter.

»Vielen Dank, Rasmus. Meine Nummer hast du. Wenn du unsere Aussagen noch einmal brauchst oder etwas fehlt, melde dich einfach bei mir.«

Er schüttelte dem Polizisten, Rasmus, die Hand.

»Mache ich. Danke, Magnus.«

Dann stieg er zu seiner Kollegin ins Auto. Hagen saß im zweiten Wagen, auf dem ebenfalls der große Schriftzug *Politi* prangte, auf der Rücksitzbank. Seine Hände waren mit Handschellen auf dem Rücken gefesselt. Als beide Autos vom Hof fuhren, funkelte Hagen uns böse an und sein Mund bewegte sich. Durch das geschlossene Fenster des Autos konnte ich nicht verstehen, was er uns mitteilen wollte, aber das war wohl besser so. Es waren bestimmt erneute Hasstiraden.

Ich hoffte, dass ich ihn nicht so schnell wiedersehen müsste.

Meine Sachen würde ich jedenfalls nicht alleine aus seiner

Wohnung holen.

Menschen reagierten unterschiedlich nach einem Angriff. Manche verfielen in eine Art Schock, andere verdrängten den Vorfall. Ich gehörte zu letzterer Gruppe. »Wollen wir dann mal den Kuchen backen?«, wandte ich mich übertrieben fröhlich an Magnus.

Ich wollte keine Sekunde lang an den Vorfall denken und hätte ihn am liebsten ganz vergessen. Ich spürte das Adrenalin immer noch durch meine Adern preschen. Auch der Schmerz an meinem Hinterkopf blieb und ein Pochen breitete sich über meine Schläfen bis zur Stirn aus.

»Das kann warten«, sagte er leise.

Er schloss die Haustür, führte mich ins Wohnzimmer und drückte mich sanft auf das Sofa.

Als ich zwischen den weichen Kissen saß, er neben mir Platz nahm und mich in den Arm zog, brachen alle Dämme und ich weinte hemmungslos. Weinte die Angst der vergangenen Minuten förmlich heraus.

Fina sprang neben mich auf das Sofa und schmiegte ihren warmen Körper an meine angewinkelten Beine.

Magnus hielt mich fest. Er sagte kein Wort, streichelte mir aber unentwegt über den Rücken.

In diesem Moment wusste ich, dass ich in seiner Gegenwart sicher und geborgen war. Er hielt mich und gab mir die Kraft, die ich in diesem Moment brauchte.

Ich löste mich erst aus seiner Umarmung, als ich das Gefühl hatte, keine Träne mehr weinen zu können.

Die Sonne stand hoch am Himmel und ohne einen Blick auf die Uhr zu werfen, vermutete ich, dass wir bereits Mittag hatten.

Die letzten Stunden waren wie ein Film an mir vorbeigezogen und doch waren sie Realität gewesen. Ich schniefte und wischte mir mit dem Handrücken über mein Gesicht. Bestimmt war mein Make-up verlaufen und ich sah furchtbar aus.

Magnus strich mir meine Haare aus dem Gesicht und betrachtete mich. »Ich hatte mir deinen Ex anders vorgestellt, irgendwie gepflegter«, sagte er vorsichtig.

Sein Kommentar war eine Wohltat. Diese kleine Aufmunterung hatte ich gebraucht. Ich kicherte und merkte, wie ich tief durchatmete, als hätte ich die letzten Stunden den Atem angehalten.

»Er hat sich scheinbar etwas gehen lassen«, grinste ich, froh darüber, dass ich mich leichter fühlte.

Er machte keine Anstalten, seine Umarmung zu lösen und ich war glücklich darüber, dass er es nicht tat.

Die Sonne lachte uns weiter munter an und wir saßen noch lange auf dem Sofa und unterhielten uns. Nicht nur über Hagens Übergriff, sondern auch über Kuchenrezepte, das dänische Wetter und die Frage, ob man den dänischen Hotdog mit oder ohne frische Zwiebeln essen sollte, mit natürlich!

Mit Magnus neben mir erschien alles so leicht und unbeschwert. Zufrieden und glücklich kuschelte ich mich in seine Umarmung und entspannte mich, während er meinen Arm auf- und abstreichelte.

Die Anspannung der vergangenen Stunden ließ nach und ich schloss schläfrig meine Augen.

Eingehüllt in Magnus Wärme und seinen herben männlichen Duft ließ ich mich tiefer in seine Umarmung sinken und seufzte wohlig.

Murmelndes Stimmengewirr weckte mich. Ich schaute um mich und sah, dass ich auf dem Sofa im Wohnzimmer lag, Fina an meinen Füßen. Ich musste eingeschlafen sein.

Als ich vorsichtig aufstehen wollte, hämmerte mein Kopf

und ich musste mich zurücksetzen, um dem Schwindel Einhalt zu gebieten. Der Schlag auf den Kopf, den ich abbekommen hatte, war doch stärker gewesen, als ich gedacht hatte.

Ich atmete tief durch und stand leicht schwankend auf. Ein Blick aus dem Fenster zeigte mir, dass die Sonne bereits lange ihren Höhepunkt überschritten hatte und im Begriff war, unterzugehen.

Wie lange hatte ich geschlafen? Und wo war Magnus? Ein leichter Anflug von Panik überkam mich.

Als ich mit langsamen Schritten in die Küche ging, sah ich ihn und entspannte mich augenblicklich. Er stand mit Stine, Marlies und einem weiteren Mann auf der Terrasse. Langsam trat ich näher. Das Gespräch endete, als sie mich bemerkten. Besorgt kam Magnus zu mir und legte behutsam seinen Arm um mich.

Auch Stine eilte zu mir und nahm meine Hand. »Oh man, Anni. Es ist so schrecklich, was passiert ist. Magnus hat mir alles erzählt. Wie geht es dir?«

Ich war froh, dass Stine schon alles wusste und ich ihr nicht jedes Detail der vergangenen Stunden würde erzählen müssen.

»Es geht mir ganz gut«, sagte ich mit noch leicht brüchiger Stimme. »Nur mein Kopf schmerzt höllisch.«

»Ich hole dir sofort eine Tablette.« Schon verschwand Stine in der Küche und kam mit einer Schmerztablette und einem Glas Wasser zurück, das sie mir reichte.

»Möchtest du dich hinsetzen?«, fragte Magnus mich, nachdem ich die Tablette genommen und das Wasserglas geleert hatte.

Ich nickte und er dirigierte mich behutsam auf die Strandliege, auf die gerade noch die letzten Sonnenstrahlen trafen. Jetzt erst bemerkte ich Bella, welche im Schatten der Liege lag und vor sich hin döste.

Magnus setzte sich neben mich. So dicht, dass mir sein

männlicher Duft in die Nase stieg.

Marlies und der Mann saßen auf zwei Gartenstühlen, die gegenüber meiner Liege standen.

»Hej, Marlies«, sagte ich und freute mich, sie zu sehen.

»Hej, Anni«, grinste sie in ihrer stets fröhlichen Art, die ich so schnell schätzen gelernt hatte. »Da bist du in Tideborg und endlich ist hier mal etwas los«, sagte sie grinsend, hielt sich aber schnell die Hand vor den Mund, als hätte sie etwas Verbotenes gesagt. »Oh, entschuldige. Das war nicht sehr taktvoll.« Betroffen schaute sie drein.

»Schon gut. Ich möchte mich gar nicht von dem Vorfall runterziehen lassen. Ein bisschen Aufmunterung kann nicht schaden.«

Marlies seufzte zufrieden, sichtlich erleichtert, dass ich ihr nicht böse wegen des Kommentars war.

»Und wer bist du?«, wollte ich von dem Mann wissen, der noch kein Wort gesagt hatte.

»Erinnerst du dich nicht mehr?«, fragte er erstaunt. »Ich bin Rasmus. Der Polizist, der heute Vormittag hier war.«

Bei genauerem Hinsehen kam er mir tatsächlich bekannt vor und ich erinnerte mich an ihn. Seine grünen Augen stachen aus seinem Gesicht hervor. Mit gebräunter Haut und den dunklen, kurz geschnittenen Haaren sah er attraktiv aus, sein Ausdruck hatte aber etwas Verschlossenes und Undurchdringbares an sich.

»Jetzt erinnere ich mich. Vielen Dank, dass ihr so schnell hier wart ... wie konnte das eigentlich sein?«, wollte ich wissen.

Ich hatte gar nicht darüber nachgedacht, wer die Polizei so schnell hatte alarmieren können.

»Ich habe ihn angerufen, während ich zu deinem Haus gelaufen bin«, erklärte Magnus. Das ergab Sinn und ich nickte.

»Was passiert denn jetzt? Ich meine, wo ist Hagen?«, fragte ich vorsichtig. Der Gedanke, dass er frei herumlaufen und mich noch mal aufsuchen könnte, bereitete mir Unbehagen.

»Er sitzt noch in Gewahrsam und schläft seinen Rausch aus. Danach wird er verhört und ich rate dir, ihn anzuzeigen und eine einstweilige Verfügung hinsichtlich eines Annäherungsverbotes beim Gericht zu beantragen. Außerdem werde ich, so lange du hier bist, ein paar meiner Leute abstellen, um ein Auge auf die Gegend zu haben.«

Erleichterung machte sich in mir breit. »Danke, das klingt gut, denke ich.«

Stine, die eben noch im Inneren des Hauses verschwunden war, kam mit einem Tablett zu uns zurück, auf dem vier Gläser thronten. Die Flasche Aquavit klemmte unter ihrem Arm.

»Auf den Schock erst mal einen Aquavit«, sagte sie voller Inbrunst und ich war dankbar, dass sie die Situation damit auflockerte.

»Den kann ich gut gebrauchen«, seufzte Marlies laut.

Jetzt erst bemerkte ich, dass ich über meine eigenen Gedanken ganz vergessen hatte, mich nach Marlies' Wohlbefinden zu erkundigen.

»Entschuldige Marlies, ich habe dich gar nicht gefragt, wie es dir geht. Ich war zu sehr mit mir beschäftigt.«

»Blödsinn«, winkte sie ab. »Du gehst jetzt erst einmal vor.«

Ich merkte jedoch, dass es etwas gab, was an ihr nagte. Sie hatte diesen besonderen Ausdruck und obwohl wir uns noch nicht lange kannte, meinte ich, darin etwas zu erkennen.

»Erzähl schon«, forderte ich sie auf. »Das bringt mich bestimmt auf andere Gedanken. Wie war dein Treffen mit dem Onlinedate?«

Schmerzverzerrt, als hätte ihr jemand wehgetan, verzog Marlies das Gesicht und ich wusste, ich hatte einen wunden Punkt getroffen. »Das hat gar nicht stattgefunden«, antwortete sie zerknirscht.

»Warum denn nicht?«

»Er hat sich nicht mehr gemeldet. Wir haben uns in einem

Forum über Tideborg kennengelernt. Er war von Anfang an so nett und hat so schöne Dinge geschrieben. Er käme aus Hamburg und wollte schon immer mal nach Tideborg fahren, um hier Urlaub zu machen. Wir vereinbarten, dass ich sein persönlicher Tourguide sein würde.« Marlies' Augen glänzten, als sie von dem Unbekannten sprach.

»Und dann ist der Kontakt einfach abgebrochen? Was hat er denn noch geschrieben?«

»Dass er Immobilienmakler ist und eine total schicke Penthousewohnung hat, die er mir gerne mal zeigen würde. Und dass er mich mit seinem Audi in eines der noblen Restaurants in Hamburg ausführen würde.«

Ich schluckte und wollte am liebsten gar nicht mehr zuhören. Dennoch trieb mich etwas und ich brauchte Gewissheit.

»Hast du ihn denn mal gesehen? Hat er dir ein Foto geschickt?«

Seufzend schloss Marlies die Augen. »Oh ja, das hat er. Er sieht unfassbar gut aus. Auf dem Foto sind seine braunen Haare leicht zurückgegelt und er trägt einen Anzug, der ziemlich teuer aussieht.« Marlies kramte ihr Handy aus der Tasche, scrollte sich durch ihre Galerie und hielt mir das Bild ihres vermeintlichen Blind Dates vor die Nase.

Magnus' Kopf war so dicht an meinem, dass er ebenfalls das Bild auf dem Handy sehen konnte. Stine und Rasmus hielten sich pietätvoll fern und erhaschten keinen Blick auf das Foto.

Ein leises, wütendes Schnaufen entwich Magnus.

»Vielleicht war er ja verhindert und meldet sich doch bald wieder«, versuchte Stine, die das Bild nicht gesehen hatte, Marlies aufheitern.

Ich spürte Magnus' warme Hand, die sich auf meinen Rücken legte. Diese beschützende und zugleich beruhigende Geste ließ mich erschaudern.

»Ach Marlies, wenn er sich nicht gemeldet hat, ist er ein

Arsch. Am besten du vergisst ihn ganz schnell. Du hast doch etwas Besseres verdient«, versuchte ich sie aufzumuntern, konnte damit aber nicht ihren traurigen Ausdruck verscheuchen.

»Das war kein Blind Date, sondern ein Blindgänger, Marlies«, sagte Magnus und ein flüchtiges Lächeln hüpfte über ihre Züge.

»Und was, wenn er perfekt war?«

Das glaubte ich kaum, denn Hagen war alles andere als perfekt. Dass es sein Foto war, das Marlies uns eben auf ihrem Handy gezeigt hat, würde Magnus' und mein Geheimnis bleiben.

»Stine, wir brauchen den Aquavit«, forderte ich meine Schwester auf.

Sofort verteilte sie eifrig die Gläser und füllte sie dieses Mal so voll, dass der Inhalt bei der kleinsten Neigung über den Rand schwappen würde.

Mit einem lauten *Skål* erhoben wir unsere Gläser und ich schüttelte mich bei dem Brennen, dass der Schnaps in meinem Hals verursachte.

Rasmus, der uns während der ganzen Zeit stillschweigend beobachtet hatte, erhob sich. »Ich muss dann mal. Die Arbeit ruft.« Er nickte uns kurz zu und ich hatte das Gefühl, dass mehr hinter seiner Fassade steckte und er nicht nur ein Geheimnis mit sich herumtrug.

Da ich meinen Kopf aber nicht mit noch mehr Aufregung füllen wollte, verdrängte ich den Gedanken. Wahrscheinlich hatte ich mich auch getäuscht und der Tag hatte mich einfach zu sehr angestrengt, sodass ich jetzt überall Gespenster sah.

»Nimmst du mich mit in die Stadt?«, fragte Marlies und sprang ebenfalls von ihrem Stuhl auf.

»Klar«, antwortete Rasmus kurz angebunden.

Gemeinsam gingen wir zur Haustür und verabschiedeten die beiden.

Fina und Bella hatten ebenfalls ihren Weg ins Innere gefunden und es sich unter dem Esstisch gemütlich gemacht. Aneinander gekuschelt lagen sie auf dem großen Sisalteppich.

»Was haltet ihr davon, wenn ich uns etwas koche? Anni, du hast den ganzen Tag kaum etwas gegessen«, schlug Magnus vor.

Bevor ich antworten konnte, hakte Stine sich bei ihm unter und schob ihn in die Küche.

»Prima Idee! Ich zeige dir, wo alles steht, und dann machen Anni und ich es uns im Wohnzimmer bequem.«

Während Stine aus dem Vorratsraum Nudeln und frisches Gemüse holte und Magnus Pfannen und Töpfe auf den Herd stellte, kuschelte ich mich in die weichen Kissen auf dem Sofa.

Ich wählte meinen Platz mit Bedacht am äußersten Rand des Sofas, sodass ich einen guten Blick auf die Küche und vor allem den Koch hatte.

Stine kam mit zwei Gläsern Rotwein zu mir und setzte sich neben mich. »Hast du dir den Logenplatz gesichert?« Ein Blick in ihr Gesicht verriet, dass sie ihr Lachen unterdrücken musste.

»Dazu muss ich nichts sagen«, antwortete ich ihr, verriet mich aber durch mein Grinsen.

Ich nippte an meinem Wein und zwang mich, Magnus nicht unentwegt anzustarren. Selbst beim Kochen wirkte er unglaublich männlich. Seine Muskeln bewegten sich bei jeder seiner Bewegungen. Der breite, athletische Rücken ließ mich beinahe vor Entzücken aufjuchzen und ich fragte mich, wie es sich wohl anfühlen mochte, mit meinen Händen über seinen Rücken zu streichen.

Auch Magnus warf mir immer wieder verstohlene Blicke zu, die mein Magen mit einem Salto quittierte.

»Wie war dein Tag?«, wollte ich von Stine wissen.

»Besser als deiner.« Sie nahm einen Schluck von ihrem Wein. »Geht es dir wirklich gut?«

Ich hatte unfassbare Angst gehabt, als Hagen auf mich losgegangen war. Ich war in dem Moment wütend, zornig und verängstigt. Als ich jedoch Magnus in meiner Nähe gespürt und ihn gesehen hatte, war die Angst der Gewissheit gewichen, dass mir nichts geschehen konnte, dass ich sicher war. Aus irgendeinem Grund wusste ich, dass mir nichts passieren würde, so lange er bei mir war. Dennoch war mir bewusst, dass mich Hagens Überfall in den nächsten Tagen noch beschäftigen würde. Mein Körper schien ihn jetzt zu verdrängen, um die Emotionen später zu verarbeiten.

»Ja, es geht mir soweit gut. Ich bin ziemlich erschöpft von dem Tag, aber ich werde Hagen nicht die Macht verleihen, über meine Gefühle zu bestimmen.« Ich würde noch oft an diesen Tag denken müssen, dessen war ich mir sicher. Aber ich würde alle notwendigen Schritte einleiten, um Hagen von mir fernzuhalten. Und ich vermutete, dass er nicht noch einmal versuchen würde, mir etwas anzutun. Dafür war ihm sein adäquates Auftreten schon immer viel zu wichtig gewesen.

»So ist es richtig. Du bist stark, Anni. Das warst du schon immer.« Statt einer Antwort hielt ich Stine mein Glas entgegen, sodass wir anstoßen konnten. Damit war alles gesagt, was wir nicht ausgesprochen hatten. Wir verstanden uns schon immer ohne Worte.

»Und jetzt genug von mir. Bist du mit deinem Bild gut vorangekommen?«, lenkte ich das Gespräch auf sie, um nicht doch Gefahr zu laufen, von den vergangenen Stunden eingeholt zu werden.

»Oh ja.« Stine strahlte. Wann immer sie über ihre Bilder sprach, funkelten ihre Augen vor Freude und Hingabe. »Ich werde es bis zur Ausstellung schaffen. Morgen werde ich mich noch einmal in Marlies' Wohnung einschließen. Der Blick über die Dünen war fantastisch und ich hatte einen kreativen Flow. Du wirst begeistert sein, wenn du das Bild siehst.«

»Was zeigt es denn?«, wollte ich wissen.

»Top secret.« Sie tat, als würde sie mit den Fingern ihren Mund verschließen.

»Dann lasse ich mich überraschen. Was zieht man denn zu so einer Ausstellung an?« Ich war zwar schon auf einigen Vernissagen gewesen, die allesamt sehr edel und luxuriös aufgezogen waren und bei denen der Abenddress auf den Einladungskarten vorgeschrieben war. Ich wusste jedoch nicht, ob diese Ausstellung ein ähnliches Ambiente bevorzugte.

»Etwas schick darf es schon sein. Die letzten Ausstellungen, die diese Künstler gemacht haben, waren eher leger, aber dieses Mal soll etwas ganz Besonderes werden.«

Das klang spannend und ich freute mich schon sehr, Stines Bilder zwischen denen der anderen Künstler zu sehen. Ich war unsagbar stolz auf meine Schwester. Sie hatte ihre Passion zum Beruf gemacht und war einen steinigen Weg gegangen, um von ihrer Kunst leben zu können.

»Da habe ich doch das Passende«, klimperte ich mit den Wimpern.

»Zufällig ein blaues Seidenkleid mit einem wahnsinnigen Ausschnitt?«

»Rein zufällig.« Ich war jetzt schon aufgeregt, mein neues Kleid anzuziehen. Das war der Moment, auf den es gewartet hatte. Bei Marlies in der Butik hatte ich die Vorahnung, dass es zum Einsatz kommen würde, und so würde es sein.

»Kommt Magnus auch zur Ausstellung?«, fragte ich Stine flüsternd.

Ich hatte bislang noch keine Gelegenheit an diesem Tag gehabt, ihn danach zu fragen.

Aber Stine grinste breit. »Na logisch. Ich kann doch nicht verantworten, dass dich irgendein anderer Mann in deinem Outfit sieht. Ich habe ihm gestern Abend eine WhatsApp-Nachricht geschickt und er hat direkt zugesagt.«

Ich stellte mir vor, was er wohl tragen würde. Bislang hatte ich ihn in lässigen Klamotten gesehen, aber ein Blick in seinen Kleiderschrank hatte verraten, dass er einige Anzüge in seinem Repertoire hatte.

Wir plauderten und mit jeder Minute, die Stine und ich auf dem Sofa saßen, genüsslich an unserem Wein nippten und ich Magnus in der Küche beobachtete, fühlte ich mich entspannter.

Die Kopfschmerzen waren mittlerweile verschwunden und ich konnte den Abend nach diesem desaströsen Tag genießen.

Mein Herzschlag setzte immer wieder aus, was aber nicht an einem hereinbrechenden Schock lag, sondern an Magnus, der in der Küche in den Töpfen rührte.

Als er uns zum Essen rief, war die anfangs kleine Flamme der Hoffnung, dass Magnus und mich mehr verband als Freundschaft, zu einem kräftigen Feuer angestiegen. Vielleicht hatte dieser Tag auch für ihn die letzten Zweifel davongetragen.

Ich konnte mir in diesem Augenblick nichts vorstellen, was diese Feuer löschen konnte.

KAPITEL 14

»Das war köstlich. Vielen Dank fürs Kochen und das leckere Essen.« Stine hielt sich ihren Bauch, als würde der jeden Moment platzen wollen.

Auch ich lehnte mich satt und zufrieden auf meinem Stuhl zurück. Die letzte Stunde hatten wir das von Magnus gezauberte Essen verspeist und uns dabei wunderbar unterhalten. Es fühlte sich an, als wäre es vollkommen normal, dass wir gemeinsam an einem Tisch saßen und uns über Gott und die Welt unterhielten.

Nach einem Absacker erklärte Stine, dass sie das Abwaschen übernehmen würde, sodass Magnus und ich noch einmal mit den Hunden rausgehen konnten. Im Stillen dankte ich meiner Schwester für ihre Ansage, denn so hatten wir einen Moment für uns allein.

Wir traten auf die Terrasse, die mittlerweile in der Dunkelheit lag. Der nächtliche Himmel war klar und gab den freien Blick auf unzählige Sterne frei.

Das Rauschen des Meeres wurde lauter, je weiter wir den Strand hinabgingen. Meine Schuhe hatte ich gar nicht erst angezogen, da ich das Gefühl der kalten Wellen an meinen Füßen spüren wollte.

Fina und Bella trabten um uns herum und jagten den

ankommenden Wellen nach.

»Was für ein Tag«, durchbrach ich die Stille. »Ich kann dir nicht genug danken, dass du mir geholfen hast.« Ich blieb stehen und schaute ihn an. Das Mondlicht strahlte ihm ins Gesicht und verlieh ihm einen besonderen Glanz. »Du hast mich gerettet«, flüsterte ich kaum hörbar, aber dennoch so laut, dass er mich verstand.

Das Wasser spülte um meine Knöchel und kühlte meinen Körper ab.

Magnus legte eine Hand an meine Wange und strich mit dem Daumen meine Konturen nach. Keiner von uns beiden sagte ein Wort. Nur unsere Atmung war zu hören.

Ich sah seinen Brustkorb auf- und niedersinken. Die Muskeln, die unter seinem engen T-Shirt abgebildet waren, zuckten.

Ich legte meinen Kopf in den Nacken, um ihm besser in die Augen schauen zu können.

Magnus beugte sich vor. Langsam genug, dass ich den bevorstehenden Kuss stoppen könnte. Das wäre allerdings das Letzte, das ich in diesem Moment hätte tun wollen.

Als ich meine Augen schloss, senkte er seine warmen, vollen Lippen auf meine.

Dieser Kuss drückte mehr aus, als es Worte hätten tun können. Ich vergrub meine Hände in seinem Haar und zog ihn zu mir hinunter.

Wir waren uns so nah und verbunden durch den Kuss. Doch ich spürte, dass ich mehr wollte und mehr brauchte.

Ich wollte ihn ganz. Ich wollte ihn am ganzen Körper spüren, ihm nah sein und nie wieder loslassen. Das hatte ich schon immer gewollt. Bereits als wir uns damals das erste Mal geküsst hatten. Zwar waren meine Gefühle damals noch jugendlicher Art gewesen, jedoch der Wunsch, immer mit ihm zusammen zu sein, begleitete mich schon da.

Die Sehnsucht nach ihm hatte nie geendet, sondern war von Jahr zu Jahr gewachsen.

Nach diesem Tag, der mir so viel Angst und Furcht beschert hatte, spürte ich tief in mir, dass meine Sehnsucht gestillt werden wollte, genau hier, genau jetzt.

Ich vertiefte den Kuss und neckte Magnus mit meiner Zunge.

Er schien zu verstehen, was ich wollte, denn auch er intensivierte den Kuss, nahm die Hand von meiner Wange und hob mich hoch.

Spielend leicht, als würde ich nichts wiegen, hielt er mich.

Meine Beine schlang ich um seine Hüften und klammerte mich an ihm fest.

Schnellen Schrittes ging Magnus den Weg zu seinem Strandhaus. Das Wasser spritzte um seine Beine und hoch bis zu meinem Plisseerock.

Fina und Bella eilten an uns vorbei zum Haus, wohl wissend, welchen Weg wir einschlagen würden.

Wir unterbrachen den Kuss immer nur so lange, wie Magnus sich orientieren musste, über keinen der großen Steine zu stolpern, die gelegentlich halb im Sand verborgen waren.

Eilig, als könnte er es nicht erwarten, rannte er beinahe die Steintreppe zu seiner Terrasse hinauf, ging um das Haus herum und setzte mich erst ab, als wir vor seiner Haustür standen.

Ungeduldig kramte er in seiner Hosentasche nach dem Haustürschlüssel.

Wenn ich mich nicht täuschte, zitterte seine Hand sogar ein wenig, als er versuchte, den Schlüssel in das Schlüsselloch zu stecken.

Als die Tür sich öffnete, rief Magnus die Hunde zu sich.

»Bella, Fina! Rein! Sofort!« Ich lachte über seinen Befehlston. Anscheinend konnte er es ebenso wenig abwarten, endlich mit mir in seinem Haus und damit ungestört zu sein.

Nachdem die Hunde an uns vorbeigestürmt waren und sich

sofort auf die Hundedecke vor der großen Terrassentür setzten, nahm Magnus meine Hand und zog mich hinter sich her in den Flur.

Bella und Fina hatten verstanden, dass es angebracht war, zu hören und nicht auf Futter oder ein Leckerli zu warten.

An der Hand zog Magnus mich durch den dunklen Flur hinter sich her. Vor seiner Schlafzimmertür blieb er stehen, drehte sich abrupt und doch geschmeidig wie ein Tiger um und schob mich so weit nach hinten, dass ich an meinem Rücken die kalte Wand hinter mir spürte.

Gierig, als könne er es nicht erwarten, küsste er mich wieder und vergrub seine Hände in meinem Zopf.

Als ich meine Hände an seiner Brust entlangstreichen ließ, entlockte ich ihm damit ein Stöhnen.

Magnus löste meinen Zopf und befreite meine Haare, sodass meine langen Locken über meine Schulter fielen.

Ich nestelte am Saum seines T-Shirts herum und zog es ihm über den Kopf. Seine muskulöse Brust kam zum Vorschein und ich musste bei seinem Anblick schlucken.

Anscheinend registrierte er meinen bewundernden Blick, denn er quittierte ihn mit einem lasziven Lächeln.

Mit einer schnellen Handbewegung entledigte er mich meines T-Shirts und wir küssten uns weiter. Verschmolzen Haut an Haut miteinander.

Die Erregung breitete sich in meinem gesamten Körper aus und ich spürte an Magnus' Körpermitte, die sich hart gegen meinen Bauch drängte, dass er auch bereit war und es nicht erwarten konnte, mit mir zu schlafen.

Den Kuss nicht unterbrechend, hob er mich wieder hoch und trug mich, die Tür mit dem Fuß auftretend, in sein Schlafzimmer. Vor seinem großen Bett blieb er stehen und legte mich behutsam, als wäre ich ein kostbarer Schatz, auf seinem Bett ab.

Ich versank in den weichen Kissen und der seidigen Bettwäsche.

Magnus ließ mich nicht aus den Augen, als er die kleine Nachttischlampe neben dem Bett anknipste. Der Raum wurde durch das zarte Licht mild erleuchtet.

Er kam zu mir zurück und stellte sich vor das Bett, sodass er einen ungehinderten Blick auf mich hatte.

Ich spürte seine Blicke auf meiner Haut, als würden unzählige Ameisen über mich rasen. Die kleinen Haare auf meinen Armen stellten sich auf und eine wohlige Gänsehaut überzog meinen Körper.

Unter Magnus' Blicken fühlte ich mich sexy und ich genoss die Reaktionen, die ich in ihm auslöste.

»Verdammt, Anni, wie lange habe ich auf diesen Moment gewartet?«, raunte er mir zu und seine erregte Stimme nahm einen noch tieferen Ton an.

»Du bist so wunderschön.« Mit diesen Worten legte er sich neben mich und ließ seine Hände über meinen Körper wandern.

Die nächsten Stunden stillte er meine Sehnsucht, die sich über Jahre angesammelt hatte, bis auch der letzte Winkel meines Körpers mit dem Gedanken an Magnus erfüllt war.

Sonnenstrahlen, die mein Gesicht kitzelten, weckten mich.

Noch etwas verschlafen öffnete ich meine Augen und schaute auf Magnus, der auf der Bettdecke saß und mich musterte.

Sein nackter Oberkörper, auf dem die letzten Wassertropfen heruntерglitten, zog meinen Blick magisch auf sich.

»Gut geschlafen?«, fragte er mich und strich mir dabei eine Strähne aus dem Gesicht.

Wohlig seufzend, streckte ich mich und verspürte das herrliche Ziehen meiner Muskeln. Bestimmt würde ich in den nächsten Tagen Muskelkater bekommen nach dem, was wir in der vergangenen Nacht gemacht hatten.

Die Bilder der Nacht schlichen sich in mein Bewusstsein. Magnus und ich, wie wir übereinander hergefallen waren, als hätten wir keinen Moment länger warten können, den anderen zu spüren. Jeden Zentimeter meines Körpers hatte er erkundet und mir dabei nicht nur einen Orgasmus geschenkt.

»Ja, ich habe fantastisch geschlafen«, seufzte ich und das warme Gefühl der Nacht breitete sich in meinem Inneren aus.

Magnus kniete sich neben mich auf das Bett, schlang sein muskulöses Bein über meine Körpermitte und kam rittlings auf mir zu sitzen.

Mit den Händen stütze er sich neben meinem Kopf ab und einzelne Wassertropfen fielen aus seinen Haaren und kitzelten mich im Gesicht. »Dann will ich mein Bestes geben, damit du auch einen schönen Morgen hast«, raunte er mir ins Ohr und küsste sich an meinem Hals entlang, bis er an meinen Brüsten angekommen war.

Hatte ich gedacht, nach der vergangenen Nacht viel zu erschöpft zu sein, bewies Magnus seine Qualitäten und zeigte mir ein weiteres Mal, wie viel Spaß wir miteinander haben konnten.

Frisch geduscht zog ich mir meine Kleidung an, die wir am Abend achtlos im Schlafzimmer abgeworfen hatten. Meine Haare band ich in einem Handtuchturban auf dem Kopf zusammen und ging barfuß in die Küche, aus der ich Magnus hörte.

Nur mit einer Jogginghose bekleidet, stand er mit nacktem Oberkörper am Herd.

Als er mich kommen sah, warf er mir ein umwerfendes Lächeln zu. Fina verließ ihren Platz am Fenster und rannte aufgeregt um meine Beine, um sich ihre morgendliche Streicheleinheit abzuholen. Genauso schnell eilte sie aber zurück zu Bella auf ihren neuen Lieblingsplatz am Fenster.

Ich setzte mich auf den Barhocker und beobachtete Magnus beim Kochen.

»Magst du Rührei?«, fragte er mich.

»Ja, sehr gerne.«

Schon seit dem Aufstehen wirbelten Fragen in meinem Kopf herum, die heute gestellt werden mussten, sollte etwas Ernsteres aus uns werden.

Ich holte tief Luft und merkte, wie nervös ich war. Magnus' Antworten würden Aufschluss darüber geben, was er wollte.

War es eine lockere Affäre, eine feste Beziehung oder gar nichts von alldem?

»Magnus?«, durchbrach ich die Stille.

»Hmm?« Sein sexy Aussehen erschwerte mein Vorhaben, ernst mit ihm zu sprechen. Viel lieber hätte ich die Hand nach ihm ausgestreckt und seine Muskeln mit meinen Fingern nachgefahren. Aber es war wichtig, diese Sache zwischen uns zu klären.

»Was ist das zwischen uns?«

Er hielt inne, stellte die Bratpfanne vom Herd und stützte sich mit ausgestreckten Armen an der Kücheninsel ab.

Die Muskeln an seinen Oberarmen zuckten. Ein Zeichen dafür, dass er nervös war.

»Anni«, antwortete er kaum hörbar und fuhr sich mit den Händen durch die Haare.

Bevor er weiterreden konnte, schleuderte ich ihm all die Fragen entgegen, welche die ganzen Jahre an mir genagt hatten und mich davon abgebracht hatten, zur Ruhe zu kommen.

»Warum hast du mich damals plötzlich so schlecht behandelt und mich verlassen?« Ich schluckte und konnte die Tränen nicht mehr zurückhalten, die heiß über meine Wangen liefen. Warum ausgerechnet jetzt alles an die Oberfläche kam, wusste ich nicht genau. Wahrscheinlich konnte ich nicht länger mit dieser

Ungewissheit weitermachen, weil wir uns so nah gewesen waren und ich einen Vorgeschmack darauf bekommen hatte, wie es sein konnte, mit Magnus zusammen zu sein.

»Du hast mir das Herz gebrochen. Es herausgerissen und bist darauf herumgetrampelt. Wer war diese Blondine auf Omas Beerdigung? Wolltest du mein eh schon gebrochenes Herz komplett zermalmen?« Ich ließ meinen Gefühlen freien Lauf, ohne darauf zu achten, was Magnus von mir denken könnte oder ob ich gerade hysterisch wirkte. Ich hörte meine Stimme selbst zu schrill in meinen Ohren, aber es war mir gerade egal.

Immer hatte ich versucht, nicht anzuecken und es allen recht zu machen. Heute nicht.

All die Jahre hatte ich gelitten und mit der Vergangenheit nicht abschließen können. Nie hatte ich mich getraut, Antworten einzufordern.

Magnus löste sich von der Kücheninsel und auch seine Augen glänzten, als wollten sich die Tränen ihren Weg bahnen. Er schaffte es jedoch, sie zu unterdrücken.

Mit einem Seufzer trat er vor mich und strich mir über die Wangen. Mit seinen Daumen fing er meine Tränen auf. Doch diese liebevolle und intime Geste führte nur dazu, dass der Tränenstrom immer stärker wurde.

» Anni«, flüsterte Magnus. »Es ist alles so kompliziert.«

Er schaute an mir vorbei durch die großen Terrassenfenster, als würden er dort nach den passenden Worten suchen.

»Nein, Magnus. Es ist nicht kompliziert. Entweder hast du auch Gefühle für mich oder nicht. Entweder willst du mit mir zusammen sein oder nicht. Was kann daran so schwer sein?«

Wütend schnaufte ich. Dieser Mann machte mich wahrlich verrückt.

»Manchmal ist es schwerer, als es scheint, jemanden zu lieben.«

Was wollte er mir damit nun sagen?

»Hast du mich damals geliebt?«, wollte ich wissen.

»Ja«, hauchte er und nun konnte ich deutlich sehen, wie sich Tränen in seinen Augen bildeten.

»Liebst du mich auch heute?«

»Ja«, sagte er erneut und schaute mir tief in die Augen.

Was war denn dann das Problem? Ich verstand es nicht.

»Und was hindert uns dann daran, zusammen zu sein? Und was ist damals passiert?« Magnus schaute zu Boden und sah aus, als hätte ihn jemand geschlagen. Sein Gesicht wirkte mit einem Mal sorgenvoll und jegliche Leichtigkeit war daraus gewichen.

»Ich kann nicht darüber sprechen. Manchmal gibt es etwas, das einen hindert, zu lieben. Manche Dinge sind größer, ohne dass man Einfluss darauf hat.«

Zwar hatte ich die Antwort von Magnus bekommen, dass auch er mich liebte, aber die Ungewissheit über die Vergangenheit lastete so schwer auf mir, dass sie mir beinahe die Luft zum Atmen nahm. Aus seinen kryptischen Worten wurde ich ebenfalls nicht schlau.

»Reicht es denn nicht, dass wir den Moment genießen?« Er löste das Handtuch von meinem Kopf und meine nassen Locken fielen auf meinen Rücken.

»Unter anderen Umständen hätte es gereicht.« Ich stand auf und mir war mit einem Mal klar, was ich tun musste. »Du warst meine erste große Liebe Magnus. Du warst der erste Junge, mit dem ich geschlafen habe. Für mich gab es immer nur dich. Du warst schon immer der, der mein Herz hat höherschlagen lassen. Aber du hast es gebrochen und noch einmal lasse ich es mir nicht brechen.«

Mit diesen Worten ging ich zur Haustür, klopfte auf meinen Oberschenkel, Finas Zeichen, zu mir zu kommen, und öffnete die Haustür.

Ich zog die Tür von außen zu, ohne noch einmal

zurückzuschauen.

Mein Herz würde den Anblick kein weiteres Mal ertragen.

»Anni, um Himmels Willen. Was ist los?«

Stine legte ihren Pinsel neben die Staffelei und putzte ihre Hände an ihrem Malkittel ab. Schnellen Schrittes kam sie auf mich zu und schloss mich in die Arme.

Ich musste einen äußerst mitleiderregenden Eindruck machen, wie ich mit tränennassem Gesicht und hängenden Schultern vor ihr stand.

»Nun sag schon.« Nach einem kurzen Zögern fügte sie hinzu: »War er so schlecht?«

Wieder grinste ich, dankbar über Stines Art, die Situation aufzulockern und mir ein gutes Gefühl geben zu wollen.

»Im Gegenteil«, seufzte ich.

»Was ist es dann?«

»Er ist nicht ehrlich zu mir. Er hat Geheimnisse und es gibt etwas, was er vor mir verbirgt.«

Mit hängenden Schultern ging ich Treppe hinunter ins Wohnzimmer und weiter in die Küche. Ich zog den Esszimmerstuhl, von dem aus man den besten Blick auf das Meer hatte, nach hinten, und ließ mich kraftlos niederplumpsen.

Stine folgte mir und setzte sich auf den freien Stuhl neben mir. Sie nahm meine Hand und drückte sie leicht. Diese liebevolle Geste ließ mich nur noch mehr weinen und nichts konnte meine Tränen aufhalten.

»Welche Geheimnisse meinst du? Was hat er gesagt? Ich verstehe nicht ganz.« Stine rutschte näher an mich heran und strich mir über den Rücken.

»Er kann nicht sagen, was das mit uns ist oder was es wird. Und als ich ihn danach gefragt habe, warum er damals so merkwürdig und verändert war, wollte er mir keine Antwort darauf geben. Er sagte nur, dass es etwas gebe, was es kompliziert mache.« Ratsuchend schaute ich Stine an, doch die guckte genauso verwundert, wie ich mich fühlte.

»Komisch. Was kann er damit meinen?«

»Keine Ahnung. Er sagt, dass es manchmal etwas Anderes, Größeres gibt.«

Stine stand auf und ihr Stuhl, den sie ruckartig zurückgeschoben hatte, kratzte über die Holzdielen.

»Soll ich ihn mir mal vorknöpfen? Der kann was erleben. Niemand geht so mit meiner Schwester um.« Kampfeslustig stand sie dort. Allein, dass ich wusste, dass Stine ihren Worten Taten lassen folgen würde, wenn ich sie darum bitten würde, ließ mich schniefend den Kopf schütteln.

»Nein, nein.« Obwohl ich kaum noch Kraft hatte und das Gefühl mich übermannte, innerlich vollkommen leer zu sein, musste ich über Stines Art, mich zu verteidigen, grinsen. »Danke, Schwesterherz. Ich weiß es zu schätzen, dass du mich verteidigst. Du bist ein Schatz. Aber jetzt ist ein für alle Mal Schluss. Noch einmal wird Magnus mir mein Herz nicht brechen. Ich fahre zurück nach Hamburg und werde versuchen, darüber hinwegzukommen. Ich habe wirklich alles versucht, aber wenn er sich mir gegenüber nicht öffnet, habe ich keine Chance. Und ein *wir* wird es so nie geben können.«

»Wie … willst du heute schon fahren? Vor meiner Ausstellung?«

Am liebsten hätte ich mich in den nächsten Zug gesetzt und wäre zurück nach Hamburg gefahren. Nicht, weil ich davonlaufen würde, sondern weil ich eingesehen hatte, dass es nichts bringen würde, weiter zu versuchen, mit Magnus zu reden oder mir Hoffnungen zu machen. Denn das war in den letzten Tagen passiert. Ich hatte mir Hoffnungen auf mehr gemacht.

Ich würde Constanze noch einmal anrufen müssen, um sie zu fragen, ob ich ein paar Tage bei ihr unterkommen könnte.

Ansonsten würde ich in ein Hotel einchecken, bis ich eine Wohnung angemietet hatte. Zum Glück hatte ich noch einige Ersparnisse und konnte mir zumindest eine Zeit lang ein Hotelzimmer leisten.

Aber beim Blick in Stines Augen, die sich verdächtig mit Tränen füllten, brachte ich es nicht übers Herz, schon zwei Tage eher zurückzufahren. »Nein, natürlich bleibe ich bis zu deiner Ausstellung«, beruhigte ich sie und ihr Gesicht hellte sich schlagartig wieder auf.

»Ist es denn in Ordnung, dass du dort auf Magnus triffst, oder soll ich die Einladung zurückziehen?«

Es rührte mich, dass meine Schwester bereit wäre, Magnus wieder auszuladen, um mir keine Unannehmlichkeiten zu bereiten.

Doch ich verneinte. »Irgendwann werde ich ihn eh wiedersehen. Ich laufe nicht mehr davon. Und ich habe auch nicht vor, wieder solange Tideborg fernzubleiben. Ich werde Magnus erhobenen Hauptes begegnen. Soll er doch gehen, wenn wir uns wieder begegnen. Ich tue es nicht mehr.«

»Ich bin stolz auf dich.« Stine umarmte mich überschwänglich. »Du bist eine starke Frau, Anni. Du glaubst nicht, wie glücklich ich bin, dass du hier bist und auch bis zur Ausstellung bleibst.«

Ich erwiderte die Umarmung und hielt Stine fest an mich gedrückt. Ganz egal, was zwischen Magnus und mir passiert war und wie unsere Aufeinandertreffen zukünftig aussehen würden, meine Schwester würde ich nie wieder im Stich lassen, dessen war ich mir sicher.

Ich war trotz aller Turbulenzen mehr als glücklich, zurückgekehrt zu sein. Ich hatte Frieden mit meiner Vergangenheit in Tideborg geschlossen. Für Magnus inneren Frieden war ich nicht verantwortlich. Wenn er nicht bereit war, sich seinen Ängsten zu stellen, würde ich ihm nicht helfen können, so lange er sich nicht helfen lassen wollte.

»Bist du denn für die Ausstellung bereit?«, wollte ich von Stine wissen.

»Noch nicht ganz. Das letzte Bild, an dem ich in den letzten Tagen gearbeitet habe, überarbeite ich gleich noch einmal. Ich habe noch eine Kleinigkeit zu ändern, die sich kurzfristig ergeben hat.«

»Dann will ich dich nicht länger aufhalten. Na los«, forderte ich Stine auf und schob sie in Richtung Wohnzimmer. »Rauf mit dir ins Atelier.«

»Kann ich dich denn alleine lassen?«

»Natürlich«, nickte ich zuversichtlich und hoffte, schon etwas munterer zu wirken. »Ich werde mich ein bisschen hinlegen. Etwas Ruhe wird mir guttun.«

»Mach das. Und wenn etwas ist, rufst du mich, ja?«

»Einverstanden.«

Als Stine schon an der Treppe zum Atelier angekommen war, rief ich sie noch einmal.

»Stine?«

»Ja?« Die Hand schon auf dem Geländer, drehte sie sich zu mir um.

»Danke für alles. Ich weiß nicht, was ich ohne dich machen würde.«

»Ich bin immer für dich da.«

Mein Herz quoll über vor Liebe und Zuneigung zu meiner jüngeren Schwester. Mit dem Gefühl, dass ich ihr immer vertrauen konnte und von ihr nie getäuscht werden würde, ging ich in mein Zimmer

Ich zog die Vorhänge zu, sodass die Sonne nicht mehr hereinschien.

Fina hüpfte auf das Bett, sobald ich mich darauf gelegt hatte.

Ich zückte mein Handy und schrieb Constanze eine Nachricht, um zu fragen, ob ich in den ersten Tagen nach meiner Rückkehr bei ihr unterkommen könnte.

Ohne lange über die letzten Stunden mit Magnus nachdenken zu können, übermannte mich die Erschöpfung und ich schlief binnen kürzester Zeit ein.

KAPITEL 15

Das Piepen meines Handys riss mich aus dem Schlaf und meinen wirren Träumen und ich war erleichtert, wieder in der Realität angekommen zu sein. Weg von den Albträumen, die mich geplagt hatten, die allesamt Magnus und mich beinhalteten, jedoch ohne Happy End.

Eigentlich waren die Träume also nicht viel anders als die Realität, denn ein Happy End würde es nicht geben.

Ich schwang die Beine aus dem Bett und zog die Gardinen beiseite.

Die Sonne schien immer noch, hatte ihren Höhepunkt jedoch schon vor einiger Zeit erreicht.

Am liebsten hätte ich mich bis zur Ausstellung am kommenden Tag im Bett verkrochen und wäre nicht mehr rausgegangen, aber die Wellen des Meeres schienen mich zu rufen, um mir Trost zu spenden. Außerdem hatte ich Herlinde versprochen, sie und Gustav zu besuchen.

Da heute mein vorletzter freier Tag in Tideborg war und ich die morgige Zeit ganz meiner Schwester widmen wollte, blieb keine Alternative, um den von Linnenbergs einen Besuch abzustatten. Zwar war mir bei dem Gedanken etwas mulmig, dass die beiden von Magnus und mir erfahren könnten, aber wie ich sie in Erinnerung hatte, waren sie zu taktvoll und diskret, um mich in Verlegenheit zu bringen.

Die Ablenkung würde mir guttun und bestimmt würden die beiden nicht nur einmal von meiner Oma, die sie neben ihrer Arbeit ins Herz geschlossen hatten, sprechen.

Mit dem Entschluss, gleich zum Linnenberg-Anwesen zu gehen, durchquerte ich das kleine Gästezimmer und durchforstete meine Kleidungsstücke nach etwas Passendem. Zwar waren Gustav und Herlinde trotz ihres Reichtums stets normal und keinesfalls abgehoben oder arrogant, aber immer, wenn ich die große Eingangshalle ihres Anwesens betreten hatte, meine Schritte über den Marmorboden hallten und die Gemälde an den Fluren mich anzustarren schienen, hatte ich das Gefühl, mich etwas schicker und adretter kleiden zu müssen. Leider war meine Auswahl an Kleidung begrenzt. Dennoch fand ich etwas, das nicht zu freizügig war, aber trotzdem sommerlich wirkte.

Ich entschied mich für eine schmal geschnittene Jeans, zu der ich eine lange Tunika kombinierte. Der angenehme Stoff des Oberteils schmeichelte meinem Körper und fühlte sich federleicht auf meiner Haut an.

Fina, die immer noch auf dem Bett lag, bemerkte, dass es Zeit zum Aufbruch war. Sie sprang von der weichen Bettdecke herunter und folgte mir aus dem Gästezimmer.

Ich schnappte mir mein Handy von kleinen Tischchen neben dem Bett und sah, dass Constanze mir bereits geantwortet hatte.

Hey Süße!
Was für eine Frage! Ich dachte, es wäre klar, dass du erstmal zu mir kommst, bis du etwas Neues gefunden hast. Mein riesiges Schlafsofa gehört so lange dir, wie du möchtest.
Ich freue mich auf meine neue vorübergehende Mitbewohnerin.
Kuss Constanze

Constanze war einfach ein Schatz und ihre Nachricht rührte mich sehr.

So großes Pech ich mit den Männern auch hatte, so viel Glück hatte ich mit meiner Familie und meinen Freunden.

Scheinbar konnte man nicht alles haben.

Beim Herausgehen blieb mein Blick an der kleinen gläsernen Robbe hängen, die ich vor einigen Tagen in der Stadt erstanden hatte.

Bilder von Magnus und mir am Strand drängten sich in mein Bewusstsein, doch bevor meine Augen sich wieder mit Tränen füllen konnten und meine Gefühle mich übermannten, schluckte ich den Kloß in meinem Hals herunter.

Ich wollte meine letzten beiden Tage in Tideborg nicht damit verbringen, mich selbst zu bemitleiden. Die Augen aus dem Kopf weinen, konnte ich immer noch, wenn ich zurück in Hamburg war. Dann würde ich einen Großvorrat an *Ben&Jerry's* kaufen und alle fünf Staffeln *The Bold Type* schauen. Wie ich Constanze kannte, würde sie es sich nicht nehmen lassen, mir Gesellschaft zu leisten und hin und wieder an den passenden Stellen über die Charaktere herzuziehen oder bei einem besonders gut aussehenden Kerl schmachtend zu seufzen.

Bevor ich die Treppe zu Stines Atelier hochging, antwortete ich Constanze und schrieb ihr, wie sehr ich mich auf die Zeit bei ihr freute. Denn das tat ich wirklich. So turbulent die letzten Tage und Wochen waren, so sehr hatte ich festgestellt, dass es auf viel mehr im Leben ankam als Männer und die große Liebe.

Ich war dankbar für meine Familie. Obwohl meine Eltern und ich uns nicht so häufig sahen, hatten wir regelmäßig Kontakt, dem es trotz der Entfernung nicht an Herzlichkeit und Vertrauen mangelte.

Stine war die beste Schwester, die ich mir vorstellen konnte. Ohne mein Ankommen in Tideborg zu hinterfragen, hatte sie mich mit offenen Armen empfangen und war stets an meiner Seite. Mit ihrer unbekümmerten Art hatte sie mich oft aufgemuntert und mir gezeigt, dass ich nicht zu viel denken, sondern stattdessen auf mein Herz und mein Bauchgefühl hören sollte. Zwar war ich dieses Mal, als ich nicht mehr gedacht, sondern nur gefühlt hatte, enttäuscht worden, aber ich konnte mir nicht nachsagen, dass ich es nicht probiert hatte.

Und ohne Constanze als beste Freundin hätte ich viele schöne Momente der vergangenen Jahre nicht erlebt. Mit ihr konnte ich nicht nur lachen, weinen oder über manche Kollegen herziehen, Constanze war immer für mich da.

Auch wenn meine Sehnsucht nach Magnus nur für einen kurzen Moment gestillt wurde, hatte ich den Mut gehabt, mich meinen Gefühlen zu stellen.

Und obwohl ich bei dem Gedanken an ihn schon wieder weinen könnte, fühlte mich nicht nur verletzt und traurig, sondern auch stark und stolz.

Die Treppe zum Atelier knarzte ein wenig, als ich die Stufen hinaufstieg. Fina, die sich immer noch nicht traute, die schmale Treppe zu betreten, saß vor der untersten Stufe und schaute mir mit großen Augen hinterher.

»Halt! Nicht hochkommen«, rief Stine aus dem Atelier und kam an den Anfang der Treppe gelaufen.

Verdutzt schaute ich sie an.

»Du darfst das fertige Bild noch nicht sehen. Es soll eine Überraschung werden. Du darfst es erst Morgen Abend bei der Ausstellung sehen.« Voller Aufregung und Freude strahlte Stine mir entgegen. Ich war äußerst gespannt auf ihre Bilder, besonders auf jenes, aus dem sie so ein großes Geheimnis machte.

»In Ordnung«, winkte ich ab. »Ich wollte dir auch nur Bescheid geben, dass ich Gustav und Herlinde besuchen gehe.

Ich hatte Herlinde versprochen, vorbeizuschauen, so lange ich noch hier bin.«

Stine schien erleichtert. Wahrscheinlich war sie froh, dass ich mich nicht wie ein Häufchen Elend einigelte und sie sich keine allzu großen Sorgen um mich machen musste.

»Das ist eine tolle Idee. Da werden sich die beiden freuen. Grüß sie lieb von mir, ja?«

»Aye Aye, wird gemacht.« Ich drehte mich auf dem Absatz um und packte die kleine Häkeltasche, die ich mir schon die gesamte Zeit von Stine ausgeliehen hatte.

Vom Kleiderhaken im Flur schnappte ich mir Stines Jeansjacke, die sie bestimmt nicht vermissen würde. Wie ich sie kannte, würde sie den gesamten Tag im Atelier verbringen und erst von ihrem Bild aufschauen, wenn es bereits dunkel war. Wenn sie in die Arbeit vertieft war, verlor sie jegliches Zeitgefühl.

Ich schlüpfte in meine Ballerinas, nahm Finas Leine und ging hinaus, wo mich die Junisonne empfing.

Es war bereits Nachmittag und wieder wehte ein leichter Wind, also zog ich mir die Jeansjacke über.

Ich rief Fina zu mir, die den Weg zum Strand einschlagen wollte, und ging den *strandvejen* entlang. Da die Straße unweigerlich an Magnus' Haus entlangführte und ich nicht durch die Gärten der anderen Bewohner laufen wollte, musste ich an seinem Strandhaus vorbeigehen.

Schon von Weitem sah ich seinen Pickup, der auf dem Kiesplatz stand. Also war Magnus zu Hause.

Mein Herz klopfte wie wild, als ich an seinem Hof vorbeiging.

Fina, die wohl dachte, sie würde ihrer Hundefreundin Bella einen Besuch abstatten, rannte über die kleinen Kiessteine und blieb vor der Haustür stehen, mit ihrem kurzen Schwanz vor Freude wedelnd.

Aus dem Inneren des Hauses hörte ich Bella, die bellend an die Haustür gelaufen kam und von Innen dagegen sprang. Ihr großer Kopf erschien in der Glasscheibe der Tür. Jeden Moment würde Magnus bestimmt zur Tür kommen, um nachzuschauen, wer oder was der Grund für das Gebell war.

So schnell ich konnte, rannte ich an der Hofeinfahrt vorbei, um die nächste Kurve, die hinter einem weiteren Haus lag.

Schnaufend blieb ich stehen und stützte mich mit den Händen auf den Knien ab. Ich wusste, irgendwann würde es sich auszahlen, dass ich mich während meiner Schulzeit durch die Leichtathletik-AG gequält hatte. Bestimmt hatte ich gerade eine Bestzeit auf hundert Metern hingelegt.

Ich hoffte, dass Fina mir folgen würde. Zurück zum Haus wollte ich nicht gehen, da ich Magnus heute nicht noch einmal gegenüberstehen wollte.

Wahrscheinlich verhielt ich mich gerade etwas kindisch, aber ich wollte nicht riskieren, wieder in Tränen auszubrechen. Glücklicherweise kam meine Bulldoggenhündin aber schon zum Vorschein und hinter der Kurve in Sicht.

»Braves Mädchen«, lobte ich sie und gab ihr ein Leckerli. Schnell ging ich weiter, um mehr Abstand zwischen Magnus Haus und mich zu bringen.

Erst als wir den *strandvejen* verlassen, die Hauptstraße überquert hatten und den Weg auf die andere Seite von Tideborg eingeschlagen hatten, entspannte ich mich und nahm meine Umwelt wieder deutlich wahr.

Welch großes Glück hatte ich, an diesem wundervollen Fleckchen sein zu können. Hinter mir verbargen die Dünen wie Riesen das Meer. Als würden sie es beschützen und nur denjenigen den Blick auf das klare Wasser freigeben, die den Weg durch die sandigen Hügel auf sich nahmen.

Einige Möwen flogen über uns hinweg. Ihr Kreischen begleitete einen stets in Tideborg.

Die Häuser, die vereinzelt von der Straße abgelegen standen, hatten zum Teil reetgedeckte Dächer. Manche hatten aber auch Schindeln aus Dachpappe und waren klassisch aus dänischem Holz gebaut. Obwohl die Häuser ihre ganz eigene Bauweise hatten, harmonierten sie miteinander und gaben ein idyllisches Bild ab.

Die *Hybensträucher* waren überall zu finden. Ob als Windschutz vor den Häusern oder als buschige Gruppen am Wegesrand. Oma hatte aus den Hagebutten nicht nur Marmelade, sondern auch Likör hergestellt, den sie allen, die zu Besuch kamen, aufgeschwatzt hatte.

Leider war diese Familientradition verloren gegangen, weder Stine noch ich hatten das Geschick, die richtige Mischung für die Zubereitung der Produkte zu finden. Zudem fand man in Hamburg Hagebuttensträucher in deutlich geringerer Anzahl als in Dänemark und somit standen mir nur wenige Pflanzen zur Verfügung, derer ich mich hätte bedienen können.

Nach einer weiteren halben Stunde bog ich in den *kirkevej* ein, über den ich zum Anwesen der von Linnenbergs kommen würde.

Da ich mich weiter vom Meer entfernte, bildeten hier nicht die Dünen den Mittelpunkt, sondern kleine Waldstücke und immer mehr Bäume und Sträucher. Die Straße, die geradewegs zu Herlinde und Gustav führte, der *Von Linnenbergallé*, war eine lang gezogene Allee. Die Straße wurde von verschiedenen Nadelbäumen gesäumt, die majestätisch emporragten.

Als Kind hatte ich immer gedacht, dass jede Familie in Dänemark einen Straßennamen ihr Eigen nennen konnte, bis ich gelernt hatte, dass dieses nur sehr wohlhabenden oder einflussreichen Familien zuteil wurde. Auf die Linnenbergs traf beides zu.

Nachdem Gustav sein Imperium in Deutschland verkauft

hatte und finanziell für sich und seine Familie ausgesorgt hatte, setzte er sich in Dänemark nicht zur Ruhe, sondern arbeitete hier weiter. Er und Herlinde engagierten sich sehr für die Gemeinde und ihr soziales Engagement hatte den damaligen Bürgermeister mitsamt Ratsmitgliedern dazu bewogen, eine Straße nach der Familie zu benennen.

Das imposant aussehende Anwesen ragte vor mir auf. Die unzähligen weiß gestrichenen Sprossenfenster stachen aus dem rot der Backsteine heraus. Das dunkle Dach war mit Schindeln gedeckt, die breite Balustrade am Balkon von Blumen in unterschiedlichen Rot- und Gelbtönen bepflanzt.

Das gesamte Gelände war durch einen hohen Eisenzaun geschützt, der zwar die Sicht auf das Haus freigab, jedoch unerwünschte Besucher fernhielt.

Am Tor angekommen, betätigte ich die Klingel an der Gegensprechanlage, um auf mich aufmerksam zu machen. Mit leichtem Rauschen untermalt, fragte mich eine männliche Stimme nach dem Grund meines Besuchs.

Nachdem ich ihm mitgeteilt hatte, dass ich eine Freundin der Familie war und meinen Namen genannt hatte, erlosch das Rauschen der Gegensprechanlage, das Tor öffnete sich jedoch immer noch nicht.

Da ich nicht wusste, wer uns begegnen würde und ob Fina überall gern gesehen war, leinte ich sie an, sodass sie nicht die Möglichkeit haben könnte, das Gelände auf eigene Faust zu erkunden.

Nach einigen Minuten klickte ein automatisches Schloss im Eisentor, und einer der Flügel schwang langsam auf.

»Anni! Wie schön, dass du da bist!« Herlinde tauchte in der großen Eingangstür auf und schien sichtlich erfreut, mich zu sehen.

Mit Fina an der Leine überquerte ich den ausladenden Hof,

stieg die steinerne Treppe hinauf, die von Säulen eingefasst war, und ließ mich von Herlinde in die Arme schließen.

»Komm rein, mein Kind. Ich freue mich so, dass du hergekommen bist.« Sie fasste mich an den Oberarmen und hielt mich eine Armeslänge von sich entfernt, als würde sie mich mustern. In ihren mütterlichen Augen sah ich sofort diesen wissenden Ausdruck, den sie auch damals schon auflegte, wenn wir Kinder irgendeinen Blödsinn angestellt hatten, den wir vor ihr verheimlichen wollten. Es gelang uns kein einziges Mal.

»Hallo, Herlinde«, lächelte ich sie an, »ich hoffe, es ist in Ordnung, dass ich einfach so hier auftauche? Ich hätte anrufen sollen.« Ich hoffte, sie mit meinem Besuch nicht zu überrumpeln. Zwar hatte sie mir aufgetragen, einfach vorbeizuschauen, ob es dennoch passte, wusste ich nicht.

»Natürlich ist das in Ordnung. Du kannst jederzeit herkommen. Gustav wird sich so freuen, die zu sehen. Komm.«

Damit legte sie einen Arm um meine Schulter und schob mich durch die große Eingangshalle. Unsere Schritte hallten auf dem Marmorboden und mein Blick ging die breite Holztreppe hinauf, die zu den Schlafzimmern führte.

Ich wusste noch genau, dass ich vom Treppenabsatz oben zwölf Schritte geradeaus und zwei nach links machen musste, um vor seinem Zimmer zu stehen. Magnus und ich hatten uns als Kinder einen Spaß daraus gemacht, die Schritte zu den unterschiedlichen Räumen zu zählen und uns so durch das Haus zu lotsen.

Obwohl Magnus nicht hier war, das vermutete ich zumindest, da ich keines seiner Autos auf dem Hof gesehen hatte, spürte ich seine Anwesenheit. Dies war das Haus seiner Kindheit. Das Haus, das viele Erinnerung trug.

Hinter der Eingangshalle führten verschiedene Türen in das Kaminzimmer, die Küche mitsamt Vorratsraum, Gustavs Büro und das große Wohnzimmer.

Nirgends konnte ich Gustav entdecken, bis Herlinde an die Terrassentür im Wohnzimmer trat und sie öffnete.

Der weite Garten erstreckte sich vor uns.

Ich spürte ein Ziehen an der Leine. Fina wollte losstürmen, um alles zu beschnüffeln.

Der Garten hatte sich in den letzten Jahren nicht viel verändert. Die große überdachte Terrasse, auf die wir hinabgingen, bildete mit den hellen Möbeln immer noch das Herzstück des Außenbereichs. Eine beachtliche Rasenfläche erstreckte sich vor uns. Ein schmaler, mit kleinen Pflastersteinen geebneter Weg führte zum Fischteich. Fische waren schon immer Gustavs private Leidenschaft gewesen. Ohne einen Blick in den Teich zu werfen, konnte ich mir vorstellen, dass in ihm einige sehr besondere Kois umher schwammen.

Ich entdeckte Gustav auf einem breiten, mit einem dicken Polster versehenen Terrassenstuhl.

»Anni! Mein Kind! Lass dich umarmen!« Er erhob sich und kam einige Schritte auf mich zu. Ich stürmte ihm entgegen, voller Freude, ihn nach so vielen Jahren wiederzusehen.

Wir schlossen uns herzlich in die Arme, wobei ich beinahe in seinen versank. Seine Größe und Statur hatte Magnus von seinem Vater geerbt. Gustav war trotz seines Alters immer noch ein gut aussehender Mann. Seine Gesichtszüge waren entspannter geworden, als ich sie in Erinnerung hatte.

»Hallo, Gustav«, strahlte ich ihn an und fühlte mich in meine Kindheit zurückversetzt.

Als ich noch sehr jung war, hatte ich beinahe Angst vor Gustav, da er so groß, stark und entschlossen wirkte. Mit den Jahren hatte ich aber verstanden, dass es angebracht war, bei einigen geschäftlichen Terminen genau diesen Ausdruck zu gebrauchen.

»Ich freue mich, dich zu sehen, Anni. Lass dich anschauen.

Gut siehst du aus.« Er schaute herab zu dem umherspringenden Bündel. »Wen hast du denn mitgebracht?«

»Das ist Fina, meine französische Bulldogge«, erklärte ich ihm.

»Ach ja, Magnus hat so etwas gesagt.« Er schaute mich mit diesem wissenden, durchdringenden Blick an, den nur Leute erlangten, die viel Lebenserfahrung hatten und selbst das ein oder andere durchgemacht hatten.

»Stört es euch, wenn ich sie von der Leine nehme?«

»Natürlich nicht. Mach sie ruhig los«, schaltete sich Herlinde ein.

Sobald ich die Leine von Finas Halsband gelöst hatte, schoss sie wie ein Pfeil, den man mit voller Kraft aus dem Bogen geschossen hatte, durch den Garten und erkundete jeden Winkel.

»Kommt, setzt euch«, forderte Gustav uns auf.

Ich ließ mich in den Terrassenstuhl sinken, der mir den besten Blick auf den Garten bot. Solange ich hier war, wollte ich diese Aussicht genießen.

Gustav winkte mit der Hand und hinter uns tauchte eine Frau jüngeren Alters auf, die ich als Haushälterin ausmachte.

»Inez, bring uns doch bitte eine Karaffe Wasser mit Eiswürfeln und Zitrone und ein paar Kekse.«

»Natürlich, kommt sofort.« Mit einem leichten Lächeln auf den Lippen ging Inez ins Haus zurück.

Gustav war meinem Blick ebenfalls gefolgt und klärte mich auf.

»Das war Inez, unsere Haushälterin.« Ich war erstaunt, dass sie so viel jünger war als meine Oma zu ihrer Zeit als Haushälterin. Inez war eine hübsche junge Frau, die ich einige Jahre jünger als mich einschätzte.

Gustav verstand meinen Blick.

»Inez ist 26. Sie arbeitet seit zwei Jahren für uns. Nachdem

..ne Oma verstorben ist, hatten wir einige Zeit gar keine Haushälterin. Magnus und Frederick haben uns im Haus bei allem geholfen und wir haben ja noch Lutz, der sich um den Garten kümmert und uns bei Fahrten unterstützt.« Ohne ihn aufzufordern, sprach er weiter. »Deine Oma war mehr als nur eine Haushälterin. Ihr Tod hat uns tief getroffen und wir konnten sie hier nicht einfach ersetzen.«

Ich schluckte bei der Erinnerung an meine Oma. An diesem Ort hatte sie viele Jahre ihres Lebens verbracht und ich wusste, dass sie sehr gerne für von Linnenbergs gearbeitet hat.

»Inge war mehr eine Freundin, die uns nebenbei geholfen hat. So leicht erschien es uns mit ihr. Sie hat zwar stundenlang gearbeitet und ich weiß nicht, wie wir es ohne sie geschafft hätten, aber sie hat es stets mit einem Lächeln getan. Als wäre dies die einzige Sache auf der Welt, die sie machen wollte.«

Auch in Gustavs Augen schimmerten Tränen und Herlinde schniefte leise neben mir.

Es machte mich stolz zu hören, welchen Eindruck meine Oma hier hinterlassen hatte. Sie war eben eine ganz besondere Frau.

»Sie hatte es finanziell nicht nötig bei uns zu arbeiten oder überhaupt zu arbeiten«, fuhr Gustav fort und ich horchte auf. »Hast du dir nie Gedanken darüber gemacht, woher das Geld stammte, dass sie dir hinterlassen hat? Oder warum sie sich ein Strandhaus in erster Reihe leisten konnte? Einer Lage, die so beliebt ist, dass man dafür tief in die Tasche greifen muss?«

Tatsächlich hatte ich mich darüber gewundert, aber nie ernsthaft darüber nachgedacht. Ich hatte immer vermutet, dass Oma sehr sparsam war und die von Linnenbergs ein großzügiges Gehalt zahlten. Da ich die Summe nicht leugnen konnte, die ich nach ihrem Tod erhalten hatte, wusste ich aber, dass das nicht stimmen konnte, denn niemand war in der Lage, eine so horrende Summe anzusparen.

Ich schüttelte den Kopf.

»Deine Oma hatte eine Liebschaft mit einem norwegischen Geschäftsmann.« Diese Information war mir neu und ich schaute Gustav erschrocken an. Mein Aufenthalt in Tideborg schrie anscheinend danach, alles Verborgene an die Oberfläche zu befördern. Scheinbar hatten wir alle Geheimnisse, die wir versuchten, zu verbergen. »Das war vor der Zeit, als sie begann, für uns zu arbeiten. Nach dem Tod ihres Mannes, deines Opas, war Inge viele Jahre allein und hat in einem kleinen Haus außerhalb von Tideborg gelebt. Nach einigen Jahren des Alleinseins hat deine Oma eine Reise nach Norwegen angetreten. Sie wollte sich dort wiederfinden und zur Ruhe kommen, so hat sie es uns erzählt. Sehr schnell hat sie dort Ingmarson kennengelernt, einen millionenschweren Unternehmer. Inge sagte, es sei Liebe auf den ersten Blick gewesen. Die beiden haben jede freie Minute miteinander verbracht, bis Inges Aufenthalt in Norwegen zu Enge ging. Die beiden schmiedeten Pläne. Sie wollten zusammenleben und noch einmal ihr gemeinsames Glück genießen. Inge reiste zurück nach Dänemark, um alles für einen Umzug in die Wege zu leiten. Aber dazu sollte es nicht mehr kommen.«

Ich spürte, wie meine Hände eiskalt waren und leicht zitterten. Wollte ich wissen, was Gustav mir noch erzählen würde?

Er wartete einen Moment, als wolle er meine Einwilligung einholen, weiterzusprechen.

Als ich nickte, fuhr er fort.

»Zwei Tage vor ihrer Abreise bekam Inge einen Anruf aus Norwegen von einem Anwalt. Ingmarson sei plötzlich verstorben. Der Anwalt berichtete, dass er einen bösartigen Tumor im Kopf gehabt hatte und seine Lebenszeit begrenzt war. Er habe Inge als alleinige Erbin in sein Testament eingetragen. Das letzte Mal, dass Inge nach Norwegen reiste war, um die

Dokumente zu unterzeichnen. Von einem Tag auf den anderen hatte sie erneut einen Partner verloren. Das Geld, das sie geerbt hatte, konnte sie darüber nicht hinwegtrösten.«

Das waren so viele Neuigkeiten über meine Oma, dass meine Ohren zu rauschen begangen. Von alldem hatte ich nie etwas gewusst. Meine Oma hatte über diese Zeit kein einziges Wort verloren. Ich dachte immer, dass mein Opa der einzige Mann in ihrem Leben gewesen war. Sie hatte nie einen anderen erwähnt.

Ich seufzte. »Das habe ich nicht gewusst«, flüsterte ich und schluckte den Kloß in meinem Hals hinunter.

Herlinde, die neben mir saß, griff meine Hand und streichelte leicht mit dem Daumen über meinen Handrücken, als sie weitersprach. »Deine Oma hat das Geld, das sie geerbt hat, nicht für sich genommen. Es kam ihr falsch vor, es für sich auszugeben. Sie hat eine sehr große Summe der Forschung gespendet, um die Krebszellentherapie in der Tumorforschung voranzubringen. Den anderen Teil hat sie für Stine und dich beiseitegelegt. Ihr wart noch sehr klein, als all das passiert ist. Inge wollte euch damit nicht belasten. Aber sie hat daraus gelernt. Nämlich den Moment zu leben und zu schätzen, da das Leben viel zu kurz für Gram und verpasste Chancen ist.«

Herlinde erhob sich. »Möchtest du das Testament sehen? Inge hat es uns gegeben, damit wir es in unserem Safe verwahren. Dieses Schriftstück lag ihr sehr am Herzen.«

Ich nickte. Wenn ich schon einen großen verborgenen Teil von meiner Oma erfuhr, wollte ich nichts auslassen, um aus den vielen Puzzleteilen ein Ganzes herzustellen.

Während Herlinde das Testament holte, schwiegen Gustav und ich und jeder schien seinen Gedanken nachzuhängen. Diese Eigenschaft hatte Magnus von seinem Vater geerbt. Schweigen und den Moment ruhen lassen. Beide mussten nicht unbedingt eine Stille füllen, nur um die Ruhe zu durchbrechen.

Ich schaute in den Garten und beobachtete Fina, die durch

die Beete hinter dem Fischteich trottete, die Nase kurz über dem Boden, um jeden Geruch in sich aufzunehmen.

Herlinde kam zurück, legte eine Hand auf meine Schulter und reichte mir eine braune Mappe.

Ingmarson Nygård stand in dunklen Lettern auf dem Deckel. Behutsam klappte ich die Mappe auf. Neben der Todesurkunde von Ingmarson und weiteren juristischen und amtlich beglaubigten Dokumenten fand ich einen Zettel, auf dem handschriftlich etwas vermerkt war. Ich nahm ihn in die Hände und spürte das hochwertige Briefpapier zwischen meinen Fingern. Ich las den Brief und mit jedem Satz kamen mehr Emotionen in mir hoch.

Meine geliebte Inge,

ich danke dir für die Zeit, die ich mit dir verbringen durfte.
Leider war ich nicht ganz ehrlich zu dir und habe dir
verschwiegen, dass meine Lebensuhr abläuft.
Ich wollte aber die Zeit mit dir so unbeeinträchtigt wie nur
möglich verbringen. Bitte verzeih mir!
Sei nicht traurig, dass unsere gemeinsame Zeit nun beendet ist.
Die Wochen mit dir waren die schönsten meines Lebens.
Lebe dein Leben,
tanze als wäre es dein letzter Tanz,
liebe, als gäbe es kein Morgen mehr,
genieße jeden Moment,
sei dankbar für die kleinen Dinge
und sorge dich nicht.

Alles hat seine Zeit!
Dein Ingmarson

Ich legte den Zettel zurück in die Mappe, schloss sie und

schaute in Gustavs und Herlindes Gesichter, die ebenfalls mit Tränen bedeckt waren.

Ich atmete tief ein und aus und ließ meinen Emotionen freien Lauf. Ich weinte hemmungslos, aber lachte zwischendurch immer wieder auf.

Endlich verstand ich, was meine Oma mir immer hatte sagen wollen. Das war es. *Alles hat seine Zeit!* Sie hatte gewusst, wovon sie sprach.

Jeder Moment hatte seine Zeit und geschah, wann er geschehen sollte. Ich war zur richtigen Zeit wieder zurückgekehrt und saß gerade zur richtigen Zeit bei Herlinde und Gustav, um all das zu erfahren.

Die Tränen wurden zurückgedrängt von meinem Lachen, das tief aus meinem Bauch nach oben stieg.

Herlinde und Gustav schienen zu bemerken, dass eine Last von mir abgefallen war und ich nach so vielen Jahren verstand, was Oma Inge mir mit auf den Weg geben wollte.

Befreit schloss ich Herlinde und Gustav in meine Arme.
Beide schienen erleichtert, dass sie mir Inges Geschichte erzählt hatten. Ich hatte Omas Geheimnis, von dem ich bis eben noch nicht einmal wusste, dass es eines gab, gelöst.

»Danke, dass ihr mir alles erzählt habt«, sagte ich glücklich. »Darf ich die Mappe behalten?«

»Selbstverständlich. Sie gehört dir«, antwortete Gustav.

Wir saßen noch lange auf der Terrasse und unterhielten uns.

Ich erzählte den beiden von meiner Arbeit in Hamburg und sie schienen sehr interessiert an den Antiquitäten zu sein, mit denen ich handelte. Sie berichteten von ihrem mittlerweile entspannten Leben in Dänemark. Und Gustav hätte wahrscheinlich bis in die Nacht von seinen Kois berichtet, wenn Herlinde ihn nicht gebremst hätte. Nur Magnus erwähnten wir nicht. Ich nicht, weil ich nicht wusste, was ich den beiden hätte sagen sollen und mein abermals gebrochenes Herz schützen wollte und die beiden nicht, weil sie zu taktvoll waren und mich nicht in Verlegenheit bringen wollten. Ich war mir sicher, sie wussten bereits mehr, als mir lieb war, aber ich dankte ihnen im Stillen, dass sie ihren Sohn nicht erwähnten.

Die Zeit mit den beiden verflog und ich genoss es, zwischen ihnen auf der Terrasse zu sitzen und über so vieles zu sprechen.

Es war genau die richtige Zeit gewesen, die beiden zu besuchen.

Erst als es bereits dunkel war, wir gemeinsam zu Abend gegessen hatten und Fina sich unter Gustavs Stuhl zusammengerollt hatte, beendete ich meinen Besuch.

Die beiden brachten Fina und mich zu Tür und da es schon dunkel war und der Weg zum Strandhaus zurück zu lange dauerte, erklärte Gustav, dass Lutz mich bringen würde.

Ich umarmte Herlinde und Gustav und versprach, sie wieder zu besuchen, wenn ich nach Tideborg kam. Und ich sagte zu, dass es nicht wieder Jahre dauern würde.

Ich winkte ihnen von meinem Platz auf dem Rücksitz solange nach, bis wir das schmiedeeiserne Tor passiert hatten und es sich hinter uns schloss.

Ich lehnte mich auf meinem Sitz zurück, schloss die Augen und ließ den Besuch bei Herlinde und Gustav noch einmal Revue passieren.

KAPITEL 16

Es war fast Mitternacht, als ich die Tür des Strandhauses aufschloss. So leise wie möglich drehte ich den Schlüssel im Schloss herum und ging in den dunklen Flur hinein.

Ich schlüpfte aus meinen Schuhen heraus, legte Finas Leine auf die Kommode neben der Tür und die kleine Häkeltasche daneben. Die Mappe mit den Dokumenten und Ingmarsons Brief behielt ich fest in den Händen.

Auf Zehenspitzen schlich ich durch den offenen Wohnbereich und wollte grade den Flur entlang zum Gästezimmer gehen, als ich Stine hinter mir hörte. »Anni? Ist alles okay bei dir?«

Verschlafen setzte sie sich auf dem Sofa im spärlich beleuchteten Wohnzimmer auf, wobei die leichte Wolldecke von ihren Beinen herunterrutschte. Fina schien sich über den weichen Stoff auf dem Boden zu freuen und sie lief schnellen Schrittes mit ihren kurzen Beinen zum Sofa, um sich wie eine Katze auf der Decke zusammenzurollen.

»Warst du meinetwegen so lange wach?«, flüsterte ich. »Entschuldige bitte, ich hätte mich melden sollen.«

»Warst du die ganze Zeit bei Herlinde und Gustav?«

»Ja, das war ich und du glaubst nicht, was ich erfahren habe.«

Stine setzte sich kerzengerade auf und wirkte nun keineswegs müde, sondern hellwach.

»Was hast du da?«, fragte sie und deutete mit einem Kopfnicken auf die Mappe, die ich festhielt.

»Magst du noch einen Kaffee um diese Zeit? Dann erzähle ich dir alles.«

Als Stine nickte, brühte ich uns in der Küche frischen Kaffee auf und ging mit den Tassen in den Händen zurück ins Wohnzimmer.

Ich machte es mir auf dem Sessel ihr gegenüber bequem und berichtete ihr, was ich an diesem Nachmittag von Herlinde und Gustav erfahren hatte.

Als ich meine Erzählungen beendet hatte, hielt ich ihr die Mappe entgegen, die sie ehrfürchtig entgegennahm und behutsam durchblätterte.

Ihre Hände zitterten leicht, als sie die einzelnen Seiten umblätterte, genauso, wie ich reagiert hatte, als ich die Dokumente gelesen hatte.

Nachdem sie den Brief von Ingmarson gelesen hatte, blickte sie auf und schaute mich aus tränennassen Augen an.

»Ich glaube, jetzt brauche ich etwas Stärkeres als Kaffee«, schniefte sie.

Nickend stand ich auf und holte uns eine Flasche Rotwein aus der Küche.

Die nächsten Stunden versuchten wir, gemeinsam zu verarbeiten, was wir an diesem Tag erfahren hatten.

Wir legten uns erst zum Schlafen auf das Sofa im Wohnzimmer, als die Sonne bereits begann, den neuen Tag anzukündigen.

Keine von uns wollte jetzt alleine sein und so schliefen wir eng aneinandergekuschelt, wie wir es als Kinder gerne getan hatten, auf dem Sofa ein, Fina zu unseren Füßen.

Ein Stoß in meine Rippen ließ mich japsend aufschrecken.

Erschrocken schaute ich mich um, um zu sehen, was geschehen war.

Stine, die noch immer auf dem Sofa neben mir schlief, rekelte sich und schien zu träumen. Ihre Augen waren zusammengekniffen und obwohl sie schlief, lag auf ihrem Gesicht ein angestrengter Ausdruck. Sie musste mich im Schlaf getreten haben.

Behutsam streichelte ich ihr über den Kopf, so wie wir früher immer von Oma Inge geweckt wurden.

»Hej, Stine«, flüsterte ich. »Aufstehen, du Schlafmütze. Heute ist dein großer Tag.«

Stöhnend öffnete sie die Augen, drehte sich mit dem Blick zur Wand und zog sich eines der Sofakissen über das Gesicht.

»Ich schaffe das nicht«, nuschelte sie in das Kissen hinein.

»Natürlich schaffst du das! Deine Bilder sind großartig. Alle werden begeistert sein.«

Die meisten der Bilder, die Stine am Abend ausstellen würde, kannte ich und fand, dass sie ausgezeichnet waren. Sie hatte ihren eigenen Stil, mit der Farbe auf der Leinwand zu spielen. Durch ihre Technik schaffte sie es, den Landschaften auf ihren Bildern einen ganz besonderen Ausdruck zu verleihen.

»Und wenn keiner meine Bilder mag?«, fragte sie und schaute mit einem Auge hinter dem Kissen hervor.

In diesem Moment wirkte sie wie ein junges Mädchen, das aufgeregt ihrer ersten Tanzaufführung entgegenfieberte. Ich knuffte ihr in die Seite und schwang mich vom Sofa.

Fina, die noch immer auf der Wolldecke vor dem Sofa lag, hob kurz den Kopf, legte ihn aber genauso schnell wieder ab, als wollte sie mir mitteilen, dass ihre Zeit zum Aufstehen noch nicht gekommen sei.

»Los, aufstehen. Ich bereite das Frühstück vor. Wann musst du los?«

Ein Blick auf die große Standuhr in der Ecke verriet, dass es bereits kurz vor Mittag war. Wir hatten den ganzen Vormittag verschlafen, nachdem wir bis zum Morgengrauen über Oma gesprochen hatten.

»JETZT!«, schrie Stine und sprang so schnell vom Sofa auf, dass Fina schlagartig ihren Platz verließ und in die Küche rannte, um sich aus der Gefahrenzone zu bringen. »Oh nein, ich bin viel zu spät. Mist. Ausgerechnet heute!«

»Zieh du dich an, ich mache dir schnell einen Kaffee, den du auf dem Weg trinken kannst.«

Stine raste an mir vorbei in ihr Zimmer, aus dem ich es daraufhin poltern hörte.

Mit einem Grinsen ging ich in die Küche, öffnete die Terrassentür, um ein wenig frische Luft ins Haus hereinzulassen, und machte mich daran, ein schnelles Frühstück für Stine vorzubereiten.

Als sie, bekleidet in einer halblangen Oversizejeans und einem Batikshirt ihr Zimmer verließ, hielt ich ihr einen Coffee to go Becher sowie eine Dose mit belegten Broten entgegen. Dazu gab ich ihr einen Schokoladenriegel.

»Hier, dein Frühstück inklusive Nervennahrung.«

»Du bist ein Schatz. Was würde ich nur ohne dich machen?« Sie nahm mir den Becher sowie die Brotdose ab, gab mir einen Kuss auf die Wange und eilte zur Haustür.

»Was ist eigentlich mit deinen Bildern? Musst du die nicht mitnehmen?«

»Die sind schon dort. Wir müssen nur noch den Rest vorbereiten, Stehtische aufstellen... du weißt schon.« Als wüsste ich, was zu beachten war, wenn man eine Ausstellung plante.

»Wir sehen uns heute Abend, ja?«

»Kommst du vorher nicht nach Hause, um dich umzuziehen?« Wenn Stines Jeans und das gebatikte Shirt dem Anlass entsprechend waren, würde ich in meinem langen Seidenkleid wohl absolut overdressed aussehen. Schade eigentlich, ich hatte mich schon in dem Traum aus Seide zwischen den verschiedenen Gemälden umherschreiten sehen.

Doch zu meiner Erleichterung verfiel Stine in herzhaftes Lachen.

»Ich ziehe mich bei Esther um. Sie ist eine der anderen Künstlerinnen, die heute Abend ausstellen und sie wohnt nicht weit von der Fabrik entfernt.«

Ich war froh, dass ich mein Kleid also doch ausführen konnte, doch wurde bei der Erwähnung des Ausstellungsortes hellhörig.

»Fabrik?«, fragte ich etwas verwundert. Stine hatte mir zwar von der Ausstellung berichtet, aber nicht darauf hingewiesen, wo sie stattfand. Wohl hatte ich die Adresse von ihr bekommen, jedoch war ich davon ausgegangen, dass es sich um eine Galerie, ein Hotel oder eine ähnlich noble Location handeln würde.

»Wart's ab. Du wirst überrascht sein.« Mit funkelnden Augen stieg sie hinter das Lenkrad ihres Transporters. »Oh nein«, rief sie aus. »Ich habe gar nicht mehr daran gedacht, dass du auch in die Stadt wolltest. Soll ich noch warten, bis du dich angezogen hast?«

»Nein, nein«, winkte ich ab. »Ich habe keine Eile. Fahr du schon mal. Ich brauche noch einen Moment.«

»Alles klar, bis heute Abend Schwesterherz«, rief sie und fuhr mit knatterndem Motor vom Hof.

Ich ging zurück in die Küche, trank meinen Kaffee im Stehen an die Arbeitsplatte gelehnt und machte mich ebenfalls für den Tag fertig.

Da ich mich am Abend besonders aufstylen wollte, entschied ich mich, für den Tag kein Make-up aufzulegen und mir nur eine lockere Shorts sowie ein Langarmshirt anzuziehen.

Für das, was ich jetzt vorhatte, fühlte ich mich in diesem

schlichten Outfit gerade richtig. Ich hatte Stine in der Nacht erzählt, dass ich heute zum Gericht sowie zur Polizei gehen würde, um Anzeige gegen Hagen zu erstatten und ein Annäherungsverbot zu erwirken.

Obwohl ich mir absolut sicher war, das Richtige zu tun und ich mich zurückhalten musste, um keinen Hass gegen Hagen zu empfinden, so viel Schlechtes wollte ich nicht fühlen, war mir bei dem Gedanken, noch einmal alles schildern zu müssen, unwohl. Ich hatte Angst, dass durch die Schilderungen die Gefühle, die ich zu verdrängen versuchte, losgetreten wurden.

Obwohl ich mir immer vornahm, alle Wege zu Fuß zu gehen, weil ich dieses Wind-um-den-Kopf-Gefühl genoss, wollte ich an diesem Morgen einfach nur alles hinter mich bringen.

Ich rief ich mir ein Taxi, das mich in die Stadt bringen sollte.

Die nur wenige Minuten dauernde Fahrt verbrachte ich damit, aus dem Fenster zu schauen, und alles in mich aufzusaugen. Ich wusste nicht, wie lange es dauern würde, bis ich wieder nach Tideborg kommen würde.

Zwar hatte ich Stine versprochen, und mir geschworen, dass ich sie bald wieder besuchen würde, wann das jedoch genau passieren würde, stand noch in den Sternen.

So glücklich und befreit ich war, seitdem ich Herlinde und Gustav gestern besucht hatte und so viele Dinge ich über Oma Inge erfahren hatte, so tief saß der Schmerz, den ich empfand, wenn ich an Magnus dachte.

Als ich nach Tideborg gekommen war, hatte ich anscheinend auf der Spitze des Eisberges gestanden und war während meines Aufenthaltes in das kalte Wasser gesprungen und untergetaucht. Und wie bei vielem, blickte man unter die Oberfläche, fand man dort den erschreckend größeren Teil des Eisbergs. Omas Vermächtnis, Hagens wahres Gesicht, meine Gefühle für Magnus, seine Vergangenheit, die ihn nicht losließ -

so vieles hatte ich entdeckt, als ich die Wasseroberfläche durchbrochen hatte. Nur leider hatte mir niemand geraten, eine Sauerstofflasche mitzunehmen, denn ich befürchtete, dass mir die Luft eventuell ausgehen könnte. Gerade fühlte ich mich, als ob mir die Luft zum Atmen fernblieb und meine Lungen sich zusammenzogen.

Dennoch nahm ich meine letzten Kräfte, die ich in den hintersten Winkeln meines Körpers fand, zusammen und ging, in Tideborg angekommen, zur *Politi*, um Anzeige gegen Hagen zu erstatten.

Fina band ich vor der Wache an, da ich mir nicht vorstellen konnte, dass Hunde, die keine Polizeihunde waren, auf der Polizeistation erlaubt waren. Und dass Fina als Polizeihund durchgehen würde, fand sogar ich äußerst abwegig.

Mit klopfendem Herzen und einem nervösen Zittern in den Händen trat ich an den hohen Tresen, hinter dem ein Polizist saß und etwas in einen Computer eingab. Als er zur mir aufblickte, erkannte ich glücklicherweise, dass es Rasmus war, der vor mir saß und ich atmete erleichtert aus.

»Hej, Anni.« Er erhob sich und reichte mir über den Tresen hinweg seine Hand. Sein Händedruck war kräftig und er schaute mich ernst an. Schon beim letzten Aufeinandertreffen war Rasmus mir sehr ernst und beinahe streng und undurchdringbar vorgekommen. Irgendetwas hatte er an sich, das einen fürchten ließ. Als würde die Außentemperatur immer einige Grad kühler werden, wenn er in der Nähe war. Dennoch war ich froh, ein bekanntes Gesicht zu sehen und besprach lieber mit ihm mein Anliegen als mit jemand Fremden.

»Hej, Rasmus. Ich möchte gerne Anzeige erstatten«, versuchte ich mit fester Stimme zu sagen, merkte jedoch, dass es etwas brüchig aus mir herauskam. »Wo ist Hagen? Ich meine … ist er noch … hier?« Mit einer Geste deutete ich an, dass ich die Wache und den Gewahrsam meinte, von dem ich wusste, dass Hagen eine Nacht dort verbracht hatte.

Zu meiner Erleichterung schüttelte Rasmus den Kopf. »Nein, er ist nicht mehr hier und ich gehe davon aus, dass er mittlerweile wieder in Deutschland ist. Es wurde ihm nahegelegt.« Rasmus Augen nahmen einen eisigen Ausdruck an, als er das sagte, und ich wollte lieber nicht wissen, auf welche Art und Weise er Hagen zu verstehen gegeben hatte, das Land zu verlassen. »Ich glaube nicht, dass er dir noch einmal zu nahe kommen wird.«

Ich nickte. Obwohl ich nicht sicher war, ob ich seine Antwort hören wollte, fragte ich ihn leise danach. »Warum bist du dir so sicher?«

»Es gibt da jemanden, der sich etwas intensiver mit ihm auseinandergesetzt hat.«

Mein Magen zog sich zusammen. Obwohl ich Hagen seit den letzten Tagen verabscheute, wollte ich nicht, dass man ihm etwas antat. Die Justiz würde entscheiden, welche Strafe er bekam.

»Hat jemand?« Ich hob die Fäuste, um zu symbolisieren, ob ihn jemand verprügelt hatte.

Als Rasmus seinen Kopf schüttelte, löste sich der Knoten in meinem Magen. Zum Glück.

»Nein. Magnus prügelt sich eigentlich nicht. Er kann auch so ziemlich überzeugend sein.«

Magnus? Ich war davon ausgegangen, dass Rasmus dafür gesorgt hatte, dass Hagen zurück in Deutschland war und mich in Ruhe lassen würde.

»Magnus hat das getan?«

Rasmus schaute mich ernst an und ich wartete gespannt auf seine Antwort. Aber sie kam nicht.

»Zu deiner Anzeige«, fuhr Rasmus fort und ich wusste, dass meine Frage unbeantwortet bleiben würde.

»Wir können hier in Dänemark gerne noch einmal deine

Aussage aufnehmen, was wir aber eigentlich schon am Tatzeitpunkt gemacht haben. Du solltest die Anzeige aber in Hamburg aufgeben. Dort wird man dir dann ein Aktenzeichen mitteilen, mit dem du dich an das dortige Amtsgericht wenden und einen Titel erwirken kannst, sodass Hagen sich dir nicht mehr nähern kann. Ich schreibe hier gerne unser Aktenzeichen auf. Das können die Kollegen in Hamburg dann anfordern«, klärte Rasmus mich in neutraler Amtssprache auf und ich konnte mir vorstellen, dass er seinen Job gut machte. Ich würde nicht einmal im Traum daran denken, ihm zu widersprechen, so resolut war sein Tonfall.

»Was er aber, wie schon gesagt, bestimmt nicht mehr vorhat«, fügte er hinzu und sein rechter Mundwinkel zuckte verdächtig, als müsste er sich ein Lachen verkneifen.

»Oh, okay. In Ordnung. Dann werde ich nächste Woche alles in Hamburg erledigen. Vielen Dank, Rasmus.«

Ich wusste nicht, was ich noch hätte sagen sollen. Rasmus machte nicht den Eindruck, als wäre er an einem weiteren Gespräch interessiert. Smalltalk zählte wohl nicht zu seinen Vorlieben. Ich streckte ihm meine Hand entgegen, um mich zu verabschieden.

Als er sie ergriff, zeichnete sich ein kleines Lächeln auf seinem Gesicht ab, was aber genauso schnell wieder verschwand. *Komischer Kerl.*

»Warte, Anni«, hielt er mich auf und reichte mir eine kleine Karte. »Hier hast du meine Karte. Wenn du noch Fragen hast, ruf mich ruhig an. Ich helfe gerne.«

»Danke. Das ist nett.« Komischer Kerl, aber dennoch hilfsbereit. Ich grinste über meine Gedanken, was Rasmus verdutzt ausschauen ließ.

Ein Blick auf die Karte verriet seinen vollständigen Namen: *Rasmus Kirkegård.*

Ich trat aus der Polizeiwache heraus und wurde von einer

ungeduldig umhertänzelnden Fina erwartet.

Nachdem ich die Leine vom Geländer gelöst hatte und meine Hündin ausgiebig am Hals gekrault hatte, schlug ich den Weg zum Supermarkt um die Ecke ein.

Nach der ganzen Anspannung der letzten Tage, und um nicht an einen gewissen Mann und den heutigen Abend denken zu müssen, an dem wir uns begegnen würden, wollte ich mich etwas ablenken. Und eine Sache schaffte es immer wieder, meine Gedanken zumindest für eine Zeit zu besänftigen: Backen.

Ich stellte die randvoll bepackte Leinentasche auf der Arbeitsplatte ab.

Innere Ruhe erfasste mich bei dem Gedanken, die nächste Stunde aus einzelnen Zutaten einen Kuchen zu zaubern.

Obwohl ich am nächsten Tag schon nicht mehr hier sein würde, wusste ich, dass Stine sich über den Kuchen freuen würde und bei jedem Stück, das sie essen würde, an mich denen würde. So konnte ich ihr wenigstens ein kleines Dankeschön zuteil werden lassen für die Zeit, die sie mich hier aufgenommen und zur Seite gestanden hatte.

Bevor ich anfing, alle Backutensilien aus den Schubladen herauszuholen, schickte ich Constanze eine Nachricht mit der Ankunftszeit meines Zuges, sodass sie Bescheid wusste, wann ich in Hamburg auftauchen würde.

Ich hatte mich für den Nachtzug entschieden, um nach der Ausstellung so schnell wie möglich zurückfahren zu können. Bevor ich zur Fabrik aufbrechen würde, musste ich noch meine Tasche packen. Viel war es nicht, aber dennoch mehr Kleidung als bei meiner Ankunft.

Ich öffnete die Terrassentür, um an meinem letzten Tag die Sonnenstrahlen und die Meeresluft hereinzulassen. Dann stellte ich das Radio an und leise Jazzklänge erfüllten den Raum.

Fina hatte sich aus der Küche verabschiedet und sich auf die Terrasse gelegt, wo die Sonne ihr auf den lang gestreckten Bauch schien.

Vor mich hin summend begann ich, die Möhren zu schälen und zu raspeln. Ich hatte mich entschieden, einen *gulerodskage* zu backen, der zu einem Großteil aus Möhren bestand und sich in Dänemark großer Beliebtheit erfreute. Das Rezept hatte ich von Oma Inge. Zwar war das Rezeptbuch verloren gegangen, aber ich hatte den *kage* so oft mit ihr gebacken, dass ich die Zutaten und Mengenangaben niemals vergessen würde.

Zu den geraspelten Möhren gab ich neben den klassischen Kuchenzutaten wie Mehl, Zucker und Eiern noch Kardamom, Ingwer, Zimt und Vanille, was dem Kuchen einen ganz besonderen Geschmack verleihen würde.

Der Anblick des Teiges, der sich in seiner Farbe und Konsistenz immer dann veränderte, wenn eine weitere Zutat dazukam, entzückte mich und mir wurde wieder einmal bewusst, wie herrlich Backen für mich war.

Es waren nicht einfach nur Zutaten, die man zusammenkippte. Es waren kleine Teile, die erst als Symbiose ein Ganzes bildeten und etwas in einem auslösten.

Ich liebte es, die unterschiedlichen Geschmacksnuancen auf der Zunge zu spüren. Genauso sehr konnte ich mich daran erfreuen, anderen dabei zuzusehen, wie sie genüsslich die Augen schlossen, wenn sie den ersten Bissen des Kuchens von der Gabel in ihren Mund nahmen.

Wenn jemand in Verzückung geriet oder sich wohlig in seinem Stuhl zurücklehnte, war für mich in jenen Augenblicken die Welt ein kleines Stückchen besser und friedlicher.

Zufrieden schob ich den fertigen Teig in den Ofen. Die Backzeit nutzte ich, um ins Gästezimmer zu gehen und alles, was ich mitnehmen musste, zu packen, zumindest die Dinge, die ich im Handgepäck verstauen konnte. Die wunderschönen Sofakissen würde ich hier lassen müssen. So vollgepackt würde ich den Weg unmöglich schaffen.

Da meine Handtasche, der Shopper, mit dem ich hergekommen war, zwar groß war, ich aber doch einige Teile bei Marlies erstanden hatte, nahm ich mir eine kleine Reisetasche aus dem Kleiderschrank.

Ich faltete die Hosen und Tunika, die Shorts und T-Shirts und legte sie ordentlich in die Tasche. Obendrauf verstaute ich die pinkfarbenen Flipflops, die mich immer an die Wochen in Tideborg erinnern würden. Als alles fertig gepackt war, stellte ich die Tasche neben die Tür und zog das Bett ab, sodass Stine keine zusätzliche Arbeit mehr haben würde. Ich räumte das Zimmer wieder auf und wischte den Staub mit einem Tuch fort, bis alles wieder ordentlich aussah.

Die kleine Robbe, die ich gekauft hatte, und die mich mit ihrem gläsernen Körper und dem durchdringenden Blauton in ihrem Inneren so an Magnus erinnerte, wickelte ich in Papier ein, sodass sie nicht zerbrechen konnte, und legte sie in meine Handtasche. So würde sie den Weg nach Hamburg hoffentlich unbeschadet überstehen.

Lediglich ein Kleidungsstück hing noch im Kleiderschrank, das ich mit zitternden Fingern herausnahm.

Das blaue Seidenkleid, das sich angezogen wie unzählige Federn an mich schmiegen würde. Ich hing den Bügel an die Tür des Kleiderschranks und stellte die mit Strasssteinen besetzten Sandaletten darunter.

Ohne beim Kauf einen konkreten Anlass gehabt zu haben, war ich nun froh, den Abend in diesem Kleid bestreiten zu können.

Trotz des Schmerzes in meinem Inneren und den Schmetterlingen, die mit gebrochenen Flügeln armselig am Boden herumlagen, würde ich mich in diesem Outfit stark fühlen. Und das war genau das, was ich wollte: Stark sein und Magnus erhobenen Hauptes gegenübertreten.

Die Küchenuhr piepste und ich eilte zum Backofen. Beim Öffnen der Backofentür strömte mir die warme Luft entgegen, die mir den Duft des Kuchens entgegenblies.

Mit einem Holzstäbchen machte ich die Probe, ob der Kuchen auch in der Mitte durch war. Da nichts an dem Stäbchen hängen blieb, zog ich mir die dicken Backhandschuhe an und stellte den Kuchen zufrieden auf einem Holzbrett ab.

Bevor ich das Topping darauf verteilen konnte, musste der Kuchen auskühlen und ich hoffte, dass es in der kurzen Zeit gelingen würde.

Die Uhr zeigte bereits, dass es schon früher Abend war. Der Gang zur Polizeiwache und in den Supermarkt hatte mehr Zeit in Anspruch genommen als erwartet.

Aber die Regale des kleinen Supermarktes hatten mich in ihren Bann gezogen und ich hatte jedes einzelne Produkt, das mich an Dänemark erinnerte und das es in Deutschland nicht zu kaufen gab, in die Hand genommen und es bestaunt. Auf dem Weg zum Taxi hatte ich sogar ein äußerst süßes Plunderteilchen gegessen und die Reste in meinen Mund gestopft, um die Ledersitze des Taxis nicht zu beschmieren.

Bevor ich dem Kuchen den letzten Schliff verleihen wollte und mich für meinen letzten Abend stylen konnte, wollte ich ein letztes Mal die Ruhe und Weite der Nordsee genießen und in mich aufsaugen. Wer wusste schon, wie lange es dauern würde, bis ich das nächste Mal in den Genuss des Meeres und des Sandes unter meinen Füßen kommen würde. Ich wusste nicht, wann Herrn Horstmann mir den nächsten Urlaub genehmigen würde. In den Sommermonaten hatten wir immer viel zu tun und nahmen unseren Jahresurlaub meistens in den kühleren Herbstmonaten.

Fina, die noch immer auf der Terrasse lag und die letzten

Sonnenstrahlen des Tages in sich aufnehmen wollte, sprang auf, als ich zu ihr trat.

»Komm Fina, wir gehen an den Strand.« Ich klopfte an meinen Oberschenkel, um sie zum Aufstehen zu animieren.

Sofort sprang sie auf, schüttelte sich und wedelte mit ihrem kurzen Schwänzchen.

Barfuß ging ich die Holztreppe hinunter, die zum Strand führte und versuchte alles in meinen Gedanken zu speichern.

Als der Sand sich warm unter meinen nackten Füßen ausbreitete, vermied ich es, nach links zu schauen, in die Richtung, in der Magnus' Strandhaus lag.

Ich dachte an die Zeit zurück, als ich ein kleines Kind war. Damals hatte das Prinzip *was ich nicht sehe, ist nicht da* gut funktioniert. Warum sollte es mir jetzt nicht auch gelingen.

Also ging ich in die entgegengesetzte Richtung. Das Wasser schwappte um meine Knöchel, als ich durch die auslaufenden Wellen ging.

Fina sprang um mich herum und schien sich sichtlich über unseren Spaziergang zu freuen.

Die Möwen kreischten über uns und die Sonne zeigte ihre intensivsten Strahlen. Tideborg schien mir einen schönen Abschied bereiten zu wollen.

Ich wusste, dass ich das Meer, die Weite und die Ruhe in Hamburg vermissen würde. Die überfüllten U-Bahnen, die mich von meiner Wohnung zur Arbeit bringen würden, und die zeitweise menschenbefüllten Einkaufsstraßen, die Constanze und ich in der Mittagspause ab und zu anstrebten, riefen gerade keine Freudensprünge in mir hervor.

Vielmehr wünschte ich mir, länger hierzubleiben und auch noch mal an den Hafen von surkeborg zu fahren und in die idyllische Welt einzutauchen, in der die Uhren, wenn sie in Tideborg schon langsamer gingen, vollends stillzustehen schienen.

Bevor ich mich zu weit vom Haus entfernte und die Zeit knapp werden würde, machte ich kehrt und ging langsam zurück.

Trotz allem freute ich mich auf den Abend und war äußerst gespannt, Stines Bilder zwischen den anderen Kunstwerken zu sehen. Der heutige Abend war ein großer Moment für meine Schwester und ich würde den Teufel tun, ihr diesen Abend mit meiner schlechten Laune zu vermiesen.

Auch wenn ich Magnus wiedersehen würde, nahm ich mir vor, nett zu lächeln und alles einem Lotusblatt gleich an mir abperlen zu lassen.

Der Duft des Kuchens stieg mir bereits in die Nase, noch bevor ich die Terrassentür geöffnet hatte. Der Geruch von Kardamom und Zimt lag im Raum und ich schloss für einen kurzen Moment die Augen, um ihn zu inhalieren.

Er versetzte mich in die Vergangenheit. Ich hörte Oma Inges Stimme und ihr Lachen hallte durch den Raum. Ich sah Magnus, wie er in kurzer, blauer Badeshorts im Esszimmer saß, an dem Tisch, der auch heute noch dort stand, und darum bettelte, das größte Stück des *gulerodskage* zu bekommen. Ich sah Stine mit ihren zwei blonden geflochtenen Zöpfen, die ihr zu je einer Seite über die Schulter fielen und Frederick neben ihr, der nervös auf seinem Stuhl hin- und herrutschte, wann immer es etwas Süßes gab.

Diese Erinnerung würde für immer Teil meiner Gedanken bleiben und nie mehr real werden. Nicht nur, weil Oma nicht mehr da war, sondern auch, weil die Stimmung zwischen Magnus und mir wohl nie wieder so unbeschwert sein würde.

Die zwei Wochen hier hatten mir gezeigt, dass ich zwar meine Vergangenheit aufarbeiten und meine dunklen Dämonen besiegen konnte, aber Magnus' Dämonen der Vergangenheit scheinbar zu mächtig für ihn waren.

Ich trat an die Arbeitsplatte und befühlte vorsichtig den

Kuchen mit meinen Fingerspitzen. Die Temperatur war ideal, um das Topping aufzutragen.

Ich gab warme Butter, Puderzucker, Vanillezucker und Frischkäse in eine Schüssel und verquirlte alles mit dem Mixer.

Der leichte Duft der Zitrone, die ich ebenfalls dazugab, entfaltete ihr Aroma. Mit dem Finger probierte ich, ob ich genau die richtige Mischung aus Säure und Süße erwischt hatte und jubilierte innerlich, als ich das Topping auf meiner Zunge spürte.

Stine würde den Kuchen lieben, wenn sie ihn nach der Ausstellung probieren würde. Ich konnte ihr Gesicht förmlich vor mir sehen, wie sie strahlte und vor Freude seufzen würde, sobald sie ihn sehen und kosten würde. Zwar konnte ich diese Freude nicht mit ihr teilen, da ich dann schon im Nachtzug Richtung Flensburg sitzen würde, aber allein bei dem Gedanken an Stines strahlendes Gesicht wurde mir warm ums Herz.

Nachdem das Topping aufgetragen und der Kuchen damit vollendet war, ging ich ins Gästezimmer, um mich für den Abend fertigzumachen.

Ich nahm mir viel Zeit beim Duschen und knetete eine Packung in meine langen Haare, die meine Locken später noch mehr Schwung geben würde.

Danach schminkte ich mich und verzichtete auf das zarte Tages-Make-up. Ich trug verschiedene Töne des Lidschattens auf und zeichnete mit dem Eyeliner einen Lidstrich, den ich wohl nie besser hinbekommen hatte als heute.

Wie hieß es so schön? Wenn man schon unterging, dann stilvoll und mit Schwung.

So sollte es heute Abend sein.

Da ich auf eine Strumpfhose unter dem Seidenkleid verzichten wollte, cremte ich meine Beine mit einer leichten Glanzbodylotion ein. Sollte das Kleid, obwohl es beinahe bodenlang war, doch einmal hochschwingen und meine Beine zeigen, würden sie elegant schimmern.

Meine Haare trug ich offen. Mit Pflegeprodukten verwöhnt und gestylt, fielen sie mir wunderbar über den freien Rücken, der nur von den dünnen überkreuzten Trägern bedeckt war.

Zum Abschluss schlüpfte ich in die hochhackigen Glitzersandaletten, sprühte ein paar Spritzer meines Lieblingsparfums auf meine Handgelenke und an meinen Hals und betrachtete mich eingehend im Spiegel.

Mir gefiel, was ich sah. Das Kleid schien nur auf mich gewartet zu haben und stand mir ausgezeichnet. Ich fühlte mich stark und unverwundbar. Nichts deutete darauf hin, welche Tiefen mein Aufenthalt in Tideborg vor meinen Füßen aufgerissen hatte.

Telefonisch bestellte ich mir ein Taxi, welches mich in wenigen Minuten abholen sollte.

Da ich Fina zur Ausstellung nicht mitnehmen konnte; ich hatte Bedenken, dass die anderen Künstler gerne eine kleine französische Bulldogge zwischen ihren Gemälden oder Skulpturen herumflitzen sehen wollten, bereitete ich ihr einen gemütlichen Platz vor und füllte ihren Futternapf.

Bevor ich zum Bahnhof fahren würde, würde ich sie schnell abholen und mich umziehen, sodass ich nicht in diesem Kleid die Rückreise würde antreten müssen.

Als es an der Tür klopfte und ich Fina bedeutete, es sich auf ihrer Decke vor der Terrassentür bequem zu machen, schaute sie mich aus großen Augen an, legte den Kopf schief und fiepte leise. Sie blieb nicht oft alleine. Meistens konnte sie mich begleiten, sogar zur Arbeit, wo sie mittlerweile als gern gesehener Bürohund von Tür zu Tür stolzierte, um das ein oder andere Leckerli abzustauben.

»Pass schön auf das Haus auf, meine Süße. Ich bin bald wieder da und hole dich ab.« Ich kraulte sie noch einmal am Hals und lief ins Gästezimmer, um die kleine Clutch zu holen, die ich in Stines Kleiderschrank gefunden hatte und die mein Outfit komplementieren würde.

Gerade wollte ich das Zimmer verlassen, um zur Haustür zu gehen, als mein Blick auf die kleine gläserne Robbe fiel, die schon in meiner großen Handtasche lag. Behutsam nahm ich sie und eilte zum Esstisch.

»Einen Moment«, rief ich in Richtung Haustür. »Ich bin sofort da!«

Ich griff nach dem Kugelschreiber und einem Zettel vom Notizblock, den ich auf dem Tisch fand und schrieb.

Alles hat seine Zeit. Unsere endet hier. Danke für alles. Anni

Ich nahm den Zettel, wickelte ihn um die Robbe und band ihn mit einem Gummiband fest.

Dann eilte ich zur Tür und riss sie auf. »Entschuldigung, ich musste noch etwas holen«, begrüßte ich den Taxifahrer.

Der untersetzte ältere Herr lächelte mich seelenruhig an.

»Kein Problem. Auf eine schöne junge Frau warte ich immer gerne.« Dabei grinste er mich an und sein Schnurrbart zuckte nach oben. »Ich bin Hannes«, stellte er sich vor. »Wohin darf ich dich bringen?« Da auch Hannes mich duzte, war es, als würde ich einen alten Bekannten treffen und nicht einem wildfremden Mann gegenüberstehen.

»Nach Esbjerg bitte. In die alte Fischfabrik?« Ich ließ es wie eine Frage klingen, da ich mir immer noch unsicher war, wie die Ausstellung in einem alten Fabrikgebäude aussehen sollte.

»Aber sicher. Komm.« Hannes schien keineswegs überrascht über mein Ziel. Er ging zum Taxi und hielt mir galant die Tür zum Beifahrersitz auf.

»Dankeschön.« So elegant wie möglich versuchte ich, in meinem Kleid auf den Sitz zu sinken. Leider misslang mein Versuch und ich plumpste auf den Sitz. Ein Blick in Hannes'

Gesicht verriet mir, dass auch seine Mundwinkel zuckten.

Lauthals musste ich lachen und auch er stimmte mit ein.

»Das muss ich wohl noch mal üben«, sagte ich und es tat gut, mit ihm zu lachen. Hannes war mir auf Anhieb sympathisch und ich konnte mir nicht vorstellen, dass er etwas anderes als nett, freundlich und großherzig sein könnte.

Er ließ sich ebenfalls auf den Sitz neben mir fallen und startete den Motor. Meine Clutch lag auf meinem Schoß und ich hielt die kleine Robbe wie einen Schatz in meinen Händen.

Kurz bevor wir an Magnus' Haus vorbeifuhren, bat ich Hannes, zu halten.

Ein Blick zum Haus hinüber verriet mir, dass Magnus schon unterwegs sein musste. Alle Lichter waren erloschen und das Haus stand anmutig alleine da.

»Ich muss schnell etwas abgeben.«

Ohne nachzufragen, hielt Hannes und wartete mit laufendem Motor auf mich.

So schnell meine hochhackigen Schuhe mich trugen, eilte ich über den Hof zur Haustür. Obwohl das Haus dunkel vor mir lag und der Pickup nicht auf dem Hof stand, hatte ich die Befürchtung, dass Magnus doch noch um die Hausecke kommen würde. Da Bella weder zu hören noch zu sehen war, vermutete ich, dass Magnus sie zu seinen Eltern gebracht hatte, damit sie nicht alleine bleiben musste. Auch wenn Gustav und Herlinde zur Ausstellung kommen würden, wäre immer jemand vom Personal im Haus, um auf Bella aufzupassen.

Ich beeilte mich, die gläserne Robbe vor seiner Haustür abzulegen. Er würde sie finden, wenn er von der Ausstellung nach Hause käme.

Schnellen Schrittes eilte ich zurück zum Taxi und glitt schon etwas eleganter auf meinen Sitz.

»Okay, wir können weiter«, sagte ich an Hannes gewandt und lehnte mich in meinem Sitz zurück.

Obwohl ich versuchte, mich zu entspannen, zitterten meine Hände, die ich über meine Clutch gelegt hatte, ein wenig.

»Nervös?«, fragte Hannes. Er war ein aufmerksamer Beobachter. Da er mir so sympathisch und offen erschien, berichtete ich ihm von der Ausstellung und genoss unseren Smalltalk, der erst endete, als wir im Hafen von Esbjerg vor einer großen alten Halle hielten.

Was ich sah, war vollkommen anders als alles, was ich mir vorgestellt hatte.

»Viel Spaß und einen erfolgreichen Abend wünsche ich dir. Wenn du erlaubst: Du siehst bezaubernd aus und wirst den Männern die Köpfe verdrehen.«

Bei Hannes' Worten fühlte ich mich geschmeichelt und mir wurde warm ums Herz ob seiner lieben Worte.

»Ich danke dir. Wenn ich mal wieder in Tideborg bin und ein Taxi brauche, werde ich mich nur noch von dir fahren lassen.« Er grinste mich an und sein gesamter Oberkörper wackelte hinter dem Lenkrad, so sehr freute er sich.

Ich öffnete die Tür des Taxis und stieg, dieses Mal gelang es mir, elegant aus.

Dann folgten meine Augen dem violetten Scheinwerferlicht, das die dunkle Backsteinfassade des alten Fabrikgebäudes anstrahlte, und ich schritt über den ebenfalls violetten Teppich zum großen Eingangsportal, an dem ich von zwei Servicekräften in schicken schwarz-weißen Outfits empfangen wurde, die mir ein Tablett entgegenhielten, auf dem Champagnergläser aufragten.

Mit wackeligen Fingern griff ich nach einem der Gläser und wünschte mir in diesem Moment ein Glas, gefüllt mit Aquavit herbei, um meine Nervosität zu bekämpfen.

Ein großer, breitschultriger Mann in schwarzem Anzug, der ein Headset trug, öffnete mir die Tür und ließ mich eintreten in eine Welt der Kunst und der Farben.

KAPITEL 17

Stine hatte nicht zu viel versprochen. Hatte ich bei der Bezeichnung Fabrik an eine alte und ramponierte Halle gedacht, fand ich mich in einem vollkommen anderen Ambiente wieder.

Von der ehemaligen Fischfabrik war nichts mehr zu sehen. Das riesige Gebäude war so hoch, dass eine Empore den ganzen oberen Bereich einnahm. Durch ein Eisengeländer abgeschirmt, konnte man von oben auf das gesamte Erdgeschoss hinunterschauen.

Ich legte den Kopf in den Nacken, um die vielen Lichter über mir betrachten zu können.

Messinglampen in unterschiedlichen Größen hingen von der Decke herab. Die Wände der Fabrik bestanden ebenso wie die Außenfassade aus rohem Backstein.

Das außen vorherrschende Violett der Lichter fand sich auch im Inneren wieder. Die vielen Stehtische, an denen sich eine Vielzahl von schick und äußerst hip gekleideten Leuten angeregt unterhielt, waren mit violetten Hussen überzogen.

Langsam schritt ich über den Betonboden. Wäre die Halle leer gewesen, hätte man den Hall meiner Absätze bestimmt von den Wänden schallen hören.

Zahlreiche Bilder, die an den Backsteinwänden befestigt und mithilfe von Spots angestrahlt wurden, zeigten die unterschiedlichen Handschriften der Künstler.

Auf der Suche nach Stine ging ich an der linken Wand entlang, um mir einige der Bilder genauer anzuschauen.

Ein Künstler zeichnete ausschließlich mit Kohle und porträtierte anscheinend nur Personen, die allesamt in verschiedenen Schwarz- und Graunuancen auf den Leinwänden erschienen.

In der Mitte des riesigen Raumes ragte, durch ein Absperrseil umgeben, ein mehrere Meter hoher Turm empor.

Bei näherem Betrachten erkannte ich, dass er aus Plastikflaschen, Tüten und anderen Dingen geschaffen wurde, die als Müll am Strand aufgesammelt wurden. *Das Vermächtnis der Menschen* hieß dieses imposant aufragende Kunstwerk. Auf einem Aufsteller konnte ich nachlesen, dass der Künstler *Poul Poulsen* auf die Verschmutzung der Meere aufmerksam machen wollte, die durch den Plastikbestand stets zunahm.

Während ich die einzelnen Bilder betrachtete, nippte ich immer wieder an meinem Champagner und merkte, wie sich meine Nervosität langsam legte.

Die einzelnen Ausstellungsstücke der Künstler zogen mich magisch an und ich vergaß beinahe alles um mich herum.

Als ich mein Glas geleert hatte, stellte ich es auf ein Tablett, das mir eine ebenfalls in schwarz gekleidete Servicekraft entgegenhielt.

Der Gegensatz zwischen der alten rustikalen Fabrikhalle und den edel gekleideten Menschen hätte größer nicht sein können.

Ich schaute mir die anderen Besucher der Ausstellung genauer an.

Die meisten der anwesenden Männer waren in hochwertig aussehende Anzüge gekleidet, die wirkten, als seien sie maßgeschneidert. Dazu trugen sie teurer aussehende Schuhe. Mit scheinbar geschultem Blick gingen sie von Kunstwerk zu Kunstwerk und diskutierten wild gestikulierend darüber. Ob sie sich wirklich besonders in der Kunstwelt auskannten oder sich nur zur Schau stellen wollten, erschloss sich mir jedoch nicht so richtig. Die anderen Frauen waren ebenfalls in besonders schöne, teilweise auch kuriose Kleider gehüllt. Viele edle Kleider ließen mein Modeherz höherschlagen, andere wieder, etwa das neongelbe, kurz geschnittene Cocktailkleid einer Besucherin, das durch eine pinkfarbene Federboa vollendet wurde, die lang um den Hals der Dame hing, brachte keine Begeisterungsstürme in mir hervor.

Niemand war hier und schien mich zu kennen oder Notiz von mir zu nehmen. Ich tauchte in der Masse unter und war plötzlich Teil dieser Welt.

»Anni«, hörte ich plötzlich Rufe hinter mir, die immer lauter wurden. Ich drehte mich um und schaute in Stines strahlende Augen.

»Hej, Stine!« Ich umarmte sie und betrachtete ihr Outfit. Meine sonst stets leger gekleidete Schwester trug ein kurzes schwarzes Abendkleid, dazu schwarze Pumps, die für ihre Verhältnisse bereits äußerst hoch waren. Dazu kombinierte sie großen goldfarbenen Schmuck und hatte ihre langen Haare geglättet. Sie fielen wie ein schimmernder Wasserfall über ihren Rücken.

»Stine, du siehst großartig aus«, platzte es aus mir heraus. »Und die Ausstellung ist grandios. Als du die Fabrik erwähnt hast, habe ich mit allem gerechnet, aber nicht hiermit.« Mit einer ausladenden Handbewegung zeigte ich durch den großen Raum. »Wo sind denn deine Bilder? Ich habe sie noch nicht gesehen«, wollte ich von ihr wissen.

»Es ist fantastisch hier, nicht?«, antwortete sie aufgekratzt. »Meine Bilder sind oben auf der Galerie.« Sie griff nach meinem Handgelenk und zog mich hinter sich her. Ich musste meine ganze Konzentration aufwenden, um nicht in meinen hohen Schuhen umzuknicken, da Stine mich rasend schnell hinter sich herzog, als hätte sie Angst, ihre Bilder würden gleich nicht mehr an Ort und Stelle hängen.

Als wir den Fuß der Eisentreppe erreicht hatten, blieb sie abrupt stehen.

»Das Beste habe ich dir aber noch gar nicht gesagt.« Ihre Augen weiteten sich und sie sah aus, als würde sie jeden Moment laut aufschreien. »Mein neuestes Bild wurde gekauft. Ist das der Wahnsinn?«

»Wirklich? Oh Stine, ich freue mich so für dich!« Ich drückte sie fest an mich und gab ihr einen Kuss auf die Wange. »Das ist ja fantastisch. Dann muss ich es mir gleich anschauen, bevor ich es nicht mehr zu Gesicht bekomme.«

Ich wollte schon an ihr vorbei die Treppe hinaufgehen, als sie weiterredete.

»Das Bild ist schon weg.« Das war merkwürdig.

»Wie jetzt? Normalerweise bringst du sie doch erst nach einer Ausstellung zu den jeweiligen Käufern, oder nicht?« So hatte Stine mir das Vorgehen zumindest immer geschildert, wenn eines ihrer Bilder direkt auf einer Ausstellung gekauft wurde.

»So war es bislang auch immer. Ich kenne den Käufer noch nicht einmal.« Anscheinend ebenfalls über die Art des Kaufes überrascht, zog sie die Schultern hoch.

»Das musst du mir genauer erklären«, forderte ich sie auf.

Wir griffen uns jeweils ein Champagnerglas von einem vorbeischreitenden Kellner und während ich daran nippte, lauschte ich gebannt, was Stine mir über den ominösen Bilderkauf berichtete.

»Kurz nach der Eröffnung ist ein Mann auf mich zugekommen und sagte mir, dass er einen anonymen Käufer vertrete, der unbedingt mein Bild *Sehnsucht* kaufen wolle.«

Jetzt kannte ich zumindest schon einmal den Namen des neuesten Bildes, an dem Stine in letzter Zeit gearbeitet hatte und von dem ich nur den Ursprung gesehen hatte. Trotzdem war es ungewöhnlich, wie schnell dieser Kauf geschehen war.

»Welchen Preis hattest du dir denn dafür überlegt?« Wir hatten nie darüber gesprochen, wieviel sie für ihr neuestes Kunstwerk verlangen wollte.

Stine unterdrückte einen Aufschrei und ihre Wangen färbten sich rot. »Das ist es ja gerade. Ich hatte mir nur ungefähr überlegt, welchen Preis ich verlangen möchte. Eigentlich wollte ich die Ausstellung dafür nutzen, Kontakte zu knüpfen und nachträglich zu verkaufen. Aber als mich dieser Mann eben ansprach, hat er mich so überrumpelt, dass ich einfach einen Preis genannt habe, ohne groß darüber nachzudenken.«

Da sie nicht sofort weitersprach, vermutete ich, dass die Summe entweder äußerst gering ausgefallen war oder ins Gegenteil schlug.

»Nun sag schon«, forderte ich sie grinsend auf. »Wieviel Geld hast du verlangt?«

Stine atmete tief ein und antwortete in dem Versuch, die Summe nicht herauszuschreien. »Umgerechnet zehntausend Euro!«

Ich schlug die Hand vor meinen Mund.

»Aaaaah«, schrien wir gleichzeitig und ich umarmte sie so stürmisch, dass der Inhalt meines Champagnerglases über den Rand schwappte und über meine Hand floss.

»Das gibt es nicht! Stine, du bist der Wahnsinn!«

»Finde ich auch«, gab sie breit grinsend zurück.

So viel Geld hatte Stine an ihren bisherigen Bildern noch nie verdient. Ich wusste, dass sie stets einige ihrer Kunstwerke verkaufte, aber keine großen Summen damit einnahm. Die Tatsache, dass sie auf einen Schlag ihr neuestes Bild so lukrativ verkauft hatte, machte mich gleichzeitig unsagbar stolz und rührte mich zutiefst. Ich fand es erstaunlich, dass jemand ohne Verhandlungen diese Summe an eine Künstlerin bezahlte, aber das Bild musste etwas ganz Besonderes an sich gehabt haben. Anders konnte ich es mir nicht erklären.

Ich freute mich für meine Schwester. Vielleicht war dies der Anfang ihrer Karriere, von der sie immer geträumt hatte. Verdient hatte sie es. Sie hatte hart gearbeitet und war mit Feuereifer und Leidenschaft an der Arbeit.

»Schade, dass der Käufer anonym bleiben wollte. Ich hätte zu gerne gewusst, wer dein Bild gekauft hat.«

»Das hätte ich auch gerne. Frederick kannte den Mann, der den Kauf stellvertretend getätigt hatte, auch nicht.«

»Frederick ist wieder da?«

Stine nickte. »Er ist eben erst von seiner Geschäftsreise zurückgekommen und nach einem kurzen Halt zu Hause direkt hierher gekommen. Da hinten ist er.« Sie zeigte mit dem Finger die Galerie hinauf. Da diese aber von Besuchern nur so wimmelte, konnte ich Fredericks blonden Schopf nicht in der Menge ausmachen.

»Dann suche ich ihn gleich mal.«

»Jetzt komm aber erst einmal mit hoch, ich möchte dir meine Bilder zeigen.« Stine zog mich die Treppe hinauf auf die Galerie, die den gesamten oberen Bereich der Halle einnahm.

Auch in diesem Teil waren die Backsteinwände mit Bildern der Künstler bestückt.

Stine folgend, gingen wir in den hinteren Bereich und schon von Weitem sah ich ihre Bilder, welche die mir so vertrauten Dünen zeigten.

In diesem Ambiente wirkten Stines Bilder jedoch noch herausragender und ich konnte gut verstehen, dass sich eines ihrer Werke sofort verkauft hatte. Es würde mich nicht wundern, wenn noch weitere Käufe folgten.

»Stine, deine Bilder sind wirklich einmalig. Du bist eine großartige Künstlerin.«

»Danke, Schwesterherz.« Sie wirkte gerührt und das Rot auf

ihren Wangen trat noch etwas deutlicher hervor.

Plötzlich spürte ich, dass mir jemand auf die Schulter tippte.

Ich drehte mich um, um zu schauen, wer hinter mir stand und schaute direkt in Fredericks strahlendes Gesicht. »Freddy! Wie schön, dass wir uns noch sehen!«

»Finde ich auch.« Er stockte. »Wow, Anni! Du siehst fantastisch aus. Wie eine Göttin!« Fredericks Worte waren eine Wohltat für mein Gemüt und ich wusste, dass auf ihn immer Verlass war. Er schaffte es stets, für gute Laune zu sorgen und mich abzulenken. Dafür mochte ich Frederick einfach.

»Hej, Freddy! Schön, dass du jetzt hier bist. Dann kannst du Anni auf andere Gedanken bringen«, warf Stine ein und ich schaute sie verdutzt an. Sie würde doch wohl nicht … doch sie tat. »Magnus ist ein Arsch und du musst jetzt für die Familienehre sorgen und beweisen, dass nicht alle von Linnenbergs so sind.«

Sie grinste über das ganze Gesicht, anscheinend beflügelt von ihrem Erfolg. Am liebsten hätte ich ihr meinen Ellenbogen mitten in die Seite gerammt, was ich aber aus Achtung vor meinem edlen Kleid nicht tat.

»Wieso Magnus? Was hat er gemacht?«, wollte Frederick wissen und schaute mich durchdringend an.

»Viel Spaß euch beiden. Wir sehen uns später«, verabschiedete sich Stine so schnell, dass ich nichts erwidern konnte.

Schon standen Frederick und ich allein auf der Galerie, umzingelt von jeder Menge Kunstinteressenten.

Ich wünschte mir, dass der DJ seine Musik in diesem Moment noch etwas lauter spielen würde, sodass Frederick mich nicht verstehen konnte und ich ihm keine Antwort auf seine Frage geben brauchte.

Sanft legte er seine Hand auf meinen Rücken. »Was ist denn passiert?«, wollte er wissen.

Ich zögerte. »Puh. Lange Geschichte«, wich ich aus.

»Ein bisschen Zeit habe ich«, lächelte mich Frederick an. »Komm, wir setzen uns an die Bar und du erzählst mir alles. Wie klingt das?«

»Nach einem Angebot, das ich wohl nicht ausschlagen kann?«, entgegnete ich.

»Bingo!«

Wir schoben uns durch die Menge. Da die Galerie nur wenige Meter breit war, standen die Menschen hier dichter gedrängt als im unteren Bereich.

Die Ausstellung entpuppte sich nicht nur als reine Zurschaustellung der Kunstwerke, sondern verdiente die Bezeichnung selbst. Gerade stolzierten vier Künstler in fantastischen Kostümen herein. Sie schienen auf Stelzen zu laufen, denn sie waren bestimmt drei Meter groß. Ihre wallenden, glitzernden Gewänder wehten um ihre Körper und sie boten eine besondere Show dar.

An der Bar bestellte Frederick mir ein Glas Rotwein und für sich einen Whiskey.

»Es ist wohl einiges passiert, als ich weg war, oder?«, begann er das Gespräch.

Ich wusste, dass ich meinem besten Freund nichts verheimlichen konnte. Frederick würde sensibel auf alles reagieren, was ich ihm erzählte, also schilderte ich ihm, was in den vergangenen Tagen geschehen war. Von Hagens Auftauchen und seinem Angriff, dass Magnus mich verteidigt und gerettet hatte. Von unserem Ausflug nach surkeborg und den wundervollen Stunden, die wir verlebt hatten. Und auch von der Nacht, die wir miteinander verbracht hatten. Von dem Knistern, das seit dem ersten Tag meiner Ankunft zwischen uns herrschte, meinen Gefühlen für ihn und Magnus' kryptischen Äußerungen, dass er nicht mit mir zusammensein könnte.

Frederick nahm einen tiefen Schluck, bevor er antwortete. Er schien nach den passenden Worten zu suchen. »Solltest du wieder einmal in Tideborg sein und ich auf Geschäftsreise fahren, dann werde ich einen Teufel tun, dich noch einmal hier zu lassen.«

Frederick grinste und schaffte es wieder einmal, die Stimmung aufzulockern und mir ein Seufzen zu entlocken.

»Das wird wohl besser sein. Ich begleite dich überall hin«, stimmte ich locker zu und legte meine Hand freundschaftlich auf Fredericks.

»Wenn das so ist!« Ich erschrak beim Klang der tiefen Stimme, die wie aus dem Nichts auftauchte.

»Magnus!«, riefen Frederick und ich wie aus einem Munde.

»Ja, ich!« Er schien vor Wut zu kochen. Mir wollte nur nicht in den Sinn kommen, warum er so wütend war. »Tut mir leid, dass ich die beiden Turteltauben gestört habe. Am besten nehmt ihr euch ein Zimmer!«

Wütend ballte er die Fäuste. Wovon redete er da? Ich nahm eine feine Note von Whiskey wahr, die von ihm ausging. Dazu sein Parfüm und der unverkennbare Duft, der ihn immer umgab.

Ebenso wütend stand Frederick auf und baute sich direkt vor seinem Bruder auf. Ich wünschte mir die Gabe herbei, mich in Luft aufzulösen, doch leider geschah beim besten Willen nichts. Also versuchte ich mich auf meinem Barhocker so unscheinbar wie möglich zu verhalten und konnte nur zusehen, wie sich Magnus und Frederick ein Blickduell lieferten.

Magnus hatte seine Hände zu Fäusten geballt.

Ich wollte wütend auf ihn sein. Das wollte ich wirklich. Weil er so unverhofft aufgetaucht war und uns grundlos eine Szene gemacht hatte. Aber so sehr ich mich auch bemühte, schlug mein Herz mit seiner ganzen Kraft gegen meinen Brustkorb. Leider nicht vor Wut, sondern vor Begehren. Ich konnte meinen Blick nicht von Magnus abwenden. Er zog mich magisch an wie ein Magnet.

Er trug einen schwarzen Smoking mit einem seidenen Besatz, darunter ein weißes Hemd. Eine schwarze Fliege komplettierte sein Outfit. Jede Faser meiner Körper sehnte sich nach ihm.

Zu gern hätte ich meine Hand ausgestreckt und ihn berührt.

Die Schmetterlinge in meinem Bauch schienen der gleichen Meinung zu sein, denn sie flatterten wild umher. Hätte ich gekonnt, hätte ich ihnen auf die Flügel gehauen, um sie zur Ruhe zu bringen, aber es gab keine Chance. Mein Herz schlug so heftig gegen meine Brust, als würde es zum Beat der Musik schlagen.

Obwohl es keine Chance für Magnus und mich gab, war ich ihm hoffnungslos verfallen. Ich sollte es einfach akzeptieren. Dann würde ich wohl die nächsten fünfzig Jahre ohne Mann leben und mir Katzen anschaffen, damit ich nicht alleine bleiben musste. Alle würden mich als Katzenlady kennen und mir Futter vor die Tür stellen. Hey, so schlimm wäre das auch nicht.

Wütende Wortfetzen zwischen Magnus und Frederick schwappten zu mir herüber. Sie bemühten sich, möglichst leise zu sprechen, was ihnen aber komplett misslang.

»Was willst du eigentlich?«, bluffte Frederick seinen Bruder an. »Anni hat mir alles erzählt.«

Magnus schaute mich an und einen kurzen Moment erstarrten die Schmetterlinge aus Angst, sich zu bewegen.

Der Blick, den er mir zuwarf, hätte kälter nicht sein können. Seine blauen Augen schimmerten beinahe schwarz. Wie das Meer in der Nacht. Eine Gänsehaut breitete sich von meinen Händen über den ganzen Körper aus.

»Wenn das so ist.« Mit diesen Worten drehte er sich um und eilte durch die Masse, die Eisentreppe hinab.

Nichts von dem, was gerade geschehen war, hatte ich verstanden.

Warum war Magnus so aufgebracht? Warum hatten die beiden sich so angeschrien? Warum Magnus' eiskalter Blick? Was hatte das alles zu bedeuten?

In diesem Moment war mein Kampfgeist geweckt und mein Magen brodelte. Magnus konnte nicht einfach hier auftauchen, alles durcheinanderwirbeln wie ein Hurrikan und dann, seine Zerstörung vollbracht, wieder abhauen.

Ich rutschte von meinem Barhocker herunter und rannte, so schnell meine High Heels mich trugen, hinter Magnus her.

»Anni, warte!«, rief Frederick hinter mir, doch ich hob nur meine Hand, um ihm zu bedeuten, dass er schweigen sollte.

Oma Inge hatte mir zwar immer eingebläut, dass eine Frau niemals einem Mann hinterherlaufen sollte, aber in diesem Fall wäre sie bestimmt mit einer Ausnahme einverstanden gewesen.

Ich drängelte mich durch die Besucher und erntete einige böse Blicke und murmelnde Worte, die nicht sehr freundlich klangen. Glücklicherweise waren meine dänischen Sprachkenntnisse was Schimpfworte anbelangte, nicht so ausgereift, sodass ich das meiste nicht verstand.

»Hej, Anni«, tauchte Marlies neben mir auf. Sie trug ein dunkelrotes bodenlanges Kleid und stand feengleich vor mir.

»Es tut mir leid, Marlies, ich muss was erledigen.« Damit ließ ich sie stehen und rannte weiter hinter Magnus her, Marlies' verdutzte Miene im Rücken spürend.

Ich wandte meinen Blick nicht von Magnus ab, wagte noch nicht einmal zu blinzeln, aus Angst, er könnte in der Menge verschwinden.

Endlich erreichte ich ihn und griff nach seiner Hand. Er drehte sich so abrupt um, dass ich gegen seinen Brustkorb prallte und seine harten Muskeln an meinem Oberkörper spürte.

Mein Atem ging schnell. Mein Brustkorb hob und senkte sich. Obwohl ich sportlich war und Laufen zu meinen Stärken zählte, war ich nicht geübt darin, auf zehn Zentimeter hohen

Absätzen zu sprinten.

Magnus blickte auf mich hinab, die Distanz zwischen uns nicht vergrößernd. Er stand so nah vor mir, dass ich seinen männlichen Duft einatmen konnte. Er roch frisch geduscht, nach Aftershave, einer leichten Whiskeynote und nach Magnus.

Ich sah, dass sich sein Brustkorb ebenso schnell bewegte wie meiner. Sein Blick war so durchdringend, als könnte er tief in meine Seele schauen.

Der DJ wechselte das Lied von leichten Hip-Hop-Klängen zu *Lady A's I need you now.*

Sollte das ein Scherz sein? Es war, als würde er damit das Messer, das bereits in meinem Herz steckte, noch einmal umdrehen, um mir zu zeigen, wie sehr es wirklich wehtun konnte. *Vielen Dank, DJ! Ich weiß es auch ohne deine Hilfe.*

Die ersten Klänge des Liedes hallten durch die Fabrik.

Obwohl so viele Menschen um uns herum standen, nahm ich nur noch Magnus und die Musik war.

Die erste Strophe setzte leise ein.

Obwohl es kaum möglich war, verringerte Magnus die wenigen Zentimeter, die uns trennten, sodass wir Körper an Körper, eng voreinander standen.

Er hob seine Hand und legte sie an meine Wange. Mein Herz klopfte wie wild und die Schmetterlinge drehten Loopings. Eigentlich hätte ich Reißaus nehmen sollen, um mich zu schützen, mein Herz zu schützen. Aber Magnus zog mich magisch an, wie das Licht die Motten.

Der Refrain begann und schallte durch meinen Körper.

Magnus legte seine Lippen auf meine. Erst sanft, dann immer intensiver. Ich hätte ihn von mir stoßen können, hätte den Kuss nicht erwidern können, aber alles in mir sehnte sich nach ihm und so tat ich das Gegenteil von dem, was ich hätte tun sollen.

Ich griff in den seidenen Revers seines Smokings und zog ihn noch näher an mich heran. Der Kuss wurde immer inniger und ich spürte Magnus' Hände, die über die nackte Haut meines Rückens strichen.
Er hielt mich so fest im Arm, als sei ich etwas äußerst Kostbares und Wertvolles.

Die Sängerin schmetterte dem Höhepunkt des Songs entgegen.

Magnus' Hand wanderte die Haut meines Rückens hinab zu meinem Po. Es war, als gäbe es im Moment nur uns und den Kuss, der sich noch nach zu wenig anfühlte. Ich wollte mehr von Magnus, wollte die Sehnsucht nach ihm stillen und ihn ganz und mit jeder Faser meines Körpers spüren.

Sein Körper, der sich unter der Berührung anspannte und seine Muskeln zucken ließ, verriet mir, dass es ihm genauso ging.

Er schob mich rückwärts, bis ich die kalte Wand der Backsteine an meinem Rücken spürte.

Wären wir nicht in der Öffentlichkeit, hätte ich nichts dagegen gehabt, wenn Magnus mir mein Kleid vom Leib gerissen hätte.

Der Song endete und genauso schnell, wie sich die Spannung zwischen uns aufgebaut hatte, zerbrach sie.

Wir schauten uns mit gierigen Blicken an, beide vollkommen außer Atem. Was wäre passiert, wenn wir allein gewesen wären? Wenn wir nicht in dieser überfüllten Fabrik gestanden hätten?

»Da bist du ja«, vernahm ich Fredericks Stimme, der neben Magnus auftauchte. »Ich habe dich gesucht. Ist alles in Ordnung?«

Er schaute von mir zu Magnus und wieder zurück, als versuchte er, die Situation zwischen uns zu deuten.

Ich nickte. »Alles okay, Freddy.« Mehr kam nicht über meine Lippen.

Magnus und Frederick sagten kein Wort, sondern starrten sich wieder an, wie sie es auf der Galerie schon gemacht hatten.

Magnus beugte seinen Kopf zu mir hinab. Seine Augen nahmen einen schwermütigen Ausdruck an und im ersten Moment dachte ich, er würde zu weinen beginnen.

Er stützte eine Hand neben meinem Kopf an der Wand ab und näherte sich mir.

Dachte ich, er wollte mich noch einmal küssen, wurde ich überrascht durch das, was er dann tat.

»Ich wünsche mir, dass du glücklich wirst, Anni«, sprach Magnus in mein Ohr, so laut, dass nur ich ihn verstehen konnte. »Frederick ist ein guter Kerl, du solltest ihm eine Chance geben.«

Was?

Ich dachte, ich hätte mich verhört, als Magnus mir mit traurigem Gesichtsausdruck zunickte.

Warum sagte er das?

»Bitte was?«, schrie ich ihn an und es war mir egal, dass die ersten Köpfe sich in unsere Richtung drehten. »Was soll ich denn mit Frederick? Du spinnst doch. Ich weiß nicht, was dein Problem ist, Magnus von Linnenberg, aber hör auf, solche Spielchen mit mir zu spielen!«

Zum ersten Mal in meinem Leben hatte ich keine Kontrolle mehr über meinen Körper. Die Gefühle in meinem Inneren schossen an die Oberfläche, ohne das ich etwas dagegen tun konnte. Wie ein Geysir, der nach oben sprudelte und nicht aufgehalten werden konnte.

Ohne es zu merken, holte ich aus und ließ meine flache Hand in Magnus' Gesicht schnellen.

Mit intensivem Blick schaute er mich an. Seine Augen glitzerten und ich hätte mich am liebsten an ihn geschmissen und mich entschuldigt.

Aber es war, als hörte ich Omas Stimme, die mir zuflüsterte, dass eine Frau ihren Stolz habe.

Und ich hatte meinen. Ich hatte Magnus all meine Gefühle offenbart und war wütend und verletzt über seine Art, mit mir umzugehen.

»Machs gut, Magnus!« Mit diesen Worten schob ich mich an ihm vorbei und wusste, dass ich den Ausdruck in seinen Augen nie vergessen würde.

Frederick eilte hinter mir her und tauchte neben mir auf. »Warte Anni, das hat er nicht so gemeint. Es ist nicht so wie du denkst.«

Abrupt blieb ich stehen. »Was soll das heißen? Es ist nicht so wie ich denke? Was weißt du?«

Als Frederick zerknirscht auf den Boden schaute, als suche er intensiv nach etwas, wusste ich Bescheid, dass er auch etwas vor mir verbarg.

»Warte Anni, ich kann dir alles erklären. Es ist alles kompliziert ...«

Ich hob die Hand und bedeutete Frederick still zu sein.

»Vergiss es. Ich will es nicht hören. Schönen Abend noch!«

Ich ließ ihn stehen und versuchte, so anmutig es ging fortzustolzieren, um meine Schwester zu suchen. Der Abend war für mich beendet und ich wollte mich nur schnell verabschieden, um mich auf den Weg nach Flensburg und dann weiter nach Hamburg zu machen.

»Anni, bleib doch stehen!« Fredericks Worte kamen bei mir an. Ich drehte mich um. »Nein, danke. Für heute habe ich genug von euch von Linnenbergs!«

Ich griff das Geländer der Eisentreppe, da ich merkte, wie sehr meine Hände zitterten. Die letzten Minuten fühlten sich absolut unwirklich an und ich wünschte mir, aufzuwachen und alles als schrecklichen Albtraum abhaken zu können.

Mich durch die Menge kämpfend, hielt ich nach Stine Ausschau, um mich von ihr zu verabschieden und die Fabrik und alle Personen, die den Nachnamen von Linnenberg trugen, nicht mehr sehen zu müssen.

Nach endlosen Minuten erspähte ich Stines Schopf vor einem ihrer Gemälde. Sie war in ein Gespräch mit einer älteren Dame vertieft, die anmutig Stines Bild betrachtete und immer wieder etwas zu ihr sagte. Ich versuchte, mich nicht zu sehr zwischen das Gespräch der beiden zu drängen und gesellte mich so beiläufig es mir möglich war zu den beiden.

»Oh, hej, Anni«, begrüßte Stine mich und strahlte mich an. Sie schien den Abend sehr zu genießen. Sie so glücklich, ausgelassen und in ihrem Element zu sehen, machte mich stolz und zufrieden. Zumindest der Teil meines Herzens, der zu meiner Familie gehörte, hätte nicht zufriedener sein können.

Der Teil, der für die Liebe zu Männern im Allgemeinen und zu Magnus im Besonderen verantwortlich war, ächzte hingegen unter der Last der Schmerzes und versuchte, sich mühsam aufrechtzuhalten.

»Darf ich dir Mette Gustavson vorstellen?« Stine zeigte auf die Dame ihr gegenüber. »Sie ist Galeristin aus Kopenhagen und möchte meine Bilder in ihrer Galerie ausstellen.«

Mette Gustavson streckte mir ihre beringte Hand entgegen und ich ergriff sie mit festem Händedruck.

»Das sind großartige Neuigkeiten«, freute ich mich ehrlich für meine Schwester. Sie verdiente es, Erfolg mit ihren Bildern zu haben, da sie ihr ganzes Herzblut in ihre Arbeit steckte.

»Das ist meine Schwester Anni«, stellte Stine mich vor. »Sie war meine erste Entdeckerin. Schon als ich klein war, hat sie meine Bilder stolz in ihrem Kinderzimmer aufgehängt.«

Bei dieser Erinnerung wurde mir ganz warm ums Herz. Stine hatte nicht vergessen, wie ich ihre Bilder immer gelobt und sie meinen Freundinnen gezeigt hatte. Ich hatte schon immer ihr Talent gesehen und konnte mir meine freigeistige Schwester niemals in einem anderen Beruf als dem der Künstlerin vorstellen.

»Da hattest du ein geschultes Auge, Anni«, nickte mir Mette Gustavson zu und lächelte beseelt vor sich hin.

Ich erwiderte ihr Lächeln und wandte mich an Stine, um ihr mitzuteilen, dass ich mich von ihr verabschieden und zum Bahnhof fahren wollte.

»Jetzt schon?«, fragte sie betrübt. »Wie schade. Ich dachte, du bleibst noch etwas länger.«

»Es tut mir leid. Ich muss noch zurück ins Haus, mich umziehen und Fina einsammeln, bevor ich zum Bahnhof fahre.«

Ich brachte es nicht übers Herz, Stine von dem Kuss mit Magnus, dem Geheimnis, dass er und Frederick scheinbar teilten und vor mir geheim hielten und von meinem erneut gebrochenem Herzen zu erzählen.

Stines Freude über diesen Abend sollte ungetrübt bleiben und nicht durch mein Liebeschaos beeinträchtigt werden.
Also schluckte ich bei dem Gedanken die Tränen, die soeben wieder aufsteigen wollten, hinunter, und lächelte sie betont lässig an.

»Das verstehe ich natürlich«, gab sie sich geschlagen. »Dann wünsche ich dir eine gute Rückfahrt. Vielleicht kannst du im Zug ein wenig schlafen.«

Glücklicherweise hatte sie mir nichts angemerkt und meine Ausrede über mein frühzeitiges Aufbrechen akzeptiert.

»Danke. Ich versuche, mich auszuruhen, bis ich in Flensburg bin. Viel Aufenthalt habe ich dort auch nicht. Auf den Zug nach

Hamburg muss ich nicht lange warten.«

»Holt Constanze dich vom Bahnhof ab?«, wollte sie wissen.

»Nein, ich fahre direkt zu ihrer Wohnung und werde es mir auf ihrem Schlafsofa bequem machen.«

Stine grinste schief. Niemand kannte mich besser als sie und sie wusste, dass eine Schlafcouch nicht zu meinen liebsten Schlafplätzen zählte. Aber bis ich eine neue Wohnung gefunden hatte, würde ich mich mit Constanzes Sofa anfreunden müssen.

Ich nahm Stine fest in den Arm, drückte ihr einen Kuss auf die Wange und verabschiedete mich von ihr und Mette Gustavson.

Auf meinem Weg nach draußen behielt ich den Ausgang wie das rettende Licht am Ende eines Tunnels im Blick, ohne auch nur nach links oder rechts zu schauen. Ich wollte der Gefahr entgehen, in Magnus oder Fredericks Gesicht zu blicken. Zwar konnte ich mich nicht mehr von Marlies verabschieden, aber mir stand gerade nicht der Sinn nach Small Talk. Ich nahm mir fest vor, ihr aus Hamburg eine Nachricht zu schicken und sie zu besuchen, sobald ich wieder in Tideborg war.

Als ich den Ausgang erreicht hatte, meinte ich, Magnus aus dem Augenwinkel gesehen zu haben, wie er sich mit einem adrett gekleideten Mann unterhielt. Vielleicht hatten mich meine Augen jedoch auch getäuscht und ich hatte ihn mir nur eingebildet. Ich traute mich nicht, noch einmal genauer hinzuschauen, sondern strebte die große Tür nach draußen an.

Ein Securitymitarbeiter öffnete mir die Tür und ich trat hinaus in die kühle Abendluft.

Erst als ich die Fabrik einige Meter hinter mir gelassen hatte, blieb ich stehen, um mir ein Taxi zu rufen. Ich hoffte inständig, dass das Glück auf meiner Seite war, und Hannes mich noch einmal fahren würde.

Ich ging die Straße am alten Hafen entlang und schaute auf die hohen Schornsteine der umliegenden Fabriken.

Scheinwerfer tauchten in der Dunkelheit auf und beim Näherkommen erkannte ich das Taxi. Als der Fahrer ausstieg, um mir die Tür zu öffnen, fiel mir ein Stein vom Herzen, denn es war Hannes, der mich noch einmal fahren würde. Wenigstens in dieser Angelegenheit hatte mein Glück mich nicht im Stich gelassen.

Hannes schloss die Beifahrertür, nachdem ich mich, dieses mal äußerst elegant, auf den Sitz gesetzt hatte.

Während wir an der violettstrahlenden Fabrik vorbeifuhren und ich Magnus in diesem Gebäude zurückließ, redete ich mir ein, dass ein Leben als Katzenfrau bestimmt auch Vorteile mit sich bringen würde.

KAPITEL 18

Sonnenstrahlen fielen durch die Lamellen der nur halb heruntergelassenen Jalousie und schienen mir ins Gesicht.

Ich drehte mich noch einmal um und zog mir die Decke über den Kopf. Fina tapste über die Bettdecke und ließ sich neben meinem Kopf nieder. Sie schien immer zu spüren, welches Stadium meine Laune gerade hatte.

Heute wie auch gestern, seit meiner Ankunft in Hamburg, befand sich meine Stimmung so weit unten wie noch nie.

Ich hatte die zweite Nacht auf Constanzes Schlafcouch verbracht.

Gestern war ich in den frühen Morgenstunden in Hamburg angekommen und mit dem Taxi zu Constanzes Wohnung gefahren. Ich hatte keine Lust, den eiligen Pendlern und geschäftigen Leuten zu begegnen, die auf ihrem Weg zur Arbeit waren.

Ich sehnte mich nach Ruhe, nach dem Rauschen des Meeres, der frischen Brise, die mir stets um die Nase geweht war … und leider auch nach Magnus.

Ich wollte nicht an ihn denken, in keiner Sekunde. Ich wollte nicht darüber nachdenken, was er mir verheimlichte, warum er mit meinen Gefühlen spielte und mehrfach auf ihnen herumgetrampelt war. Ich wollte nicht wissen, was ihn, der stets aufrichtig war, dazu bewog, mir solch widersprüchliche Signale zu senden … und doch wollte ich alles wissen.

Kopf und Herz hätten wieder einmal nicht gegensätzlicher fühlen können. Ich wusste, dass ich alles hinter mir lassen und es gut sein lassen sollte. Aber mein Herz wollte noch nicht wahrhaben, dass wirklich alles vorbei war, bevor es überhaupt richtig begonnen hatte.

Seufzend schlug ich die Decke zurück, eine leichte Baumwolldecke, auf der eine große Katze abgebildet war. Als hätte das Schicksal es auf mich abgesehen, passte diese Decke wohl zukünftig bestens zu mir.

Fina sprang vom Sofa herunter, als sie bemerkte, dass Constanze ins Wohnzimmer kam, zwei Becher Kaffee in den Händen.

»Guten Morgen, Anni, Kaffee gefällig?«

Ich nickte. »Du bist ein Schatz, danke!« Dankbar nahm ich den Kaffee entgegen und trank gierig den ersten Schluck.

Vielleicht würde Koffein helfen, meine müden Gedanken aufzuwecken.

Constanze ging zum Fenster, das in den Hinterhof hinausging, zog die Jalousie hinauf und öffnete das Fenster.

Die Luft, die ins Zimmer hereinkam, war weder erfrischend noch konnte ich das Meer rauschen hören. Die Hamburger Morgenluft war Ende Juni bereits warm und aus dem Innenhof drangen die Stimmen von mehreren Jugendlichen zu uns hinauf, die sich lautstark unterhielten.

Constanze ließ sich neben mir auf dem Sofa nieder. Ich setzte mich ihr im Schneidersitz gegenüber und versuchte, eine muntere Miene aufzusetzen. Das misslang mir jedoch deutlich und ohne etwas dagegen tun zu können, kullerte eine Träne aus meinem rechten Auge und tropfte in meine Kaffeetasse.

»Er ist es nicht wert, dass du um ihn weinst«, versuchte Constanze mich aufzumuntern.

Nach meiner Ankunft gestern Morgen hatte Constanze mir eine Pause gegönnt und mich schlafen lassen, dann aber jedes Detail meines Aufenthalts in Tideborg wissen wollen.

Deswegen war sie über alles, was zwischen Magnus und mir vorgefallen war, im Bilde und verteidigte mein Verhalten vehement. Sie nutzte jede Gelegenheit, um mir mitzuteilen, was für ein Idiot Magnus war und dass ich alles richtig gemacht hatte.

Leider fühlte es sich nicht richtig an. Hier in Hamburg zu sitzen, fühlte sich falsch an.

Nicht in Tideborg zu sein, fühlte sich falsch an.

Ich hatte geglaubt, etwas in Magnus gesehen zu haben. In seiner Art, wie er mich angesehen hatte, wie er mit mir umgegangen war. Da war etwas zwischen uns, etwas Besonderes. Ich wusste nur nicht, was ihn hinderte, es zuzulassen.

»Worauf hast du heute Lust? Wir haben den ganzen Tag frei und müssen erst Morgen wieder ins Büro.«

»Auf gar nichts?«, versuchte ich das Thema zu beenden. Am liebsten hätte ich mir die Decke wieder über den Kopf gezogen und eine Packung Eiscreme nach der nächsten gegessen.

»Nichts wird nicht akzeptiert. Was hältst du von einem Spaziergang durch den Stadtpark?«

»Einverstanden«, gab ich mich schnell geschlagen. Da ich nicht wollte, dass Constanze weitere Versuche unternahm, mich zu einer Unternehmung zu überreden und ich mit Fina eh an die frische Luft musste, erschien mir der Stadtpark das geringste Übel.

»Dann mach dich mal fertig.« Constanze, die bereits angezogen und geschminkt war, stand auf und ging in die Küche.

In der Tür drehte sie sich noch einmal um und wedelte mit dem Zeigefinger in meine Richtung. »Und kämm dir die Haare.

Du siehst schrecklich aus.«

Ich gab einen kläglichen Laut von mir. Um die Schatten unter meinen Augen abzudecken, würde ich jede Menge Concealer benötigen.

Seufzend stand ich auf und schlurfte ins Badezimmer. Nach dem Duschen fühlte ich mich zumindest frisch und mit etwas Make-up sah ich nicht mehr so schlecht aus wie ich mich fühlte. Meine langen Locken hatte ich zu einem Zopf geflochten und mir eine knöchellange Jeans und dazu ein schlichtes grünes T-Shirt angezogen.

»Du bist wieder unter den Lebenden«, kommentierte Constanze mein Erscheinen. Sie saß am Küchentisch und tippte eifrig auf ihrem Handy herum. »Können wir los?«

»Gleich, ich muss nur kurz Stine antworten.«

Gestern Nachmittag hatte ich ein langes Telefonat mit ihr geführt und ihr von dem erneuten Kuss und von Magnus' sowie Fredericks Verhalten auf der Ausstellung berichtet. Sie konnte sich genauso wenig wie ich einen Reim darauf machen, ärgerte sich aber darüber, dass ich ihr nicht an dem Abend schon etwas gesagt hatte, sodass sie Magnus einen Tritt in die Weichteile hatte verpassen können. So war meine Schwester. Immer versuchte sie, mich aufzumuntern und mir beizustehen.

Gerade hatte sie mir eine Nachricht geschickt und gefragt, ob sie mich entweder in Hamburg besuchen oder doch lieber Magnus' Haus niederbrennen sollte.

Das erste Mal seit meiner Ankunft in Hamburg konnte ich mir ein Grinsen nicht mehr verkneifen.

Vielen Dank für deine Angebote, Schwester. Zum Ersten: Gerade wäre ich dir keine nette Unterhaltung. Vielleicht am nächsten Wochenende? Und zum Zweiten: Die Vorstellung gefällt mir, aber es wäre schade um das schöne Haus. Kuss Anni

Als ich die Nachricht abgeschickt hatte, sah ich, dass erneut zwei weitere von Frederick eingegangen waren. Seit gestern hatte er mehrmals versucht, mich telefonisch zu erreichen und mir ein Dutzend mal geschrieben. Ich hatte seine Anrufe weggedrückt und keine seiner Nachrichten gelesen.

Von Magnus hatte ich bislang nichts gehört.

Wahrscheinlich saß er mit gekränkter Eitelkeit zu Hause, da ich ihm eine Ohrfeige verpasst hatte. Oder er hatte mich längst vergessen und war froh, dass er mich nicht mehr sehen musste.

Ich schlüpfte in meine pinkfarbenen Flipflops, nahm Finas Leine und machte mich mit Constanze auf den Weg nach draußen.

Die Woche zog sich endlos wie ein Kaugummi. Jeden Morgen schleppte ich mich zur Arbeit und versuchte, mich dort so gut es ging zu konzentrieren. Ich war froh, dass Fina mich schon immer ins Büro begleiten durfte. So war sie auch jetzt in meiner Nähe. Immer wenn ich das Gefühl hatte, meine Gedanken könnten mich überwältigen, nahm ich sie entweder auf den Schoß, um sie zu kraulen oder drehte eine kleine Runde mit ihr um den Block.

Zwar musste ich abends etwas länger arbeiten, um die vielen Pausen wieder aufzuarbeiten, aber da die Abende besonders einsam waren, störte es mich nicht, länger im Büro zu bleiben.

Constanze tat ihr Bestes, mich aufzumuntern und abzulenken.

Gemeinsam mit ihr und Sven, unserem Arbeitskollegen, waren wir am Mittwoch und Donnerstag in meiner alten Wohnung gewesen und hatten die wichtigsten Dinge geholt, die mir besonders am Herzen lagen.

Dass Sven knapp zwei Meter groß und in seiner Freizeit dem Boxsport verfallen war, gab mir etwas Sicherheit, bevor wir das

Penthouse betraten.

Es hatte sich aber herausgestellt, dass Hagen gar nicht zu Hause war. Per Whatsapp hatte ich ihn darüber informiert, dass ich einige meiner Habseligkeiten aus der Wohnung holen wollte.

Wir hatten Constanzes kleinen Audi so voll geladen, dass die Türen nur mit brachialer Gewalt schlossen.

Am gestrigen Donnerstag brachte Sven seinen Boxkollegen Jörg mit und die beiden trugen meine Kommode sowie kleine Möbel, darunter meinen geliebten Beistelltisch aus Holz, in den Fahrstuhl und durch das Treppenhaus. Sie boten mir an, alles im Lagerraum der Boxhalle zwischenzulagern, bis ich eine neue Wohnung bezogen hatte.

Ich hatte Sven und Jörg grob geschildert, warum ich ausziehen musste, dabei aber nicht jedes Detail offenbart. So innig war meine Freundschaft mit Sven nicht, als dass ich ihm jedes private Detail verraten würde. Da er aber, aufgrund seiner Statur und seiner ruhigen Art, eine große Sicherheit ausstrahlte, bat ich ihn, mich zur Polizei zu begleiten, um alle rechtlichen Schritte gegen Hagen einzuleiten. Ich glaubte zwar nicht, dass er sich jemals wieder an mich wagen würde, aber ich hatte den inneren Drang, weniger Hagen, sondern vielmehr mir selbst zu zeigen, dass ich für mich einstand und mich zu wehren wusste.

Das Aufgeben der Anzeige verlief schnell und reibungslos und ich spürte, wie eine kleine Last von mir abfiel.

Dankbar über die Hilfe lud ich alle zum Essen ein und wir verbrachten den Abend bei Pizza und Wein im italienischen Restaurant, das bei Constanze um die Ecke lag.

Dass ich nun nicht mehr in Hagens Wohnung zurückmusste und er anscheinend auch keine meiner persönlichen Sachen angefasst hatte, beruhigte mich und das erste Mal in der Woche konnte ich mich etwas entspannter zurücklehnen. Dennoch erschien mir das Stimmengemurmel im Restaurant zu laut, die

Kellner, die zwar sehr freundlich und zuvorkommend waren, zu unpersönlich und die Tische zu eng beieinandergestellt.

Viel lieber hätte ich jetzt im *Karen's* gesessen und mich von Kurts Kochkünsten verzaubern lassen.

Ich sollte damit aufhören, mich gedanklich immer wieder nach Tideborg zu flüchten. Ich war hier in Hamburg in wirklich netter Gesellschaft, wobei ich das Attribut lieber für mich behalten sollte, denn nett war ja bekanntlich ...

Der Freitag begann wie alle anderen Tage der Woche zuvor. Ich quälte mich von der Schlafcouch herunter und machte mich für die Arbeit fertig. Constanze stand einige Zeit vor mir auf, sodass sie das Bad zuerst benutzen konnte.

Wir machten unsere Kaffees zum Mitnehmen fertig und liefen die Strecke zur Bushaltestelle, um von dort in Richtung Büro zu fahren und uns den Arbeitstag über mit den verschiedensten Antiquitäten der Welt zu befassen. Am Morgen hatten wir verabredet, uns abends chinesisches Essen zu bestellen und einen Netflix-Abend zu machen. Constanzes Vorschlag, in die Innenstadt zu fahren und meinen Frust wegzutanzen, überhörte ich und entschied, dass es nichts Besseres an einem Freitagabend gäbe, als zu Hause zu bleiben.

Der Arbeitstag zog sich zäh hin und die Zeiger auf der Uhr wollten sich einfach nicht schneller vorwärts bewegen.

Es gab selten Tage, an denen ich ungern zur Arbeit ging, denn ich liebte meinen Job und die angenehme Arbeitsatmosphäre, die zwischen meinen Kollegen und mir herrschte. An diesem Tag wollte sich die Freude jedoch nicht einstellen, obwohl ich dem spannenden Auftrag nachging, eine Standuhr aus dem 17. Jahrhundert für einen Kunden in Slowenien zu suchen.

Als Herr Hoffmann um 17:00 Uhr verkündete, dass es Zeit für alle sei, Feierabend zu machen und die Büros abzuschließen, fuhr ich dankbar meinen Computer herunter und ging mit Constanze und Fina zurück zur Haltestelle.

Wenige Minuten später öffnete Constanze die Wohnungstür und wir ließen beide seufzend unsere Taschen zu Boden sinken.

Constanze wirkte ebenfalls erschöpft und unter ihren Augen zeichneten sich, wenn auch kaum sichtbar, dunkle Schatten ab.

»Es war für dich auch eine anstrengende Woche, oder?«, wollte ich von ihr wissen. »Ich hoffe, es ist dir nicht zu viel, dass ich mich vorübergehend bei dir einquartiert habe.«

Vielleicht lag es an meiner Anwesenheit, dass Constanze so müde wirkte. Ihre Wohnung war nicht groß und nun musste sie diese für einige Zeit mit Fina und mir teilen. Viel Raum für Privatsphäre gab es nicht.

Aber zu meiner Erleichterung winkte Constanze ab. »Nein, Quatsch. Ihr stört doch nicht. Ich freue mich so sehr, dass du und Fina mir Gesellschaft leistet. Ich bin einfach nur geschlaucht von meinem aktuellen Auftrag.« Sie seufzte.

»Die Uhr für den russischen Geschäftsmann?«

»Es ist beinahe unmöglich, sie aufzutreiben.« Constanze sollte für einen reichen Geschäftsmann, der in Moskau lebte, eine seltene Rolex beschaffen. Von dieser Ausgabe der Uhr in genau der gewünschten Verarbeitung waren jedoch nur eine Handvoll Uhren im Umlauf und es gestaltete sich anscheinend schwierig, eines der Modelle zu erlangen.

»Kann ich dir irgendwie dabei helfen?«, wollte ich von ihr wissen, wobei ich mir sicher war, dass Constanze sehr gewissenhaft gearbeitet hatte und schon alle Möglichkeiten ausgeschöpft hatte.

»Danke für das Angebot. Eine Möglichkeit habe ich noch. Ich werde nächste Woche einige Telefonate führen müssen. Drück mir die Daumen, dass ich fündig werde.«

Ich hob meine Hände und drückte fest meine Daumen, um ihr zu zeigen, dass ich an sie glaubte.

»Dann haben wir uns wohl beide heute einen besonders entspannten Abend verdient, oder?« Constanze nickte.

»Was hältst du davon, wenn wir gleich das Essen bestellen und uns in der Zwischenzeit die Nägel machen? Nach dem Essen suchen wir uns dann einen Film aus«, schlug Constanze vor. »Wir könnten uns eine Staffel von *Monk* bei Netflix anschauen. Na was meinst du?«

Bei der Erwähnung der Monkserie musste ich unwillkürlich an Magnus denken und unserer gemeinsamen Vorliebe für jene Serie. Wahrscheinlich könnte ich nie wieder eine der Folgen sehen, in denen Adrian Monk Verbrechen auf seine ganz eigene Weise löste.

»Alles, nur nicht *Monk*«, wiegelte ich ab, was Constanze überrascht aufschauen ließ. Sie wusste, wie sehr ich die Serie immer gemocht hatte.

»Okaaay«, sagte sie gedehnt, wahrscheinlich, um eine Erklärung von mir zu bekommen, die ich ihr aber verwehrte.

»Hast du vielleicht etwas mit Katzen?«, fragte ich und sah dabei das Bild vor meinem inneren Auge, wie ich in zwanzig Jahren, umzingelt von einem Dutzend Katzen in einem alten Ohrensessel sitzen würde. Bei dem Gedanken daran schüttelte es mich und ich fügte schnell ein »lieber doch nicht« hinterher. »Wie wäre es mit einem Actionfilm? Mission Impossible oder Stirb langsam«, schlug ich vor. Ich hatte heute keine Nerven dafür, mir eine Schnulze anzusehen, die am Ende auch noch mit einem Happy End wartete.

Constanze kannte mich lange genug, um zu erkennen, dass Widerspruch zwecklos war. Also nickte sie nur, suchte besagte Filme aus und packte sie in ihre Watchlist.

»Bestellst du unser Essen? Dann hole ich alles, was wir für unsere Nägel brauchen«, bat Constanze mich.

Sie verschwand im Schlafzimmer und ich hörte verschiedene Schubladen auf- und wieder zufahren.

Während Constanze im Schlafzimmer kramte, rief ich beim chinesischen Restaurant um die Ecke an, von dem ich wusste, dass es auch außer Haus lieferte.

In der Zeit, in der ich auf Constanze wartete, deckte ich schon einmal den Tisch. Gerade, als ich eine Flasche Rotwein öffnen wollte, entschied ich, sie wieder wegzustellen. Ich hatte an den letzten Abenden genug Wein getrunken und wollte es heute bei Wasser und Apfelsaftschorle belassen.

Constanze kam, einen großen Karton tragend, ins Wohnzimmer zurück und breitete alle Utensilien, die wir für unsere Nägel brauchten, auf dem Wohnzimmertisch aus.

Fina, die festgestellt hatte, dass der folgende Teil für sie nicht ertragreich werden würde, rollte sich unter dem Wohnzimmertisch zusammen und schlief. So konnte sie nicht gestört werden, war aber dennoch sofort zur Stelle, sollte doch ein Leckerli aus dem Nichts auftauchen und zu Boden fallen. Finas Taktik seit jeher.

Betrachtete ich das ganze Equipment auf dem Tisch, vermutete ich eher, dass meine Freundin ein Nagelstudio betrieb, als mit Antiquitäten zu handeln. Farben in den unterschiedlichsten Nuancen standen vor uns ausgebreitet sowie verschiedene Feilen und eine UV-Lampe, mit welcher der Lack aushärten sollte.

»Dann mal los«, sagte Constanze aufgeregt und schien in ihrem Element zu sein. Die Müdigkeit, die sich vorhin noch auf ihrem Gesicht abgezeichnet hatte, war wie weggeblasen. »Wir kümmern uns zuerst um deine Finger«, forderte sie mich auf. »Die sehen … naja … schrecklich aus, wenn ich das sagen darf.«

Ich betrachtete meine unmanikürten Fingernägel. In der Regel trug auch ich Nagellack und liebte es, mich zu schminken und zu stylen. In der letzten Woche hatte ich jedoch fast gänzlich auf Make-up verzichtet und nur meine Haut etwas abgedeckt und Wimperntusche aufgetragen. Meinen Nägeln hatte ich keine Beachtung geschenkt, was man ihnen deutlich ansah.

»Also gut«, stimmte ich zu. Es konnte nicht schaden, wieder etwas menschlicher auszusehen.

»Welche Farbe sollen wir nehmen?«, wollte Constanze wissen.

Ich seufzte. Die Auswahl war riesig. »Das zarte Rosa da vorne?« Ich nahm eines der Fläschchen und hielt die Farbe hoch. Eine der Farben, die ich sonst wahrscheinlich nicht ausgesucht hätte. Ich fand schon lange Gefallen daran, meinen Businessoutfits den besonderen Pepp zu verleihen, in dem ich meine Fingernägel in den schillerndsten Farben leuchten ließ.

Aber diese Woche war alles anders und ich wollte, dass es sich auf meinen Händen widerspiegelte.

Leider hatte ich nicht mit Constanze gerechnet, die mir sofort einen Strich durch meinen Vorschlag machte.

»Nein, abgelehnt«, sagte sie vehement und nahm mir den rosafarbenen Lack aus der Hand.

Dann griff sie zielsicher ein anderes Fläschchen und hielt es mir vor mein Gesicht. Leuchtendes Pink. Jenes Pink, das die Flipflops hatten, die ich in Tideborg gekauft hatte.

»Wirklich?«, wollte ich von ihr wissen. »Kann es heute nicht etwas Gedeckteres sein?«

»Nein, kann es nicht. Wir nehmen Pink und damit basta.«

Ich wusste, dass jeglicher Widerspruch im Keim erstickt werden würde, also ergab ich mich Constanzes Wahl und hielt ihr meine Hände entgegen.

»Geht doch«, grinste sie und machte sich daran, meine Nägel zu feilen und mit einem Reiniger von Fettrückständen zu befreien.

Zunächst trug sie eine Grundierung auf und ich hielt meine Hände unter die UV-Lampe, damit die Schicht aushärten konnte. Danach folgte der pinkfarbene Lack, der mir, obwohl er gerade nicht zu meiner Stimmung passte, überaus gut gefiel.

Dreißig Minuten später konnte ich das Ergebnis begutachten und fand, dass Constanze ganze Arbeit geleistet hatte. Ich streckte meine Hände von mir, um meine Nägel besser betrachten zu können.

»Wow, vielen Dank. Das sieht toll aus.«

»Finde ich auch«, grinste sie mich an.

»In Ordnung, jetzt bist du dran. Ich suche eine Farbe für dich aus, ja?« Constanze nickte.

Ich nahm mehrere Fläschchen und hielt sie ins Licht, um die Farbe besser sehen zu können. Schlussendlich entschied ich mich für ein nicht minder leuchtendes Rot.

Constanze strahlte und schien mit meiner Wahl einverstanden.

Gerade als ich mich daran machen wollte, ihre Nägel zu grundieren, klingelte es an der Tür.

»Das Essen ist da«, freute sich Constanze und eilte zur Tür.

Fina kam aus ihrem Versteck unter dem Wohnzimmertisch hervorgeprescht und rannte laut bellend zur Tür.

Vom Sofa aus konnte ich sehen, wie Constanze Fina auf den Arm nahm, damit sie nicht entwischen konnte, und die Tür öffnete.

»Ähm, Guten Abend?«, fragte sie und ich stand ebenfalls auf.

Vor ihrer Wohnungstür stand nicht der Lieferdienst, sondern ein Mann, der wie ein Postbote aussah.

»Guten Abend«, sagte er freundlich. »Ich habe eine Lieferung für ...«, er schaute noch einmal auf einen Zettel, den er in der Hand hielt, »Annifried Wagner. Sind Sie das?«, wollte er von Constanze wissen.

Diese schüttelte ungläubig den Kopf.

»Ich bin Annifried Wagner«, sagte ich und ging zur Tür.

Der Postbote griff neben sich und hob ein großes, in

Packpapier eingewickeltes Paket hoch. »Dann ist das hier für sie. Wo darf ich es abstellen?«

Immer noch überrascht über sein Auftauchen, stammelte ich vor mich hin. Constanze schien ihre Sprache jedoch schneller wiedergefunden zu haben und deutete auf den Küchentisch.

»Dahin bitte«, wies sie ihn an. Der Postbote trug das Paket in die Küche und legte es behutsam auf dem Tisch ab.

»Dann brauche ich hier noch eine Unterschrift.« Er hielt mir ein Tablet entgegen, auf dem ich mit einem eigens dafür vorgesehenen Stift unterschrieb. »Schönen Abend noch«, sagte er und war schon fast aus der Tür verschwunden.

»Ihnen auch. Und danke«, antwortete ich ihm.

Constanze schloss die Wohnungstür hinter ihm, setzte Fina wieder auf dem Boden ab und kam zur mir an den Küchentisch.

»Hast du etwas bestellt?«, wollte sie wissen.

»Nein, habe ich nicht. Bestimmt ist es etwas von meinen Eltern«, vermutete ich. Niemand sonst nannte mich bei meinem vollständigen Namen. Sogar auf der Arbeit kannten alle nur meinen Spitznamen.

»Wissen die denn, dass du gerade bei mir wohnst?«, fragte Constanze. Ich hatte zwar mit meinen Eltern telefoniert und ihnen erzählt, dass ich mir eine neue Wohnung suchte, aber ich meinte mich zu erinnern, nicht erwähnt zu haben, dass ich bei Constanze untergekommen war.

»Hmm, wahrscheinlich hat Stine es ihnen gesagt.« Eine andere Erklärung fiel mir nicht ein. Auf dem Adressaufkleber fehlte der Absender. Nur mein Name und Constanzes Anschrift waren vermerkt.

»Willst du es nicht öffnen?« Constanze holte ein Küchenmesser aus der Schublade und reichte es mir, damit ich das Klebeband abschneiden konnte.

Vorsichtig durchschnitt ich das Paketband und öffnete das Packpapier. Was dann zum Vorschein kam, verschlug mir die

Sprache.

»Was ist das?«, flüsterte Constanze andächtig. Sie hatte sofort bemerkt, dass es sich bei dem Inhalt um etwas ganz Besonderes handelte.

»*Sehnsucht*«, sagte ich kaum hörbar und ich zog den Küchenstuhl hervor, um mich hinzusetzen. Die Angst, dass meine Beine versagten, war zu groß.

»Sehnsucht?«, wollte Constanze wissen und packte das Bild, das noch halb eingeschlagen in Packpapier vor mir lag, vollends aus und legte es vor uns auf den Küchentisch.

Stines Gemälde, das sie in den letzten Wochen angefertigt hatte und auf der Ausstellung von einem anonymen Käufer erworben worden war, thronte wie ein kostbarer Schatz vor mir.

Zum ersten Mal sah ich das fertige Bild und Tränen schossen mir in die Augen. Ich war nicht mehr imstande, sie zurückzuhalten.

Mit zitternden Fingern strich ich über die Acrylfarbe, die Stine für das Bild verwendet hatte.

Constanze musterte mich. »Bist du das etwa auf dem Bild?«

Auch ihre Stimme zitterte, als ihr Blick zwischen mir und dem Bild hin- und herglitt.

Das Gemälde zeigte den Blick auf den Strand von Tideborg, wie man ihn hatte, wenn man aus Stines Atelier hinausblickte. Die Wellen erhoben sich über dem blauen Nachthimmel und Stine hatte es durch ihre Technik geschafft, dass es aussah, als würden die Wellen jeden Moment aus dem Bild herausschwappen. Am Strand waren zwei Personen gemalt, die eigentlich jeder hätten sein können. Der Mann hielt die Person neben sich fest. Die Frau, die einen Plisseerock trug, Stine hatte die Falten exakt abgebildet, lag in seinem Arm und ihr Gesicht war ihm zugeneigt. Die langen lockigen Haare der Frau wehten im Wind.

Aber die Art, wie sie sich ansahen und die kleinen Details,

die Stine eingebracht hatte, ließen keinen Zweifel, wen sie auf dem Bild abgebildet hatte. Der größte Hinweis war der kleine Hund, der strandabwärts entlanglief. Anhand der aufgestellten spitzen Ohren konnte man eindeutig erkennen, dass es sich dabei um eine französische Bulldogge handelte. Fina!

Ich schluckte und mein Herz schlug mir bis zum Hals. Die Schmetterlinge, die sich in der vergangenen Woche in eine Ecke verkrochen hatten, um ihre Wunden zu lecken, schienen aufgestanden zu sein, sich zu strecken, die Flügel zu dehnen und gegen mein Inneres zu poltern.

»Das sind Magnus und ich am Strand von Tideborg«, flüsterte ich kaum hörbar, aber dennoch laut genug, dass Constanze mich verstehen konnte.

»Wunderschön«, sagte sie und auch ihre Augen glänzten verräterisch.

Meine Gedanken wirbelten in meinem Kopf umher und je mehr ich versuchte, sie zu sortieren, desto wirrer wurden sie. Warum hatte ich dieses Bild erhalten? Wer hatte es mir geschickt? Hatten meine Eltern das Bild als Geschenk für mich gekauft? Wahrscheinlich hatte Stine ihnen davon erzählt. Es würde zu ihnen passen, es gekauft zu haben, um Stine und ihre Karriere zu unterstützen.

Constanze griff neben das Bild, unter dem ein Umschlag hervorlugte. »Schau mal. Hier ist noch etwas.« Sie reichte mir den Briefumschlag, den ich mit zitternden Händen entgegennahm.

Fina, die unter meinem Stuhl saß, legte ihren Kopf auf meine Füße. Das tat sie immer, wenn sie meine Aufregung spürte.

Dankbar strich ich ihr über den Kopf und öffnete den Briefumschlag. Behutsam zog ich den Brief aus dem Umschlag und faltete ihn auseinander.

»Ist er von deinen Eltern?«, wollte Constanze wissen.

Beim Blick auf die geschwungene Handschrift liefen die

Tränen wie Bäche über meine Wangen und ich schluchzte lautstark. Constanze legte einen Arm um mich. Ich schüttelte den Kopf.

»Von Magnus«, sagte ich mit kratziger Stimme. Ich ließ die Hände in meinen Schoß sinken und weinte. War das möglich? Hatte Magnus das Bild erstanden, um es mir zu schenken? Was hatte das zu bedeuten?

»Na los, nun lies schon«, forderte Constanze mich auf und stupste mir liebevoll in die Seite.

Durch meinen tränenverschleierten Blick las ich, was Magnus mir geschrieben hatte.

Meine liebe Annifried,

wahrscheinlich wunderst du dich, dass du Stines Bild erhalten hast. Ich war derjenige, der es gekauft hat. Als ich uns darauf gesehen habe, wie wir am Strand standen, konnte ich nicht anders und habe einen Freund gebeten, es anonym für mich zu kaufen.

Bevor ich dir schreibe, was ich dir unbedingt sagen muss, schulde ich dir eine Erklärung, die du all die Jahre nicht bekommen hast:

In unserem Sommer damals habe ich mich unsterblich in dich verliebt. Zwar waren wir noch jung, aber für mich war klar, dass ich nie wieder ein anderes Mädchen angucken würde, außer dich.

In dem Sommer, in dem wir uns verliebt hatten, und einige Zeit, bevor du und Stine wieder nach Tideborg gekommen seid, hatte Frederick seinen Unfall. Es geschah, weil ich ihn bat, nach Esbjerg zu fahren. Mutter hatte mich gebeten, eine Besorgung für sie zu machen. Da ich aber keine Lust hatte, sondern lieber an den Strand gehen wollte, hatte ich Frederick geschickt. Er war es, der auf dem Weg angefahren wurde. Hätte ich ihn nicht

geschickt, hätte er den Unfall nie gehabt. Ich fühlte mich schuldig für das, was ihm widerfahren war, und wollte alles tun, um es wieder gutzumachen.
Als Frederick mir einige Zeit später verriet, dass er sich in dich verliebt hatte, konnte ich meinem Bruder nicht noch einmal Leid zufügen. Also entschied ich, auf mein Glück zu verzichten, damit er eine Chance auf seines hatte. Ich hoffte, dass du dich auch in ihn verlieben würdest, damit Frederick nach seiner schweren Zeit wieder glücklich sein konnte.
Ich tat alles, damit du mich nicht mehr mochtest und hoffte, dich so in Fredericks Arme zu treiben. Ich wollte meinen Bruder glücklich sehen.
Als ich sah, wie innig ihr euch auf der Beerdigung deiner Oma umarmt habt und wie ihr euch gegenseitig Halt gegeben habt, hatte ich die Hoffnung, dass er dich endlich für sich gewinnen konnte. Dass mir bei dem Anblick von euch beiden das Herz brach, habe ich ihm nicht gesagt. Auch nicht, dass ich niemals aufgehört habe, dich zu lieben.
Nachdem Frederick ein Auslandssemester absolviert hatte, war er verschlossener denn je zurückgekommen und ich nahm an, es hätte mit dir zu tun. Ich konnte ihn aber nicht fragen, weil ich zu viel Angst hatte, dass er mir etwas sagte, was ich nicht hören wollte.
Ich war zu feige, Frederick auf dich anzusprechen, und habe mich lieber meinen Hirngespinsten hingegeben und mich in meine Wut und meinen Gram hineingesteigert.
Dass Frederick nicht mehr in dich verliebt ist und was während seiner Zeit im Ausland passiert ist, hat er mir erst am Abend nach der Ausstellung gesagt … nachdem seine Faust in meinem Gesicht gelandet ist.

Ich bin der größte Dummkopf auf Erden und ich verstehe, wenn du nie wieder etwas mit mir zu tun haben möchtest.

Seitdem du nicht mehr in Tideborg bist, ist die Zeit für mich stehen geblieben. Ich fühle mich leer ohne dich, einsam und unvollständig. Es vergeht keine Minute, in der ich dich nicht vermisse.
Ich wünschte, du wärst bei mir. Ich vermisse dein Lachen, dein freches Grinsen, das du aufsetzt, wenn du etwas unbedingt haben möchtest. Ich vermisse, wie du dir deine Locken aus der Stirn streichst, wenn sie wie wild um deinen Kopf fliegen. Ich vermisse es, mit dir am Strand entlangzulaufen, Muscheln zu sammeln und durch die Wellen zu gehen. Ich vermisse deinen Herzschlag, den ich spüre, wenn du fest an meine Brust gekuschelt bei mir liegst.
Du hast mir eine gläserne Robbe geschenkt und dazu geschrieben, dass alles seine Zeit hat.
Bitte lass unsere Zeit nicht enden. Bitte lass es den Anfang von etwas ganz Großem sein.

Ich liebe dich Annifried Wagner, meine ABBA-Anni. Ich habe dich schon immer geliebt und werde nie aufhören, es zu tun. Ich hoffe, unsere Zeit ist jetzt.

Ich starrte auf die Seiten in meinen Händen, unfähig etwas zu sagen.

»Ist das schön«, schluchzte Constanze neben mir. Sie hatte jedes einzelne Wort mitgelesen und war sichtlich ergriffen von Magnus' Worten.

Ich ließ den Brief sinken und warf Constanze einen Blick zu. »Was soll ich tun?«, fragte ich mit kratziger Stimme.

»Das fragst du noch?« Sie sprang von ihrem Stuhl auf und war so motiviert, wie ich sie die ganze Woche nicht erlebt hatte. »Fahr nach Dänemark und schnapp ihn dir!«

Die Schmetterlinge klatschen Constanze Beifall und

wirbelten in meinem Bauch umher. Ein aufgeregtes Kribbeln überzog jede Stelle meines Körpers.

Hieß das, dass vielleicht doch nicht alles verloren war und ich auf ein glückliches Ende mit Magnus hoffen konnte?

Ruckartig stand ich auf, wobei ich Fina von meinen Füßen stieß. Mein Kampfgeist erwachte und meine innere Göttin schien sich aufzurichten und ihre Krone geradezurücken.

»Du hast recht.«

»Ja?«, wollte Constanze noch einmal wissen.

»Ja!«, rief ich laut aus. »Ich fahre nach Tideborg. Und zwar jetzt!«

»Bravo Anni, so kenne ich dich!« Constanze schien meine Aufregung zu teilen und mich in meinem Vorhaben zu unterstützen.

In Windeseile packten wir meine Reisetasche. Sollte in Tideborg alles schief laufen, würde ich eine Nacht bei Stine bleiben und Morgen zurück nach Hamburg fahren. Ich hoffte allerdings inständig, dass Magnus' Worte wahr waren und unsere Liebe eine Chance bekam.

Als ich meine Tasche gepackt hatte und Finas Leine von der Garderobe nahm, blieb ich abrupt stehen. In meiner Eile hatte ich etwas Wesentliches vergessen.

»Oh nein. Ich habe doch gar kein Auto. Und die Bahn fährt nicht mehr. Von Flensburg aus bekomme ich keine Verbindung mehr nach Esbjerg.«

»Lass das meine Sorge sein«, winkte Constanze lässig ab.

Scheinbar wusste sie mehr als ich, denn sie lief in die Küche, klemmte sich das Gemälde unter den Arm und schob mich zur Tür hinaus. »Wir müssen in die Tiefgarage«, wies sie mich an.

Ich fragte mich, ob sie ein Taxi bestellen wollte oder was sie sonst in der Garage vorhatte.

»Okay?«, folgte ich ihr fragend. Wir stiegen in den Fahrstuhl und fuhren hinab. Die Tiefgarage war leer und nur unsere

Schritte waren auf dem Betonboden zu hören.

Constanze hielt das Bild unter ihrem Arm fest und nestelte mit der anderen Hand in ihrer Hosentasche. Zum Vorschein kam ein Autoschlüssel. Da fiel mir wieder ein, dass Constanze einen alten Audi besaß, den wir benutzt hatten, als wir meine Möbel aus Hagens und meiner ehemaligen Wohnung geholt hatten.

Wir gingen auf den weißen Audi zu, der schon deutlich bessere Tage erlebt hatte. Aber ich war froh, ihn mir ausleihen zu können und somit noch heute Abend nach Tideborg fahren zu können.

Neben dem Audi stand ein nagelneuer Porsche. Das Weiß des Autos schimmerte im Licht und ich fragte mich, wer sich so ein schönes Fahrzeug leisten konnte. Er musste ein halbes Vermögen gekostet haben.

Constanze hielt ihren Autoschlüssel auf das Auto gerichtet und drückte den Knopf, welcher das Schloss entriegelte.

Zu meiner Verwunderung blinkte nicht der Audi auf, sondern der Porsche.

Mit offenem Mund schaute ich Constanze an und setzte an, etwas zu sagen.

»Sag nichts«, hob sie ihre Hand. »Irgendeinen Vorteil muss man ja haben, wenn man mit einem der größten Firmenbosse Hamburgs schläft.« Sie grinste mich an, als hätte sie mir gerade mitgeteilt, dass sie gleich noch eine Runde joggen gehen wollte. Als wäre diese Information belanglos und von keinerlei Bedeutung.

Ich verschluckte mich und hustete. »Du machst was?«, hallte meine Stimme schrill von den Betonwänden der Tiefgarage wieder.

Constanze lachte. »Das erzähle ich dir später. Es ist keine große Sache.« An der Art, wie sie es sagte, konnte ich erkennen, dass es sehr wohl eine große Sache war, aber ich war in diesem Moment viel zu aufgeregt, um weiter nachzuhaken.

Wir verstauten meine Tasche im Kofferraum, der sich beim Porsche bekannterweise dort befand, wo bei anderen Autos der Motor eingebaut war, und legten das Bild hinter die Sitze. Fina setzte ich in den Fußraum des Beifahrersitzes. Mit großen Augen schaute sie mich an, da ich sie nicht auf den Beifahrersitz setzte, aber meine Angst, diesem teuren Auto auch nur einen Kratzer zuzufügen, überwog in diesem Moment und somit musste Fina die Fahrt im Fußraum verbringen.

Immer noch etwas fassungslos, ließ ich mir von Constanze die Autoschlüssel reichen.

»Meldest du dich später, wenn du da bist?« Ich versprach, dies auf jeden Fall zu tun.

»Ich wünsche dir viel Glück!« Constanze umarmte mich.

»Ich danke dir. Dafür werde ich mich revanchieren, versprochen«

Ich ließ mich auf den Fahrersitz plumpsen und spürte das teure Leder unter mir. Vorsichtig schloss ich die Tür und legte den Rückwärtsgang ein.

Constanze winkte mir wild nach, als ich mit ohrenbetäubendem Lärm den Porsche Cayman S aus der Tiefgarage manövrierte und mich mit so viel PS wie noch nie auf den Weg nach Tideborg machte.

KAPITEL 19

Es war kurz vor Mitternacht, als ich Tideborg erreichte. Die Fahrt über hatte ich, die Umwelt möge es mir dieses eine Mal verzeihen, jede PS des Autos genutzt und war so schnell es mir möglich war nach Tideborg gefahren.

Ich bog in den *strandvejen* ein und fuhr geradewegs auf Magnus' Haus zu. In der Dunkelheit konnte ich die Bäume und Sträucher ausmachen, die sein Grundstück säumten. Der Mond schien hell über mir und der wolkenfreie Himmel ließ den Sternen Platz, um hinabzuscheinen.

Ich lenkte den Porsche an den Wegesrand und hielt an.

Dass ich so bald wieder zurück nach Tideborg kommen würde, hatte ich nicht geahnt. Auf der Fahrt hierher hatte ich mir die unterschiedlichsten Szenarien vorgestellt, die sich ereignen könnten und wie mein Aufeinandertreffen mit Magnus aussehen könnte. Vielleicht war er aber auch gar nicht zu Hause, sondern beruflich auf Sylt. Dann wäre meine ganze Aufregung umsonst gewesen.

Ich atmete einige Mal tief durch und fuhr zurück auf die Straße. Langsam rollte ich auf Magnus' Haus zu und konnte den großen Pickup erkennen, der auf dem Hof stand.

Ich hatte in Erwägung gezogen, zuerst zu Stine zu fahren,

aber da ich ihr noch nicht von dem Bild und dem Brief erzählt hatte, wollte ich sie erst später besuchen. Wenn Magnus nicht zu Hause war oder mich aus irgendeinem Grund doch nicht sehen wollte, war ich mir sicher, dass Stine für mich da sein würde und sich mein Gejammer die ganze Nacht über anhören würde.

Der Kies knirschte, als ich den Porsche langsam auf den Hof fuhr. Ich schaltete den Motor ab und schloss für einen Moment die Augen, um mich zu beruhigen. Fina, die immer noch im Fußraum saß, spürte meine Anspannung und begann unruhig zu fiepen.

»Sollen wir es wagen?«, fragte ich sie, wobei sie mir mit wackelnden Ohren und einem schief gelegten Kopf entgegenblickte. »Na komm Fina, wir schaffen das«, sprach ich mir Mut zu und öffnete die Fahrertür.

Da, wie immer in Tideborg ein leichter Wind vom Meer her wehte und die Temperaturen in der Nacht fielen, griff ich mir einen Strickpullover vom Beifahrersitz und streifte ihn mir über. Dann öffnete ich die Beifahrertür, sodass Fina aus dem Auto springen konnte. Sie wusste genau, wo wir waren und freute sich sichtlich. Die Nase auf dem Boden, beschnüffelte sie den Hof und trottete dann zielstrebig zur Haustür. Sie schien weniger aufgeregt als ich zu sein. Ich sollte mir ein Beispiel an ihr nehmen.

Es war bereits spät und ich vermutete, dass Magnus schon schlief. Ich fand meine Idee, so überstürzt nach Tideborg gekommen zu sein plötzlich übereilt und war mir unsicher, ob ich das Richtige tat.

Was hatte ich erwartet? Dass er die Nächte wach blieb, um auf mich zu warten? Gerade wollte ich mich umdrehen, um wieder ins Auto zu steigen, als ich Gebell aus dem Inneren des Hauses hörte.

Sie hatte uns also gehört.

Sekunden später tauchte ihre Schnauze hinter der Haustür auf und auch Fina stimmte in das Gebell mit ein. Fröhlich wackelte sie mit ihrem Schwanz und sprang vor der Haustür auf und ab.

Die Chance, jetzt noch ungesehen zu verschwinden, war gleich null, denn Magnus müsste sich in einem komatösen Schlafzustand befinden, um das Hundegebell nicht zu hören.

Das Licht im Flur ging an und Magnus kam zur Haustür. Bei seinem Anblick klatschten die Schmetterlinge in meinem Inneren sich ab und tanzten Gangnam-Style.

Mir wurde abwechselnd heiß und kalt und ich merkte, wie meine Beine leicht zu zittern begannen.

Magnus öffnete die Haustür und schaute mich an. Ich hatte das Gefühl, als sehe er durch meine Augen direkt in meine Seele.

Die Wärme aus dem Hausinneren strömte mir entgegen. Ich schluckte bei seinem Anblick. Er trug eine Jogginghose, die ihm tief auf den Hüften hing und dazu ein schwarzes T-Shirt.

Seine Haare waren zerzaust und er sah aus, als habe er sich die ganze Woche nicht rasiert. Ein dunkler Schatten lag unter seinen Augen und ich fand, dass er müde aussah. Hatte er womöglich genauso schlecht geschlafen, wie ich es in der vergangenen Woche getan hatte?

»Hej, Anni«, sagte er leise und trat nach draußen.

Ich räusperte mich und nahm all meinen Mut zusammen, meine Sprache wiederzufinden. Ich hatte nicht die gesamte Strecke von über 300 km hinter mich gebracht, um wie ein Fisch auf dem Trockenen hier zu stehen, und nach Luft zu japsen.

»Hej«, sagte ich ebenso leise und machte einen Schritt auf ihn zu. Ich blickte zu Boden, als suche ich dort etwas. »Ich habe das Bild bekommen und deinen Brief.« Dann schaute ich auf und direkt in seine Augen.

In den Tiefen des Blau lag so viel Unausgesprochenes, das

ich in diesem Moment nicht nur sah, sondern auch verstand. Die ganze Zeit über hatte ich dieses Funkeln in seinen Augen gesehen und nur auf das Offensichtliche geachtet, auf das, was er sagte oder wie er sich verhielt. Das Unausgesprochene, das seine Augen mir bereits die ganze Zeit verraten hatten, hatte ich ungeachtet beiseitegeschoben.

»Hat es dir gefallen?«, wollte er wissen. Ich nickte und schaute ihn aus großen Augen und mit klopfendem Herzen an.

»Ich wusste nicht, dass du das Bild gekauft hast.«

»Niemand wusste es«, grinste er, »mein Kumpel Bent hat mir einen Gefallen getan und es für mich gekauft. Ich konnte den Gedanken nicht ertragen, dass dieses Bild bei einer fremden Person im Haus hängt, wo es doch uns zeigt.«

»Das hast du erkannt?«

»Auf den ersten Blick.«

Er machte einen weiteren Schritt auf mich zu und stand nun so nah vor mir, dass ich den Kopf leicht in den Nacken legen musste, um ihm weiter in die Augen schauen zu können.

»Aber weißt du, was ich viel zu spät gesehen habe?«

Ich schluckte und schüttelte leicht den Kopf.

»Dass ich alte Zeiten und Wunden hinter mir lassen muss.« Er räusperte sich und ich wusste, dass er damit auf Fredericks Unfall und seine Schuldgefühle ansprach. Ich nickte, sagte aber nichts, denn ich wollte wissen, was er noch zu sagen hatte. »Ich war dumm, als ich dachte, ich könnte dich vergessen oder nicht mehr wollen. Je mehr ich es versucht hatte, weil ich dachte, dass es das Richtige für Frederick sei und der einzige Weg, um meine Schuldgefühle loszuwerden, desto größer wurde die Sehnsucht. Ich konnte an nichts anderes denken als an dich.«

Er legte seine starke, warme Hand an meine Wange und ich schmiegte mein Gesicht an ihn. »Ich habe nie eine andere Frau so begehrt und geliebt, wie dich, Anni. Du warst immer die

Eine und wirst es immer sein. Bitte verzeih mir alles, was ich dir angetan habe und womit ich dich zum Leiden gebracht habe.«

Eine einzelne Träne stahl sich aus meinem Auge, die Magnus mit seinem Daumen auffing und fortwischte.

»Ich liebe dich, Annifried. Gestern, heute und an jedem weiteren Morgen, der kommen wird.« Ich schniefte aufgrund seiner Worte und seine Augen verrieten mir, dass er all das, was er gesagt hatte, ernst meinte.

Ich schlang meine Arme um ihn und presste meinen Kopf an seinen Hals, um seinen unverkennbaren Duft zu inhalieren.

»Ich liebe dich auch, Magnus. So sehr«, schniefte ich an sein T-Shirt. Magnus schlang seine Arme ebenfalls um mich und mit einem Mal hob er mich hoch und wirbelte mich durch die Luft.

Ich quietschte überrascht auf, musste dann jedoch lachen, weil die Leichtigkeit Besitz von mir ergriff. So musste es sich anfühlen, schwerelos zu sein. So musste sich wahres Glück und die ganz große Liebe anfühlen.

Magnus setzte mich ab und umfing mein Gesicht mit seinen Händen.

Als seine Lippen sich meinen näherten, schloss ich die Augen, um den Kuss zu spüren. Ich brauchte nichts mehr sehen.

Ich wollte diesen Moment genießen, Magnus riechen und schmecken und mich vollkommen meinen Sinnen hingeben.

Wir küssten uns wie zwei Hungrige, die seit einer Ewigkeit wieder Nahrung bekamen. So innig, als wäre die Distanz zwischen unseren Körpern, die eng aneinandergeschmiegt waren, noch zu groß.

Der Mond schien hell über unseren Köpfen. Fina und Bella liefen um uns herum, als wären sie nie getrennt gewesen.

Oma Inge hatte immer gesagt *Alles hat seine Zeit* und ich war mir in diesem Moment sicherer denn je:

Unsere Zeit war jetzt!

ENDE

EPILOG

Magnus

Ich ließ meinen Blick über die Leute schweifen, die es sich auf meiner Terrasse bequem gemacht hatten.

Anni und ich hatten eine kleine Sommerparty veranstaltet und unsere Freunde und Familien eingeladen. Wir wollten sie alle an unserem Glück teilhaben lassen.

In den letzten Wochen waren wir zwischen Hamburg, Sylt und Tideborg gependelt und hatten versucht, zwischen unseren Jobs so viel Zeit miteinander zu verbringen wie nur möglich.

Als ich Anni bei einem Besichtigungstermin in Hamburg begleitet hatte und ich an ihrem Blick erkannt hatte, dass sie der kleinen Zweizimmerwohnung nicht abgeneigt war, hatte ich dem Makler unmissverständlich ein Zeichen gegeben, woraufhin er uns mitteilte, dass die Wohnung leider schon vermietet sei. Ich konnte nicht riskieren, dass Anni sich in Hamburg niederlässt.

Zum Glück hatte sie in den letzten Wochen viele Gespräche mit ihrem Chef geführt und ich konnte nicht anders, als Herrn Horstmann zu mögen. Ab dem kommenden Monat würde Anni zum größten Teil von zu Hause aus arbeiten und nur einmal die Woche nach Hamburg fahren müssen. Sie würde die Abteilung wechseln und war damit Kunden aus den nordischen Ländern zugeteilt. Somit würde sie die besonderen Antiquitäten vornehmlich für Dänen, Norweger oder auch Schweden ausfindig machen.

Das Gute daran war, dass Anni dadurch nicht mehr in Hamburg wohnen musste.

Wir hatten ihre Sachen aus Hamburg geholt und das meiste schon in mein Haus verladen.

Jeden Tag, an dem ich nicht bei ihr sein konnte, sehnte ich mich nach ihr, ihrem Duft, ihrer Stimme, ihrem Lachen und ihrer Herzlichkeit.

Mittlerweile konnte ich selbst nicht verstehen, warum ich die letzten Jahre so in der Vergangenheit gelebt hatte und geglaubt hatte, Frederick würde Anni lieben. Wie dumm ich war, aufgrund meiner Schuldgefühle auf die Liebe meines Lebens zu verzichten.

Ich war Frederick dankbar, dass er mir mit seiner Faust verdeutlicht hatte, was er von alldem hielt, auch wenn es ziemlich schmerzhaft war. Mein Bruder hatte eine starke Rechte.

»Nette Party«, sagte Frederick neben mir. Ich grinste. »Finde ich auch.«

Wir hielten jeder ein Bier in der Hand und genossen die letzten schönen Tage. Der Herbst hielt Einzug und in nächster Zeit würde der Wind, der vom Meer herüberwehte, rauer werden.

Ich betrachtete Anni, die in ihrem langen, eng anliegenden Kleid fantastisch aussah. Ich warf jedem Kerl, der es wagte, sie zu lange anzustarren, einen bösen Blick zu. Sollte jemand es wagen, sie anzufassen, würde er sein blaues Wunder erleben.

Anni lachte und ihr Gesicht strahlte. Dieses Lachen hatte mich schon immer fasziniert. Ab dem Moment, in dem sie damals vor mir stand, ihre Schwester neben sich, um uns zu

Stines Geburtstag einzuladen. An ihrem Blick hatte ich erkannt, dass sie mich ebenso gut fand wie ich sie.

Bilder der Vergangenheit schossen an meinem inneren Auge vorbei: unser erster Kuss, das erste Mal, dass wir miteinander geschlafen hatten, wie Anni aussah, wenn sie lachte oder sich konzentriert über die Kuchenschüssel beugte, aber auch, wie der Schmerz in ihren Augen stand, als ich sie abgewiesen hatte.

In ihren Augen hatte ich sehen können, wie etwas in ihrem Inneren zerbrach. Bei dem Gedanken daran ergriff eine Kälte mein Herz und ich schüttelte sie ab.

Nie wieder würde ich diesen Ausdruck in Annis Gesicht sehen wollen.

Ich würde alles tun, damit sie glücklich war. Ich liebte sie in jeder einzelnen Sekunde. Ich hatte sie schon immer geliebt und würde es auch in Zukunft tun.

Ich warf einen Blick auf das Bild, das über dem Sofa hing.

Sehnsucht. Stine hatte es gemalt, anscheinend inspiriert von Anni und mir, wie wir unten am Meer standen.

Die Sehnsucht nach Anni wurde auch jetzt wieder groß, da ich sie einige Minuten nicht im Arm gehalten hatte.

Ich trank mein Bier aus, stellte die leere Flasche auf der Kücheninsel ab und atmete tief durch.

»Bereit?«, fragte Frederick, der ebenfalls wie ich einen schwarzen Anzug trug.

Mit der Feier, zu der Anni und ich eingeladen hatten, wollten wir uns bei allen Freunden und Helfern bedanken, die uns in den letzten Monaten unterstützt hatten. Es war Annis Wunsch, dass wir das Ambiente schicker gestalteten. Aus diesem Grund waren die Gäste allesamt in Abendgarderobe erschienen.

Der Caterer war dabei, die Speisen in meiner Küche zu drapieren. Der Champagner stand in Kübeln bereit und alle Anwesenden waren in Gespräche vertieft. Die Stimmung war ausgelassen.

»Bereit«, antwortete ich und griff in die Hosentasche meines Anzugs, um die kleine Schachtel zu spüren, die ich den ganzen Tag mit mir herumtrug.

Einen letzten Blick auf unser Bild werfend, ging ich, gefolgt von Frederick auf die Terrasse, um mein Vorhaben in die Tat umzusetzen.

Dieser Tag sollte ein ganz besonderer werden. Ich wollte mich nicht nur bei allen Gästen bedanken, sondern vor allem bei Anni. Meiner großen Liebe.

In wenigen Momenten würde ich ihr den schmalen Goldring, der mit fünfzehn kleinen Diamanten besetzt war, schenken und sie fragen, ob sie meine Frau werden wollte. Fünfzehn Diamanten: Für jedes Jahr, das ich nicht erkannt hatte, dass Anni meine große Liebe war, einen.

Ich wollte nicht mehr an das denken, was wir verpasst hatten oder welchen Schmerz wir gefühlt hatten. Ab jetzt war keine Zeit mehr für negative Gefühle, Verletzungen oder Gram.

Jetzt war *Zeit für die Liebe.*

Danksagung

Als allererstes danke ich Dir! Ja, genau Dir! Vielen vielen Dank, dass Du Dir die Zeit genommen hast, meinen Debütroman zu lesen. Ich hoffe, Du hattest ein paar schöne Lesestunden mit Anni und Magnus an der dänischen Nordseeküste.

So viele Tage, Wochen und Monate habe ich mich gedanklich nach Tideborg begeben, und mit Herzblut an dieser Geschichte geschrieben.
Gerade in schwierigen Zeiten brauchen wir eine kleine heile Welt, in die wir für einen Augenblick entfliehen können. Einen Ort, an dem die Uhren langsamer ticken, die Wellen des Meeres die Sorgen mit sich nehmen und der Wind einem den Kopf freipustet. Genau dieser Ort ist Tideborg.
Wann immer Du im stressigen und schnelllebigen Alltag eine kleine Auszeit brauchst, reise doch gedanklich an die dänische Küste, um für einen kurzen Moment zu verweilen, durchzuatmen und neue Energie aufzusaugen.

Ich möchte einen weiteren Dank meiner Familie widmen.
Meinen beiden Jungs, die mich täglich auf Trab halten und mir zeigen, dass gerade die kleinen Dinge des Lebens besonders sind und manches gar nicht so groß ist, wie es scheint. Wir sollten die Welt öfter durch Kinderaugen betrachten.

Ganz besonders danke ich meinem Mann (musst du für die Erwähnung auch eine Kiste ausgeben? ;-)) Ich danke dir, dass du immer vor, neben und hinter mir stehst.
Vor mir, um alle Gefahren abzuwenden, die auf uns zukommen, neben mir, um jeden Schritt gemeinsam mit mir zu gehen und hinter mir, um mir stets den Rücken freizuhalten!

Herzlichst, Eure Sina Junker

Rezept Gulerodskage

Zutaten für den Boden:

3 Eier
300 ml Zucker
300 ml Mehl
1 Teelöffel Vanillezucker
3 Teelöffel Backpulver
½ Teelöffel Zimt
1 Teelöffel Kardamom
½ Teelöffel gemahlener Ingwer
1 Prise Salz
150 ml Sonnenblumenöl
450 geraspelte Möhren

- Eier, Zucker und Vanillezucker schaumig schlagen
- Sonnenblumenöl, Zimt, Kardamom, Ingwer, Salz unterrühren
- Mehl und Backpulver sieben, dann unterrühren
- Möhren schälen und klein raspeln, dann unter den Teig rühren
- Teig in eine gefettete Springform geben
- Bei 150 °C Umluft 55 Minuten backen
- Boden aus der Form nehmen und auskühlen lassen

Zutaten für die ostecreme:

60 g Butter in Zimmertemperatur
200 g Puderzucker
1 Teelöffel Vanillezucker
Schale einer unbehandelten Zitrone
200 g Frischkäse

- Puderzucker sieben und in eine Schüssel geben
- Butter, Vanillezucker, Zitronenschale (oder Konzentrat nach Belieben) sowie Frischkäse dazugeben und alles verrühren
- Creme auf dem abgekühlten Boden verteilen
- Aromen inhalieren, genießen und gerne mit anderen teilen

Guten Appetit!

Du möchtest keine meiner zukünftigen Veröffentlichungen verpassen? Dann schaue auf meine Homepage www.sinajunker.de und folge mir auf meinen Kanälen:

Instagram:
www.instagram.com/sina_junker
Facebook:
www.facebook.com/SinaJunker.Autorin

Oder schreibe mir doch gerne eine E-Mail:
sinajunker.autorin@gmx.de

Printed in Poland
by Amazon Fulfillment
Poland Sp. z o.o., Wrocław

23894479R00179